El Mundo 21 hispano

Volume 1

Second Edition

Samaniego | Rojas | Nogales | Alarcon

CENGAGE
Learning·

Australia • Brazil • Japan • Korea • Mexico • Singapore • Spain • United Kingdom • United States

El Mundo 21 hispano, Volume One, 2nd Edition

El Mundo 21 hispano, Volume Two, 2nd Edition
Fabian Samaniego | Nelson Rojas | Francisco Nogales | Mario de Alarcon

© 2014 Cengage Learning. All rights reserved.

ACP QUIA ESAM QUICK START GUIDE, 1st Edition
Quia
© 2013 Cengage Learning. All rights reserved.

This book contains select works from existing Cengage Learning resources and was produced by Cengage Learning Custom Solutions for collegiate use. As such, those adopting and/or contributing to this work are responsible for editorial content accuracy, continuity and completeness.

Compilation © 2015 Cengage Learning

ISBN: 978-1-305-28571-2

Cengage Learning
20 Channel Center Street
Boston, MA 02210
USA

Cengage Learning is a leading provider of customized learning solutions with office locations around the globe, including Singapore, the United Kingdom, Australia, Mexico, Brazil, and Japan. Locate your local office at:
www.international.cengage.com/region.

Cengage Learning products are represented in Canada by Nelson Education, Ltd.

For your lifelong learning solutions, visit **www.cengage.com/custom.**

Visit our corporate website at **www.cengage.com.**

El Mundo 21 hispano, Volume One, 2nd Edition

CONTENIDO

Aspiraciones

Introduction to the Second Edition

El mundo 21 hispano is a user-friendly, culturally relevant intermediate Spanish program especially designed to help you acquire fluency while embracing the history and cultural identity traits of the Spanish-speaking world.

Content-based Approach for Heritage Spanish Speakers

El mundo 21 hispano's content-based approach provides you with a wealth of opportunities to interact with each other as you discuss the historical, cultural and literary readings in each lesson. The second edition text provides multiple levels of authentic, comprehensible input through culturally rich readings as well as country-specific literary readings all presented in a visually exciting magazine style. In addition, a fully integrated, text-specific video that features authentic footage from various regions of the Hispanic world is included along with six new, thought-provoking short films with pre- and post-viewing activities.

Content Equals Culture

With *El mundo 21 hispano* you will acquire cultural competency as you improve your listening, speaking, reading, and writing skills. As you venture into the twenty-one countries that comprise the Spanish-speaking world,* you gain insight into Hispanic cultures and civilizations, achieving a global understanding of the challenges and contributions of the Spanish-speaking world today.

Skill Development for Heritage Spanish Speakers

In *El mundo 21 hispano* you will develop strong reading and writing skills while continuing to work on your communicative skills. In the **Así hablamos y así escribimos** sections you will receive extensive help with accents and spelling and in the **Nuestra lengua en uso** sections you will delve into many of the unique uses of the language throughout the Spanish-speaking world. In the **Escribamos ahora** sections you will be asked to do a variety of writing tasks. Finally, you will be able to further develop your listening skills by using the video and audio that accompany the *Cuaderno para los hispanohablantes.*

*This number includes the United States, now the fifth-largest Spanish-speaking country in the world. In addition to these countries, Spanish is also widely spoken in the Philippines and is the official language of Equatorial Guinea.

Acknowledgments

The authors wish to express their sincere appreciation to the many users of the first edition who provided much of the feedback that helped shape this second edition.

We would especially like to acknowledge those instructors and reviewers who reviewed the second edition manuscript. Their insightful comments and constructive criticism were indispensable in its preparation:

Isabel Castro	*Towson University*
León Chang Shik	*Claflin University*
Elizabeth Correia-Jordan	*Mt. San Jacinto College*
Manuel Cortés	*Mt. San Jacinto College*
Javier Galván	*Santa Ana College*
Martha Guerrero-Phlaum	*Santa Ana College*
Marlene Koven	*Long Beach City College*
Amalia Llombart	*California Poly Pomona*
Leticia López-Jaurequi	*Santa Ana College*
José López-Marron	*Bronx Community College*
Kenneth Luna	*California State University, Northridge*
Charles Molano	*Lehigh Carbon Community College*
Ana Peña	*University of Texas at Brownsville*
Cynthia Quintero	*Long Beach City College*
Virginia Ramírez	*Northwest Arkansas Community College*
José Recinos	*San Bernardino Valley College*
Karyn Schell	*University of San Francisco*
Cecilio Tenorio	*Purdue University*
María Vera	*Utah Valley University*

Contributors to this edition of *El mundo 21 hispano* include Jacqueline Tabor, transition guide, syllabi, teaching suggestions, culture activities, and PowerPoints, and Karen Haller Beer, vocabulary quizzes, testing program, and PowerPoints.

We also acknowledge the contributions of the complete Heinle, Cengage Learning *El mundo 21 hispano* team. Without their input this project would not have been possible.

Finally, we wish to express heartfelt thanks to Janet, Bryan, Noah Rodríguez, Sheila Rojas.

F.A.S
N.R.
M.D.A.
F.R.

Groenlandia

Alaska (E.U.)

Canadá

NORTEAMÉRICA

Estados
Unidos

OCÉANO
ATLÁNTICO

Trópico de Cáncer

Hawai (E.U.)

Bahamas

Cuba

República
Dominicana

Puerto Rico

México

Jamaica

San Cristóbal
y Nevis

Belice

Haití

Dominica

OCÉANO
PACÍFICO

Guatemala

Honduras

Santa Lucía

Barbados

El Salvador

Costa Rica

Granada

San Vicente y
Granadinas

Nicaragua

Trinidad y Tobago

Panamá

Venezuela

Guyana

Colombia

Suriname

Guayana
Francesa

Ecuador

Islas Galápagos (Ec.)

Ecuador

Kiribati

SUDAMÉRICA

Perú

Brasil

Samoa Occidental

Bolivia

Tonga

Paraguay

Trópico de Capricornio

Chile

Uruguay

Argentina

Islas Malvinas

**Los países de
habla española**

Escala de kilómetros

0   1000   2000   3000

0   1000   2000   3000

Escala de millas

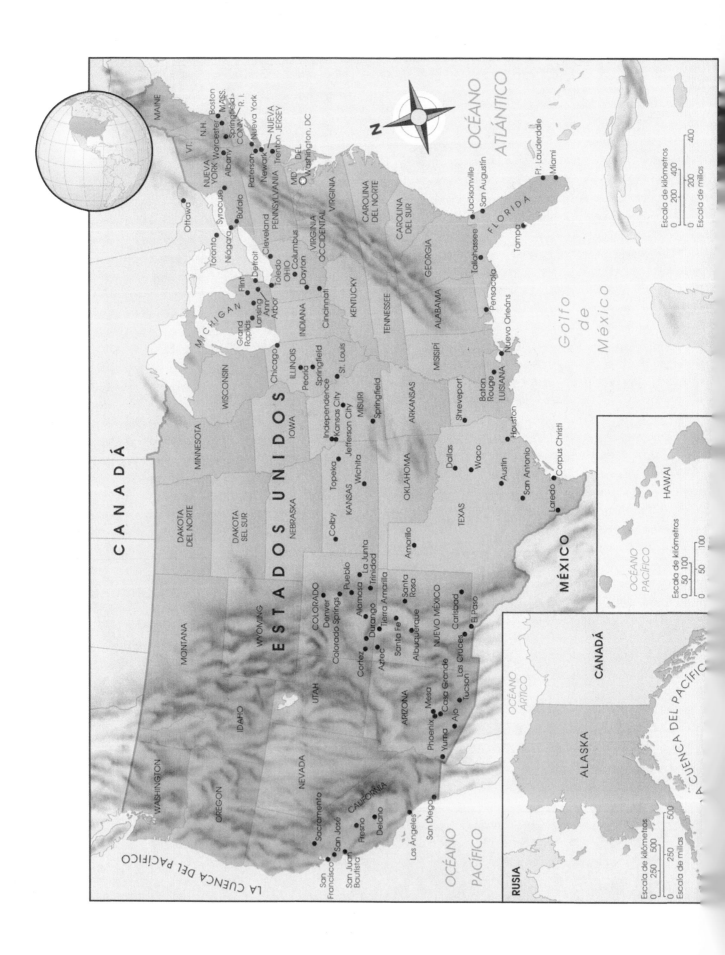

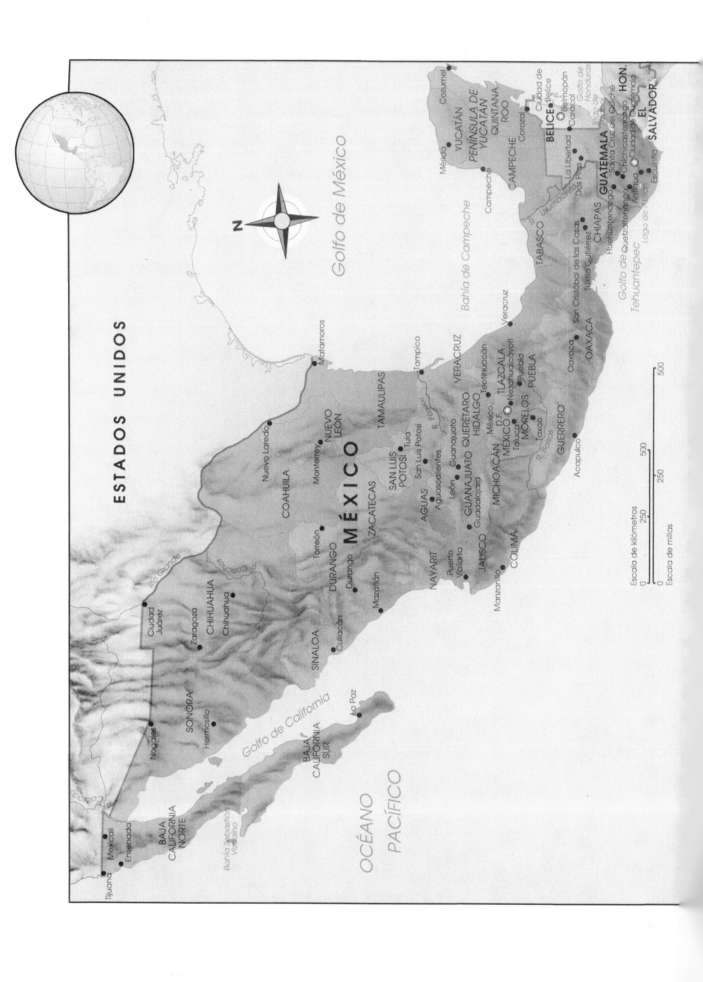

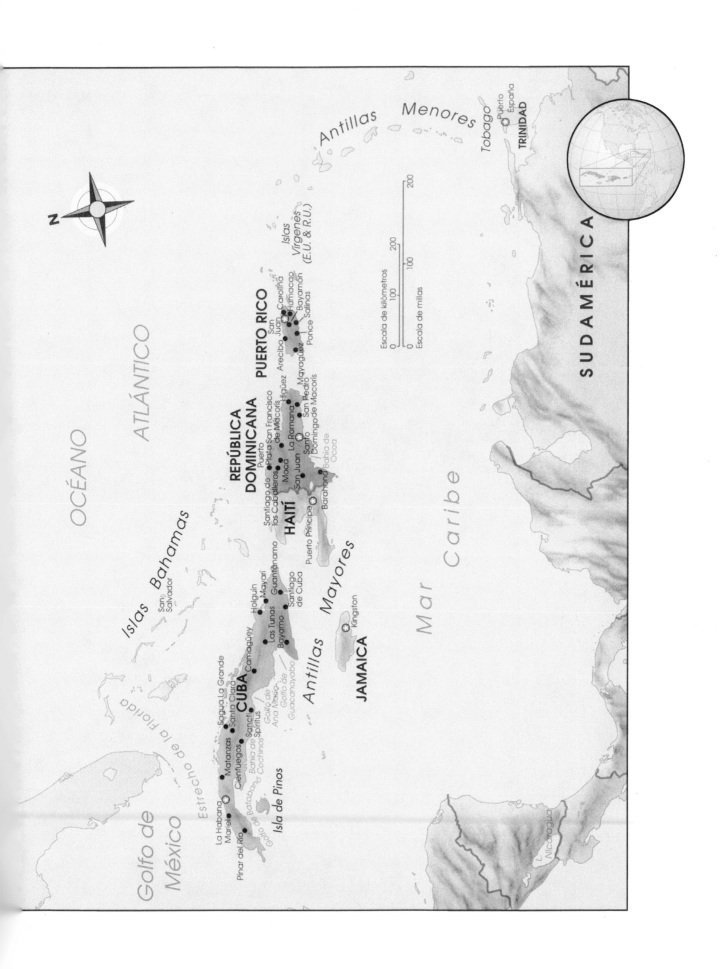

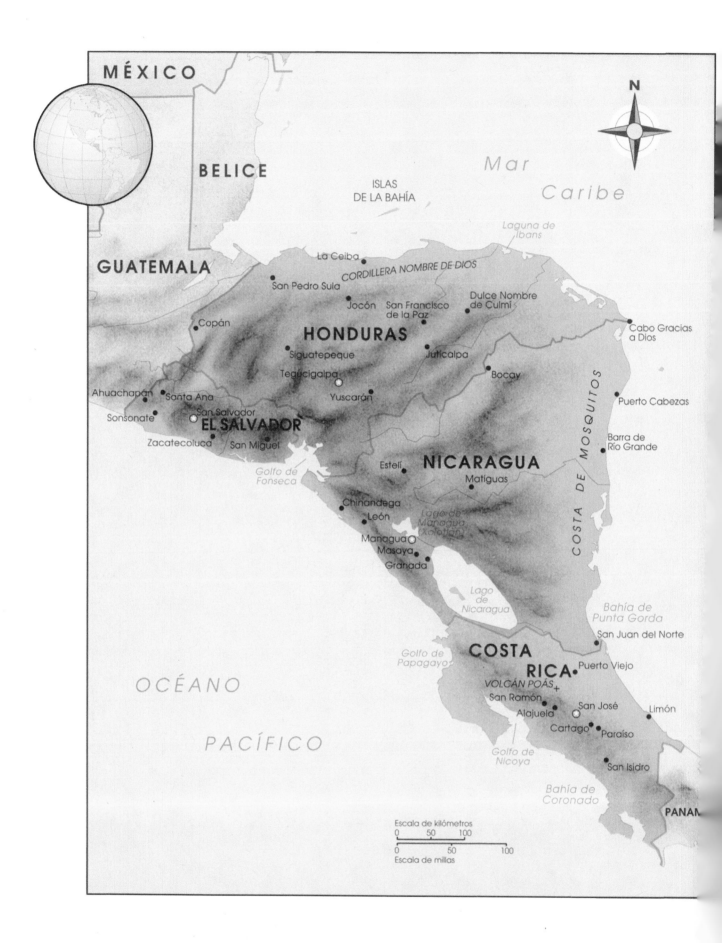

MÉXICO

BELICE

GUATEMALA

Mar Caribe

ISLAS DE LA BAHÍA

Laguna de Ibans

La Ceiba

CORDILLERA NOMBRE DE DIOS

San Pedro Sula

Jocón
San Francisco de la Paz
Dulce Nombre de Culmí

Cabo Gracias a Dios

Copán

HONDURAS

Siguatepeque

Juticalpa

Tegucigalpa
Yuscarán

Bocay

Puerto Cabezas

Ahuachapán
Santa Ana
San Salvador
EL SALVADOR

Barra de Río Grande

Sonsonate

Zacatecoluca
San Miguel

Golfo de Fonseca

Estelí

NICARAGUA

Matiguas

COSTA DE MOSQUITOS

Chinandega
León

Lago de Managua (Xolotlán)

Managua
Masaya
Granada

Lago de Nicaragua

Bahía de Punta Gorda

San Juan del Norte

OCÉANO

Golfo de Papagayo

COSTA RICA
Puerto Viejo

VOLCÁN POÁS +

San Ramón
Alajuela
San José
Limón

PACÍFICO

Cartago
Paraíso

Golfo de Nicoya

San Isidro

Bahía de Coronado

PANAM

Escala de kilómetros
0   50   100

0   50   100
Escala de millas

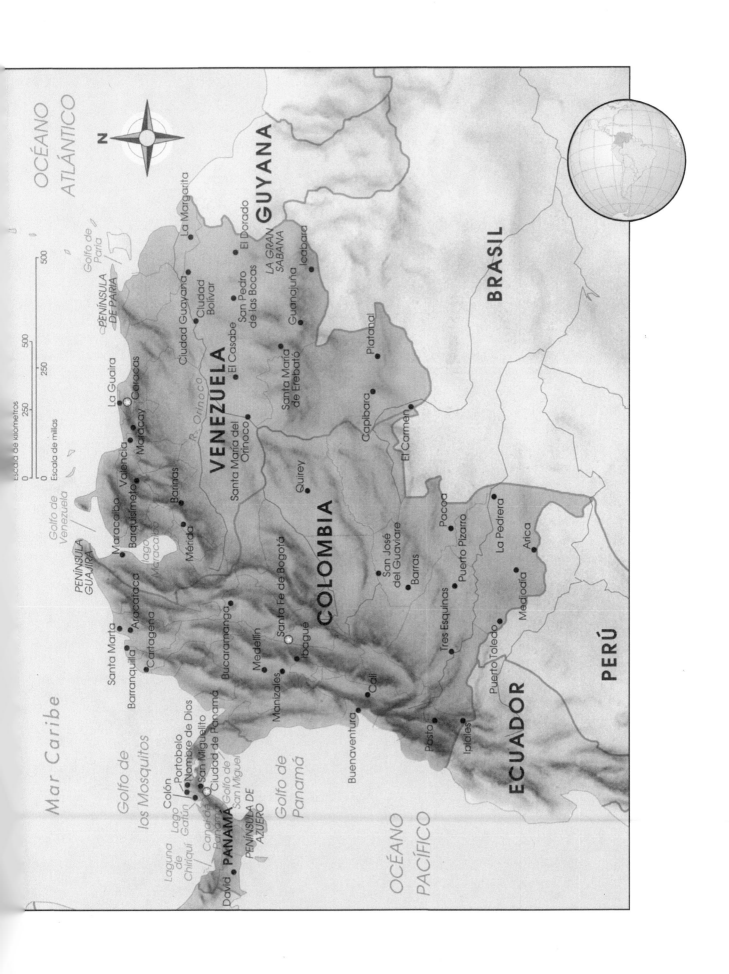

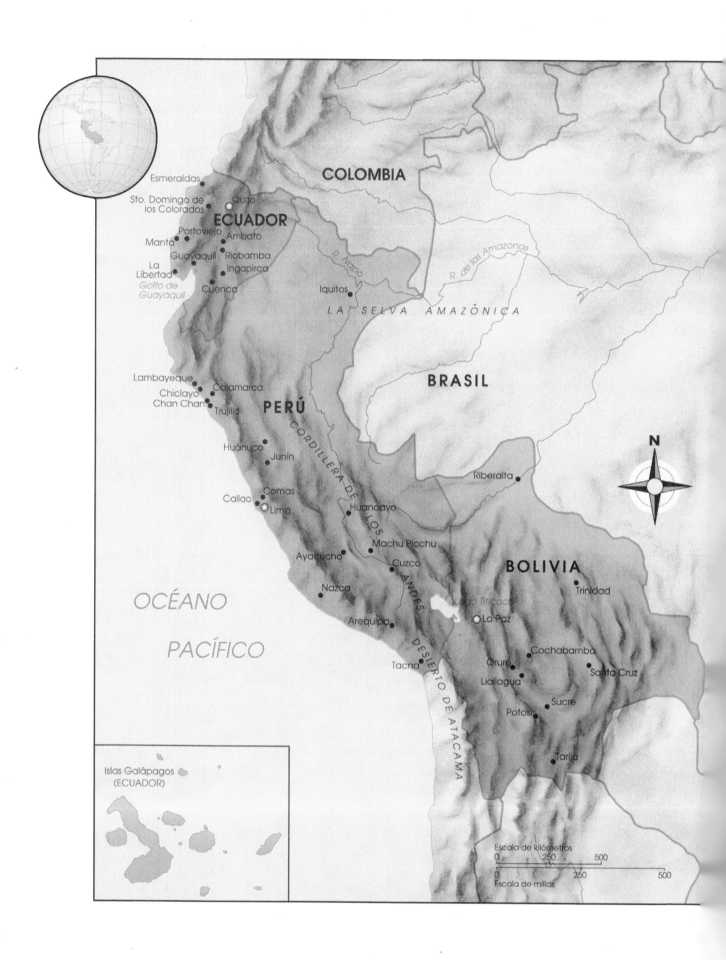

COLOMBIA

Esmeraldas

Sto. Domingo de
los Colorados
ECUADOR
Quito

Portoviejo
Manta
Ambato
Guayaquil
Riobamba
La
Libertad
Ingapirca
*Golfo de
Guayaquil*
Cuenca

Iquitos

LA SELVA AMAZÓNICA

R. Napo

R. de las Amazonas

BRASIL

Lambayeque
Cajamarca
Chiclayo
Chan Chan
Trujillo
PERÚ

Huánuco
Junín

Riberalta

Callao
Comas
Huancayo
Lima

OCÉANO

Machu Picchu
Ayacucho
Cuzco
BOLIVIA

PACÍFICO
Nazca
Trinidad

Arequipa
Lago Titicaca
La Paz

Tacna
Cochabamba
Oruro
Santa Cruz
Llallagua

Sucre
Potosí

Tarija

Islas Galápagos
(ECUADOR)

CORDILLERA DE LOS ANDES

DESIERTO DE ATACAMA

N

Escala de kilómetros
0   250   500

0   250   500
Escala de millas

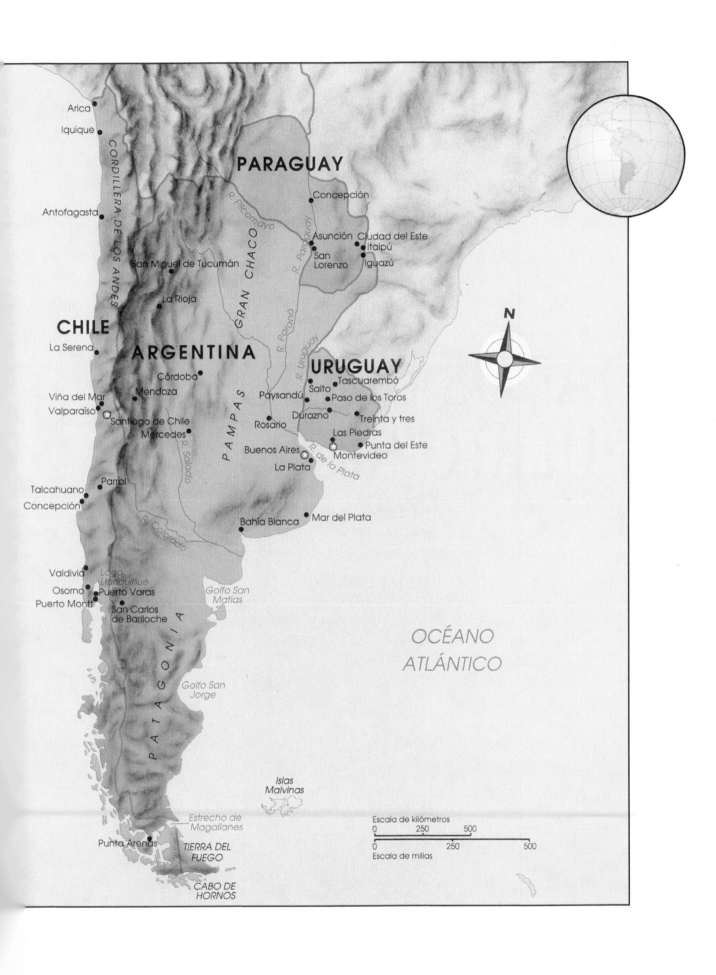

PARAGUAY

Arica
Iquique
Antofagasta

CORDILLERA DE LOS ANDES

R. Pilcomayo

R. Paraguay

Concepción

Asunción   Ciudad del Este
           Itaipú
San   Iguazú
Lorenzo

San Miguel de Tucumán

GRAN CHACO

R. Paraná

La Rioja

CHILE

La Serena

ARGENTINA

URUGUAY

Tascuarembó

Córdoba

R. Uruguay

Salto

Viña del Mar
Valparaíso
Santiago de Chile
Mercedes

Mendoza

PAMPAS

Paysandú   Paso de los Toros

Durazno   Treinta y tres

Rosario   Las Piedras
               Punta del Este
Buenos Aires   Montevideo
La Plata   R. de la Plata

R. Salado

Parral

Talcahuano
Concepción

R. Colorado

Bahía Blanca   Mar del Plata

N

OCÉANO
ATLÁNTICO

Valdivia
Osorno   Lago
Puerto Varas   Llanquihue
Puerto Montt
San Carlos
de Bariloche

Golfo San
Matías

Golfo San
Jorge

PATAGONIA

Islas
Malvinas

Estrecho de
Magallanes

Punta Arenas

TIERRA DEL
FUEGO

CABO DE
HORNOS

Escala de kilómetros
0   250   500

0   250   500
Escala de millas

Cuna de sueños

ESTADOS UNIDOS Y PUERTO RICO

LOS ORÍGENES

Aprende acerca de los primeros hispanos en los Estados Unidos: ¿quiénes fueron?, ¿de dónde vinieron?, ¿dónde se establecieron?, ¿qué impacto tuvieron? (págs. 4–5)

SI VIAJAS A NUESTRO PAÍS...

> En **Nueva York, Los Ángeles y Miami** visitarás distintos barrios y museos hispanos, y marcharás en algunos de los mejores desfiles del país (págs. 6–7).

> En **Puerto Rico** visitarás la capital, San Juan, y el Viejo San Juan —la segunda ciudad más antigua de las Américas—, las islas de Culebra y Vieques, y bailarás al ritmo de la ¡salsa! (págs. 30–31).

AYER YA ES HOY

Infórmate acerca de los distintos grupos principales de hispanos en los EE.UU.: los chicanos, los centroamericanos y los caribeños. ¿Dónde se encuentran y por qué vinieron? (págs. 8–9) y haz un recorrido por la historia de Puerto Rico desde la época de la colonia hasta la actualidad (págs. 32–33).

LOS NUESTROS

> En los **EE.UU.** conoce a la presidenta y jefa ejecutiva del Consejo Nacional de la Raza, a un gran escritor dominicano de Nueva York y a un sobresaliente genio guatemalteco de las ciencias de la computación (págs. 10–11).

> En **Puerto Rico** conoce a una escritora de libros de ficción, ensayos, poesía y biografía, a un cantante y destacado intérprete de ritmos *Jazz-Soul-Blues* y a la actriz, cantante, empresaria y diseñadora de modas conocida como la latina más rica de Hollywood (págs. 34–35).

ASÍ HABLAMOS Y ASÍ ESCRIBIMOS

Aprende las reglas que determinan cómo se forman las sílabas en español y dónde llevan el acento las palabras de dos o más sílabas (págs. 12–13), cómo reconocer diptongos y triptongos y cómo separar un diptongo en dos sílabas distintas (pág. 36).

NUESTRA LENGUA EN USO

Familiarízate con el habla de los chicanos (págs. 14–15) y de los caribeños (pág. 37).

¡LUCES! ¡CÁMARA! ¡ACCIÓN!

En los EE.UU. conoce a Manuel Colón, un joven poeta chicano, y escúchalo leer uno de sus poemas en el que cuestiona su propia identidad (pág. 16).

ESCRIBAMOS AHORA

Describe un incidente en tu propia vida a través de un poema moderno (pág. 38).

Y AHORA, ¡A LEER!

> Lee "Esperanza muere en Los Ángeles" del poeta salvadoreño Jorge Argueta, quien reflexiona acerca de la muerte de su prima (págs. 17–19).

> Descubre las trampas de los concursos de belleza en el cuento "Del montón" de Mervin Román (págs. 39–42).

¡EL CINE NOS ENCANTA!

Acompaña a un joven inmigrante que vive el drama de la inmigración ilegal a los Estados Unidos en el cortometraje *Victoria para Chino* (págs. 43–46).

GRAMÁTICA

Repasa los siguientes puntos gramaticales:

> 1.1 Sustantivos y artículos (págs. 20–29)

> 1.2 El presente de indicativo: verbos regulares (págs. 47–50)

> 1.3 Adjetivos y pronombres demostrativos (págs. 51–53)

La población de América tuvo su origen en el aporte de diferentes grupos humanos: los aborígenes que poblaban vastas regiones del continente y los colonizadores europeos.

Puerto Rico y la Florida

¿Cuándo y por qué llegaron los exploradores españoles a Puerto Rico y la Florida?

El español Juan Ponce de León (1460?–1521), quien había viajado con Cristóbal Colón en su segundo viaje al *Nuevo Mundo*, colonizó para los españoles la isla de Borinquen (que llamaron San Juan Bautista y luego Puerto Rico) y en ella fundó la ciudad, hoy San Juan. Desde allí salió en busca de la isla de Bimini, donde creía que se encontraba la fuente de la eterna juventud, y llegó a una costa cercana a lo que hoy es San Augustín, Florida. A aquella región la llamó Pascua Florida, por la época del año en que llegó (Semana Santa).

North Wind Pictures/Photolibrary

El explorador y conquistador Hernando de Soto (1496–1542) llegó a un lugar que llamó Espíritu Santo, lo que hoy es *Shaw's Point* en Bradenton, Florida, en mayo de 1539. Con De Soto venían nueve barcos, más de seiscientos hombres y doscientos caballos. A esta tierra la llamó Espíritu Santo. Entre sus hombres vinieron curas, artesanos, ingenieros, granjeros y mercaderes, algunos de Cuba, pero la mayoría era de Europa. De Soto continuó con su expedición por lo que hoy es Georgia, las dos Carolinas, Tennessee y Alabama, hasta descubrir el río Mississippi el 8 de mayo de 1541.

Las misiones: de la Florida a California

¿Quiénes establecieron las misiones y qué se conserva de ellas?

Walter Bibikow/Photolibrary

Con los exploradores y las luchas de conquista llegaron los misioneros españoles, principalmente los franciscanos. Para 1634 ya había en la Florida unas cuarenta misiones con una población indígena total de 30.000 personas. En 1630 había veinticinco misiones en lo que es ahora Nuevo México.

Pero fue en California donde las misiones, construidas cada una a un día de distancia a caballo de la otra, alcanzaron su mayor esplendor. En 1769, el misionero fray Junípero Serra estableció la primera misión en California, la de San Diego de Alcalá, en la actual bahía de San Diego. Fundó otras hasta su muerte en 1784. Alrededor de las misiones se fueron fundando ciudades, que hoy en día conservan el nombre de la misión. Entre ellas destacan San Juan Capistrano, Nuestra Señora de Los Ángeles, Santa Bárbara y San Francisco. Estas misiones sobreviven como testimonio de la importancia y del papel decisivo de lo hispano en los orígenes de los Estados Unidos.

Gary Conner/Photolibrary

■■ ¿COMPRENDISTE?

A. Los orígenes. Con tu compañero(a) completen las siguientes oraciones:

1. Juan Ponce de León llegó a la actual Florida buscando...

2. Hernando de Soto descubrió...

3. Los misioneros españoles fundaron misiones en...

4. Las misiones de California están a la distancia...

5. El gran fundador de misiones en California fue...

6. Algunas ciudades que conservan los nombres de las misiones son...

B. A pensar y a analizar. Contesta las siguientes preguntas con dos o tres compañeros(as) de clase.

1. ¿Qué creen que motivó a los españoles a viajar hasta el Nuevo Mundo? Escriban una lista de motivaciones, en orden de importancia. Expliquen su lista y compárenla con las de otros compañeros.

2. La fuente de la eterna juventud es una leyenda que hizo que los exploradores se adentraran en el territorio americano. ¿Cómo creen que pensaban los exploradores explotar ese descubrimiento si se hubiera producido? ¿Solo para algunos de ellos? ¿Comercializando el descubrimiento? Expliquen sus respuestas.

3. Construidas a un día de distancia a caballo, ¿qué función creen que tenían las misiones? ¿Cómo ayudaron a la colonización? Expliquen.

MEJOREMOS LA COMUNICACIÓN

aborigen *(m. f.)*	en busca de
actual *(m. f.)*	época
alcanzar	esplendor *(m.)*
alrededor	fuente *(f.)*
aporte *(m.)*	fundar
artesano(a)	granjero(a)
bahía	juventud *(f.)*
barco	mercader *(m.)*
cercano(a)	papel *(m.)*
cura *(m.)*	sobrevivir
decisivo(a)	testimonio
destacar	vasto(a)

 ¡Diviértete en la red!
Busca misiones de California en YouTube para ver fascinantes videos de las misiones y de cómo se conservan. Ve a clase preparado(a) para compartir la información que encontraste.

Estados Unidos

Jim Wark/Photolibrary

Nombre oficial: Estados Unidos de América
Población: 307.212.123 (estimación de 2009)
Principales ciudades: Washington, D.C. (capital), Nueva York, Chicago, Los Ángeles, Miami
Moneda: Dólar $

En Nueva York y sus alrededores, vas a encontrar...

> la Federación Hispana, una organización con una red de más de cien agencias latinas dedicadas a servir a la sociedad hispana creando y apoyando instituciones latinas.

> el museo y la biblioteca de la Sociedad Hispana de América, con una extensa colección de obras de arte, cerámica, textiles, joyas y publicaciones que se concentran en la cultura hispana.

> varios desfiles hispanos como: el *Hispanic Day Parade*, el Desfile Anual Puertorriqueño, el Desfile de los Reyes Magos, el *Ecuadorian Day Parade*, el Desfile de la Independencia Cubana y el Desfile de Inmigrantes Internacionales.

> el *Hispanic New York Project*, dedicado a promover la herencia cultural latina en la ciudad y a facilitar la comunicación y el trabajo conjunto entre escritores, artistas e intelectuales.

> el este de Harlem que se conoce como "el Barrio" o *"Spanish Harlem"*, una vibrante comunidad puertorriqueña.

> el Museo del Barrio.

En Los Ángeles, no dejes de...

> visitar el Pueblo de Los Ángeles, donde nació lo que hoy es la ciudad de Los Ángeles.

> visitar el *Latin Museum*, donde encontrarás las obras más sobresalientes de los artistas latinos contemporáneos.

> asistir al *Los Angeles Latino International Film Festival*, dedicado a presentar las mejores películas latinas filmadas en los Estados Unidos, España, el Caribe y Latinoamérica.

> pasear por el barrio de *East L.A.*, donde se encuentra la mayor concentración de latinos en Los Ángeles.

Bildagentur RM/Photolibrary

En Miami, no dejes de...

> visitar la Pequeña Habana, la capital del exilio cubano.

> jugar dominó en la Plaza de Máximo Gómez (la Plaza Dominó).

> visitar el Museo de Las Américas, con obras de grandes artistas latinoamericanos.

> visitar, también, los barrios de la Pequeña Managua, la Pequeña Haití, la Pequeña Buenos Aires y la Pequeña San Juan.

Index Stock Imagery/Photolibrary

Festivales hispanos en los Estados Unidos

> el *Hispanic Heritage Festival* en Miami

> el Festival Puertorriqueño y Cubano de Houston

> el Festival Dominicano en Boston

> el Festival Nicaragüense en Newark

> el Festival Boliviano de Virginia

> el Festival Salvadoreño en Los Ángeles

> el *Whole Enchilada Festival* en Las Cruces, Nuevo México

¡Diviértete en la red!
Busca cualquiera de estos sitios o festivales en Google Web y prepárate para presentar un breve resumen sobre lo más destacado de lo que seleccionaste.

Los hispanos en los EE.UU.: desafíos, éxitos y esperanzas

Los hispanos son la minoría más grande en los Estados Unidos. Se estima que hay más de **45.000.000 de hispanos** en los Estados Unidos, casi un quince por ciento de la población total del país. Aunque esa cifra incluye a personas de todas partes del mundo hispanohablante, la gran mayoría son chicanos o mexicoamericanos, caribeños y centroamericanos.

Mark Peterson/Redux

Chicanos

Las ciudades estadounidenses más pobladas por mexicoamericanos son Los Ángeles, Houston y Chicago. Muchos (175.000) ya vivían aquí cuando estas regiones eran parte de México antes del tratado de Guadalupe-Hidalgo (que puso fin a la guerra entre los Estados Unidos y México). Otros inmigraron por problemas políticos y económicos internos durante los últimos cien años, especialmente la Revolución Mexicana de 1910–1920.

Centroamericanos

Se estima que los grupos más grandes de centroamericanos en los Estados Unidos son los salvadoreños, los guatemaltecos, los hondureños y los nicaragüenses. Vinieron por la inestabilidad política y económica de varios países centroamericanos entre 1950 y 1970. En la década de los 80, emigraron debido a los movimientos revolucionarios en Guatemala y El Salvador y los conflictos entre los sandinistas y contras en Nicaragua. Las tres ciudades más habitadas por centroamericanos son Los Ángeles, Nueva York y Houston.

Caribeños (Cubanoamericanos, Dominicanos y Puertorriqueños)

Los puertorriqueños recibieron la ciudadanía estadounidenses en 1917. Entre las regiones más pobladas por puertorriqueños en los Estados Unidos continentales están Nueva York (aun más que en San Juan, la capital de Puerto Rico), la Florida y Filadelfia.

Los dominicanos llegaron por problemas políticos internos (dictaduras) o económicos en las décadas de los 70 y 80. Entre las ciudades más pobladas por dominicanos están *Washington Heights/Quisqueya Heights*, Nueva York y Lawrence, Massachusetts, donde más de un tercio de la población es dominicana. Los dominicanos han sido el segundo grupo más numeroso de inmigrantes, después de los mexicanos.

Para los cubanoamericanos, la llegada al poder de Fidel Castro

Martha Benedict

produjo un masivo éxodo de cubanos. Entre 1960 y 1979, cientos de miles abandonaron su isla buscando una nueva vida. En 1980 llegaron otros 125.000 cubanos que, en su mayoría, eran personas de clases menos acomodadas, lo cual hizo que les fuera bastante más difícil adaptarse a la vida en los EE.UU. Entre las ciudades más pobladas por cubanoamericanos está Miami.

■■ ¿COMPRENDISTE?

A. Los orígenes. Con tu compañero(a), completen las siguientes oraciones.

1. Los cuatro grupos más grandes de hispanos en los EE.UU. son...

2. De esos, el grupo más grande es el de los...

3. La ciudad de los EE.UU. con más dominicanos es...

4. La ciudad de los EE.UU. con más puertorriqueños es...

5. La ciudad de los EE.UU. con más cubanos es...

6. La ciudad de los EE.UU. con más chicanos es...

7. Las tres ciudades de los EE.UU. con más centroamericanos son...

8. La motivación principal por la cual la mayoría de los inmigrantes centroamericanos/dominicanos/cubanos/mexicanos decidieron venir fue...

MEJOREMOS LA COMUNICACIÓN	
acomodado(a)	éxito
aportación (f.)	éxodo
cifra	guerra
ciudadanía	inmigrar
clase menos acomodada	mayoría
década	minoría
desafío	poblado(a)
desarrollo	poner fin a
dictadura	por ciento
emigrar	tercio
estimarse	tratado
estadounidense (m. f.)	valioso(a)

B. A pensar y a analizar. Haz una comparación entre el origen de los chicanos, los cubanoamericanos, los dominicanos y los centroamericanos en los EE.UU. Refiérete a cuándo llegaron a los EE.UU. y por qué vinieron. Compara tus conclusiones con las de un(a) compañero(a).

C. Apoyo gramatical: artículos definidos e indefinidos. Completa el siguiente párrafo sobre algunas contribuciones de los inmigrantes hispanos empleando artículos definidos o indefinidos apropiados. Presta atención a las contracciones del artículo definido.

Es común hablar de (1) _____ nación estadounidense como de (2) _____ nación de inmigrantes. (3) _____ productividad manual y artística de estos inmigrantes ha sido y es (4) _____ recurso valioso de (5) _____ país norteamericano. (6) _____ inmigrantes hispanos han contribuido y contribuyen ampliamente a (7) _____ desarrollo de (8) _____ historia estadounidense. En (9) _____ campo de (10) _____ artes, por ejemplo, (11) _____ producción norteamericana se ha enriquecido con (12) _____ aportación de (13) _____ valiosas obras literarias, musicales y pictóricas hispanas.

Gramática 1.1: Antes de hacer esta actividad conviene repasar esta estructura en las págs. 24–29.

LOS NUESTROS

Janet Murguía

Actualmente es la presidenta y jefa ejecutiva del Consejo Nacional de La Raza, la organización más importante de derechos civiles para hispanos. En 2001 se une a la Universidad de Kansas como vicecanciller ejecutiva. Desde 2004, su nombre figura en diversas listas que reconocen su influencia. En 2006, la revista *Washingtonian* la incluye en su lista de las "100 Mujeres Más Poderosas de Washington". En 2007 aparece en la lista de "Los Poderosos 100" de la revista *Poder*, en la de los "101 Mejores Líderes de la Comunidad Hispana" de la revista *Latino Leaders* y fue nombrada una de los "Latinos Poderosos 2007" en la revista *Hispanic*.

Richard/Bloomberg via Getty Images

Taller Puertorriqueño, Inc.

Junot Díaz

El escritor dominicano Junot Díaz llegó con sus padres a Nueva Jersey cuando apenas tenía siete años. Allí vivió en extrema pobreza junto con otros inmigrantes dominicanos. En la escuela, estimulado por una profesora, se lanzó a describir sus sentimientos sobre su vida y la de los que lo rodeaban. Poco a poco se convirtió en el gran escritor que es hoy en día, ganador de premios tan importantes como el *Pushcart Prize XXII* (1997), el *Eugene McDermott Award* (1998), el *Guggenheim Fellowship* (1999) y finalmente el premio *Pulitzer* (2008) por su obra *The Brief Wondrous Life of Oscar Wao*.

Luis von Ahn

Es un científico y profesor guatemalteco de ciencias de la computación en Carnegie Mellon University. Es el fundador de la compañía Recaptcha que fue vendida a Google en 2009. Sus investigaciones en computación y en Crowdsourcing le han dado reconocimiento internacional y varios honores en el ámbito científico y tecnológico. En 2006 ganó el premio MacArthur, también conocido como el "premio del genio". Ha sido nombrado uno de los 50 mejores cerebros en la ciencia por la revista *Discover,* uno de los 10 científicos brillantes de 2006 por *Popular Science* y una de las 50 personas más influyentes en la tecnología por Silicon.com. En 2009, el diario *Siglo XXI de Guatemala* nombró a Luis von Ahn como su personaje del año.

© Mike McGregor/Contour by Getty Images

Otros latinos sobresalientes en los Estados Unidos

Julia Álvarez: novelista, poeta, ensayista, catedrática dominicana

Orlando Antigua: basquetbolista dominicano, miembro de los Globe Trotters

Gloria Estefan: cantante, compositora cubanomericana

Andy García: actor cubanoamericano

Carmen Lomas Garza: artista y autora chicana de libros para niños

Edward James Olmos: actor chicano

Mary Rodas: presidenta salvadoreña de una compañía de juguetes

Esmeralda Santiago: novelista, editora puertorriqueña

Claudia Smith: activista y abogada guatemalteca

Luis Valdéz: actor, director, dramaturgo y cineasta chicano

¿COMPRENDISTE?

A. Los nuestros. Contesta estas preguntas con un(a) compañero(a).

1. ¿Por qué crees que el nacer en una cultura y vivir en otra es el tema de muchos autores chicanos y latinos en general?

2. Si fueras un latino (o latina) sobresaliente, ¿a qué dedicarías tus esfuerzos?

B. Miniprueba. Demuestra lo que aprendiste de estos talentosos latinos al completar estas oraciones.

1. Janet Murguía es una de las mujeres hispanas más _____ de los EE.UU.

   a. dificultosas   b. motivadas   c. poderosas

2. Junot Díaz fue motivado a escribir sobre su vida por una profesora _____.

   a. en la escuela   b. universitaria   c. dominicana

3. En el 2009, Racaptcha, la compañía que fundó Luis von Ahn, fue comprada por _____.

   a. Crowdsourcing   b. *Popular Science*   c. Google

C. Diario. En un cuaderno dedicado especialmente a **Los nuestros**, escribe por lo menos media página sobre el siguiente tema.

Janet Murguía se incluye en la lista de "Los Poderosos 100" y Luis von Ahn ha sido nombrado uno de los mejores cerebros en la ciencia. ¿Qué crees que podrías hacer tú para ser incluido(a) en tal lista o declarado(a) uno de los mejores cerebros en tu especialidad?

MEJOREMOS LA COMUNICACIÓN

actualmente	genio *(m. f.)*
al filo de	influyente *(m. f.)*
ámbito	jefe(a) ejecutivo(a)
apenas	lanzarse
cerebro	obra
computación *(f.)*	poderoso(a)
convertirse (ie)	reconocimiento
derechos civiles	revista
diario	rodear
diverso(a)	unirse
ganador(a)	vicecanciller *(m. f.)*

 ¡Diviértete en la red!
Busca a tres de estas personas en Google Images y/o YouTube para ver imágenes y escuchar a estos talentosos latinos. Ve a clase preparado(a) para decir cuál de las tres es tu favorito y por qué. Si se puede, muestra unas de las imágenes o videos.

Sílabas

Todas las palabras se dividen en sílabas. Una sílaba es la letra o letras que forman un sonido independiente dentro de una palabra. Hay varias reglas que determinan cómo se forman las sílabas en español. Estas reglas hacen referencia tanto a las vocales (a, e, i, o, u) como a las consonantes (cualquier letra del alfabeto que no sea vocal).

Regla 1: Todas las sílabas tienen por lo menos una vocal.

mexicano ⟶ me-xi-ca-no   ruta ⟶ ru-ta

Regla 2: La mayoría de las sílabas en español comienzan con una consonante.

ayuda ⟶ **a**-yu-da*   cubanos ⟶ cu-ba-nos   vida ⟶ vi-da

*Una excepción a esta regla son las palabras que comienzan con una vocal.

Regla 3: Cuando la **l** o la **r** sigue a una **b, c, d, f, g, p** o **t**, forman grupos consonánticos que nunca se separan.

anglo ⟶ an-**glo**   conflicto ⟶ con-**fli**c-to   drama ⟶ **dra**-ma

Regla 4: Las letras dobles de **ch, ll** y **rr** nunca se separan; siempre aparecen juntas en la misma sílaba.

borracho ⟶ bo-**rra**-cho   chicanos ⟶ **chi**-ca-nos   cuchillo ⟶ cu-**chi**-**llo**

Regla 5: Cualquier otro grupo consonántico siempre se separa en dos sílabas.

alcalde ⟶ al-**cal**-de   excepto ⟶ ex-**cep**-to   grande ⟶ **gran**-de

Regla 6: Los grupos de tres consonantes siempre se dividen en dos sílabas, manteniendo los grupos consonánticos indicados en la Regla 3 y evitando la combinación de la letra **s** antes de otra consonante.

construcción ⟶ cons-truc-ción   empleo ⟶ em-**ple**-o   instante ⟶ ins-tan-te

¡A practicar!

A. Separación. Escucha mientras tu profesor(a) lee las siguientes palabras. Luego, divídelas en sílabas.

1. c e n t r o
2. e n t r a d a
3. a c o m o d a d o r
4. d i b u j o s
5. m u s i c a l e s
6. m i s t e r i o

B. El acento. En español, todas las palabras de más de una sílaba tienen una sílaba que se pronuncia con más fuerza o énfasis que las demás. Esta fuerza de pronunciación se llama "el acento". Hay tres reglas o principios generales que indican dónde llevan el acento la mayoría de las palabras de dos o más sílabas.

Regla 1: Las palabras que terminan en vocal, **n** o **s**, llevan el acento prosódico en la penúltima sílaba.

ci - ne   fas - **ci** - nan   mu - si - **ca** - les

Regla 2: Las palabras que terminan en consonante, excepto **n** o **s,** llevan el acento en la última sílaba.

sa - **lud**   tra - ba - ja - **dor**   u - ni - ver - si - **dad**

Regla 3: Todas las palabras que no siguen las dos reglas anteriores llevan acento ortográfico, o sea, acento escrito. El acento escrito se coloca sobre la vocal de la sílaba que se pronuncia con más fuerza o énfasis. En las siguientes palabras, la sílaba subrayada indica dónde iría el acento según las tres reglas anteriores.

co - <u>ra</u> - **zón**   <u>pa</u> - **pá**   Ra - **mí** - <u>rez</u>

¡A practicar!

A. Sílaba que lleva el acento. Ahora escucha mientras tu profesor(a) pronuncia las palabras que siguen y subraya la sílaba que lleva el acento según las tres reglas que acabas de aprender.

1. Val-dez
2. tra-ba-ja-dor
3. re-a-li-dad
4. o-ri-gen
5. pre-mios
6. glo-ri-fi-car

B. El acento escrito. Ahora escucha mientras tu profesor(a) pronuncia las siguientes palabras que requieren acento escrito. Subraya la sílaba que llevaría el acento según las tres reglas anteriores y luego pon el acento escrito en la sílaba que realmente lo lleva. Fíjate que la sílaba con el acento escrito nunca es la sílaba subrayada.

1. ar-tis-ti-co
2. fa-cil
3. pa-gi-na
4. e-co-no-mi-ca
5. po-li-ti-cos
6. in-di-ge-nas

C. ¡Ay, qué torpe! Un joven hispanohablante escribió el siguiente párrafo sin prestar atención ni a la silabación ni a las sílabas que llevan acento escrito. Por lo tanto, cometió diez errores en total. Encuéntralos y corrígelos, escribiendo el párrafo de nuevo en una hoja aparte.

Gregory Nava, distinguido por varias peliculas en ingles y tambien por varios filmes en español, mantiene el interés del publico con argumentos de gran contenido dramático. Todavia no ha filmado temas romanticos, ni de vaqueros ni ha hecho peliculas de ciencia ficcion como Richard Rodríguez, a quien le gustan los temas no realistas.

El español es una lengua viva y vibrante que siempre está cambiando ya sea debido a nuevo vocabulario, nuevos dialectos, variantes coloquiales, etc. Es importante entender y respetar todos estos cambios que son parte de la riqueza cultural del mundo de habla española. En esta unidad vas a familiarizarte con el habla de los chicanos y de los puertorriqueños. Ambas variantes utilizan regionalismos y dan testimonio de la gran riqueza lingüística del español de las Américas.

El "caló"

Una de las variantes coloquiales que se escucha en los barrios chicanos de EE.UU. se conoce como "caló". Este colorido lenguaje tiene su origen en el habla de los gitanos españoles que vinieron a las Américas. El "caló" adquirió popularidad en los años 40, la llamada era de los pachucos, jóvenes chicanos con un estilo rebelde de vestir, hablar y actuar. Esta rebeldía, que representaba una resistencia a ser asimilado a la cultura angloamericana, fue llevada al teatro y luego al cine por Edward James Olmos en 1981 en la obra de Luis Valdez, *Zoot Suit*.

Al descifrar el "caló". Algunos autores chicanos utilizan el caló en el habla de personajes chicanos en sus obras literarias. Gran parte del vocabulario caló es fácil de reconocer con un poco de esfuerzo. Es bueno empezar por identificar si la palabra que no reconoces es un sustantivo, adjetivo o verbo. Ya sabiendo eso, hay que fijarse en cómo se usa la palabra en la oración, en qué contexto. Por ejemplo, piensa en el significado de *gacho* y *chante* en la oración que sigue.

> Un día Sammy inventó una bomba de apeste y tan *gacho* era el olor que hasta entraba al *chante* de Sammy y todos se enfermaban.

Es fácil reconocer que *gacho* es un adjetivo y que *chante* es un sustantivo. El contenido implica que *gacho* sería algo como "feo, ofensivo, malo" y que *chante* sería algo como "casa, vivienda, hogar".

A entender y respetar el "caló". Lee ahora este fragmento inicial del cuento "Sammy y los del Tercer Barrio" del autor chicano José Antonio Burciaga y selecciona la palabra de la segunda columna que define mejor cada palabra caló de la primera columna.

El Sammy llegó a su chante[1] todo caldeado[2] porque los batos[3] lo habían cabuleado[4] ...quesque[5] era buti[6] agarrado[7] con su feria[8].

...

El Sammy era gaba[9], vivía a orilla del barrio y era el más calote[10] con la excepción de Iván que cantoneaba[11] al otro lado del *freeway*.

_____	1. chante	a.	muy
_____	2. caldeado	b.	dinero
_____	3. batos	c.	tacaño
_____	4. cabuleado	d.	gringo
_____	5. quesque	e.	amigos
_____	6. buti	f.	enojado
_____	7. agarrado	g.	casa
_____	8. feria	h.	grandote
_____	9. gaba	i.	vivía
_____	10. calote	j.	dicen que
_____	11. cantoneaba	k.	burlado

La joven poesía: Manuel Colón

"Me siento como una mancha oscura en una sábana blanca".

© Cengage Learning 2012

"Me encuentro ajeno hasta en mi propia tierra".

Antes de empezar el video

Contesten las siguientes preguntas en parejas.

1. ¿Qué tipo de conflictos de identidad tienden a tener los jóvenes hoy en día?

2. En su opinión, ¿cuál es la mejor manera de resolverlos?

Después de ver el video

A. La joven poesía. Completa las siguientes oraciones.

1. El problema principal de Manuel Colón es...

2. Algunos conflictos de identidad que Manuel Colón menciona son...

3. Manuel Colón resolvió esos conflictos al decidir que...

B. A pensar y a interpretar. Contesten las siguientes preguntas en parejas.

1. ¿Creen Uds. que es importante tener una identidad étnica? ¿Por qué sí o no?

2. ¿Creen Uds. que el identificarse con un grupo étnico le prohíbe a alguien pertenecer a otro grupo? ¿Por qué sí o no?

3. ¿Cuáles son las ventajas y desventajas de ser miembro de un grupo étnico?

C. Apoyo gramatical: artículos definidos e indefinidos. Completa el siguiente párrafo con los artículos definidos o indefinidos apropiados para repasar lo que aprendiste en el video de esta lección.

En (1) _____ programa del video sobre "(2) _____ joven poesía", Cristina, (3) _____ entrevistadora, conversa con Manuel Colón, quien es (4) _____ joven poeta chicano. Manuel tiene (5) _____ conflicto de identidad étnica; no sabe si él es (6) _____ persona mexicana, norteamericana, mexicoamericana o chicana. Él trata de encontrar (7) _____ respuesta a su pregunta y finalmente se da cuenta de que (8) _____ respuesta está en su propia poesía. (9) _____ poema que él recita en (10) _____ emisión televisiva se llama "Autobiografía".

Gramática 1.1: Antes de hacer esta actividad conviene repasar esta estructura en las págs. 24–29.

¡Diviértete en la red!
Busca "identidad chicana", "identidad latina" o "identidad latinoamericana" en Google Web. Ve a clase preparado(a) para presentar un breve informe sobre cómo se reflejan estos temas en la red y a qué conclusiones llegan.

¡Antes de leer!

A. Anticipando la lectura: título y foto de fondo. Para ayudarte a anticipar el contenido de esta lectura, lee el título del poema y estudia la imagen de fondo. Luego contesta las siguientes preguntas con un(a) compañero(a).

1. ¿Cuántos significados pueden tener las palabras "Esperanza" y "Los Ángeles" en el título? ¿Cuáles son?

2. ¿Qué impresión les causa la foto de fondo? ¿Ayuda a enfocarse en un significado específico del título? Si así es, ¿cuál es ese significado?

3. En base al título del poema y la foto de fondo, hagan una lista de tres cosas que creen que se van a mencionar en el poema. Luego, después de leerlo, vuelvan a su lista y comprueben si anticiparon correctamente o no.

B. Anticipando la lectura: el contenido. Contesta las siguientes preguntas con un(a) compañero(a).

1. ¿Cuál es la diferencia entre un refugiado legal y uno ilegal? ¿Cómo entran los refugiados legales a los EE.UU.? Y los ilegales, ¿cómo entran?

2. ¿Qué peligros hay para los refugiados indocumentados?

3. ¿Qué seguridad hay de que van a encontrar una buena vida en los EE.UU.? Expliquen sus respuestas.

4. ¿Qué tipos de empleo encuentran los refugiados indocumentados? ¿Cuánto ganan?

5. ¿Es posible que algunos refugiados encuentren en los EE.UU. una vida peor de la que llevaban en su país de origen? Expliquen.

Sobre el autor

Jorge Argueta, poeta salvadoreño, llegó a los Estados Unidos en 1980. Se ha dedicado a enseñar poesía en las escuelas públicas de San Francisco y es autor de varios libros para niños, aunque en sus primeros años se dedicó a escribir sobre las experiencias de inmigrantes indocumentados. Está convencido de que todos pueden escribir, sobre todo los niños pequeños, a quienes considera poetas por naturaleza. Entre los muchos premios que ha recibido, están el Premio *America's Book Award* (2003) y el *Independent Publishers Book Award* (2004). Su trabajo es muy apreciado en textos universitarios y en antologías. Su poema "Esperanza muere en Los Ángeles" lleva una dedicatoria a su prima y la fecha de su muerte. Sería difícil encontrar otro poema que en tan pocos versos transmita la tragedia de una persona común y corriente, tal como lo consigue el autor.

Copyright Teresa Kennett

Esperanza muere en Los Ángeles

Tengo una prima
que salió **huyendo**
de la guerra
una prima que pasó
corriendo de la migra
por **los cerros** de Tijuana
una prima que llegó a Los Ángeles
escondida en el baúl de un carro
una prima que hoy se muere
se muere lejos de El Salvador
Pobre mi prima Esperanza
no la mató la guerra
la mató la explotación
$50 miserables dólares a la semana
40 horas a la semana
Pobre mi prima Esperanza
se está muriendo en Los Ángeles
muerta la van a **enviar** a El Salvador
Pobre mi prima Esperanza
dicen que sufrió un **derrame**
y que su hija piensa
que su madre sueña
sueña que está en El Salvador
Pobre mi prima Esperanza
ya se murió
ya la mataron
En un **cajón** negro
se va hoy para su **patria**
Pobre mi prima Esperanza
salió huyendo de la guerra
y muerta la envían a la guerra
pobre mi prima Esperanza
hoy se va a su tierra a descansar
con sus hermanos
todos los muertos
de la misma guerra

"Esperanza muere en Los Angeles," reprinted by permission of the author, Jorge Argueta, from *Love Street*. Editores Unidos Salvadoreños, 1991.

¡Después de leer!

A. Hechos y acontecimientos. ¿Recuerdas los datos más importantes de la lectura? Para asegurarte, completa estas preguntas. Luego compara tus respuestas con las de dos o tres compañeros(as).

1. ¿Quién es Esperanza? ¿Qué edad crees que tiene?

2. ¿Dónde vivía Esperanza? ¿Por qué se fue de ese lugar? ¿Adónde se fue?

3. ¿Dónde cruzó la frontera? ¿Cómo la cruzó?

4. ¿Cómo murió Esperanza? ¿Qué la mató?

5. ¿Dónde van a enterrar a Esperanza? ¿Por qué?

B. A pensar y a analizar. Contesta estas preguntas y compara tus respuestas con las de tus compañeros(as).

1. La ironía es un método literario para enfatizar una idea expresándola con palabras que indican lo contrario. En "Esperanza muere en Los Ángeles" hay un constante tono irónico. Por ejemplo, si observas las palabras "Esperanza", "El Salvador", "Los Ángeles" podrás ver que están llenas de ironía ya que, ¿hay esperanza para Esperanza? ¿Es El Salvador el salvador de Esperanza? ¿Es Los Ángeles un ángel para Esperanza? ¿Cuántos otros ejemplos de ironía puedes encontrar?

2. Examina los siguientes versos.

"salió huyendo de la guerra
y muerta la envían a la guerra"

¿Qué quiere decir el poeta aquí? ¿Hay otros versos que enfatizan la tragedia de Esperanza? ¿Cuáles son?

C. Nuestras experiencias. ¿Saben ustedes de casos parecidos, donde un(a) pariente(a) o un(a) amigo(a) o un(a) amigo(a) de un amigo ha sufrido gravemente tratando de huir de su país natal y/o de adaptarse en un nuevo país? Compartan algunos de los detalles con sus compañeros de clase.

D. Apoyo gramatical: sustantivos. Completa el siguiente párrafo sobre un lugar histórico de Los Ángeles con los plurales de las palabras que están entre paréntesis.

Si vas a Los Ángeles debes visitar el distrito histórico llamado Pueblo de los Ángeles. Allí puedes ver la plaza principal con los (1) _____ (nombre) de las once (2) _____ (familia) que fundaron el pueblo, tres (3) _____ (estatua) de importantes (4) _____ (figura) históricas, tal vez (5) _____ (celebración) en la plaza, (6) _____ (museo) cercanos, entre ellos el de Ávila Adobe, la casa más antigua de Los Ángeles cuyas (7) _____ (habitación) tienen (8) _____ (mueble) de la época. En ese vecindario hay también algunas (9) _____ (iglesia) y muchos interesantes (10) _____ (edificio) antiguos. Y si vas al mercado de la calle Olvera, puedes comprar (11) _____ (producto) mexicanos de tu gusto.

Gramática 1.1: Antes de hacer esta actividad conviene repasar esta estructura en las págs. 20–23.

¡Diviértete en la red!
Haz una búsqueda en YouTube con los siguientes poetas salvadoreños: Roque Dalton, Claudia Lars, Francisco Gavidia. Selecciona el videoclip que desees ver. Ve a clase preparado(a) para presentar un breve resumen sobre el videoclip que viste. Di si recomiedas leer al poeta que escuchaste y explica por qué.

1.1 Sustantivos y artículos

¡A que ya lo sabes!

Para probar que ya sabes bastante del uso de los artículos y los sustantivos, mira los siguientes pares de oraciones y decide, en cada par, cuál de las dos oraciones te suena bien, la primera o la segunda.

1. a. Tengo *un* problema en el trabajo.

   b. Tengo *una* problema en el trabajo.

> Para más práctica, haz las actividades de **Gramática en contexto** (sección 1.1) del *Cuaderno para los hispanohablantes.*

2. a. Me gustan las películas con *actrices* latinas.

   b. Me gustan las películas con *actriz* latinas.

¿Qué dice la clase? ¿Están de acuerdo contigo los otros estudiantes? Sin duda, casi todo el mundo seleccionó la primera opción en ambos casos. ¿Por qué? Porque Uds. ya saben mucho de gramática. Como hablantes de español, ya han internalizado la gramática. Lo que tal vez no saben es por qué una oración es correcta y la otra no. Pero, sigan leyendo y van a saber eso también.

Género de los sustantivos

Los sustantivos en español tienen género masculino o femenino. El género de la mayoría de los sustantivos es arbitrario, pero hay reglas que te pueden servir de guía.

> La mayoría de los sustantivos que terminan en **-a** son femeninos; los que terminan en **-o** son masculinos.

la película	el mundo
la tierra	el tratado

Algunas excepciones de uso común son:

la mano	el día
la foto (=la fotografía)	el mapa
la moto (=la motocicleta)	el cometa

Nota para hispanohablantes
En algunas comunidades de hispanohablantes, hay una tendencia a usar el artículo masculino con todo sustantivo que termina en -o y el artículo femenino con todo sustantivo que termina en -a, aun cuando no sea apropiado: *el mano, el foto, el moto, la día, la mapa, la planeta.* Es importante evitar este uso fuera de esas comunidades y en particular al escribir.

> Los sustantivos que se refieren a varones son masculinos y los que se refieren a mujeres son femeninos.

el primo	la prima
el escritor	la escritora
el hombre	la mujer
el padre	la madre

❯ Algunos sustantivos, tales como los que terminan en **-ista,** tienen la misma forma para el masculino y el femenino. El artículo o el contexto identifica el género.

el artista	la artista
el cantante	la cantante
el estudiante	la estudiante
el pianista	la pianista

❯ La mayoría de los sustantivos que terminan en **-d, -ión** y **-umbre** son femeninos.

la ciudad	la confusión	la certidumbre
la comunidad	la inmigración	la muchedumbre
la pared	la tradición	la costumbre

Algunas excepciones a esta regla son:

el césped	el avión
el ataúd	el camión

❯ Los sustantivos **persona** y **víctima** son siempre femeninos, incluso si se refieren a un varón.

Matilde es una persona muy creativa.

Pedro es una persona muy imaginativa.

❯ Los sustantivos de origen griego que terminan en **-ma** son masculinos.

el idioma	el problema	el clima
el poema	el programa	el tema

Nota para hispanohablantes
En algunas comunidades de hispanohablantes, hay una tendencia a usar siempre el artículo femenino con sustantivos de origen griego que terminan en -ma y decir *la clima, la idioma, la problema,* etcétera. Es importante evitar este uso fuera de esas comunidades y en particular al escribir.

❯ La mayoría de los sustantivos que terminan en **-r** o **-l** son masculinos.

el favor	el papel
el lugar	el control

Algunas excepciones a esta regla son:

la flor	la catedral
la labor	la sal

❯ Los sustantivos que nombran los meses y los días de la semana son masculinos; son igualmente masculinos los que nombran océanos, ríos y montañas.

el jueves	el Pacífico
el cálido agosto	el Everest

❯ Algunos sustantivos tienen dos géneros; el significado del sustantivo determina el género.

el capital *(dinero)*	la capital *(ciudad)*
el corte *(del verbo "cortar")*	la corte *(del rey, o la corte judicial)*
el guía *(un varón que guía)*	la guía *(un libro; una mujer que guía)*
el modelo *(un ejemplo; un varón que modela)*	la modelo *(una mujer que modela)*
el policía *(un varón policía)*	la policía *(la institución; una mujer policía)*

Ahora, ¡a practicar!

A. La tarea. Ayúdale a Pepito a hacer la tarea. Tiene que identificar el sustantivo de género diferente, según el modelo.

> MODELO opinión, avión, satisfacción, condición
> **el avión** (los otros usan el artículo **la**)

1. mapa, literatura, ciencia, lengua
2. ciudad, césped, variedad, unidad
3. problema, tema, guerra, poema

4. calor, color, clamor, labor
5. metal, catedral, canal, sol
6. moto, distrito, exilio, gobierno

B. ¿Qué opinas? Indica si en tu opinión lo siguiente es o no fascinante.

> MODELO variedad cultural
> **La variedad cultural es fascinante.** o **La variedad cultural no es fascinante.**

1. cuentos de Junot Díaz
2. idioma español
3. diversidad cultural de EE.UU.
4. capital de nuestro estado

5. programas de videos latinos
6. arquitectura del suroeste
7. vida de Janet Murguía
8. cine mexicano

C. Encuesta. Entrevista a varios(as) compañeros(as) de clase para saber qué opinan sobre estos temas. Si la persona contesta afirmativamente, escribe su nombre en el cuadro apropiado. No se permite tener el nombre de la misma persona en más de un cuadro.

> MODELO diversidad en nuestra universidad
> —¿Qué opinas de la diversidad en nuestra universidad?
> —**Es fascinante.** o **No es muy interesante.**

la diversidad cultural en nuestra universidad	la película *Selena*	problema de las drogas
el clima hoy día	la foto de Janet Murguía en la página 10	el Festival Nicaragüense en Newark
la cantante Gloria Estefan	los programas universitarios	las películas de Andy García

El plural de los sustantivos

Para formar el plural de los sustantivos se siguen las siguientes reglas básicas.

> Se agrega una **-s** a los sustantivos que terminan en vocal.

tratado	tratados
detalle	detalles
programa	programas

> Se agrega **-es** a los sustantivos que terminan en consonante.

escritor	escritores
origen	orígenes

⟩ Los sustantivos que terminan en una vocal no acentuada + **-s** usan la misma forma para el singular y el plural.

el lunes	los lunes
la crisis	las crisis

Sustantivos con cambios ortográficos

⟩ Los sustantivos que terminan en **-z** cambian la **z** a **c** en el plural.

la voz	las voces
la actriz	las actrices

⟩ Los sustantivos que terminan en una vocal acentuada seguida de **-n** o **-s** pierden el acento ortográfico en el plural.

la población	las poblaciones
el interés	los intereses

Ahora, ¡a practicar!

A. Contrarios. Tú y tu mejor amigo(a) son completamente diferentes. ¿Qué dices tú cuando tu amigo(a) hace estos comentarios?

MODELO Yo no conozco a ese candidato.
Yo conozco a todos los candidatos. o Yo conozco a muchos candidatos.

1. Yo no conozco a esa actriz.
2. Yo no sé hablar otra lengua.
3. Mi lección de guitarra es el lunes
4. Yo no conozco ni una obra de Junot Díaz.
5. No tengo una crisis al día.
6. Yo no conozco a esa escritora.
7. Yo no reconozco la voz de nadie.
8. Yo visité una misión en el verano.

B. ¿Cuántos hay? Pregúntale a un(a) compañero(a) cuántos de los siguientes objetos hay en los lugares indicados.

MODELO mochila: libro, lápiz, bolígrafo, cuaderno
—**¿Cuántos libros hay en tu mochila?**
—**Hay tres libros.**

1. cuarto: escritorio, cama, silla, diccionario, computadora
2. sala de clase: estudiante, escritorio, silla, pizarra, tiza
3. casa de tus padres: cuarto, baño, televisor, persona, bicicleta
4. estado en que vives: universidad, ciudad importante, habitante, lugar turístico principal
5. el poema "Esperanza muere en Los Ángeles": protagonista, narrador, país, ciudad

C. La Pequeña Habana. Completa el siguiente párrafo acerca de un barrio hispano de Miami con los plurales de las palabras que aparecen entre paréntesis.

Si te paseas por la Pequeña Habana, puedes ver (1) _____ (monumento) históricos, (2) _____ (centro) culturales, (3) _____ (letrero) de (4) _____ (negocio), (5) _____ (restaurante) típicos, (6) _____ (bar), (7) _____ (fábrica) de (8) _____ (puro) habanos, (9) _____ (salón) de espectáculos, (10) _____ (local) comerciales, (11) _____ (tienda) diversas, (12) _____ (galería) de arte y otros (13) _____ (lugar) de exhibición y, por supuesto, gran cantidad de (14) _____ (turista). Y si vas al Parque del Dominó, puedes ver a muchos (15) _____ (jugador) que se divierten jugando al dominó.

Artículos definidos
Formas

	Masculino	Femenino
Singular	el	la
Plural	los	las

> El género y el número del sustantivo determinan la forma del artículo.

nombre	→	masculino singular	→	**el** nombre
gente	→	femenino singular	→	**la** gente
pasaportes	→	masculino plural	→	**los** pasaportes
labores	→	femenino plural	→	**las** labores

> Observa las siguientes contracciones.

a + el = al

de + el = del

¿Conoces **al** autor **del** cuento "Drown"?

El calentamiento global es una **de las** cuestiones centrales **del** siglo XXI.

> El artículo **el** se usa con sustantivos femeninos singulares que comienzan con **a-** o **ha-** acentuada. En tal caso, va inmediatamente delante del sustantivo; de otro modo, se usa la forma **la** o **las**.

El arma más poderosa para combatir la pobreza es la educación.

El agua de este lago está contaminada.

Las aguas de muchos ríos están contaminadas.

Algunos sustantivos femeninos de uso común que comienzan con **a-** o **ha-** acentuada:

águila		área
agua		aula
ala		habla
alba		hada
alma		hambre

Nota para hispanohablantes

En algunas comunidades hispanohablantes hay una tendencia a usar siempre el artículo femenino con sustantivos que comienzan con a- o ha- acentuada y decir *la águila, la agua, la ala*, etcétera. Los adjetivos que modifican a estos sustantivos deben ser femeninos. Así, hay que decir "El agua está contaminada" y no *"El agua está contaminado"*. Es importante evitar este uso fuera de esas comunidades y en particular al escribir.

Usos

El artículo definido se usa en los siguientes casos:

> Con sustantivos usados en sentido general o abstracto.

La violencia no soluciona **los** problemas.

Debemos continuar mejorando **la** educación.

Respetamos **la** diversidad cultural.

> Con partes del cuerpo o artículos de ropa cuando va precedido de un verbo reflexivo o cuando es claro quién es el poseedor.

> ¿Puedo sacarme **la** corbata?
>
> Me duele **el** hombro.

> Con nombres de lenguas, excepto cuando siguen a **en**, **de** o a las formas del verbo **hablar**. A menudo se omite el artículo después de los siguientes verbos: aprender, enseñar, entender, escribir, estudiar, saber y leer.

> **El** español y **el** inglés son las lenguas oficiales de Puerto Rico.
>
> Este libro está escrito en portugués. Yo no entiendo **(el)** portugués, pero un amigo mío es profesor de portugués.

> Con títulos, excepto **San/Santa** y **don/doña,** cuando se habla acerca de alguien. Se omite el artículo cuando se habla directamente a alguien.

> Necesito hablar con **el** profesor Núñez.
>
> Doctora Cifuentes, ¿cuáles son sus horas de oficina?
>
> ¿Conoces a **don** Eugenio?
>
> Hoy es el día de **Santa** Teresa.

> Con los días de la semana para indicar cuándo ocurre algo.

> Te veo **el** martes.

❯ Con las horas del día y con las fechas.

Son **las** nueve de la mañana. Salimos **el** dos de septiembre.

> **Nota para bilingües**
> En contraste con el español, el inglés omite el artículo con las horas del día: *It's nine a.m.*

❯ Con los nombres de ciertas ciudades, regiones y países en los cuales el artículo forma parte del nombre, como en los siguientes ejemplos: Los Ángeles, La Habana, Las Antillas, El Salvador y Las Antillas y El Salvador. El artículo definido es optativo con los siguientes países:

(la) Argentina	(el) Ecuador	(el) Perú
(el) Brasil	(los) Estados Unidos	(el) Uruguay
(el) Canadá	(el) Japón	
(la) China	(el) Paraguay	

❯ Con sustantivos propios modificados por un adjetivo o una frase.

Quiero leer sobre **el** México colonial.   ¿Dónde está **la** pequeña Lucía?

❯ Con unidades de peso o de medida.

Las uvas cuestan dos dólares **el kilo**.

> **Nota para bilingües**
> El inglés usa el artículo indefinido *a* con unidades de peso o de medida: *Grapes are $1.00 a pound.*

Ahora, ¡a practicar!

A. Preparativos. ¿Quién es responsable de enviar las invitaciones? Para saberlo, escribe el artículo definido solo en los espacios donde sea necesario.

— (1) _____ Señora Olga, ¿cuándo es la próxima exposición de (2) _____ doña Carmen?

— Es (3) _____ viernes próximo.

— (4) _____ señor Cabrera se ocupa de las invitaciones, ¿verdad?

— ¿Enrique Cabrera? No, (5) _____ pobre Enrique está enfermo. Tú debes enviar (6) _____ invitaciones esta vez.

B. De excursión. Completa el párrafo siguiente con el artículo definido apropiado (**el/la, los/las**) para saber las impresiones de Pat cuando sale de paseo.

Me gusta ir de excursión con mis amigos. Como caminamos tanto es increíble (1) _____ hambre que tenemos al almuerzo y a la cena. A veces pasamos la noche en una de (2) _____ áreas que visitamos. Al día siguiente ver (3) _____ alba es algo que te quita (4) _____ habla y que te levanta (5) _____ alma. Es evidente que prefiero las excursiones a (6) _____ aulas.

C. Entrevista. Tú eres reportero(a) del periódico estudiantil. Hazle las siguientes preguntas a un(a) compañero(a) de clase.

1. ¿Qué lenguas hablas?

2. ¿Qué lenguas lees?

3. ¿Qué lenguas escribes?

4. ¿Qué lenguas consideras difíciles? ¿Por qué?

5. ¿Qué lenguas consideras importantes? ¿Por qué?

D. Resumen. Ahora escribe un breve resumen de la información que conseguiste en la entrevista.

Artículos indefinidos
Formas

	Masculino	Femenino
Singular	un	una
Plural	unos	unas

> El artículo indefinido, tal como el artículo definido, concuerda en género y número con el sustantivo al cual modifica.

   Eso es **un** error.
   Nueva York es **una** ciudad con más puertorriqueños que San Juan, la capital de Puerto Rico.

> Cuando el artículo está inmediatamente delante de un sustantivo singular femenino que comienza con a- o ha- acentuada, se usa la forma **un**.

   Ese joven tiene **un** alma noble.

Usos

El artículo indefinido indica que el sustantivo no es conocido por el oyente o lector. Una vez que se ha mencionado el sustantivo, se usa el artículo definido. En general, el artículo indefinido se usa mucho menos frecuentemente en español que en inglés.

   —Hoy en el periódico aparece **un** artículo sobre Janet Murguía.
   —¿Y qué dice **el** artículo?

Omisión del artículo indefinido

El artículo indefinido no se usa:

> Detrás de los verbos **ser** y **hacerse** cuando va seguido de un sustantivo que se refiere a profesión, nacionalidad, religión o afiliación política.

   Jennifer López es actriz.
   Mi primo es profesor, pero quiere hacerse abogado.

Sin embargo, el artículo indefinido se usa cuando el sustantivo está modificado por un adjetivo o por una frase descriptiva.

   Edward James Olmos es **un** actor famoso. Es **un** actor de renombre mundial.

❯ Con las palabras **cien(to)**, **cierto**, **medio**, **mil**, **otro** y **tal**.

> —¿Quieres que te preste mil dólares?
> —¿De dónde voy a sacar tal cantidad?

❯ Después de las preposiciones **sin** y **con**.

> Luis Valdez nunca sale sin sombrero.
> Mi prima Norma vive en una casa con piscina.

❯ En oraciones negativas y después de ciertos verbos **como tener, haber** y **buscar** cuando el concepto numérico de **un(o)** o **una** no es importante.

> No tengo boleto. Necesito boleto para esta noche.
> Busco solución a mi problema.

Nota para bilingües

En inglés no se omite el artículo indefinido en estos casos: Jennifer López is <u>an</u> actress; she is <u>a</u> famous actress. Do you want me to lend you a thousand dollars? Luis Valdez never leaves without <u>a</u> hat. I don't have <u>a</u> ticket.

Otros usos

❯ Delante de un número, los artículos indefinidos **unos** y **unas** indican una cantidad aproximada.

> **Unos diez millones** de hispanos vivían en el condado de Los Ángeles en 2008.

❯ Los artículos indefinidos **unos** y **unas** pueden omitirse delante de sustantivos plurales cuando no son el sujeto de la oración.

> Necesitamos **(unas)** entradas para este fin de semana.
> ¿Ves **(unos)** errores en la historia de los chicanos?

Para poner énfasis en la idea de cantidad, se usa **algunos** o **algunas**.

> ¿Puedes nombrar **algunas** de las obras de Jorge Argueta?

Ahora, ¡a practicar!

A. **Misiones de California.** Completa el siguiente párrafo con el artículo definido correspondiente para aprender acerca de las misiones californianas.

(1) _____ estado de California tiene 21 hermosas misiones construidas a lo largo de (2) _____ carretera conocida como (3) _____ Camino Real. Fueron fundadas entre 1769 y 1823. Una de (4) _____ personas más involucradas en (5) _____ construcción de (6) _____ misiones fue (7) _____ padre Junípero Serra. Él fundó (8) _____ primera misión, Misión San Diego, y participó activamente en (9) _____ creación de otras nueve misiones. De todas (10) _____ misiones, tal vez la más bella es (11) _____ misión San Juan Capistrano, famosa también porque en (12) _____ mes de marzo, cada año, (13) _____ golondrinas vuelven a esta misión a construir sus nidos.

B. **Personalidades.** Di quiénes son las siguientes personas.

MODELO Edward James Olmos / chicano / actor / actor chicano
Edward James Olmos es chicano. Es actor. Es un actor chicano.

1. Gloria Estefan / cubanoamericana / cantante / cantante cubanoamericana

2. Jorge Argueta / salvadoreño / poeta / poeta salvadoreño

3. Sandra Cisneros / chicana / escritora / escritora chicana

4. Esmeralda Santiago / puertorriqueña / novelista / novelista puertorriqueña

5. Junot Díaz / dominicano / escritor / escritor dominicano

6. Luis Valdez / chicano / cineasta / cineasta chicano

C. **Fiesta.** Completa este párrafo con los artículos definidos o indefinidos apropiados, si son necesarios.

Me gusta asistir a (1) _____ fiestas y me encanta preparar (2) _____ postres. (3) _____ sábado próximo voy a asistir a (4) _____ fiesta y voy a preparar (5) _____ torta. Vienen (6) _____ (=aproximadamente) veinticinco personas a (7) _____ fiesta. Debo llevar (8) _____ cierta torta de frutas que es mi especialidad. Tengo (9) _____ mil cosas que hacer, pero (10) _____ postre va a estar listo.

Puerto Rico

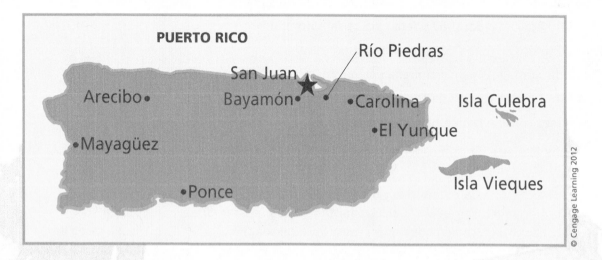

PUERTO RICO

Arecibo •
San Juan
Bayamón •
Río Piedras
• Carolina
Isla Culebra
• El Yunque

• Mayagüez

Isla Vieques

• Ponce

© Cengage Learning 2012

Nombre oficial: Estado Libre Asociado de Puerto Rico
Población: 3.971.020 (estimación de 2009)
Principales ciudades: San Juan (capital), Bayamón, Carolina, Ponce
Moneda: Dólar estadounidense ($)

En San Juan, la capital, con una población de casi medio millón de habitantes, tienes que conocer...

> el Viejo San Juan, el barrio histórico. Fundado en 1521, es la segunda ciudad más antigua de las Américas.

> el Castillo San Felipe del Morro, que se construyó en 1539 y continuó renovándose hasta fines del siglo XVIII.

> la Alcaldía, que data de 1604.

> el Museo de Arte de Puerto Rico, con una colección de obras que va desde el siglo XVII al presente y que incluye obras de los maestros puertorriqueños.

> el Teatro Tapia, donde puedes gozar de excelente ballet u ópera.

Hola Images/Photolibrary

En Ponce, la segunda ciudad más grande de la isla, no dejes de ver...

> el Parque de Bombas, una antigua casa de bomberos.

> la Catedral de Nuestra Señora de Guadalupe, la patrona de la isla.

> la Casa Alcaldía.

> el barrio histórico, con más de mil edificios antiguos.

> el Museo de Música Caribeña, con una impresionante colección de instrumentos musicales taínos, africanos y españoles.

Steve Dunwell/Photolibrary

En los alrededores, no dejes de visitar...

> El Yunque, un bosque lluvioso nacional y paraíso del ecoturismo a unas veinticinco millas de la capital.

> la Parquera, un pequeño pueblo con excelentes deportes acuáticos, buceo y pesca.

> Rincón, mejor conocido como "Pueblo del Surfing", *Little Malibu* o el "Paraíso de los Gringos".

> la isla de Culebra, una de veintitrés isletas que forman un archipiélago en miniatura.

> la isla de Vieques, una de las más hermosas.

John Lavin/Photolibrary

Los ritmos de Puerto Rico

> la **salsa,** creada en Puerto Rico y foro de expresión de los puertorriqueños en Nueva York

> el **merengue,** música nacional de la República Dominicana, se disfruta en grande en Puerto Rico

> la **bomba** y la **plena,** sonidos autóctonos que utilizan la percusión

> la **danza,** el baile elegante de salón

> y los instrumentos que producen los ritmos puertorriqueños: el **cuatro,** el **güiro,** las **maracas** y la **conga**

 ¡Diviértete en la red!
Busca "San Juan", "Ponce" o uno de los lugares en los alrededores en Google Web o YouTube. Selecciona un sitio que hable de estas ciudades y ve a clase preparado(a) para presentar un breve resumen sobre lo que más te impresionó.

Puerto Rico: entre varios horizontes

La colonia española

En Puerto Rico, como en las otras Antillas Mayores, la mayoría de los indígenas fue exterminada poco tiempo después de la llegada de los españoles. Para mediados del siglo XVI la salida de la población hispana hacia las minas de Perú casi despobló toda la isla. No obstante, quedaron suficientes colonos para que sobreviviera la colonia. A partir de entonces, la economía de la isla se basó en la agricultura y el trabajo de los esclavos africanos. Más aún, la isla fue convertida en un bastión militar: la capital fue fortificada con gigantescas murallas y fortalezas que servían para defender la ciudad de piratas y armadas enemigas. Debido a su situación militar estratégica, Puerto Rico llegó a ser una de las posesiones americanas más importantes de España.

La guerra hispano-estadounidense de 1898

Creatas/Photolibrary

Como resultado de la guerra contra España de 1898, los EE.UU. tomaron posesión de toda la isla sin mucha resistencia. Ese año la isla de Puerto Rico cambió de dueño, pero la cultura que se había formado allí por cuatro siglos permaneció intacta. A diferencia de Cuba, donde hubo oposición política y militar a la presencia de los EE.UU., en Puerto Rico no se generó fuerte oposición. Hubo algunos que lucharon a favor de la independencia política, pero estos fueron una minoría. Tras la guerra de 1898, el café dejó de ser el producto principal y fue sustituido por la caña de azúcar. En la isla aparecieron grandes centrales azucareras donde se empleaba la fuerza laboral. En 1917, el Congreso de los EE.UU. aprobó la Ley Jones que declaró ciudadanos estadounidenses a todos los residentes de la isla.

Estado Libre Asociado de EE.UU.

Después de la depresión de la década de los 30 y de la Segunda Guerra Mundial, la economía de la isla se encontraba en crisis. Además, los problemas políticos hicieron que los EE.UU. cambiaran su política hacia el territorio y que le otorgaran más autonomía a los puertorriqueños. En 1952 la inmensa mayoría de los puertorriqueños aprobaron una nueva constitución que garantizaba un gobierno autónomo, el cual se llamó Estado Libre Asociado (ELA) de Puerto Rico. El primer gobernador elegido por los puertorriqueños fue Luis Muñoz Marín.

Ewing Galloway/Photolibrary

La industrialización de la isla de Puerto Rico

Mientras ocurrían estos cambios políticos, la economía de la isla pasó por un acelerado proceso de industrialización. Puerto Rico pasó de una economía agrícola a una industrial en unas pocas décadas. La industrialización de Puerto Rico se inició con la industria textil y más recientemente incluye también la farmacéutica, la petroquímica y la electrónica. Esto ha hecho de Borinquen uno de los territorios más ricos de Latinoamérica —y de San Juan, un verdadero "puerto rico".

El Puerto Rico de hoy

Franz Marc Frei/Photolibrary

❭ Desde 2007, en Puerto Rico existen cuatro partidos políticos: el Partido Popular Democrático, el Partido Nuevo Progresista, el Partido Independentista Puertorriqueño y el partido Puertorriqueños por Puerto Rico.

❭ El debate sobre el estatus político de Puerto Rico ha sido continuo en muchas esferas locales, federales e internacionales. Sin embargo, Puerto Rico continúa totalmente sujeto a la autoridad del Congreso de los EE.UU., bajo las cláusulas territoriales.

❭ Las perspectivas económicas apuntan a una leve mejoría en el comportamiento de la economía puertorriqueña en el año fiscal 2010 debido, principalmente, a una mejoría de la economía global y al plan de rescate aprobado por el Presidente Obama.

■■ ¿COMPRENDISTE?

A. Hechos y acontecimientos. ¿Recuerdas los datos más importantes de la lectura? Para asegurarte, completa las siguientes oraciones.

1. A mediados del siglo XVI, lo que casi despobló Puerto Rico fue…

2. A fines del siglo XVI, la economía de Puerto Rico se basaba en…

3. En 1898, a diferencia de Cuba, en Puerto Rico no…

4. El producto agrícola que sustituyó al café en Puerto Rico después de la Guerra Hispano-Estadounidense de 1898 fue…

5. La ley que declaró a todos los residentes de Puerto Rico ciudadanos de los EE.UU. se llama… Se aprobó en…

6. En 1952, los puertorriqueños lograron aprobar…

7. En el siglo XX, la agricultura fue reemplazada como base de la economía de Puerto Rico por…

B. A pensar y a analizar. En grupos de seis, debatan si los puertorriqueños deberían continuar siendo ciudadanos estadounidenses o si deberían declararse independientes. Al terminar el debate, que la clase decida quién ganó.

C. Redacción colaborativa. En grupos de dos o tres, escriban una composición colaborativa de una página a página y media sobre el tema que sigue. Hagan primero una lista de ideas de lo que podrían decir en su composición; luego preparen un primer borrador que incluya todas las ideas de su lista que les parezcan apropiadas. Revisen ese borrador con mucho cuidado, corríjanlo para eliminar errores de acentuación y ortografía y asegúrense de que sus ideas se expresen claramente. Una vez corregido, preparen la versión final en la computadora y entréguenla.

Si los puertorriqueños quisieran, Puerto Rico podría convertirse en el estado número cincuenta y uno de EE.UU. ¿Creen Uds. que deberían hacerlo? ¿Por qué sí o por qué no? ¿Cuáles serían las ventajas y desventajas?

MEJOREMOS LA COMUNICACIÓN

a partir de	fortaleza
aprobar (ue)	fuerza laboral
autonomía	leve *(m. f.)*
azucarera	muralla
caña	no obstante
colono	otorgar
comportamiento	permanecer
despoblar	petroquímico(a)
dueño(a)	rescate *(m.)*
farmacéutico(a)	textil *(m.)*

Rosario Ferré

Esta escritora nació en Ponce, Puerto Rico. En 1976 obtuvo un premio del Ateneo Puertorriqueño por sus cuentos, los cuales aparecieron en el volumen *Papeles de Pandora*. Su obra literaria incluye libros de ficción, ensayos, poesía y biografía. Ha publicado varios libros en inglés, entre ellos *The House on the Lagoon* (1995) y *Eccentric Neighborhoods* (1998). En sus artículos escribe principalmente sobre escritoras del pasado y del presente y sobre la mujer en la sociedad contemporánea. Sus últimas publicaciones incluyen un ensayo, "Las Puertas del Placer" (2005), y un libro de poesía, *Fisuras* (2006). En la actualidad, es profesora en la Universidad de Puerto Rico y además colabora en *The San Juan Star*, un periódico puertorriqueño.

AP Images/Ricardo Figuero

José Feliciano

Brigitte Engl/Getty Images

Cantante puertorriqueño de boleros y baladas, José Feliciano es también un destacado intérprete de la guitarra española. Ciego de nacimiento, muy pronto se interesó por la música. Gran intérprete de la música de Iberoamérica y sus éxitos pasados, ha recreado versiones a las que siempre aportó su toque personal al incorporar elementos de *blues*. Además de tocar la guitarra "maravillosamente" con su inigualable estilo, toca diecisiete instrumentos más y canta en seis idiomas. La combinación de su voz, el ritmo *Jazz-Soul-Blues* de su guitarra y su inspiración latina, han dado como resultado un fenómeno indiscutible, vendedor de millones de discos y ganador de grandes premios. Gracias a su álbum *Señor Bachata* (2009) ganó su octavo Grammy.

Jennifer López

Jennifer López es actriz, cantante, empresaria y diseñadora de modas. Es la persona de ascendencia latinoamericana más rica de Hollywood, según la revista *Forbes*, y la artista hispana con mayor influencia en los Estados Unidos, según la lista de "Los 100 Hispanos Más Influyentes en los Estados Unidos" de la revista *People en español*. Nació en Nueva York, de padres puertorriqueños. En 1997 llegó a la fama al ser protagonista de la película *Selena*. Sin embargo, Jennifer no olvidó su gran sueño: el canto y el baile. El 1999 lanzó su primer álbum, *On the 6*, y en 2007 su primer álbum totalmente en español, *Como ama una mujer*. Ese mismo año salió de gira por Europa por primera vez, acompañada por su esposo Marc Anthony, y logró un gran éxito. En 2009 lanzó un disco que incluye todos sus éxitos de 1999 a 2009.

Mike Blake/Reuters/Landov

Otros puertorriqueños sobresalientes

Miriam Colón: actriz

Isolina Ferré (1914–2000): educadora dedicada al servicio de los más desfavorecidos

Justino Díaz: cantante de ópera

José González: músico y compositor

José Luis González: cuentista

Víctor Hernández Cruz: poeta

Idalis de León: modelo, cantante y actriz

Ricky Martin: cantante y actor

Rosie Pérez: actriz

Jimmy Smits: actor

Pedro Juan Soto: cuentista, novelista y dramaturgo

Ana Lydia Vega: novelista y cuentista

■■ ¿COMPRENDISTE?

A. Los nuestros. Contesta las siguientes preguntas.

1. En tu opinión, ¿qué tienen en común José Feliciano y Jennifer López? ¿Cuál de los dos combina mejor el mundo anglo con el mundo hispano? Explica.

2. Rosario Ferré destaca por un interés en particular, ¿cuál es? ¿Qué otros logros crees que predominan en su carrera?

B. Miniprueba. Demuestra lo que aprendiste de estos talentosos puertorriqueños al completar estas oraciones.

1. Rosario Ferré escribe en _____.

   a. español y francés   b. inglés y español
   c. español y portugués

2. Las canciones de José Feliciano son una combinación de _____.

   a. talento y perseverancia   b. voz y guitarra   c. ritmos latinos y ritmos afroamericanos

3. Jennifer López es la actriz latina con _____ en el mundo estadounidense.

   a. mayor influencia   b. más prestigio   c. más dinero

C. Diario. En tu diario, dedicado especialmente a esta parte de cada lección del texto, selecciona uno de estos dos temas y escribe por lo menos media página expresando tus pensamientos.

1. A pesar de ser ciego de nacimiento, José Feliciano toca diecisiete instrumentos distintos y canta en seis idiomas. ¿Cuánto esfuerzo crees que ha tenido que hacer para lograr todo eso? ¿Qué crees que podrías hacer tú para dearrollar tus talentos al máximo?

2. Jennifer López es la actriz latina mejor pagada en la historia de Hollywood. Si tú fueras ella, ¿qué harías con todo ese dinero? ¿Cómo lo usarías?

 ¡Diviértete en la red!
Busca "Rosario Ferré", "José Feliciano" y/o "Jennifer López" en Google Web o en YouTube para leer, ver videos y/o escuchar a estos talentosos puertorriqueños. Ve a clase preparado(a) para presentar un breve resumen de lo que encontraste y lo que viste.

Diptongos y triptongos

Diptongos. Un diptongo es la combinación de una vocal débil (**i, u**) con cualquier vocal fuerte (**a, e, o**) o de dos vocales débiles en una sílaba. Los diptongos se pronuncian con un solo sonido en las sílabas donde ocurren. Estudia estas palabras con diptongos.

a - c**ei** - te   c**ui** - da - do   gra - c**ias**

Separación en dos sílabas. Un diptongo con un acento escrito sobre la vocal débil (**i, u**) deja de ser diptongo y forma dos sílabas distintas. Estudia estas palabras con vocales fuertes y débiles separadas en dos sílabas por un acento escrito.

ba - **úl**   ma - **íz**   me - lo - **dí** - a

Triptongos. Un triptongo es la combinación de tres vocales: una vocal fuerte (**a, e, o**) en medio de dos vocales débiles (**i, u**). Los triptongos pueden ocurrir en varias combinaciones: **iau, uai, uau, uei, iai, iei,** etcétera. Los triptongos siempre se pronuncian como una sola sílaba. Estudia las siguientes palabras con triptongos.

desaf**iái**s   financ**iái**s   g**uau**   m**iau**

La **y** tiene valor de vocal **i,** por lo tanto cuando aparece después de una vocal fuerte precedida por una débil forma un triptongo. Estudia las siguientes palabras con una **y** final.

b**uey**   Parag**uay**   Urug**uay**

¡A practicar!

A. Identificar diptongos. Ahora, al escuchar a tu profesor(a) pronunciar las siguientes palabras, pon un círculo alrededor de cada diptongo y subraya cada triptongo.

1. b a i l a r i n a
2. v e i n t e
3. a v e r i g u a i s
4. m o v i m i e n t o
5. c o n s i g u i e r a m o s
6. c i u d a d a n o

B. Separar diptongos. Ahora, al escuchar a tu profesor(a) pronunciar las siguientes palabras, pon un acento escrito en aquellas donde se dividen las dos vocales en sílabas distintas.

1. d i f e r e n c i a
2. j u d i o
3. t a i n o s
4. d e s a f i o
5. t o d a v i a
6. c u a t r o

C. ¡Ay, qué torpe! Cuando Alicia Méndez escribe mensajes electrónicos, olvida totalmente todo lo que sabe de silabación y acentuación. Este es el último mensaje que mandó. ¿Puedes corregir los diez errores que cometió?

Querida tia Amelita:

Hoy dia he leido una fascinante autobiografia de Diego Forlán, el famoso futbolista urugu-ayo. Sus experiencias son tan interesantes que bien podrían servir como argúmento para una muy provocativa pelicula de tipo documental ya que sus datos autobiográficos parecen más fantasia que realidad.

NUESTRA LENGUA EN USO

El habla caribeña: los puertorriqueños

Muchos caribeños, ya sean cubanos, puertorriqueños o dominicanos, y hasta algunos mexicanos, centroamericanos, colombianos y venezolanos que viven en la costa del Caribe, muestran una riqueza de variantes coloquiales en su habla. Estas variantes, llamadas o señaladas como el "habla caribeña", incluyen consonantes aspiradas (**esta** ⟶ *ehta*), sílabas o letras desaparecidas (**todo** ⟶ *to*) y unas consonantes sustituidas por otras (**muerto** ⟶ *muelto*). Es importante reconocer que estas variantes solo ocurren al hablar y no al escribir, a menos que un autor trate de imitar el diálogo caribeño, como es el caso del autor puertorriqueño en la actividad que sigue.

Al descifrar el habla caribeña. Pedro Juan Soto es un autor puertorriqueño que utiliza el habla caribeña en los personajes puertorriqueños de sus obras literarias. El habla caribeña es fácil de reconocer si no olvidas que tiende a emplear consonantes aspiradas, a no pronunciar ciertas vocales o consonantes y a sustituir la letra **r** por **l**. Por ejemplo, piensa en las palabras *levantalte, condenao y quiereh* en el fragmento que sigue del cuento "Garabatos" del autor puertorriqueño Pedro Juan Soto.

—¡Acaba de *levantalte, condenao*! ¿o *quiereh* que te eche agua?

Es fácil reconocer que en *levantalte* la **l** ha sustituido a la **r**, en *condenao* falta la **d** y en *quiereh* la **s** final ha sido sustuituida por aspiración, representada por la letra "h". Es fácil, ¿no?

A entender y respetar el habla caribeña. Lee ahora este fragmento del cuento "Garabatos" del autor puertorriqueño Pedro Juan Soto, donde aparecen muchas palabras de uso coloquial puertorriqueño. Luego cambia las palabras coloquiales al español formal.

—¡Qué! ¿Tú piensah[1] seguil[2] echao[3] toa[4] tu vida? Parece que la mala

barriga te ha dao[5] a ti. Sin embargo, yo calgo[6] el muchacho.

…

—¡Me levanto cuando salga de adentro y no cuando uhté[7] mande!
¡Adiós! ¿Qué se cree uhté[7]?...

Palabra coloquial	Palabra formal
1. piensah	_____
2. seguil	_____
3. echao	_____
4. toa	_____
5. dao	_____
6. calgo	_____
7. uhté	_____

ESCRIBAMOS AHORA

La descripción: la poesía moderna

Mark Lewis/Photolibrary

1 Para empezar. La poesía moderna con frecuencia no tiene rima ni mantiene una estructura tradicional de estrofas con el mismo número de versos. Al contrario, tiene una forma libre que hasta puede imitar la forma de lo que se escribe. La descripción en la poesía hace visible a una persona, un objeto, una idea o un incidente. Por ejemplo, en el poema "Esperanza muere en Los Ángeles", el poeta describe en detalle lo que le pasó a su prima Esperanza cuando inmigró a los Estados Unidos. Vuelve ahora a ese poema en la página 18 y contesta estas preguntas.

1. ¿Cuántas estrofas tiene?, ¿cuántos versos? ¿Tiene rima?

2. ¿Qué describe el poeta, la salida de su prima de El Salvador o su vida en los Estados Unidos? ¿Cómo lo describe, directa o indirectamente, con emoción o imparcialmente?

2 A generar ideas. Piensa ahora en un incidente en tu propia vida que puedes describir en un poema. Por ejemplo, puede ser algo que le pasó a un(a) pariente(a) o a un(a) amigo(a), una buena noticia o una mala noticia, un accidente o una boda. Lo importante es que sea un incidente personal de interés para ti. Luego, prepara una lista de todas las actividades o hechos que asocias con este incidente.

3 Tu borrador. Vuelve ahora a la lista que preparaste y organízala en orden cronológico. Luego, trata de expresar cada hecho de tu lista en una o dos oraciones cortas y directas. Al escribir tus oraciones, divídelas en frases cortas, fáciles de decir, como en el poema de Argueta. Continúa así hasta completar tu descripción del incidente.

4 Revisión. Intercambia tu borrador con el de un(a) compañero(a). Revisa su poema, prestando atención a las siguientes preguntas. ¿Entiendes bien el tema y el significado del poema? ¿Es lógica la secuencia de los hechos? ¿Queda claro dónde empieza y termina cada oración? ¿Tienes algunas sugerencias sobre cómo podría mejorar su poema?

5 Versión final. Corrige las ideas que no están claras. Presta especial atención a los verbos y adjetivos. Como tarea, escribe la copia final en la computadora. Antes de entregarla, dale un último vistazo a la acentuación, la puntuación, la concordancia de sustantivos y adjetivos y las formas de los verbos en el presente.

¡Antes de leer!

A. Anticipando la lectura. Contesta estas preguntas para definir lo que piensas sobre la apariencia física y la importancia que tiene en la sociedad.

1. ¿Crees que la belleza física de las personas es algo objetivo o algo que depende de la sociedad? Da algunos ejemplos.

2. ¿Crees que nuestra sociedad da mucha importancia a la apariencia física? ¿Cómo lo sabes? ¿Cuáles son algunos ejemplos en los que la sociedad juzga a veces por las apariencias?

3. ¿Te dejas llevar por la apariencia física? ¿Es importante para ti? ¿Crees que juzgas de una manera justa o injusta de acuerdo a la apariencia física de los demás? ¿Qué consecuencias tiene esto para ti?

B. Vocabulario en contexto. Busca estas palabras en la lectura que sigue y, en base al contexto, decide cuál es su significado. Para facilitar el encontrarlas, las palabras aparecen en negrilla en la lectura.

1. comprobar	a. indicar	b. asegurar	c. verificar
2. monísimos	a. muy bonitos	b. muy molestos	c. dificilísimos
3. inquietudes	a. preocupaciones	b. confianza	c. parientes
4. coraje	a. alegría	b. irritación	c. emoción
5. donaire	a. miedo	b. fuerza	c. gracia
6. desapercibido	a. inadvertido	b. incorrecto	c. equivocado

Sobre la autora

Mervin Román nació en Yabucoa, Puerto Rico, en 1953. Estudió psicología en la Universidad de Puerto Rico y se doctoró en estudios puertorriqueños y español en la Universidad de Nueva York en Buffalo. Ha publicado *...salidos del útero*, un libro de cuentos en el que aparece "Del montón", libros de poesía, *Mejunje, Bajo la luna erótica del Caribe...* y dos novelas, *La negra Micaela* y *La elegía de un elegido*. Aparte de escribir poesía y ficción, Mervin Román se dedica a la investigación literaria, con especial interés en temas de la mujer, la negritud, el racismo y la identidad puertorriqueña.

Courtesy of Mervin Roman Capeles

Del **montón**

(Fragmento)

Yo sabía que tendría que hacer unos ajustes al presupuesto. Todo era cuestión de no pagar el gas, ni la luz, ni el teléfono, ni los préstamos, ni comprar mucha comida. Por lo demás estaba convencida, o más bien me convenció la mujer que conocí en la esquina, de que mis dos hijas eran dos pedazos de sol. Así que en secreto, para que mi esposo no se enterara del gasto, apunté a mis dos niñas en el concurso de belleza de niñas […]

Cuando llegó el día del concurso, íbamos radiantes las tres. Lo primero que hice fue observar a las demás niñas para **comprobar** que las mías eran especiales. Llevaban encima ese color peculiar caribeño combinado con esa fisonomía parte india, parte negra y parte española que las hacían resaltar en cualquier grupo. A eso le sumaba el pelo rizo de una y el lacio azabache de la otra que me hacían sentir orgullosa cada vez que alguien decía "How cute are those girls". Así que convencida de que llevaba dos versiones diferentes de lo que el americano tenía por "cute" y de que íbamos a cargar con dos premios, pagué la cuota de entrada de cien dólares […]

[…] y comenzó el desfile de los bebés. Yo no sé a los demás, pero a mí se me hacía que todos eran monísimos. Buena tarea se iba a dar el **jurado**… fue cuando comprendí que no lo habían presentado. Traté de buscarlo con la mirada pero no se podía ver quién formaba tan grande entidad. Hasta que por fin pude divisar a aquellas tres mujeres vestidas de fiesta y con apariencia de quién tú eres que no sé, pero me hicieron sentir incómoda. Sin embargo, traté de que mis **inquietudes** no me arruinaran la tarde y seguí preguntándome a quién escogerían. Le pregunté a una señora qué era lo que buscaban de los niños, a lo que ella me contestó un "I really don't have any idea". Lo único que podía hacer era esperar por el ganador para saberlo. No me extrañó que ganara un bebé rosadito de tan blanquito que era, cargado también por su rosadita madre. En la próxima categoría, la de las monadas de un año, tampoco me extrañó ver que ganaba otra niña rosadita, esta vez bien rubita y de ojos verdes. Y tampoco, que cargaba con el trofeo la tercera monadita de dos años rubita, de ojos azules. Fue cuando en la categoría de los tres años volvió a ganar otra monada rubia y de ojos grises que me asusté.

Me pareció que estaba en las competencias equivocadas y que lo único que buscaban era niñas rubias y de ojos verdes, azules o grises, qué más da, pero rubias [...] Al principio el incomodo era por lo de las niñas rubias, pero luego me molestó ver que aquello parecía un matadero de niñas donde se sacrificaba a veinte para endiosar a una. Aterrorizada, corrí a la mesa de registro.

"Can I have a refund, please?"

"Excuse me?"

"My daughters can't participate in the contest, can I have a refund?"

"I am sorry, but I can't give you a refund."

Me tuve que sentar alejada del montón de gente para no llorar de **coraje**, para que ningún conocido (si lo había) me reconociera. Hasta que le llegó el turno a la pequeña mía. Cuando desfiló me sentí orgullosa de ella. No era rubia, pero de verdad se merecía el premio. Algunos la aplaudieron, otros ni se fijaron. Pero entre los que la aplaudieron estaba yo. A la hora de dar el premio, me paré a su lado y le susurré, "sabes mi amor, puede que no ganes el premio".

"No mami, yo quiero un trofeo." [...]

Y como era normal, ganó la monada rubia de ojos amarillos. Me costó trabajo sacar a la niña de aquella plataforma. Cuando por fin lo hice, le tocaba el turno a la mayor en la categoría de seis años. Mi nena se lució. Desfiló con ese **donaire** con el que tuvieron que haber desfilado las reinas indias de mi país. Se tomó su tiempo para saludar de una forma muy peculiar (se me antojó que muy hispana) al jurado. Y me reí por dentro. Me reí porque el jurado se estaba perdiendo la oportunidad de cargar con dos monadas puertorriqueñas. [...]

En mi mente estaba tratando de ver lo que le diría a mi esposo cuando echara de menos los cientos de dólares y viera la pila de facturas sin pagar. Por eso me tomó de sorpresa la gritería **de mi niña mayor. Esta vez, lo pícaro de su porte no pudo pasar tan desapercibido** y se ganó una mención de "revelación del concurso". Le dieron una papelería que al leerla me produjo más risa al comprender que se había ganado la mitad de una beca para competir en otro concurso. Me puse a reír como una loca ante el asombro de mis niñas. Y con la paciencia que tiene el que no le importa nada, fui a la mesa del jurado con un ramillete de papeles rotos.

Excerpt from "Del Montón" by Mervin Román in *Nuevas voces hispanas: contextos literarios para el debate y la composición*, eds. Maria J. Fraser-Molina, et al., 1st edition, pp. 31–34. Prentice Hall 2000, © 2000. Reprinted by permission of the author.

¡Después de leer!

A. Hechos y acontecimientos. ¿Recuerdas los datos más importantes de la lectura? Para asegurarte, contesta las preguntas que siguen.

1. ¿Quién convence a la mamá para que lleve a sus hijas a un concurso infantil de belleza? ¿Qué es lo que quiere la mamá? ¿Por qué cree que lo puede conseguir?

2. ¿Qué es lo primero que echa de menos? ¿Qué gana una de las hijas?

3. Pronto la mamá se da cuenta que las niñas que ganaban en el concurso eran todas iguales. ¿Cómo eran?

4. La mamá está preocupada porque su marido verá la cantidad que gastó en el concurso. ¿Cuánto crees que gastó en total? ¿En qué crees que gastó tal cantidad?

5. ¿Qué hace la mamá al final con el premio que consiguió su hija?

B. A pensar y a analizar. En grupos de tres o cuatro, contesten las siguientes preguntas. Luego, compartan sus respuestas con la clase.

1. ¿Les parece que esta historia describe objetivamente lo que pasa en los concursos de belleza infantiles? ¿Por qué sí o no?

2. ¿Están de acuerdo en que los concursos de belleza infantil son o pueden ser un matadero para todos los participantes menos para quien gana? ¿Creen que eso es normal en todas las competiciones o solo en las de belleza? Expliquen.

C. Apoyo gramatical. Presente de indicativo: verbos regulares. Completa el siguiente resumen de la lectura "Del montón" empleando la forma apropiada del presente de indicativo de los verbos que están entre paréntesis.

Mi familia (1) _____ (necesitar) pagar muchas cuentas. Yo no le (2) _____ (avisar) a mi marido porque (3) _____ (decidir) no pagar esas cuentas porque (4) _____ (esperar) ganar dinero de un modo especial. Yo (5) _____ (apuntar) a mis dos bellísimas hijas en un concurso de belleza para niñas. En mi opinión, mis hijas (6) _____ (ganar) el concurso. Desgraciadamente, en todas las categorías, los jueces del jurado (7) _____ (seleccionar) a niñas rubias y blancas; las morenas, bellas o no, no les (8) _____ (interesar). Los jueces (9) _____ (considerar) a una de mis hijas común y corriente, niña "del montón". Mi segunda hija, sin embargo, (10) _____ (ganar) un premio más bien ridículo. La próxima vez, yo solo (11) _____ (deber) pagar la mitad del precio de participación en el concurso.

D. Análisis literario: narrador(a) y voz narrativa. El (La) **narrador(a)** es la persona que cuenta la historia en una obra. Puede ser una de las personas en el cuento o simplemente una voz creada por el autor que solo existe para relatar el cuento. La **voz narrativa** es la voz o perspectiva que el (la) narrador(a) usa para narrar la historia. La voz narrativa está en primera persona cuando un "yo" relata lo sucedido, en segunda persona cuando se narra lo sucedido a través de un "tú" o en tercera persona cuando un "él" o "ella" cuenta lo que les sucede a los personajes. ¿Quién es el narrador en este cuento? ¿Cómo lo sabes? ¿En qué persona narra: primera, segunda o tercera? Da ejemplos para confirmar tu respuesta.

Gramática 1.2: Antes de hacer esta actividad conviene repasar esta estructura en las págs. 47–50.

Victoria para Chino

Un cortometraje de Cary Joji Fukunaga

Ganador de 11 premios al mejor cortometraje, incluido el de Woodstock Film Festival y el Student Academy Award

DIRECCIÓN: **CARY JOJI FUKUNAGA** GUION: **CARY JOJI FUKUNAGA Y PATRICIO SERNA**
PRODUCCIÓN EJECUTIVA: **RODRIGO GUARDIOLA Y CARY JOJI FUKUNAGA** PRODUCCIÓN: **GABRIEL NUNCIO, PATRICIO SERNA Y GRETCHEN GRUFMAN** DIRECCIÓN DE FOTOGRAFÍA: **ROBERT HAUER**
SONIDO: **MATTHEW POLIS** ACTORES PRINCIPALES: **ALDO DE ANDA EN EL PAPEL DE CHINO Y WILLIAM MCCLINTOCK EN EL PAPEL DE MANO**

Nick Koudis/Photolibrary

¿Qué sabes de la migración?

asilo	migra
cerca	militarización
desplazamiento	país en desarrollo (m.)
emigrante (m./f.)	papel (m.)
expulsión (f.)	redada
extradición (f.)	refugiado(a)
globalización (f.)	retén (m.)
indocumentado(a)	tarjeta verde

¿Y de las experiencias de algunos inmigrantes?

abarrotado(a)	encerrar (ie)
ahogarse	morirse (ue)
camión frigorífico (m.)	sobrevivir
control (m.)	respirar
detenerse	

A. ¿Sinónimos? Con tu compañero(a), indiquen si los siguientes pares de palabras son sinónimas (**S**) o antónimas (contrarias) (**A**).

1. país en desarrollo / país desarrollado
2. migración / desplazamiento externo
3. retén / control
4. indocumentado / emigrante legal
5. respirar / ahogarse
6. emigrante / inmigrante
7. asilo / expulsión
8. papeles / tarjeta verde
9. cerca / pared
10. morirse / sobrevivir

B. Migración. Con tu compañero(a), completen las siguientes frases usando palabras relacionadas con la migración.

1. Ayer hubo una (1) _____ de la (2) _____ en la empresa (compañía) empacadora, y detuvieron a varios inmigrantes (3) _____.

2. Ayer, finalmente, me llegó mi (4) _____. Para celebrarlo, nos fuimos a cenar.

3. Tres personas han solicitado (5) _____ político esta mañana.

4. La (6) _____ acentúa el problema de los (7) _____, especialmente en los (8) _____.

5. ¿Tú crees que se puede levantar una (9) _____ lo suficientemente alta que no permita entrar a (10) _____ ilegales?

C. Modismos. Con tu compañero(a), indiquen otra manera de expresar los siguientes modismos que aparecen en el cortometraje.

_____ 1. Yo ya he pasado por esto.   a. Dentro de poco tiempo.

_____ 2. Así que calladitos.   b. No te cuidas lo suficiente.

_____ 3. En un rato...   c. Ya no importa lo que nos pase.

_____ 4. Te vas a morir en dos días.   d. Yo tuve esta experiencia.

_____ 5. Si nos morimos, nos morimos.   e. Por lo tanto, manténganse en silencio.

Fotogramas de *Victoria para Chino*

Este cortometraje ilustra la difícil experiencia de algunos emigrantes indocumentados. Con un(a) compañero(a), observa estos fotogramas y relaciona cada uno con las siguientes frases. Después, escriban una sinopsis de lo que creen que es la trama de este cortometraje. Después de ver el corto, decidan si acertaron al anticipar la trama en la sinopsis que escribieron.

_____ a. Vamos, suban al camión rápidamente.

_____ b. El camión "coyote" ha llegado.

_____ c. Está oscuro y somos muchos en el camión.

_____ d. Hace mucho calor fuera y dentro del camión.

_____ e. Levántense, ¡nos vamos!

Después de ver el corto

A. ¿Qué piensan? Con tu compañero(a), contesten ahora las siguientes preguntas.

1. ¿Qué opinan de este corto? ¿Les gustó? ¿Por qué sí o no?

2. ¿Creen que con noventa personas en el camión, el corto representa de forma realista los eventos?

3. ¿Creen que *Victoria para Chino* representa la realidad del drama de la inmigración ilegal en muchos países? Expliquen.

B. La migración. ¿Cuáles son tus ideas sobre migración? Con tu compañero(a), contesten las siguientes preguntas. Luego compartan sus respuestas con la clase.

1. ¿Qué opinan de la migración? ¿Creen que favorece a ciertos países? Expliquen.

2. ¿Cuáles son las causas de la migración?

3. ¿Cuáles son los aspectos positivos y negativos de la migración?

4. ¿Conocen a personas que han inmigrado a este país? ¿Cuándo y cómo inmigraron?

5. Si ustedes estuvieran en una situación desesperada, ¿creen que emigrarían a otro país? ¿Lo harían de una forma legal o ilegal?

C. Apoyo gramatical: adjetivos demostrativos. Completa las siguientes oraciones con la forma apropiada del adjetivo demostrativo.

1. Dime, ¿cómo se llama _____ gatito que llevas en brazos?

2. ¿Sabes qué intérprete canta en _____ discos compactos que tengo en la mano?

3. Yo vivo en _____ casa que apenas se ve y que está al final de la calle en que estamos.

4. Tengo una sorpresa para ti en _____ paquete que llevo conmigo.

5. Laura, pásame, por favor, _____ cartas que están junto a ti.

6. Son las diez de la mañana; estoy atrasado. Se supone que a _____ hora debo estar en mi clase de química.

7. _____ libro de texto que tú estás leyendo parece muy complicado.

8. Cuando el abuelo habla de su juventud siempre empieza diciendo: "En _____ tiempos,..."

Gramática 1.3: Antes de hacer esta actividad conviene repasar esta estructura en las págs. 51–53.

Películas que te recomendamos
- *El Super* (Leon Ichaso y Orlando Jiménez Leal, 1979)
- *El norte* (Gregory Nava, 1983)
- *A Day Without a Mexican* (Sergio Arnau, 2004)

1.2 El presente de indicativo: verbos regulares

¡A que ya lo sabes!

Para probar que ya sabes bastante de verbos regulares, mira los siguientes pares de oraciones y decide, en cada par, cuál de las dos oraciones te suena bien, la primera o la segunda.

1. a. Mis padres *viajamos* a Guadalajara todos los veranos.

   b. Mis padres *viajan* a Guadalajara todos los veranos.

2. a. Mi tío *venda* zapatos en esa zapatería.

   b. Mi tío *vende* zapatos en esa zapatería.

> Para más práctica, haz las actividades de **Gramática en contexto** (sección 1.2) del *Cuaderno para los hispanohablantes*.

¿Qué dice la clase? ¿Están de acuerdo contigo? Sin duda, toda la clase seleccionó la segunda opción en ambos casos. ¿Cómo lo sé? Porque, como les dije antes, Uds. ya saben mucho de verbos regulares. Lo que tal vez no saben es qué hace que una oración sea apropiada y la otra no. Pero, sigan leyendo y van a saber eso también.

En español, todos los verbos terminan en **-ar, -er** o **-ir**. Lo que queda de un verbo si se quitan estas terminaciones es la raíz del verbo; la raíz del verbo **comprar,** por ejemplo, es **compr-**. En los verbos regulares la raíz nunca cambia cuando se le añaden las distintas terminaciones: **compr**o, **compr**amos, **compr**aste, etcétera.

Formas

	Verbos en –ar	Verbos en –er	Verbos en –ir
	comprar	**vender**	**decidir**
yo	compr**o**	vend**o**	decid**o**
tú	compr**as**	vend**es**	decid**es**
Ud., él, ella	compr**a**	vend**e**	decid**e**
nosotros(as)	compr**amos**	vend**emos**	decid**imos**
vosotros(as)	compr**áis**	vend**éis**	decid**ís**
Uds., ellos, ellas	compr**an**	vend**en**	decid**en**

> Para formar el presente de indicativo de los verbos regulares, se quitan las terminaciones **-ar, -er** o **-ir** del infinitivo y se agregan a la raíz verbal las terminaciones que corresponden a cada pronombre, como se ve en el cuadro.

Nota para hispanohablantes
En algunas comunidades hispanas hay una tendencia a sustituir la terminación -imos por -emos y decir: *vivemos, recibemos, escribemos, dicemos,* etcétera. Es importante estar consciente de esta tendencia y evitar esta sustitución fuera de esas comunidades y en particular al escribir.

> Para hacer oraciones negativas, se coloca la partícula **no** directamente delante del verbo.

> A veces **leo** periódicos hispanos, pero **no compro** revistas hispanas.

> Cuando el contexto o las terminaciones verbales indican claramente cuál es el sujeto, por lo general se omiten los pronombres sujetos. Sin embargo, hay que usar los pronombres sujeto para poner énfasis, para indicar claramente cuál es el sujeto o para establecer contrastes entre sujetos.

> —¿Son chicanos Jennifer López y Luis Valdez?
> —No, **él** es chicano, pero **ella** es puertorriqueña.

Nota para bilingües
Los pronombres sujeto *it y they* del inglés, cuando se refieren a objetos o conceptos, no tienen equivalente en español. *It is necessary to consult the dictionary.* = Es necesario consultar el diccionario. *I don't know those verbs; they are irregular.* = No conozco esos verbos; son irregulares.

Usos

> Para expresar acciones que ocurren en el presente, incluyendo las acciones en curso en el momento de hablar.

> **Soy** estudiante. Me **interesa** la literatura.
> —¿Qué **haces** en este momento?
> —**Escribo** una composición para la clase de español.

> Para indicar acciones ya planeadas que tendrán lugar en un futuro próximo.

> El miércoles próximo nuestra clase de español **visita** el Museo del Barrio.

Nota para bilingües
En acciones ya planeadas el inglés emplea el verbo *to be* + una forma verbal terminada en *-ing: Next Wednesday we are visiting the Barrio Museum.*

> Para reemplazar los tiempos pasados en las narraciones, de modo que éstas resulten más vívidas y animadas.

> La escritora Rosario Ferré **nace** en Puerto Rico en 1938 y **publica** su primera colección de cuentos *Papeles de Pandora* en 1976.

Ahora, ¡a practicar!

A. Planes. Tú y dos amigos(as) van a pasar una semana en Puerto Rico. Di qué planes tienen para esa semana de vacaciones.

> **MODELO** lunes / volar a San Juan
>
> **El lunes volamos a San Juan.**

1. martes / recorrer la ciudad y pasear por el centro

2. miércoles / practicar deportes submarinos

3. jueves / explorar la belleza natural del Bosque Nacional El Yunque

4. viernes / viajar a Ponce, la segunda ciudad más grande de la isla

5. sábado / regresar a casa

6. domingo / descansar todo el día

B. Información personal. Estás en una fiesta y hay una persona muy interesante que quieres conocer. Hazle estas preguntas.

1. Soy..., y tú, ¿cómo te llamas?

2. ¿Dónde vives?

3. ¿Con quién vives?

4. ¿Trabajas en algún lugar? ¿Ah, sí? ¿Dónde?

5. ¿Tomas el autobús para ir a clase?

6. ¿Miras mucha o poca televisión?

7. ¿Qué tipos de libros lees?

8. ¿Qué tipos de música escuchas?

9. ... *(inventen otras preguntas)*

C. Una cita. Mira los dibujos y cuenta la historia, usando el presente de indicativo de los verbos indicados.

1. llamar / invitar / aceptar

2. llegar / comprar / comentar

3. entrar / pasar los boletos / pensar

D. Ícono puertorriqueño. Completa el siguiente párrafo acerca de José Feliciano empleando la forma apropiada del presente de indicativo de los verbos que están entre paréntesis.

El cantante y guitarrista José Feliciano (1) _____ (adorar) su Puerto Rico natal. Desde temprano el niño ciego (2) _____ (descubrir) el mundo de la música. Sin ayuda de nadie, el niño (3) _____ (aprender) a tocar instrumentos. Primero él (4) _____ (tocar) el acordeón y luego la guitarra, uno de los instrumentos en que (5) _____ (sobresalir). Adulto, José Feliciano (6) _____ (dominar) dieciocho instrumentos. Además de tocar instrumentos, él (7) _____ (cantar), especialmente boleros y baladas. Este talentoso artista (8) _____ (interpretar) de modo notable la música del mundo hispano y su voz se (9) _____ (escuchar) en todo el mundo. Diversos jurados le _____ (10) _____ (otorgar) premios, uno de los últimos en 2009, año en que el artista (11) _____ (ganar) su octavo Premio Grammy.

E. Hermanos gemelos. ¡Mi hermano gemelo y yo tenemos vidas muy semejantes! Lee el párrafo siguiente y corrige cualquier forma verbal que no sea apropiada para el nivel escrito.

Mi hermano y yo trabajamos en un restaurante mientras terminamos la universidad. Vivemos con nuestros padres y así ahorramos dinero. Estudiamos español; lo comprendemos y escribemos bastante bien. Asistimos a clases regularmente, preparamos las pruebas y exámenes lo mejor posible y en general recibemos buenas notas.

F. Mi vida actual. Describe tu situación personal en este momento.

MODELO **Vivo en (Nueva York). Asisto a clases por la mañana y por la tarde.**
Una de las materias que más me fascina es la historia. ...

1.3 Adjetivos y pronombres demostrativos

¡A que ya lo sabes!

Veamos ahora qué te dice tu conocimiento tácito (sí, conocimiento internalizado) de los adjetivos y pronombres demostrativos. (¡Cuánta terminología!) Mira estos pares de oraciones y decide, en cada par, cuál de las dos dirías.

> Para más práctica, haz las actividades de **Gramática en contexto** (sección 1.3) del *Cuaderno para los hispanohablantes.*

1. a. *Estas* blusa es más cara que *ese* pantalones.

   b. *Esta* blusa es más cara que *esos* pantalones.

2. a. *Esta* aquí no me gusta; prefiero *aquella* que está allá.

   b. *Aquella* aquí no me gusta; prefiero *esta* que está allá.

Qué fácil es usar el conocimiento tácito, ¿no? Pero para convertirlo en conocimiento explícito hay que seguir leyendo.

Adjetivos demostrativos

	Cerca		No muy lejos		Lejos	
	Singular	**Plural**	**Singular**	**Plural**	**Singular**	**Plural**
Masculino	este	estos	ese	esos	aquel	aquellos
Femenino	esta	estas	esa	esas	aquella	aquellas

> Los adjetivos demostrativos se usan para señalar gente, lugares y objetos. **Este** indica que algo está cerca del hablante. **Ese** sirve para señalar a personas y objetos que no están muy lejos del hablante y que a menudo están cerca del oyente, es decir, de la persona a quien el hablante se dirige. **Aquel** se refiere a personas y objetos que están lejos tanto del hablante como del oyente.

> **Este** edificio no tiene tiendas; **ese** edificio que está enfrente solo tiene apartamentos.
>
> Las tiendas que buscamos están en **aquel** edificio, al final de la avenida.

Nota que los adjetivos demostrativos preceden al sustantivo que modifican y concuerdan en género y número con ese sustantivo.

Pronombres demostrativos

	Cerca		No muy lejos		Lejos	
	Singular	Plural	Singular	Plural	Singular	Plural
Masculino	este	estos	ese	esos	aquel	aquellos
Femenino	esta	estas	esa	esas	aquella	aquellas
Neutro	esto	—	eso	—	aquello	—

> Los pronombres demostrativos masculinos y femeninos tienen las mismas formas que los adjetivos demostrativos y también concuerdan en género y número con el sustantivo al que se refieren. No llevan acento escrito.

> —¿Vas a comprar este disco compacto?
> —No, **ese** no; quiero **este** que está aquí.

Nota para hispanohablantes
¡Ojo! Los demostrativos **este/esta** no se deben confundir con las formas verbales de **estar** (**esté, está**). Estas distinciones son aún más importantes cuando escribes.

> Los pronombres neutros **esto, eso** y **aquello** son invariables. Se usan para referirse a objetos no específicos o no identificados, a ideas abstractas o a acciones y situaciones en sentido general.

> —¿Qué es **eso** que llevas en la mano?
> —¿**Esto?** Es un CD de José Feliciano.
> A menudo hablo de música tropical con mis amigos. **Eso** siempre es muy entretenido.
> Hace un mes asistí a un concierto de rock. **Aquello** fue muy ruidoso.

Ahora, ¡a practicar!

A. Decisiones, decisiones. Estás en una tienda de comestibles junto a Tomás Ibarra, el dueño. Él siempre te pide que decidas qué producto vas a comprar.

© Cengage Learning 2012

> MODELO ¿Deseas estos aguacates o aquellos?
> **Deseo aquellos.** o **Deseo estos.**

1. ¿Quieres esas tortillas o aquellas?

2. ¿Te vas a llevar aquellos frijoles o estos?

3. ¿Vas a comprar estos limones o esos?

4. ¿Prefieres esos chiles verdes o aquellos?

5. ¿Te doy estos jitomates o esos?

B. Mis opiniones. Tú das tu opinión sobre diversos tipos de música siguiendo el modelo.

> MODELO ¿La música de protesta? (emocionar)
> **Esa me emociona. Me preocupan las causas sociales.**
> **Esa no me emociona. Prefiero otro tipo de música.**

1. ¿La música caribeña? (apasionar)

2. ¿La música romántica? (fascinar)

3. ¿La música folclórica? (agradar)

4. ¿La música pop? (atraer)

5. ¿La música clásica? (impresionar)

6. ¿La música tejana? (encantar)

7. ¿La música pop? (entusiasmar)

C. ¡Siempre atrasada! Completa el siguiente párrafo para saber qué problema tiene Sofía.

Miro con horror una de (1) _____ (estas/estás) novelas que tengo sobre mi escritorio. No es la delgadita con pocas páginas; es (2) _____ (esta/ésta), la que parece tener más de mil páginas. Se supone que (3) _____ (esta/ésta) tarde debo terminar una presentación sobre ella y, por supuesto, tal exposición no (4) _____ (esta/está) terminada. Creo que (5) _____ (esta/está) noche no voy a dormir mucho.

Lección 1: Estados Unidos

Personas

aborigen *(m. f.)*
artesano(a)
cura *(m.)*
estadounidense *(m. f.)*
ganador(a)
genio(a)
granjero(a)
jefe(a) ejecutivo(a)
juventud *(f.)*
mercader *(m.)*
vicecanciller *(m. f.)*

Escritor

cerebro
computación *(f.)*
diario
obra
papel *(m.)*
reconocimiento
revista

Descripción

acomodado(a)
actual *(m. f.)*
actualmente
cercano(a)
decisivo(a)
diverso(a)
esplendor *(m.)*
influyente *(m. f.)*
mayoría
minoría
poblado(a)
poderoso(a)
valioso(a)
vasto(a)

Local

al filo de
alrededor
ámbito
bahía
fuente *(f.)*

Inmigrantes

barco
ciudadanía
clase menos acomodada
derechos civiles
desafío
desarrollo
emigrar
estimarse
éxito
éxodo
inmigrar
lanzarse
sobrevivir
unirse

Cantidad y apoyo

apenas
aportación *(f.)*
aporte *(m.)*
cifra
década
época
por ciento
tercio

Conflictos

dictadura
guerra
testimonio
tratado

Verbos y expresiones útiles

alcanzar
convertirse (ie)
destacar
en busca de
fundar
poner fin a
rodear

Leccion 1: Puerto Rico

Personas
colono
dueño(a)
empresario(a)
protagonista *(m. f.)*

Descripción
azucarero(a)
ciego(a)
contemporáneo(a)
destacado(a)
farmacéutico(a)
indiscutible
inigualable *(m. f.)*
leve *(m. f.)*
petroquímico(a)

Colonizar
ascendencia
autonomía
caña
colaborar
comportamiento
despoblar
éxito
fortaleza
fuerza laboral
lanzar
muralla
nacimiento
rescate *(m.)*

John Lavin/Photolibrary

Diseño
ensayo
moda
placer *(m.)*
textil

Verbos y expresiones útiles
a partir de
aparecer
aportar
aprobar (ue)
no obstante
otorgar
permanecer
toque *(m.)*

Raíces y esperanza
ESPAÑA Y MÉXICO

S. Nicolas/Photolibrary

LOS ORÍGENES

Descubre quiénes fueron los primeros pobladores e invasores de la Península Ibérica y algo de las grandes civilizaciones mesoamericanas (págs. 58–59).

SI VIAJAS A NUESTRO PAÍS...

> En **España** visitarás la capital, Madrid —con una población de unos seis millones—, Sevilla, Barcelona y varios festivales españoles (págs. 60–61).

> En **México** conocerás la capital, México D.F. —una de las ciudades más grandes del mundo—, Guadalajara, Mérida y cinco importantes festivales mexicanos (págs. 80–81).

AYER YA ES HOY

Haz un recorrido por la historia de la Península Ibérica desde tiempos remotos hasta el presente (págs. 62–63) y por la historia de México desde la llegada de Colón hasta nuestros días (págs. 82–83).

LOS NUESTROS

> En **España** conoce a un cardiólogo de fama mundial, a un verdadero campeón de baloncesto y a la actriz española de mayor fama internacional (págs. 64–65).

> En **México** conoce a quien se considera la mejor periodista y escritora mexicana, a un extraordinario grupo de rock y a la golfista número uno del mundo (págs. 84–85).

ASÍ HABLAMOS Y ASÍ ESCRIBIMOS

Aprende a distinguir entre palabras parecidas que tienen distintos significados según dónde llevan el acento y si requieren acento ortográfico (pág. 66), y cómo la letra **c** tiene un sonido frente a las vocls **e, i** y un sonido totalmente distinto frente a las vocales **a, o** y **u** (pág. 86).

NUESTRA LENGUA EN USO

Aprende a reconocer y usar una variedad de prefijos del latín (pág. 67) y familiarízate con una variante de la lengua campesina de muchas zonas rurales de México y del suroeste de los EE.UU. (págs. 88–89).

¡LUCES! ¡CÁMARA! ¡ACCIÓN!

Conoce lo divertido que era hacer comedia en una España en la que todavía había censura (pág. 68).

ESCRIBAMOS AHORA

Describe desde varios puntos de vista un incidente en tu coche o bicicleta (pág. 90).

Y AHORA, ¡A LEER!

> Conduce por las calles de una ciudad española en hora punta con un tráfico de locos en la lectura "El arrebato", de la periodista española Rosa Montero (págs. 69–72).

> Experimenta la transformación completa de un hombre en "Tiempo libre", del escritor mexicano Guillermo Samperio (págs. 91–94).

¡EL CINE NOS ENCANTA!

Disfruta de la ironía de un final inesperado del cortometraje *Ana y Manuel* (págs. 95–98).

GRAMÁTICA

Repasa los siguientes puntos gramaticales:

> 2.1 El presente de indicativo: verbos con cambios en la raíz (págs. 73–75)

> 2.2 El presente de indicativo: verbos con cambios ortográficos y verbos irregulares (págs. 76–79)

> 2.3 Adjetivos descriptivos (págs. 99–103)

> 2.4 Usos de los verbos **ser** y **estar** (págs. 104–107)

Tanto España como México tienen en sus raíces grandes civilizaciones de enorme peso histórico en el mundo y en el subconsciente de sus habitantes actuales.

La Península Ibérica

¿Qué sabemos de los primeros pobladores?

De los pobladores prehistóricos de la Península Ibérica quedan extraordinarias pinturas en las rocas de la cueva de Altamira, en Santander, y en otras cuevas. A los primeros pueblos y tribus se les llamó "iberos". Estos se unieron a los celtas para formar el pueblo celtíbero.

¿Qué otros pueblos invadieron la península y cuáles fueron sus contribuciones?

Entre los primeros invasores destacaron los fenicios, quienes trajeron a la Península Ibérica el alfabeto y su conocimiento de la navegación. Los griegos fundaron varias ciudades en la costa mediterránea. Los celtas introdujeron en la península el uso del bronce y otros metales. En último término, predominaron los romanos, quienes la nombraron "Hispania" y le impusieron su lengua, cultura y gobierno.

Jennifer Stone/Shutterstock

Los romanos también construyeron grandes ciudades, una multitud de carreteras, puentes excelentes y acueductos impresionantes que todavía perduran. En el siglo IV d.C. triunfó el cristianismo, y el Imperio Romano —incluyendo Hispania— lo aceptó oficialmente como su religión. Los musulmanes conquistaron la mayor parte de la península en 711 y la convirtieron en un gran centro intelectual con grandes avances en las ciencias, las letras, la artesanía, la agricultura, la arquitectura y el urbanismo.

¿Por qué es importante 1492?

En 1492, ocurrieron tres eventos trascendentales:

> El último rey moro (Boabdil) salió de Granada y se logró así la unidad política y territorial de la España actual.

> Los Reyes Católicos expulsaron a los judíos que rehusaron convertirse al cristianismo.

> El viaje de Cristóbal Colón dio inicio al Imperio Español en las Américas.

Las grandes civilizaciones mesoamericanas

¿Qué pueblos las componían y dónde habitaban?

Mesoamérica ocupa la mayor parte de lo que hoy conocemos como México y Centroamérica. Allí habitaron los olmecas, teotihuacanos, mayas, aztecas, mixtecas, toltecas, zapotecas y muchos más. En Teotihuacán, Monte Albán, Chichén Itzá, Tenochtitlán, Tikal y Cobán crearon grandes núcleos urbanos con impresionantes templos y pirámides. La ciudad de Tenochtitlán, fundada por los aztecas en 1325, hoy ocupa el centro histórico de la Ciudad de México.

Ian D. Walker/Shutterstock

▬▬ ¿COMPRENDISTE?

A. Los orígenes. Con tu compañero(a) completen las siguientes oraciones:

1. Los primeros habitantes de la Península Ibérica fueron los...

2. Algunos invasores de la Península Ibérica fueron los... y los... y sus contribuciones fueron...

3. Los romanos dieron a Hispania...

4. En España, los musulmanes hicieron grandes avances en...

5. Mesoamérica ocupa los territorios que hoy conocemos como... y...

6. Algunos de los grandes centros urbanos mesoamericanos fueron creados en...

B. A pensar y a analizar. Contesta las siguientes preguntas con dos o tres compañeros(as) de clase.

1. ¿Qué efecto creen que tiene en la gente y las costumbres de un país que tantas civilizaciones hayan pasado y, a veces, convivido en él? ¿Creen que lo hace más o menos tolerante? ¿Por qué creen eso?

2. ¿Cómo creen que está presente en la vida del México de hoy el gran pasado azteca? ¿En qué aspectos de la vida mexicana se manifiesta? Den ejemplos concretos de las artes y la vida en general.

MEJOREMOS LA COMUNICACIÓN

acueducto	judío(a)
artesanía	moro(a)
bronce *(m.)*	musulmán(ana)
	perdurar
conocimiento	poblador(a)
cueva	predominar
destacarse	rehusar
en último término	siglo
habitante *(m. f.)*	subconsciente *(m.)*
habitar	urbanismo

🌐 **¡Diviértete en la red!**
Busca España altamira/romana/musulmana y/o culturas mesoamericanas en YouTube para ver fascinantes videos de estas grandes culturas. Ve a clase preparado(a) para compartir la información que encontraste.

España

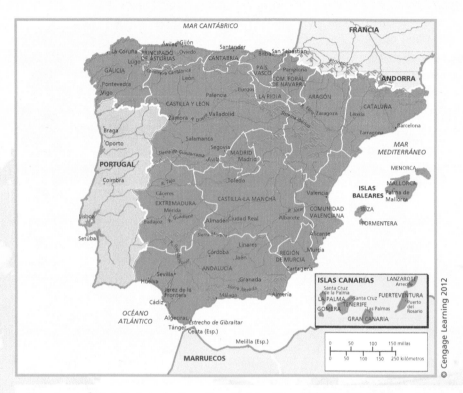

Nombre oficial: Reino de España   **Población:** 40.525.002 (estimación de 2009)
Principales ciudades: Madrid (capital), Barcelona, Valencia, Sevilla
Moneda: Euro €

En Madrid la capital, con una población de casi 6 millones, tienes que conocer...

> la Plaza Mayor, un hermoso lugar para caminar, tomar unas copitas de vino al aire libre, participar en actividades culturales y visitar tiendas que están allí desde el siglo XVII.

> el Palacio Real, con más de 2000 cuartos hermosamente decorados.

> el Museo del Prado, que tiene la colección más grande de obras de artistas españoles como El Greco, Velázquez, Goya y Murillo.

Rafael Ramírez Lee/Shutterstock

Plaza Mayor de Madrid, de origen medieval

> el Centro de Arte Reina Sofía, con una impresionante colección de arte moderno de los grandes artistas españoles como Joan Miró, Salvador Dalí y Pablo Picasso.

En Sevilla, no dejes de ver...

> la Catedral de Sevilla, construida sobre la gran mezquita, es la catedral gótica más grande del mundo.

> el Barrio de Santa Cruz, el pintoresco barrio antiguo de los judíos.

> el Archivo de Indias, una colección de todos los documentos relacionados con las "Indias", incluso cartas de Cristóbal Colón, Hernán Cortés y Miguel de Cervantes.

> los edificios de los Reales Alcázares (el Alcázar), construidos desde la Alta Edad Media, son residencia oficial de la familia real y de los jefes de estado que visitan la ciudad.

> el Parque de María Luisa, con la hermosa Plaza de España.

La Catedral de Sevilla y su torre, la Giralda vistas desde el río Guadalquivir.

En Barcelona, puedes visitar...

> el templo de la Sagrada Familia, diseñado por Antoni Gaudí, sin duda la iglesia más extravagante de Europa.

> las Ramblas, los hermosos bulevares por donde todo el mundo sale de paseo en Barcelona.

> el impresionante Parc Güell, declarado por la UNESCO Patrimonio de la Humanidad.

> la hermosa casa Batlló, un edificio restaurado por Antoni Gaudí.

El Parc Güell, un precioso jardín situado en la parte alta de Barcelona.

Festivales españoles

> Semana Santa en Sevilla y la Feria de Sevilla, una expresión religiosa y otra puramente festiva.

> Las Fallas de Valencia, donde se disfruta de las fallas, o estatuas enormes de papel y madera, que se queman la última noche de la fiesta.

> Los Sanfermines de Pamplona, donde la gente corre por la calle con enormes y peligrosos toros de más de 1000 libras de peso.

España como potencia mundial

Por medio de un eficaz matrimonio de conveniencia política, los Reyes Católicos, Fernando e Isabel, logran acumular un extenso territorio que hereda finalmente su nieto Carlos de Habsburgo, quien en 1519 pasa a ser emperador del Sacro Imperio Romano Germánico con el apelativo de Carlos V. Su imperio era tan extenso que en sus dominios "nunca se ponía el sol" y comprendía gran parte de Holanda y Bélgica, Italia, Alemania, Austria, partes de Francia y del norte de África, además de los territorios de las Américas.

Erich Lessing/Art Resource, NY

El Siglo de Oro

De 1550 a 1650, el arte y la literatura de España florecen con grandes pintores tales como El Greco, Diego Rodríguez de Silva y Velázquez y Bartolomé Esteban Murillo, grandes escritores como Santa Teresa de Jesús, Fray Luis de León, San Juan de la Cruz, Miguel de Cervantes y Francisco de Quevedo y geniales dramaturgos como Lope de Vega, Tirso de Molina y Pedro Calderón de la Barca.

MPI/Getty Images

Época moderna

La decadencia del imperio español comienza hacia fines del siglo XVI y continúa con unas cuantas interrupciones hasta el siglo XX. La Guerra Civil Española (1936–1939) acabó con el triunfo de las fuerzas nacionalistas dirigidas por el generalísimo Francisco Franco, quien gobernó el país por cuarenta años. Franco monopolizó la vida política y social de España, prohibió todos los partidos políticos y los sindicatos no oficiales y mantuvo una estricta censura y vigilancia sobre el país.

ROBERT CAPA ©2001 By Cornell Capa/ Magnum Photos

Juan Carlos de Borbón, coronado rey de España en 1975, luchó desde el primer momento por instituir una muy anhelada democracia. Sus esfuerzos tuvieron fruto en 1978 cuando se dictó una nueva constitución que refleja la diversidad de España al designarla como un Estado de Autonomías.

La España de hoy

España es un país abierto al futuro, económicamente desarrollado y con instituciones democráticas sólidas, que está al nivel de los países europeos más adelantados.

el país/newscom

> Goza de todas las libertades públicas y sociales así como de un alto nivel de tolerancia política y religiosa.

> Tiene acceso al libre comercio de bienes y trabajadores dentro de la Comunidad Económica Europea, de la que es miembro. Participa de la moneda de la Unión Europea, el euro.

> A finales del siglo XX España recibió a una gran cantidad de inmigrantes de países latinoamericanos como Ecuador, Colombia, Argentina, Bolivia, Perú y la República Dominicana, así como de diferentes zonas de África, Asia y Europa.

> Según anunció el director del Banco de España en febrero de 2007, España se podría situar como la séptima mayor economía del mundo.

> José Luis Rodríguez Zapatero ganó las elecciones de 2004, convirtiéndose en el quinto presidente del gobierno de la democracia. En 2008, José Luis Rodríguez Zapatero volvió a ganar, esta vez en elecciones que consolidaron y reforzaron el bipartidismo.

> El 20 de noviembre del 2011, Mariano Rajoy logró la presidencia con la mayoría absoluta en el Congreso y en el Senado, representando estos los mejores resultados electorales en la historia del Partido Popular.

■ ¿COMPRENDISTE?

A. Hechos y acontecimientos. ¿Recuerdas los datos más importantes de la lectura? Para asegurarte, completa las siguientes oraciones. Luego, compara tus respuestas con las de un(a) compañero(a).

1. Se decía que "el sol nunca se ponía" en el imperio de Carlos V porque...
2. El período entre 1550 y 1650 se conoce como el... en España.
3. La decadencia española fue muy gradual, extendiéndose de...
4. A la muerte de Franco en 1975,... fue declarado rey de España.
5. Se dice que la reelección de José Luis Rodríguez Zapatero en 2008... y... el bipartidismo.
6. En las elecciones del 2011, el ...logró los... del Partido Popular.

MEJOREMOS LA COMUNICACIÓN	
adelantado(a)	dramaturgo(a)
anhelado(a)	eficaz
apelativo	genial
así como	heredar
censura	instituir partido
comprender	por medio de
coronar	potencia mundial
decadencia	Siglo de Oro
dictar	sindicato
dominio	vigilancia

B. A pensar y a analizar. En grupos de tres o cuatro contesten estas preguntas. Luego, compartan sus conclusiones con la clase.

1. ¿Por qué se llama "Siglo de Oro" en España al período que va de 1550 a 1650? ¿Han tenido los EE.UU. un Siglo de Oro? Si dicen que sí, ¿cuándo y cómo fue? Si dicen que no, ¿creen que lo tendrá pronto? ¿Por qué sí o no?
2. Comparen la España de Franco con la del rey Juan Carlos I. ¿Cómo explican Uds. las diferencias? ¿Por qué creen que el joven Juan Carlos I no continuó la política de Franco?

C. Apoyo gramatical: Presente indicativo: verbos con cambio en la raíz. Completa este párrafo.

Gracias a matrimonios de conveniencia, los Reyes Católicos (1) _____ (extender) su reino hasta convertirlo en un imperio. Dicho imperio, en el siglo XVI (2) _____ (contar) con grandes pintores y escritores. A fines de ese mismo siglo (3) _____ (comenzar) la decadencia del imperio español. Ya en nuestro siglo, España se (4) _____ (poder) situar entre las siete economías más grandes del mundo. En 2004, Rodríguez Zapatero se (5) _____ (convertir) en el quinto presidente de la democracia y (6) _____ (gobernar) hasta 2008, año en el que (7) _____ (volver) a ganar las elecciones. Este último hecho (8) _____ (reforzar) el bipartidismo existente en España.

Gramática 2.1: Antes de hacer esta actividad, conviene repasar esta estructura en las págs. 73–75.

Penélope Cruz

Esta bella y talentosa actriz española es una de las más populares en el mundo entero y es la primera, y hasta el momento, la única española que ha conseguido integrarse plenamente al mundo del cine estadounidense. Desde niña quiso ser actriz y estudió para serlo. Su primera película *Jamón Jamón,* le dio la fama entre el público español. La fama internacional le llegó por su interpretación en *Belle Époque* (1992), y más tarde en *Todo sobre mi madre* (1999), ambas ganadoras del Premio Óscar a la mejor película extranjera. Ha conseguido varios premios internacionales, entre los que destaca el Óscar a la mejor actriz secundaria por su papel en *Vicky Cristina Barcelona* de Woody Allen en 2008.

Frazer Harrison/Getty Images

© Miguel Rajmil/EFE/Corbis

Valentín Fuster

Este médico español es el único cardiólogo del mundo en recibir los cuatro reconocimientos por investigación de las más importantes organizaciones de cardiólogos del mundo. Nacido en Barcelona, emigró a los Estados Unidos y en la actualidad es el Director del hospital *Mount Sinai Heart*, el Instituto Cardiovascular Zena y Michael A. Wiener y el Centro de Salud Cardiovascular Marie-Josee y Henry R. Kravis, en Nueva York. En 2006 Fuster coordinó con éxito un transplante de corazón y pulmón en un paciente, lo que la revista *New York Magazine* consideró una de las once maravillas médicas del año.

Pau Gasol

Pau Gasol nació y se crió en Barcelona. Es el primer jugador en conseguir algunos de los logros más importantes del mundo del baloncesto. En 2006, con la selección española, fue campeón del mundo. Tres años más tarde, en 2009, fue el primer jugador español en ganar el campeonato de la NBA, con el equipo de *Los Ángeles Lakers,* algo que repitió en 2010. Y por si fuera poco, en 2009 volvió a la selección española para ganar la medalla de oro del campeonato europeo de baloncesto, algo que no había logrado nunca España.

Rock Widner/NBAE/Getty Images

Otros españoles sobresalientes

Pedro Almodóvar: director de cine

Fernando Alonso: corredor de Fórmula 1

Sara Baras: bailadora flamenca

Javier Bardem: actor

Juan Carlos y Sofía de Borbón: reyes de España

Plácido Domingo: cantante de ópera

Enrique Iglesias: cantante

Miguel Induráin: ciclista

Rafael Nadal: tenista

Joaquín Sabina: cantante

Paz Vega: actriz

¿COMPRENDISTE?

A. Los nuestros. Contesta estas preguntas con un(a) compañero(a).

1. En tu opinión, ¿qué tienen en común estos tres españoles?
2. Tanto Valentín Fuster como Pau Gasol han conseguido dos logros muy importantes. ¿Cuáles son? ¿Qué otros logros crees que aspiran a conseguir en sus carreras?

B. Miniprueba. Demuestra lo que aprendiste de estos talentosos españoles al completar estas oraciones.

1. Penélope Cruz es la _____ actriz española que se ha integrado al cine estadounidense.
   a. tercera   b. única   c. más reciente
2. Un transplante que Valentín Fuster coordinó en 2006 ha sido considerado una verdadera _____.
   a. maravilla   b. dificultad   c. investigación
3. Pau Gasol triunfó con los Lakers y con _____.
   a. el Barcelona   b. la selección española
   c. la selección estadounidense

C. Diario. En tu diario, escribe por lo menos media página expresando tus pensamientos sobre uno de estos temas.

1. Penélope Cruz se ha integrado a la vida de Hollywood con mucha facilidad. Si tú fueras artista de cine, ¿qué tendrías que hacer para integrarte a la vida de Hollywood? ¿Podrías hacerlo con facilidad o te costaría mucho esfuerzo? Explica por qué.

2. Pau Gasol ha logrado triunfar en el baloncesto estadounidense, a pesar de ser la mejor liga del mundo en este deporte. ¿A qué crees que se debe su éxito? ¿Qué supondría para ti lograr un éxito similar?

> **MEJOREMOS LA COMUNICACIÓN**
>
> | | |
> |---|---|
> | ambos(as) | hasta el momento |
> | baloncesto | integrarse |
> | campeonato | lograr |
> | cardiólogo(a) | plenamente |
> | conseguir (i, i) (g) | por si fuera poco |
> | crearse | pulmón (m.) |
> | extranjero(a) | selección (f.) |

 ¡Diviértete en la red!
Busca "Penélope Cruz", "Valentín Fuster" y/o "Pau Gasol" en YouTube para ver videos y escuchar a estos talentosos españoles. Ve a clase preparado(a) para presentar un breve resumen de lo que encontraste y de lo que viste.

Palabras que cambian de significado

Hay palabras parecidas que tienen distintos significados según dónde va el acento y si requieren acento ortográfico. Ahora presta atención a la ortografía y al cambio del golpe en estas palabras mientras tu profesor(a) las pronuncia.

ánimo	animo	animó
célebre	celebre	celebré
depósito	deposito	depositó
estímulo	estimulo	estimuló
hábito	habito	habitó
práctico	practico	practicó
título	titulo	tituló

¡A practicar!

A. ¿Dónde va el acento? Escucha mientras tu profesor(a) lee estas palabras parecidas y escribe el acento donde sea necesario.

1.	critico	critico	critico
2.	dialogo	dialogo	dialogo
3.	domestico	domestico	domestico
4.	equivoco	equivoco	equivoco
5.	filosofo	filosofo	filosofo
6.	liquido	liquido	liquido
7.	numero	numero	numero
8.	pacifico	pacifico	pacifico
9.	publico	publico	publico
10.	transito	transito	transito

B. Acento escrito. Ahora, escucha a tu profesor(a) leer estas oraciones y coloca el acento ortográfico sobre las palabras que lo requieran.

1. Hoy publico mi libro para que lo pueda leer el publico.
2. No es necesario que yo participe esta vez; participe el sábado pasado.
3. Cuando lo magnifico con el microscopio, pueden ver lo magnifico que es.
4. No entiendo como el calculo debe ayudarme cuando calculo.
5. Pues ahora yo critico todo lo que el critico critico.

C. ¡Ay, qué torpe! Este joven hispanohablante se confunde tanto con los acentos que con frecuencia decide no usarlos. Ayúdale a poner acentos donde sean necesarios en las palabras parecidas.

Cuando en 1929 Diego Rivera se caso con Frida Kahlo, fue un caso notable, ya que él tenía cuarenta y tres años y ella, veintidós. Rivera era el artista del momento. Ambos son ahora reconocidos como dos de los artistas mexicanos mas importantes del siglo XX, mas en esa época, solamente Diego era famoso. Después de pasar muchos años en Europa, Diego Rivera regreso a México en 1921 y este regreso fue el reflejo de temas sociales y revolucionarios que reflejo en pinturas estimulantes.

Prefijos del latín

Muchas palabras se forman anteponiendo una partícula o **prefijo** a la raíz de una palabra. Por ejemplo, del verbo **poner** se derivan **contra**poner, **de**poner, **ex**poner, **im**poner, **inter**poner, **pos**poner, **sobre**poner, **su**poner y **tras**poner.

El español es una de las lenguas que se derivan del latín, la lengua del Imperio Romano, del cual formó parte la Península Ibérica por varios siglos. Por eso, la mayoría de los prefijos en español tienen su origen en el latín. Algunos de los prefijos latinos más comunes son los siguientes.

Prefijo latino	Ejemplos
ante- (delante, previo)	**ante**ojos, **ante**ayer
contra- (oposición)	**contra**decir, **contra**rrevolución
extra- (fuera de)	**extra**ordinario, **extra**oficial
i-, im-, in- (no, negación)	**i**legal, **im**posible, **in**móvil
inter- (entre)	**inter**nacional, **inter**cambio
multi- (muchos)	**multi**color, **multi**forme
pos-, post- (después)	**pos**data (**post**data), **post**moderno
pre- (antes)	**pre**ver, **pre**ocupar
re- (repetición)	**re**leer, **re**elección
retro- (hacia atrás)	**retro**activo, **retro**spección
semi- (medio, casi)	**semi**círculo, **semi**final
sobre-, super- (encima, superior)	**sobre**mesa, **sobre**saliente, **super**mercado
sub- (bajo, inferior)	**sub**terráneo, **sub**consciencia
trans-, tras- (pasar al lado opuesto)	**trans**oceánico, **trans**portar, **tras**mudar

Detalles de la lengua

Prefijos latinos. Con un(a) compañero(a), identifica las palabras que empiezan con prefijos latinos en las siguientes oraciones y explica su significado.

MODELO Tenemos que subrayar el título y reescribir el ejercicio.
subrayar: hacer una línea debajo de la palabra
reescribir: escribir de nuevo

1. Nuestros antepasados vivieron en una zona semitropical.

2. Tú mismo te contradices al afirmar que eres incapaz de mentir.

3. Para tomar este curso hay varios prerrequisitos.

4. No hay países subdesarrollados sino naciones sobreexplotadas.

5. Por favor, mueve el retrovisor a la izquierda que no puedo ver muy bien el coche que nos sigue.

6. Muchos científicos están reexaminando las teorías sobre la vida extraterrestre.

7. No pospongas lo que ahora puedes prevenir.

Castañuela 70: teatro prohibido

From Castañuela 70: Teatro prohibido

Antes de empezar el video

En parejas. Contesten estas preguntas en parejas.

1. ¿Qué saben del movimiento hippy? ¿Cómo lo caracterizarían? ¿Creen que se dio en otros países además de los Estados Unidos? ¿Qué matices pudo tomar en otros países?

2. ¿En qué creen que consiste la censura política? Creen que el humor puede ser una herramienta para luchar contra ella? ¿Cómo creen que se puede eludir la censura a base de humor? ¿Creen que en los Estados Unidos la hay? Expliquen su respuesta.

3. ¿Han hecho ustedes alguna vez teatro? ¿Disfrutaron haciéndolo? ¿Creen que puede ser una experiencia divertida tanto para el que lo hace como para el que lo ve? Expliquen.

Después de ver el video

A. El teatro prohibido. Contesta las siguientes preguntas con un(a) compañero(a) de clase.

1. ¿Qué fue Castañuela 70? ¿Por qué Castañuela? ¿Por qué 70?

2. ¿Cómo recuerdan los actores la experiencia de Castañuela 70? ¿Se consideraban buenos actores? ¿Era una obra ambiciosa? ¿Qué tipo de teatro era?

3. ¿En qué consistía la originalidad de Castañuela 70? ¿Qué tipo de censura sentían? ¿Qué gritaba el público? ¿Cómo trabajaban con la censura política? ¿Qué pretendía este grupo con su teatro?

4. ¿De qué tipo de producción se trataba? ¿En qué hoteles se quedaban los actores? ¿Cómo preparaban sus actuaciones? ¿Qué tipo de amenazas sufrían? ¿Cómo reaccionaba el público a sus actuaciones?

B. A pensar y a interpretar. Contesta las siguientes preguntas.

1. ¿Qué tipo de teatro u otra expresión artística hoy es tan refrescante como Castañuela 70?

2. ¿Crees que la nostalgia que sienten los actores por lo que hicieron en el pasado es algo normal? ¿Qué cosas has hecho tú que consideras innovadoras y que te ayudaron a crecer?

3. ¿En qué creen que se parece y se diferencia la censura política bajo el generalísimo Franco en España y la censura del cine y teatro en los Estados Unidos?

4. ¿Crees que hay algún paralelo entre esta generación de actores y los actores hoy en día? Expliquen.

5. ¿Te habría gustado ser miembro de este grupo de teatro? ¿Por qué sí o no?

C. Apoyo gramatical. Presente indicativo: verbos con cambios ortográficos. Completa estas preguntas, luego házselas a un(a) compañero(a).

1. ¿A qué _____ (atribuir) tú el éxito de Castañuela 70?

2. En tu opinión, ¿se _____ (conseguir) más con el humor o con la violencia para efectuar cambios sociales?

3. ¿Crees tú que los grupos teatrales de hoy _____ (influir) en la opinión de la gente tanto como influyeron los grupos del video?

4. En nuestra época, cuando los miembros de grupos teatrales viajan, ¿_____ (elegir) hospedarse en un hotel o _____ (elegir) solicitar hospedaje a los espectadores?

5. ¿Crees que los actores del video _____ (reconocer) ahora la importancia que tuvo el grupo teatral durante la dictadura del generalísimo Francisco Franco?

Gramática 2.2: Antes de hacer esta actividad, conviene repasar esta estructura en las págs. 76–79.

¡Antes de leer!

A. Anticipando la lectura. Contesten estas preguntas para saber cómo se comportan cuando tienen problemas de tráfico.

1. ¿Usan mucho sus automóviles para viajar en su ciudad? ¿Tienen ustedes normalmente problemas de tráfico? ¿Qué tipo de problemas? ¿Embotellamientos? ¿Zonas de obras? ¿Otros?

2. ¿Cómo se sienten cuando están en un embotellamiento y tienen prisa? ¿Se comportan normalmente o cambia su forma de ser?

3. ¿Conocen a alguien que se comporta de una manera completamente inaceptable cuando conduce? ¿Qué hace o dice?

B. Vocabulario en contexto. Busca estas palabras en la lectura que sigue y, en base al contexto, decide cuál es su significado. Para facilitar el encontrarlas, las palabras aparecen en negrilla en la lectura.

1. **arrebato**	a. tráfico	b. cortesía	c. furia
2. **semáforo**	a. carro bombero	b. señal de tráfico	c. esquina
3. **embotellamiento**	a. policía	b. obstrucción	c. señal
4. **mandíbula**	a. pierna	b. hombro	c. boca
5. **atropellas**	a. pasas por encima	b. saludas	c. le gritas
6. **estacionar**	a. doblar	b. aparcar	c. retroceder

Sobre la autora

Rosa Montero nació en Madrid el 3 de enero de 1951. En 1969, ingresó en la Escuela de Periodismo y comenzó a sobresalir pronto como escritora y periodista. Ha escrito varias exitosas novelas como *La loca de la casa* (2003), *Historia del rey transparente* (2007) e *Instrucciones para salvar el mundo* (2008). Montero se destaca también por sus artículos periodísticos, algunos de los cuales están cargados de contenido,

Quim Llenas/Getty Images

como el que vamos a leer, que describe la furia de un conductor en un día típico de atasco en una ciudad española.

El arrebato

Las nueve menos cuarto de la mañana. Semáforo en rojo. Un rojo inconfundible. Las nueve menos trece, hoy no llego. Embotellamiento de tráfico. Doscientos mil coches junto al tuyo. Tienes la mandíbula tan tensa que entre los dientes aún está el sabor del café del desayuno. Miras al vecino. Está intolerablemente cerca. La chapa de su coche casi roza la tuya. Verde. Avanza, imbécil. ¿Qué hacen? No arrancan. No se mueven, los estúpidos. Están paseando, con la inmensa urgencia que tú tienes.

Doscientos mil coches que salieron a pasear a la misma hora solamente para fastidiarte. ¡Rojjjjjo! ¡Rojo de nuevo! No es posible. Las nueve menos diez. Hoy desde luego que no llego- o- o- o (gemido desolado). El vecino te mira con odio. Probablemente piensa que tú tienes la culpa de no haber pasado el **semáforo** (cuando es obvio que los culpables son los idiotas de delante). Tienes una premonición de catástrofe y derrota. Hoy no llego. Por el espejo ves cómo se acerca un chico en una motocicleta, zigzagueando entre los coches. Su facilidad te causa indignación, su libertad te irrita. Mueves el coche unos centímetros hacia el del vecino, y ves que el transgresor está bloqueado, que ya no puede avanzar. ¡Me alegro! Alguien pita por detrás. Das un salto, casi arrancas. De pronto ves que el semáforo sigue aún en rojo. ¿Qué quieres, que salga con la luz roja, imbécil? Te vuelves en el asiento, y ves a los conductores a través de la contaminación y el polvo que cubre los cristales de tu coche. Los insultas. Ellos te miran con odio asesino. De pronto, la luz se pone verde y los de atrás pitan desesperadamente. Con todo ese ruido reaccionas, tomas el volante, al fin arrancas. Las nueve menos cinco. Unos metros más allá la calle es mucho más estrecha; solo cabrá un coche. Miras al vecino con odio. Aceleras. Él también. Comprendes de pronto que llegar antes que el otro es el objeto principal de tu existencia. Avanzas unos centímetros. Entonces, el otro coche te pasa victorioso. «Corre, corre,» gritas, fingiendo gran desprecio: «¿a dónde vas, idiota?, tanta prisa para adelantarme solo un metro»... Pero la derrota duele. A lo lejos ves una figura negra, una vieja que cruza la calle lentamente. Casi la **atropellas**. «Cuidado, abuela» gritas por la ventanilla; estas viejas son un peligro, un peligro. Ya estás llegando a tu destino, y no hay posibilidades de aparcar.

De pronto descubres un par de metros libres, un pedacito de ciudad sin coche: frenas, el corazón te late apresuradamente. Los conductores de detrás comienzan a tocar la bocina: no me muevo. Tratas de **estacionar**, pero los vehículos que te siguen no te lo permiten. Tú miras con angustia el espacio libre, ese pedazo de paraíso tan cercano y, sin embargo, inalcanzable. De pronto, uno de los coches para y espera a que tú aparques. Tratas de retroceder, pero la calle es angosta y la cosa está difícil. El vecino da marcha atrás para ayudarte, aunque casi no puede moverse porque los otros coches están demasiado cerca. Al fin aparcas. Sales del coche, cierras la puerta. Sientes una alegría infinita, por haber cruzado la ciudad enemiga, por haber conseguido un lugar para tu coche; pero fundamentalmente, sientes enorme gratitud hacia el anónimo vecino que se detuvo y te permitió aparcar. Caminas rápidamente para alcanzar al generoso conductor, y darle las gracias. Llegas a su coche, es un hombre de unos cincuenta años, de mirada melancólica. «Muchas gracias,» le dices en tono exaltado. El otro se sobresalta, y te mira sorprendido. «Muchas gracias,» insistes; «soy el del coche azul, el que estacionó.» El otro palidece, y al fin contesta nerviosamente: «Pero, ¿qué quería usted? ¡No podía pasar por encima de los coches! No podía dar más marcha atrás». Tú no comprendes. «¡Gracias, gracias!» piensas. Al fin murmuras: «Le estoy dando las gracias de verdad, de verdad...» El hombre se pasa la mano por la cara, y dice: «es que... este tráfico, estos nervios...» Sigues tu camino, sorprendido, pensando con filosófica tristeza, con genuino asombro: ¿Por qué es tan agresiva la gente? ¡No lo entiendo!

¡Después de leer!

A. Hechos y acontecimientos. ¿Recuerdas los datos más importantes de la lectura? Para asegurarte, contesta estas preguntas.

1. ¿A qué hora del día ocurre la acción de esta lectura? ¿Por qué hay normalmente más tráfico a esa hora? ¿Es esa la misma hora punta de tu ciudad? ¿Por qué piensas que hay diferentes horas punta en el país donde ocurre esta lectura y en los Estados Unidos?

2. ¿A qué se refiere el título del cuento "El arrebato"?

3. ¿Cuánto tiempo calcula el chofer que su vehículo se encuentra en el semáforo?

4. ¿Por qué puede aparcar el chofer al final?

5. ¿Qué piensa el señor que retrocede cuando el chofer le da las gracias?

6. Al final, ¿qué concluye el chofer de todos los demás conductores?

B. A pensar y a analizar. En grupos de tres o cuatro, contesten las siguientes preguntas. Luego, compartan sus respuestas con la clase.

1. ¿Les parece que este cuento refleja la realidad de lo que pasa en las grandes ciudades? ¿Por qué sí o no?

2. Es el (la) narrador(a) de este cuento una persona normal? ¿Por qué creen que narra en segunda persona? ¿Creen que este artículo tiene una moraleja, una enseñanza? ¿Cuál es?

C. Dramatización. En grupos de tres o cuatro, dramaticen un incidente (verdadero o imaginario) de tráfico que ocasiona frustración y rabia en los conductores. Hagan un esfuerzo para que sea lo más realista posible.

D. Apoyo gramatical. Presente indicativo: verbos irregulares. Con un(a) compañero(a), túrnense para comentar sus experiencias al conducir usando estos verbos.

tener	venir	traer	ir	caber
salir	conducir	decir	hacer	permanecer

Gramática 2.2: Antes de hacer esta actividad, conviene repasar esta estructura en las págs. 76–79.

2.1 El presente de indicativo: verbos con cambios en la raíz

¡A que ya lo sabes!

Incluso si no te recuerdas cuál es la raíz de un verbo, no hay ninguna duda de que ya sabes bastante de verbos con cambios en la raíz. Para probarlo, mira los siguientes pares de oraciones y decide, en cada par, cuál de las dos oraciones te suena bien, la primera o la segunda.

1. a. ¿A qué hora *comienza* la fiesta?

   b. ¿A qué hora *comenza* la fiesta?

2. a. Mi hermano *dorme* por lo menos diez horas al día.

   b. Mi hermano *duerme* por lo menos diez horas al día.

> Para más práctica, haz las actividades de **Gramática en contexto** (sección 2.1) del *Cuaderno para los hispanohablantes*.

¿Cómo? ¿No todo el mundo contestó igual? Sin embargo la mayoría no tuvo problema en seleccionar la primera oración en el primer par y la segunda en el segundo par. ¿Por qué? Porque ya han internalizado un gran número de verbos con cambios en la raíz. Pero, sigan leyendo y todos van a entender mejor.

En el presente de indicativo, la última vocal de la raíz de ciertos verbos cambia de **e** a **ie**, de **o** a **ue** o de **e** a **i** cuando lleva acento prosódico. Este cambio afecta las formas verbales de todas las personas del singular y la tercera persona del plural. La primera y segunda persona del plural (**nosotros** y **vosotros**) son regulares porque el acento prosódico cae en la terminación, no en la raíz.

	pensar e → ie	recordar o → ue	pedir e → i
yo	pienso	recuerdo	pido
tú	piensas	recuerdas	pides
Ud., él, ella	piensa	recuerda	pide
nosotros(as)	pensamos	recordamos	pedimos
vosotros(as)	pensáis	recordáis	pedís
Uds., ellos, ellas	piensan	recuerdan	piden

En este libro de texto los verbos con cambios en la raíz se escriben con el cambio entre paréntesis después del infinitivo: pensar **(ie)**, recordar **(ue)**, pedir **(i)**.

> Los siguientes son algunos verbos de uso común que tienen cambios en la raíz.

e → ie	o → ue	e → i (*solo* verbos en -*ir*)
cerrar	almorzar	conseguir
comenzar	aprobar	corregir
despertar		
empezar	contar	
nevar	mostrar	despedir(se)
recomendar	probar	elegir
	sonar	medir

e → ie	o → ue	e → i (*solo* verbos en -*ir*)
atender	volar	reír
defender		repetir
entender	devolver	seguir
perder	llover	servir
querer	mover	sonreír
	poder	vestir(se)
convertir	resolver	
divertir(se)	volver	
mentir		
preferir		
sentir(se)	dormir	
sugerir	morir	

Nota para hispanohablantes

En algunas comunidades de hispanohablantes, hay una tendencia a hacer regulares los verbos con cambios e → ie y o → ue. Así, las formas del verbo **pensar** son *penso, pensas, pensa,...* en vez de **pienso, piensas, piensa,...** y las del verbo **recordar** son *recordo, recordas, recorda,...* en vez de **recuerdo, recuerdas, recuerda,...** Es importante evitar este uso fuera de esas comunidades, en particular al escribir.

❯ Los verbos **adquirir**, **jugar** y **oler** se conjugan como verbos con cambios en la raíz.

adquirir (i → ie)	jugar (u → ue)	oler (o → hue)
adquiero	juego	huelo
adquieres	juegas	hueles
adquiere	juega	huele
adquirimos	jugamos	olemos
adquirís	jugáis	oléis
adquieren	juegan	huelen

Nota para hispanohablantes

En algunas comunidades de hispanohablantes, hay una tendencia a hacer regulares las formas del verbo oler **y decir** *olo, oles, ole,...* en vez de **huelo, hueles, huele,...** Es importante evitar este uso fuera de esas comunidades, en particular al escribir.

Ahora, ¡a practicar!

A. Llegada a Madrid. Completa el texto en el presente de indicativo para saber lo que te dice tu amigo René de su llegada a Madrid.

Durante el vuelo yo no (1) _____ (poder) dormir. En general no (2) _____ (dormir) durante los vuelos. Así, al llegar a Madrid, me (3) _____ (sentir) bastante cansado. En el aeropuerto (4) _____ (encontrar) el centro de información y (5) _____ (pedir) consejo sobre hoteles. Yo (6) _____ (conseguir) uno en el centro de la ciudad. (7) _____ (Comenzar) a hacer planes para ese día, pero (8) _____ (entender) que lo primero es descansar porque me (9) _____ (morir) de cansancio.

B. Congestión de tráfico. Completa el siguiente texto en el presente de indicativo para repasar lo que le ocurre al protagonista de la lectura "El arrebato".

La historia (1) _____ (comenzar) a las nueve menos cuarto de la mañana. Todos (2) _____ (contar) con llegar al trabajo en quince minutos. Seguramente muchos se (3) _____ (despertar) tarde. Los coches apenas se (4) _____ (mover). Avanzar (5) _____ (costar) mucho. Un motorista (6) _____ (mostrar) cortesía al dejarla adelantar; el protagonista (7) _____ (querer) agradecerle, el motorista no (8) _____ (entender) esa expresión de simpatía. Ya nadie aprecia gestos amistosos. Todos solo (9) _____ (pensar) en adelantar.

C. Hábitos diarios. Tu nuevo(a) compañero(a) te hace estas preguntas porque desea conocer algunos aspectos de tu rutina diaria. Una vez que él/ella termine, cambien papeles.

1. ¿A qué hora (despertarte)?

2. ¿(Levantarte) en seguida o (dormir) otro rato?

3. ¿(Vestirte) de inmediato o (desayunarte) primero?

4. ¿A qué hora (empezar) tu primera clase?

5. ¿Dónde (almorzar), en la universidad, en un restaurante o en casa?

6. ¿Qué (hacer) después de las clases, (trabajar) o (jugar) a algún deporte?

7. ¿A qué hora (regresar) a casa?

8. ¿A qué hora (acostarte)? ¿(Dormirte) sin dificultad?

9. ¿(Reír) mucho durante el día ¿Qué te (hacer) reír?

2.2 El presente de indicativo: verbos con cambios ortográficos y verbos irregulares

¡A que ya lo sabes!

Para más práctica, haz las actividades de **Gramática en contexto** (sección 2.1) del *Cuaderno para los hispanohablantes*.

A que eso de "ortográficos" medio te asustó. Pero no te preocupes porque tú ya sabes mucho de verbos con cambios ortográficos y de verbos irregulares. ¿No estás muy convencido(a)? Pues, mira los siguientes pares de oraciones y decide, en cada par, cuál de las dos oraciones te suena bien, la primera o la segunda. Entonces vas a ver que sí lo sabes.

1. a. Yo *corrijo* mis composiciones antes de entregarlas.

   b. Yo *corrigo* mis composiciones antes de entregarlas.

2. a. *Vengo* todos los días a la misma hora.

   b. *Veno* todos los días a la misma hora.

Seguramente que seleccionaste la primera oración de cada par. Ya ves, aunque no sepas que "ortográficos" tiene que ver con la escritura y que en los verbos irregulares la raíz del verbo cambia mucho, ya sabes mucho de estos dos tipos de verbos y vas a aprender más cuando sigas leyendo.

Verbos con cambios ortográficos

Algunos verbos requieren un cambio ortográfico para mantener la pronunciación de la raíz.

> Los verbos que terminan en **-ger** o **-gir** cambian la **g** por **j** en la primera persona del singular.

dirigir:	dirijo, diriges, dirige, dirigimos, dirigís, dirigen
proteger:	protejo, proteges, protege, protegemos, protegéis, protegen

Otros verbos terminados en **-ger** o **-gir**:

coger	corregir (i)
recoger	elegir (i)
	exigir

> Los verbos que terminan en **-guir** cambian **gu** por **g** en la primera persona del singular.

distinguir:	distingo, distingues, distingue, distinguimos, distinguís, distinguen

Otros verbos terminados en **-guir**:

conseguir (i)	proseguir (i)
extinguir	seguir (i)

> Los verbos que terminan en **-cer** o **-cir** precedidos de una consonante, cambian la **c** por **z** en la primera persona del singular.

convencer:	convenzo, convences, convence, convencemos, convencéis, convencen

Otros verbos en esta categoría:

ejercer	vencer	esparcir

> Los verbos que terminan en **-uir** cambian la **i** por **y** delante de **o** y **e**.

construir:	construyo, construyes, construye, construimos, construís, construyen

Otros verbos terminados en **-uir**:

atribuir	contribuir	distribuir	incluir	obstruir
concluir	destruir	excluir	influir	substituir

76 setenta y seis LECCIÓN 2

> Algunos verbos que terminan en **-iar** y **-uar** cambian la **i** por **í** y la **u** por **ú** en todas las formas excepto **nosotros** y **vosotros**.

enviar:	envío, envías, envía, enviamos, enviáis, envían
acentuar:	acentúo, acentúas, acentúa, acentuamos, acentuáis, acentúan

Otros verbos en esta categoría:

ampliar	continuar
confiar	efectuar
enfriar	graduar(se)
guiar	situar

Los siguientes verbos terminados en **-iar** y **-uar** son regulares:

anunciar	cambiar	estudiar
apreciar	copiar	limpiar
averiguar		

Nota para hispanohablantes

Algunos hispanohablantes tienden a no prestar atención a cambios de ortografía. Es muy importante hacer siempre estos cambios, porque si no, se consideran errores de ortografía.

Verbos irregulares

> Los siguientes verbos de uso frecuente tienen varias irregularidades en el presente de indicativo.

decir	estar	ir	oír	ser	tener	venir
digo	estoy	voy	oigo	soy	tengo	vengo
dices	estás	vas	oyes	eres	tienes	vienes
dice	está	va	oye	es	tiene	viene
decimos	estamos	vamos	oímos	somos	tenemos	venimos
decís	estáis	vais	oís	sois	tenéis	venís
dicen	están	van	oyen	son	tienen	vienen

Los verbos derivados de cualquiera de estas palabras tienen las mismas irregularidades.

decir:	**contradecir**
tener:	**contener, detener, mantener, obtener**
venir:	**convenir, intervenir, prevenir**

Nota para hispanohablantes

En algunas comunidades de hispanohablantes, hay una tendencia a usar la terminación de la primera persona plural (*-emos*) en lugar de -imos en los verbos **decir, salir y venir** y dicen: *decemos* en vez de **decimos**, *salemos* en vez de **salimos** y *venemos* en vez de **venimos**. Es importante evitar estos usos fuera de esas comunidades y evitarlos siempre al escribir.

> Los siguientes verbos son irregulares en la primera persona del singular solamente.

caber:	**quepo**	saber:	**sé**
dar:	**doy**	traer:	**traigo**
hacer:	**hago**	valer:	**valgo**
poner:	**pongo**	ver:	**veo**
salir:	**salgo**		

Los verbos derivados muestran las mismas irregularidades.

hacer:	**deshacer, rehacer, satisfacer**
poner:	**componer, imponer, oponer, proponer, reponer, suponer**
traer:	**atraer, contraer, distraer(se)**

Nota para hispanohablantes
En algunas comunidades de hispanohablantes dicen *cabo* en vez de **quepo**. Es importante evitar este uso fuera de esas comunidades y en particular al escribir.

> Los verbos que terminan en **-cer** o **-cir** precedidos de una vocal, agregan una **z** delante de la **c** en la primera persona del singular.

ofrecer: ofre**zc**o, ofreces, ofrece, ofrecemos, ofrecéis, ofrecen

Otros verbos en esta categoría:

agradecer	**establecer**	**conducir**
aparecer	**obedecer**	**deducir**
complacer	**parecer**	**introducir**
conocer	**permanecer**	**producir**
crecer	**pertenecer**	**reducir**
desconocer	**reconocer**	**traducir**

Ahora, ¡a practicar!

A. Basquetbolista exitoso. Completa las oraciones con la forma apropiada del verbo que aparece entre paréntesis para saber de la vida de Pau Gasol.

Mi nombre (1) _____ (ser) Pau Gasol. (2) _____ (Ser) un basquetbolista español. Ahora (3) _____ (estar) jugando en la NBA, la liga más importante del mundo. Afortunadamente (4) _____ (tener) éxito como jugador profesional. Aunque yo (5) _____ (residir) en los Estados Unidos, (6) _____ (ir) con frecuencia a España, donde (7) _____ (estar) mi familia. Me (8) _____ (mantener) en contacto con mis parientes y amigos de allá. (9) _____ (Pertenecer) también al equipo nacional español y me (10) _____ (sentir) orgulloso de ser parte de ese equipo.

B. Somos individualistas. Cada uno de los miembros de la clase menciona algo especial acerca de sí mismo(a). ¿Qué dicen?

MODELO pertenecer al Club de Español
Pertenezco al Club de Español.

1. traducir del español al francés
2. saber hablar portugués
3. construir barcos en miniatura
4. dar lecciones de guitarra
5. conseguir dinero para el Museo del Barrio
6. guiar a los turistas a sitios de interés en el barrio
7. mantener correspondencia con puertorriqueños de la isla
8. ofrecer mis servicios como voluntario en un hospital local
9. proteger animales abandonados
10. componer poemas de amor

C. ¿Preguntas razonables o locas? Selecciona cuatro verbos de esta lista y escribe una pregunta razonable o loca con cada verbo. Escribe cada pregunta en un pedazo de papel. Luego, tu profesor(a) va a recoger todos los papeles y dejar que cada persona de la clase seleccione uno y conteste la pregunta.

MODELO graduarse
¿Cuándo te gradúas? o **¿Te gradúas este año o el año próximo?**

averiguar	conseguir	incluir
caber	convencer	obedecer
concluir	dirigir	oír
conducir	graduarse	proponer

D. Mi familia y yo. Lee con atención el párrafo siguiente en que un amigo tuyo habla de su familia. En hoja aparte, corrige cualquier tiempo verbal que no te parezca apropiado en la lengua escrita.

Mi familia y yo semos originarios de España, pero ahora vivemos en Nueva Jersey. Tenimos parientes en el viejo continente y los visitamos de vez en cuando. En Nueva Jersey recibemos en nuestra casa a muchos amigos de España y salemos con ellos a pasear cuando nos visitan.

México

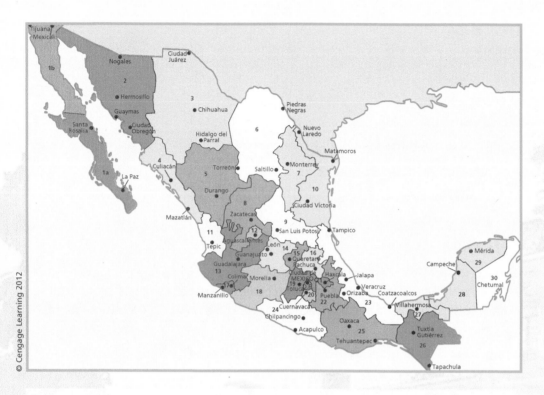

© Cengage Learning 2012

Nombre oficial: Estados Unidos Mexicanos
Población: 111.211.789 (estimación de 2009)
Principales ciudades: México, D.F., Guadalajara, Netzahualcóyotl, Monterrey
Moneda: Peso ($)

En México, D.F., la capital, con una población de casi nueve millones, tienes que visitar...

Jeremy Woodhouse/Photolibrary

> el Zócalo, sitio del antiguo centro ceremonial azteca, y ahora una enorme plaza con la Catedral Metropolitana (la catedral más grande de todo el continente), el Palacio Nacional y el Ayuntamiento.

> el Templo Mayor, ruinas del gran templo azteca donde tuvieron lugar miles de sacrificios humanos.

> el Bosque de Chapultepec, un parque de unos 1600 acres que incluye el Monumento a los Niños Héroes, el Castillo de Chapultepec, el Museo de Arte Moderno, el Museo Tamayo Arte Contemporáneo y el Museo Nacional de Antropología.

> el Museo Nacional de Antropología, con sus veintitrés salones, en un área de casi veinte acres. Dedicado a las culturas mesoamericanas, es considerado uno de los mejores del mundo.

> el Palacio de Bellas Artes, una verdadera joya cultural debido no solo a su arquitectura exquisita sino también a la gran cortina de cristal de Tiffany y a los extraordinarios murales de Diego Rivera, José Clemente Orozco, David Alfaro Siqueiros, Rufino Tamayo y mucho más.

En Guadalajara, no dejes de visitar...

> el Hospicio Cultural de Cabañas, con cincuenta y tres murales en su capilla, pintados por el sobresaliente muralista José Clemente Orozco.

> la Plaza de los Mariachis, donde puedes contratar a tu propia banda de mariachis.

> el Teatro Degollado, escenario de conciertos, óperas, ballets, recitales, obras teatrales y presentaciones de artistas nacionales e internacionales.

> la Catedral de Guadalajara, símbolo de la ciudad.

Steve Vidler/Photolibrary

JTB Photo/Photolibrary

En Mérida, puedes visitar...

> la Plaza Mayor, centro cultural y comercial de la ciudad desde que se estableció en 1545.

> el Mercado Municipal, donde se pueden adquirir desde productos de primera calidad hasta curiosidades y lo mejor de la gastronomía maya.

> las ruinas de la legendaria ciudad maya de Chichén Itzá, declarada Maravilla del Mundo en 2007, a unas setenta y cinco millas de la ciudad.

Festivales mexicanos

> Las Fiestas Patrias (Día de la Independencia) en el Zócalo de la Ciudad de México

> el Festival de Nuestra Señora de Guadalupe que se celebra el 12 de diciembre en todo México

> Guelaguetza en Oaxaca, fiesta en honor de Centeotl, la diosa zapoteca y mixtecadel maíz

> la Semana Santa en Taxco

> el Día de los Muertos que se celebra el 2 de noviembre en todo México

 ¡Diviértete en la red!
Busca en Google Images o en YouTube Guelaguetza, Chichén Itzá, el Castillo de Chapultepec, el Festival de Nuestra Señora de Guadalupe y el Día de los Muertos para ver en qué consisten. Ve a clase preparado(a) para describir en detalle lo que descubriste.

México: tierra de contrastes

El período colonial y la independencia

De 1521 a 1821, México sirvió como capital del Virreinato de Nueva España, una importante colonia del vasto imperio español.

Esta región era riquísima, ya que en ella se encontraban grandes minas de oro y plata que fueron explotadas con el trabajo inhumano impuesto a la población indígena. Al final de este período, los criollos (españoles nacidos en América) se levantaron contra el poder de los gachupines (españoles nacidos en España) y consiguieron la independencia de México en 1821.

Toño Labra/Photolibrary

Stockbyte/Photolibrary

El Tratado de Guadalupe-Hidalgo

En 1836, México se vio obligado a conceder la independencia a los colonos anglosajones de Texas. Además, después de la desastrosa guerra con los EE.UU., de 1846 a 1848, tuvo que ceder la mitad de su territorio a los EE.UU. por el Tratado de Guadalupe-Hidalgo.

Benito Juárez

En 1858 fue elegido presidente Benito Juárez, político liberal de origen zapoteca. Durante su gobierno, los franceses invadieron México y, en 1862, tuvo que huir de la capital para salvar la presidencia. Diez años después, los franceses fueron derrotados y Benito Juárez regresó triunfante a la Ciudad de México. Durante su presidencia logró establecer las Leyes de Reforma, que declaraban la independencia del Estado respecto de la Iglesia, la ley sobre matrimonio civil y registro civil, y el paso de los bienes de la Iglesia a la nación.

Porfirio Díaz

En 1877, el general Porfirio Díaz se proclamó dictador y gobernó durante más de treinta años en una época conocida como el "porfiriato". Durante el porfiriato, el pueblo decía que México era "la madre de los extranjeros" y "la madrastra de los mexicanos" debido a una política que, por un lado, favorecía a los extranjeros y, por otro, les quitaba las tierras a los campesinos. Esta situación derivó en la Revolución Mexicana en 1910, un período violento que duró dos décadas y dejó más de un millón de muertos.

El México de hoy

> La región metropolitana de la Ciudad de México, con veintitrés millones de habitantes, es una de las ciudades más pobladas del mundo y quizás también la más contaminada.

> En 2006, Felipe de Jesús Calderón Hinojosa ganó las elecciones presidenciales por un pequeño margen. Su campaña política se centró, además de otros aspectos, en la promesa de crear fuentes de trabajo y en tratar de superar el subempleo.

© Jorge Gutierrez/epa/Corbis

❭ El narcotráfico se ha convertido en una de las grandes plagas de la sociedad mexicana, generando verdaderas batallas entre el gobierno y los distintos cárteles. Solo entre 2006 y 2010, se contabilizaron 22.000 muertes violentas.

❭ México es, hoy por hoy, una potencia económica mundial. Se ha consolidado como un país de ingresos económicos medio-superior y como un país industrializado.

❭ La distribución tan desigual de la riqueza y la creciente violencia relacionada con la droga son dos de los más grandes desafíos del México de hoy.

■■■ ¿COMPRENDISTE?

A. Hechos y acontecimientos. Completa las siguientes oraciones. Luego, compara tus respuestas con las de un(a) compañero(a).

1. La riqueza de los españoles en el Virreinato de Nueva España durante el período colonial se basaba en...

2. Con el Tratado de Guadalupe-Hidalgo, México cedió a los Estados Unidos más de...

3. Entre los logros más importantes de la presidencia de Benito Juárez están...

4. Durante el porfiriato, el pueblo decía que México era "la madre de los extranjeros" y "la madrastra de los mexicanos" porque...

5. Un ejemplo de lo violenta que fue la Revolución Mexicana es...

6. Con veintitrés millones de habitantes, la región metropolitana de la Ciudad de México es...

7. Felipe de Jesús Calderón Hinojosa ganó las elecciones presidenciales en 2006 prometiendo crear...

8. Hoy día, México se ha consolidado como un país de...

9. Dos de los más grandes desafíos de México, hoy, son...

> **MEJOREMOS LA COMUNICACIÓN**
>
> | | |
> |---|---|
> | bienes (m.) | huir |
> | ceder | imponer |
> | conceder | ingreso |
> | derivar | madrastra |
> | derrotado(a) | maltrecho(a) |
> | desigual | potencia |
> | explotar | subempleo |
> | golpeado(a) | virreinato |

B. A pensar y a analizar. ¿Por qué crees que el título de esta lectura es "México: tierra de contrastes"? ¿Cuáles son esos contrastes? Con un(a) compañero(a), prepara una lista de los contrastes que más les han impresionado y preséntensela a la clase.

C. Redacción colaborativa. En grupos de dos o tres, escriban una composición colaborativa de una página a una página y media sobre el tema que sigue. Sigan el proceso de escribir colaborativamente que aprendieron en la **Redacción colaborativa** de la *Unidad 1, Lección 1:* escriban primero una lista de ideas, organícenlas en un primer borrador, revisen las ideas, escriban un segundo borrador, revisen la acentuación y ortografía y escriban la versión final.

Uno de los resultados sociales más importantes de la revolución mexicana fue la revaloración de las raíces indígenas. Sin embargo, todavía en el siglo XXI los indígenas siguen cuestionando la política del gobierno hacia los más pobres. ¿Por qué será que después de tanto tiempo, México parece no preocuparse por su gente más necesitada, los indígenas? ¿Cómo ha cuidado EE.UU. a sus indígenas? ¿Llevan una vida mejor que la de los indígenas mexicanos? Expliquen su respuesta.

Maná

Este grupo musical de pop y rock, muy conocido, en sus inicios se llamó "*Green Hat*". En 1986 cambiaron el nombre por el de "Maná". Su carrera se ha prolongado por más de dos décadas. Han ganado tres Premios Grammy, cinco premios *Latin Grammy*, un premio MTV, tres Premios Juventud, nueve *Billboard Latin Music* y doce Premios Lo Nuestro. Su música ha sido caracterizada como ritmos que se sitúan entre el pop rock, pop latino, calipso y reggae. Al comienzo de su carrera eran conocidos en Australia y España. Desde entonces han ganado popularidad en los Estados Unidos, Europa Occidental, Asia y Medio Oriente. Hasta 2009 han vendido más de veintidós millones de álbumes.

Reuters/Rene Gonzalez/Landov

Elena Poniatowska

Quim Llenas/Getty Images

Se inició en el periodismo en 1954 y desde entonces ha publicado numerosas novelas, cuentos, crónicas y ensayos. *La noche de Tlatelolco* (1971) es su obra más conocida. Por sus obras ha sido galardonada con una multitud de premios de gran prestigio, entre ellos el Premio Nacional de Periodismo, 1978 (fue la primera mujer que recibió esta distinción); el Premio Coatlicue, 1990 (por ser considerada la mujer del año); el Premio Nacional de Ciencias y Artes, 2002 (Lingüística y Literatura); el Premio Nacional de la Asociación de Radio Difusores Polonia, 2008; y el Premio Internacional Fray Domínico Weinzierl, 2009.

Lorena Ochoa

La joven golfista mexicana Lorena Ochoa recibió en noviembre de 2001 de manos del presidente Vicente Fox el Premio Nacional del Deporte, convirtiéndola en la persona más joven en recibirlo. Tenía solo diecinueve años. Actualmente está clasificada como la golfista número uno del mundo, siendo la primera deportista mexicana en lograrlo. Hace poco, Lorena afirmó durante una entrevista: "Me siento afortunada de tener la oportunidad de representar a mi país y ser un ejemplo para los niños de México. Es una responsabilidad que acepto con honor". El 23 de abril del 2010 anunció oficialmente su retiro del golf profesional como ella quería: siendo la número uno del mundo.

Andy Lyons/Getty Images

Otros mexicanos sobresalientes

Miguel Alemán Velasco: abogado, escritor, productor, cronista y hombre de negocios

Yolanda Andrade: actriz

Laura Esquivel: novelista y guionista

Alejandro Fernández: cantante

Carlos Fuentes: novelista, cuentista, ensayista, dramaturgo y diplomático

Salma Hayek: actriz

Ángeles Mastretta: novelista, cuentista y periodista

Luis Miguel: cantante

Carlos Monsiváis: periodista y escritor

Octavio Paz (1914–1998): poeta, ensayista, Premio Nobel de Literatura 1990

Arturo Ripstein: director de cine

¿COMPRENDISTE?

A. Los nuestros. Con un(a) compañero(a), comparen estos mexicanos sobresalientes. Indiquen las similitudes y las diferencias.

B. Miniprueba. Demuestra lo que aprendiste de estos talentosos mexicanos al completar estas oraciones.

1. Maná toca música _____.

   a. folclórica   b. ranchera   c. pop/rock

2. Como muchos escritores, Elena Poniatowska empezó escribiendo para _____.

   a. una revista de moda   b. un periódico   c. poder comer

3. Una responsabilidad que Lorena Ochoa acepta con honor es el _____.

   a. Premio Nacional del Deporte

   b. servir de modelo para los niños

   c. ser la golfista número uno del mundo

C. Diario. En tu diario, escribe por lo menos media página expresando tus pensamientos sobre uno de estos temas.

1. Elena Poniatowska es una famosa escritora y periodista mexicana que se preocupa mucho por los problemas sociales de México. Si tú fueras un(a) periodista preocupado(a) por los problemas sociales de este país, ¿a qué temas específicos te dedicarías y qué soluciones propondrías?

2. Maná ha alcanzado un éxito muy grande en toda Latinoamérica y sus canciones han acompañado ya a varias generaciones que disfrutan de su música. Si tú fueras parte de un grupo famoso como Maná, ¿qué instrumento te gustaría tocar o preferirías ser el vocalista? ¿Qué contenidos elegirías para que predominen en la letra de tus canciones y por qué? ¿Cómo crees que llegarías a conquistar los corazones de tus fans y porqué?

> **MEJOREMOS LA COMUNICACIÓN**
>
> | | |
> |---|---|
> | abreviar | iniciarse |
> | afirmar | periodismo |
> | al comienzo de | prolongarse |
> | galardonado(a) | radio difusor |
> | hace poco | situarse |

 ¡Diviértete en la red!
Busca "Maná", "Elena Poniatowska" y/o "Lorena Ochoa" en YouTube para ver videos y escuchar a estos talentosos mexicanos. Ve a clase preparado(a) para presentar lo que encontraste.

Letras problemáticas: la c

La c en combinación con la e y la i tiene el sonido /s/*. Frente a las vocales a, o y u tiene el sonido /k/. Observa esta relación entre los sonidos de la letra c y la escritura al escuchar a tu profesor(a) leer estas palabras.

/k/	/s/*
catastrófica	ceder
constitución	civil
cuentos	civilización
electrónico	enriquecerse
gigantesco	exportación
vocalista	reconocido

* En España, la c delante de la e o i tiene el sonido de la combinación *th* de *think* en inglés.

¡A practicar!

A. Sonidos de la letra c. Escucha mientras tu profesor(a) lee varias palabras. Marca con un círculo el sonido que oyes en cada una. Cada palabra se leerá dos veces.

1. /k/ /s/
2. /k/ /s/
3. /k/ /s/
4. /k/ /s/
5. /k/ /s/

6. /k/ /s/
7. /k/ /s/
8. /k/ /s/
9. /k/ /s/
10. /k/ /s/

B. La escritura con la letra c. Ahora, escucha mientras tu profesor(a) lee las siguientes palabras. Escribe las letras que faltan en cada una. Cada palabra se leerá dos veces.

1. e s ___ ___ n a r i o
2. a s o ___ ___ a d o
3. ___ ___ l o n o
4. d e n o m i n a ___ ___ ó n
5. g i g a n t e s ___ ___

6. ___ ___ ñ a
7. p r e s e n ___ ___ a
8. a ___ ___ l e r a d o
9. p e t r o q u í m i ___ ___
10. f a r m a ___ ___ u t i ___ ___

C. **¡Ay, qué torpe!** Por mucho que esta jovencita hispanohablante trata de no olvidar poner acentos escritos donde sean necesarios, siempre se le pasan unos cuantos. Encuentra los que se le pasaron en este parrafito y pónselos. Hay diez errores en total.

La próxima vez que estés en un circulo de amigos discutiendo la devastacion catastrofica causada por el último huracan en el Caribe, menciona que en la nacion de Sammy Sosa, la República Dominicana, la mayor fuente de ingresos no se basa en los productos electronicos, petroquimicos ni farmaceuticos sino en la estratégica exportacion de fantasticos jugadores de béisbol. La mayoría de ellos provienen del pueblo de San Pedro de Macorís donde parece que cada chico descalzo tiene o una gorra de béisbol, o un bate o guante y pelota.

Variantes coloquiales: lengua campesina

En cada región del mundo hispano existen formas de lenguaje antiguo o "arcaísmos" que son poco usados en el español moderno. Estos arcaísmos tienen su origen en el habla española de los siglos XVI y XVII, o sea en el habla del Siglo de Oro. Por ejemplo, en muchas zonas rurales de México y en el suroeste de los EE.UU., se oyen muchas de estas palabras que antiguamente eran comunes pero, como la lengua es algo vivo que cambia constantemente, hoy se han dejado de usar en las grandes metrópolis. Las siguientes palabras son parte de esta lengua arcaica que aún continúa viva:

Arcaísmo	Norma contemporánea	Arcaísmo	Norma contemporánea
ansina	así	naiden	nadie
creiba	creía	semos	somos
haiga	haya	traiba	traía
mesmo	mismo	truje	traje
muncho	mucho	vide	vi

Interferencia en la lengua escrita

A veces la lengua escrita refleja algunas de las variantes coloquiales de la lengua hablada: la omisión de ciertas consonantes y letras, la sustitución de unas consonantes por otras y el uso de palabras regionales. Además de estas variantes, es común ver errores ortográficos que hispanohablantes de todo el mundo tienden a cometer: (a) la confusión de la **b** y la **v**; de la **s**, la **z** y la **c**; de la **y** y la **ll**; (b) la omisión de la **h;** y, claro, (c) la acentuación.

Esta interferencia en la lengua escrita tiende a darse con más frecuencia entre hispanohablantes que se mudaron a los EE.UU. antes de completar la escuela secundaria en sus países de origen o que se han criado en los EE.UU. y nunca han tenido entrenamiento formal en escribir la lengua de sus padres. Esto también ocurre con frecuencia con campesinos pobres que han tenido que trabajar toda su vida y nunca han podido completar su educación.

A entender y respetar

A. Los de abajo. Las siguientes oraciones fueron tomadas de la famosa novela titulada *Los de abajo,* escrita por el novelista mexicano Mariano Azuela (1873–1952). Esta obra es considerada la primera gran novela de la Revolución Mexicana. Identifica todas las palabras arcaicas que difieren del español formal. Luego, en hoja aparte, reescribe las oraciones usando las palabras de la lengua contemporánea más formal.

MODELO ¿Y pa qué jirvió la agua?

¿Y para qué hirvió el agua?

1. ¡Ande, pos si yo creiba que el aguardiente no más pal cólico era güeno!

2. ¿De moo es que usté iba a ser dotor?

3. Pos la mera verdá, yo le traiba al siñor estas sustancias…

4. Lo que es pa mí naiden es más hombre que otro…

5. Pa peliar, lo que uno necesita es tantita vergüenza.

B. "La carta". Con un compañero(a), escribe de nuevo la carta de Juan, un joven campesino que se ha mudado del campo a la capital de su país, cambiando la lengua campesina a una más formal y corrigiendo los errores de acentuación y ortografía.

---

8 de marso de 1947

Qerida bieja:

Como yo le desia antes de venirme, aqui las cosas me van vién. Desde que llegué enseguida incontré trabajo. Me pagan 8 pesos la semana y con eso bivo igual que el administrador de la central allá.

La ropa aquella que quedé en mandale, no la he podido comprar pues qiero buscarla en una de las tiendas mejores. Dígale a Petra que cuando valla por casa le boy a llevar un regalito al nene de ella.

Boy a ver si me saco un retrato un dia de éstos para mandalselo a uste, mamá.

El otro dia vi a Felo el ijo de la comai María. El también esta travajando pero gana menos que yo. Es que yo e tenido suerte. bueno, recueldese de escrivirme y contarme todo lo que pasa por alla.

Su ijo que la quiere y le pide la bendicion.

Juan

La descripción: punto de vista

1 **Para empezar.** En la Lección 1 aprendiste que la descripción hace visible a una persona, un objeto, una idea o un incidente. Ya que cada persona percibe la realidad de distinto modo, cada descripción es diferente. Por ejemplo, piensa ahora en la siguiente descripción que leíste en el cuento de Rosa Montero, "El arrebato". Luego, contesta las siguientes preguntas con un(a) compañero(a) de clase.

"Por el espejo ves cómo se acerca un chico en una motocicleta, zigzagueando entre los coches. Su facilidad te causa indignación, su libertad te irrita. Mueves el coche unos centímetros hacia el del vecino, y ves que el transgresor está bloqueado, que ya no puede avanzar. ¡Me alegro!"

    a. ¿Quién es el (la) narrador(a)? ¿Desde qué punto de vista se está describiendo a la persona?

    b. ¿Cuáles son las palabras descriptivas que usa la autora?

    c. ¿Cómo cambiaría la descripción si el punto de vista fuera de otros conductores o del motociclista? ¿Qué perdería o ganaría la descripción?

2 **A generar ideas.** Piensa ahora en un incidente automovilístico o de bicicleta que tuviste. Escribe "auto" o "bici" en el centro de un círculo. Luego, en un diagrama araña, anota varios sucesos interesantes que relacionas con este incidente. Luego, haz un segundo diagrama araña del mismo incidente, pero visto no como tú lo ves sino como lo ve otra persona, quizás una persona con quien casi chocaste o a quien casi atropellaste. No hace falta describir los incidentes; basta con anotar unas tres o cuatro palabras que te hagan recordar lo que pasó.

3 **Tu borrador.** Usa la información en la sección anterior para escribir unos dos o tres párrafos describiendo el incidente. Lo importante es incluir todas las ideas que tú consideras importantes. Luego, escribe una segunda descripción del mismo incidente, pero esta vez desde el punto de vista de la otra persona que escogiste. ¡Buena suerte!

4 **Revisión.** Intercambia tus dos descripciones del incidente con las de un(a) compañero(a). Revisa las descripciones prestando atención a las siguientes preguntas. ¿Escribe con claridad? ¿Evita transiciones inesperadas de una oración a otra o de un párrafo a otro? ¿Son claros los detalles del incidente? ¿Da bastantes detalles? ¿Son adecuadas las dos descripciones?

5 **Versión final.** Considera las correcciones que tu compañero(a) te ha indicado y revisa tus descripciones por última vez. Como tarea, escribe las copias finales en la computadora. Antes de entregarlas, dales un último vistazo a la acentuación, a la puntuación y a la concordancia.

6 **Reacciones (opcional).** En grupos de seis u ocho, lean sus descripciones para que el grupo seleccione la que más le gustó. Luego, que la persona seleccionada de cada grupo lea su descripción a toda la clase para que la clase seleccione la que más le gustó de todas.

¡Antes de leer!

A. Anticipando la lectura. Contesta estas preguntas para ver qué papel tiene el periódico en tu vida.

1. ¿Acostumbras leer un diario todos los días? ¿Cuál? Si no lees el periódico, ¿cómo te informas de las noticias?

2. Muchas cosas pueden pasar mientras una persona lee el periódico. Usa tu imaginación y saca una lista de todo lo raro, peligroso o fantástico que te podría pasar al leer el periódico. Compara tu lista con la de dos compañeros(as) de clase.

B. Vocabulario en contexto. Busca estas palabras en la lectura que sigue y, en base al contexto en el cual aparecen, decide cuál es su significado. Para facilitar el encontrarlas, las palabras aparecen en negrilla en la lectura.

1. malestar	a. choque	b. satisfacción	c. intranquilidad
2. estar al día	a. estar informado	b. estar listo	c. estar contento
3. enterarme	a. convencerme	b. pensar	c. informarme
4. apeñuscadas	a. agrupadas	b. enfurecidas	c. tranquilas
5. estrepitosamente	a. cuidadosamente	b. lentamente	c. con mucho ruido

Sobre el autor

Guillermo Samperio nació en 1948 en la Ciudad de México, donde se educó y ha vivido toda su vida. La realidad urbana que se confronta todos los días en la gran metrópolis ha sido la temática de la mayoría de sus cuentos, muchos de ellos llenos de humor. Ha publicado varios libros. De sus libros de cuentos, los que más se destacan son *Tomando vuelo y demás cuentos* (1975), *Medio ambiente* (1977) con el que ganó el premio Casa de las Américas y *Textos extraños* (1981), de donde viene el cuento "Tiempo libre". También ha escrito novelas.

Courtesy Guillermo Samperio

Tiempo libre

Todas las mañanas compro el periódico y todas las mañanas, al leerlo, me mancho los dedos con tinta. Nunca me ha importado ensuciármelos con tal de estar al día en las noticias. Pero esta mañana sentí un gran malestar apenas toqué el periódico. Creí que solamente se trataba de uno de mis acostumbrados mareos. Pagué el importe del diario y regresé a mi casa.

Mi esposa había salido de compras. Me acomodé en mi sillón favorito, encendí un cigarro y me puse a leer la primera página. Luego de **enterarme** de que un jet se había desplomado, volví a sentirme mal; vi mis dedos y los encontré más tiznados que de costumbre. Con un dolor de cabeza terrible, fui al baño, me lavé las manos con toda calma y, ya tranquilo, regresé al sillón. Cuando iba a tomar mi cigarro, descubrí que una mancha negra cubría mis dedos. De inmediato retorné al baño, me tallé con zacate, piedra pómez y, finalmente, me lavé con blanqueador; pero el intento fue inútil, porque la mancha creció y me invadió hasta los codos. Ahora, más preocupado que molesto, llamé al doctor y me recomendó que lo mejor era que tomara unas vacaciones, o que durmiera. En el momento en que hablaba por teléfono, me di cuenta de que, en realidad, no se trataba de una mancha, sino de un número infinito de letras pequeñísimas, **apeñuscadas**, como una inquieta multitud de hormigas negras. Después, llamé a las oficinas del periódico para elevar mi más rotunda protesta; me contestó una voz de mujer, que solamente me insultó y me trató de loco. Cuando colgué, las letritas habían avanzado ya hasta mi cintura. Asustado, corrí hacia la puerta de entrada; pero, antes de poder abrirla, me flaquearon las piernas y caí **estrepitosamente**. Tirado bocarriba descubrí que, además de la gran cantidad de letrashormiga que ahora ocupaban todo mi cuerpo, había una que otra fotografía. Así estuve durante varias horas hasta que escuché que abrían la puerta. Me costó trabajo hilar la idea, pero al fin pensé que había llegado mi salvación. Entró mi esposa, me levantó del suelo, me cargó bajo el brazo, se acomodó en mi sillón favorito, me hojeó despreocupadamente y se puso a leer.

"Tiempo libre" by Guillermo Samperio, from *El muro y la intemperie*. Used with permission from the publisher, Ediciones del Norte.

¡Después de leer!

A. Hechos y acontecimientos. ¿Recuerdas los datos más importantes de la lectura? Para asegurarte, contesta las preguntas y completa las oraciones que siguen.

1. ¿Dónde ha vivido toda su vida Guillermo Samperio? ¿Qué importancia tiene este hecho en su obra literaria?

2. El título del cuento "Tiempo libre" se refiere a...

3. El periódico que el protagonista lleva a su casa es importante porque...

4. Lo primero que pensó el protagonista al ver la mancha que le cubría los dedos fue...

5. El resultado de las dos llamadas del protagonista, primero al doctor y luego a las oficinas del periódico, fue...

6. El protagonista corrió hacia la puerta de entrada e intentó abrirla porque...

7. Al entrar a la casa, su esposa...

8. El protagonista se convirtió en... cuando no pudo abrir la puerta de su casa.

B. A pensar y a analizar. En grupos de tres o cuatro, contesten las siguientes preguntas. Luego, compartan sus respuestas con la clase.

1. ¿Les parece que este cuento tiene algo que ver con una pesadilla (un mal sueño)? ¿Por qué?

2. Describan al narrador de este cuento. ¿Se narra en primera, segunda o tercera persona?

3. ¿Qué opinan del final del cuento? ¿Les sorprendió? ¿Por qué? ¿Cómo pensaban Uds. que iba a terminar?

C. Teatro para ser leído. En grupos de cuatro, preparen una lectura dramática del cuento "Tiempo libre". Dos personas pueden narrar mientras el (la) tercero(a) hace el papel de protagonista y el (la) cuarto(a) el de la esposa del protagonista.

1. Escriban lo que ocurre en el cuento "Tiempo libre" usando diálogos solamente.

2. Añadan un poco de narración para mantener transiciones lógicas entre los diálogos.

3. Preparen cinco copias del guion: una para la persona que hace el papel del protagonista, una para la que hace el papel de la esposa, una para cada narrador(a) y una para su profesor(a), que tendrá el papel de director(a).

4. ¡Preséntenlo!

D. Análisis literario: la transformación. En "Tiempo libre" el autor utiliza la técnica de la **transformación** que, como una varita mágica, le permite convertir una realidad ordinaria y normal en otra fantástica. ¿Cuáles son otros ejemplos en el cuento "Tiempo libre" de la rutina diaria del narrador y de las transformaciones graduales que ocurrieron? Con un(a) compañero(a), preparen dos listas: una de la rutina diaria y otra de las transformaciones. ¿Qué relación existe en este cuento entre la vida y la falta de actividad física? Luego escriban una pequeña historia de transformación de lo normal a lo fantástico. Primero, describan su rutina diaria. Luego, añadan palabras, acciones o acontecimientos a su cuento que indiquen cambios negativos o positivos, ya sea que se conviertan en Drácula, Godzila, Superhombre (Supermujer) u otra persona real o imaginaria.

E. Apoyo gramatical. Uso de los verbos *ser* y *estar*. Llena los espacios en blanco con la forma apropiada del infinitivo o del presente de indicativo de los verbos *ser* o *estar*.

Yo (1) _____ una persona muy bien informada porque (2) _____ un lector insaciable. El periódico (3) _____ mi lectura favorita porque me gusta (4) _____ al día en las noticias. Ahora (5) _____ las nueve de la mañana y (6) _____ en mi sillón favorito. (7) _____ leyendo las noticias del día.

Gramática 2.4: Antes de hacer esta actividad conviene repasar esta estructura en las págs. 104–107.

Photodisc / Photolibrary

Ana y Manuel

Un cortometraje de Manuel Calvo

Mención especial a la Interpretación Femenina (Elena Anaya) y Guion del II Certamen de Cortometrajes Cine de Málaga. Mejor Corto ex-aequo de la XIV Muestra de Cine Internacional de Palencia y Mención Especial en el VII Premio de Cortometrajes Iberia

DIRECCIÓN: MANUEL CALVO   GUION: MANUEL CALVO BASADO EN UN RELATO DE ISABEL GALÁN PRODUCCIÓN: ELAMEDIA, ENCANTA FILMS Y KOLDO ZUAZUA PC PRESENTAN   PRODUCCIÓN EJECUTIVA: ROBERTO BUTRAGUEÑO, KOLDO ZUAZUA Y MÓNICA BLAS DIRECCIÓN DE PRODUCCIÓN: ROBERTO BUTRAGUEÑO Y ALICIA RODRÍGUEZ   FOTOGRAFÍA: DANI SOSA   ARTE: HENAR MONTOYA SONIDO: SOUNDERS CREACIÓN SONORA   MÚSICA: JOSÉ VILLALOBOS   ACTORES PRINCIPALES: ELENA ANAYA EN EL PAPEL DE ANA Y DIEGO MARTÍN EN EL PAPEL DE MANUEL

vgm/Shutterstock

Vocabulario útil

al principio	genial *(m. f.)*
arrastrar	impedir
aviso *(m.)*	mercadillo
bidé *(m.)*	monosílabo*(a)*
bufanda de lana	ni siquiera
cartel *(m.)*	quizá
dar vergüenza	rastro
descampado	reparo
deshacerse de	soler
echar de menos	trasto

A. ¿Sinónimos? Con tu compañero(a), indiquen si estas palabras están relacionadas o no.

1. rastro / huella
2. bufanda / suéter
3. genial / cariñoso
4. principio / origen
5. aviso / noticia
6. mercadillo / mercado al aire libre
7. pelo / río
8. soler / acostumbrar
9. tortuga / reptil
10. impedir / evitar

B. Palabras. Con tu compañero(a), completen las siguientes oraciones usando palabras del vocabulario.

1. El niño no quería ir a la escuela. Su madre lo tuvo que, literalmente, _____ hasta la puerta de su clase.

2. ¿Es para un regalo? ¿Quiere que se lo _____?

3. No hace más que coleccionar basura. Tiene la casa llena de _____.

4. Debería _____ comportarse de esa manera. El problema es que tal vez no tiene vergüenza.

5. En español, las palabras que son _____ no llevan acento ortográfico, salvo aquellas que se pueden confundir, como si y sí, de y dé, etc.

C. Expresiones. Con tu compañero(a), indiquen otra manera de decir las siguientes palabras y expresiones.

_____ 1. genial	a. sentimiento de duda o malestar ante algo
_____ 2. descampado	b. señal de que alguien o algo pasó por allí
_____ 3. rastro	c. ofrecer menos dinero por un producto
_____ 4. regatear	d. espacio de terreno abierto y, a veces, abandonado
_____ 5. reparo	e. sentir la ausencia de algo o alguien
_____ 6. echar de menos	f. brillante, muy inteligente

Fotogramas de *Ana y Manuel*

Este cortometraje cuenta la historia de un chico y una chica que viven en una gran ciudad. Con un(a) compañero(a), observen estos fotogramas y relacionen cada uno con las siguientes frases que describen la acción. Después, escriban una sinopsis de lo que creen que es la trama. Compartan su sinopsis con las de otras dos parejas de la clase.

_____ a. Era la segunda vez que me robaban el coche, pero la primera que me lo robaban con perro dentro.

_____ b. Tuve la genial idea de comprarme un perro.

_____ c. No era más que un pobre perro que se merecía algo más que vivir conmigo.

_____ d. Me contó que se lo acababa de encontrar ese mismo día en el mercadillo.

_____ e. Ni siquiera quise que nos quedáramos con la tortuga que le habían regalado a Manuel sus compañeros de trabajo.

_____ f. porque era la mitad de Manuel, y además significaba "hombre" en inglés.

Después de ver el corto

A. Lo que vimos. Con tu compañero(a), decidan si acertaron al anticipar la trama en la sinopsis que escribieron. ¿Hasta qué punto acertaron? ¿Dónde variaron de la trama?

B. ¿Entendiste? Prepara 5 ó 6 preguntas sobre *Ana y Manuel* y házselas a tu compañero(a). Luego responde a sus preguntas.

C. ¿Qué piensan? Con tu compañero(a), respondan ahora las siguientes preguntas.

1. ¿Qué opinan de este corto? ¿Les gustó? ¿Por qué sí o no?
2. ¿Creen que el corto defiende alguna tesis o tiene alguna enseñanza? ¿Cuál es? ¿Están de acuerdo, sí o no? ¿Por qué?
3. ¿Creen que este corto se puede convertir en un largometraje? ¿Qué añadirían a la historia? Expliquen.

D. El amor y las mascotas. Con tu compañero(a), respondan a las siguientes preguntas. Luego compartan sus respuestas con la clase.

1. ¿Creen que las mascotas ayudan a relacionarse mejor con las personas? ¿Creen que para mucha gente pueden ser una forma de evitar relacionarse con las personas? Expliquen.
2. ¿Tienen mascota? ¿Qué animal es? ¿Qué relación mantienen con su mascota? ¿Atienden ustedes a sus necesidades? ¿Cuánto tiempo le dedican al día?
3. ¿Qué les enseña su mascota? ¿Creen que su mascota les ayuda a ser felices? ¿Qué más les aporta su mascota? Expliquen.

E. Debate. En grupos de tres preparen un debate sobre las mascotas en nuestra sociedad. ¿Creen que es justo que nuestros perros y gatos coman mejor que muchas personas del mundo, que haya cementerios para mascotas, que se gaste tanto dinero en veterinarios… ¿Por qué sí o no? Un grupo defiende que sí y otro que no. Preparen sus argumentos y defiéndalos frente a la clase. Decidan quién ganó con sus argumentos.

F. Apoyo gramatical: Los usos de los verbos ser y estar. Completa este párrafo con las formas apropiadas del presente de indicativo de los verbos **ser** o **estar**.

Mi nombre (1) _____ Ana; yo (2) _____ la novia de Manuel. Yo (3) _____ en contra de tener mascotas, pero él (4) _____ amante de las mascotas. Mi historia (5) _____ larga. La siguiente (6) _____ una versión breve. En un momento, Manuel no (7) _____ parte de mi vida. Yo (8) _____ sola; (9) _____ hora de comprar un perro. El perro —a quien llamo Man, por Manuel— (10) _____ conmigo. Más tarde, de visita en casa de mis padres, me roban el coche donde (11) _____ Man, quien se pierde. Pasa el tiempo y un día llaman a la puerta: frente a mí (12) _____ Manuel, con Man a su lado. Esto (13) _____ un verdadero milagro. Ahora Man, Manuel y yo (14) _____ juntos.

Gramática 2.4: Antes de hacer esta actividad conviene repasar esta estructura en las págs. 104–107.

Películas que te recomendamos
- *El secreto de sus ojos* (Juan José Campanella, 2009)
- *La teta asustada* (Claudia Llosa, 2009)
- *Amores Perros* (Alejandro González Iñárritu, 2000)

2.3 Adjetivos descriptivos

¡A que ya lo sabes!

Tal como te imaginas, un adjetivo descriptivo describe personas o cosas. Tú ya sabes mucho acerca de estos adjetivos. Para probarlo, mira ahora estos pares de expresiones y decide, en cada par, cuál de las dos dirías.

> Para más práctica, haz las actividades de **Gramática en contexto** (sección 2.2) del *Cuaderno para los hispanohablantes*.

1. a. dos muchachas *atractiva y estudiosa*

   b. dos muchachas *atractivas y estudiosas*

2. a. una *casa amarilla*

   b. una *amarilla casa*

Esto sí que es fácil, ¿no? Seguramente que seleccionaste la segunda oración del primer par y la primera oración del segundo par. Ahora veamos las reglas relacionadas a los adjetivos descriptivos que ya has internalizado pero que a veces no sabes expresar.

Formas

> Los adjetivos que terminan en **-o** en el masculino singular tienen cuatro formas: masculino singular, masculino plural, femenino singular y femenino plural.

	Masculino	Femenino
Singular	mexicano	mexicana
Plural	mexicanos	mexicanas

> Los adjetivos que terminan en cualquier otra vocal en el singular tienen solo dos formas: el masculino y femenino singular y el masculino y femenino plural.

pesimista	pesimistas
impresionante	impresionantes

> Los adjetivos de nacionalidad que terminan en consonante en el masculino singular tienen cuatro formas.

español	española	españoles	españolas
francés	francesa	franceses	francesas

> Los adjetivos que terminan en **-án, -ín, -ón** o **-dor** en el masculino singular tienen también cuatro formas.

holgazán	holgazana	holgazanes	holgazanas
pequeñín	pequeñina	pequeñines	pequeñinas
juguetón	juguetona	juguetones	juguetonas
conmovedor	conmovedora	conmovedores	conmovedoras

> Otros adjetivos que terminan en consonante en el masculino singular tienen solo dos formas.

cultural	culturales	común	comunes
cortés	corteses	feliz	felices

> Unos pocos adjetivos tienen dos formas para el masculino singular: la forma más corta se usa cuando el adjetivo está antepuesto, es decir, se ubica antes de un sustantivo masculino singular. Algunos adjetivos de este tipo son:

bueno:	**buen** viaje	hombre **bueno**
malo:	**mal** amigo	individuo **malo**
primero:	**primer** hijo	artículo **primero**
tercero:	**tercer** capítulo	artículo **tercero**

Nota para hispanohablantes
En algunas comunidades de hispanohablantes se dice *güeno* en vez de **bueno.** Es importante evitar este uso fuera de esas comunidades y en particular al escribir.

El adjetivo **grande**, que indica tamaño, también tiene una forma corta, **gran**, la cual se usa delante de un sustantivo singular y significa "notable, célebre, distinguido": un gran amor, una gran idea, un gran hombre.

Concordancia de los adjetivos

> Los adjetivos concuerdan en género y número con el sustantivo al cual modifican.

Mis primas son **activas** y **trabajadoras**.

Los murales de Diego Rivera son **grandiosos** e **imaginativos**.

Nota para bilingües
En inglés los adjetivos son invariables, siempre usan la misma forma: *My cousin is active; My cousins are active.*

> Si un solo adjetivo está pospuesto y modifica a dos o más sustantivos y uno de ellos es masculino, se usa la forma masculina plural del adjetivo.

En esta calle hay tiendas y negocios hispan**os**.

> Si un solo adjetivo está antepuesto y modifica a dos o más sustantivos, concuerda con el primer sustantivo.

Me gusta leer bell**as** leyendas y relatos del México colonial.

Posición de los adjetivos

> Los adjetivos descriptivos normalmente van pospuestos al sustantivo al cual modifican; por lo general, restringen, clarifican o especifican el significado del sustantivo.

Nuestra familia es de origen **mexicano**.

Vivimos en una casa **amarilla**.

La industria **turística** es importante para México.

> Los adjetivos descriptivos van antepuestos al sustantivo para poner énfasis en una característica asociada comúnmente con ese sustantivo.

> En ese cuadro se ve un **fiero** león que descansa entre **mansas** ovejas.
>
> Vemos un ramo de **bellas** flores sobre la mesa.

> Algunos adjetivos tienen diferente significado según la posición que ocupe respecto del sustantivo. Cuando el adjetivo está pospuesto, tiene a menudo un significado objetivo o concreto; cuando está antepuesto tiene un significado abstracto o figurado. La siguiente es una lista de está tipo de adjetivos.

	Pospuesto	Antepuesto
antiguo	civilización **antigua**	mi **antiguo** profesor
cierto	una prueba **cierta**	**cierto** individuo
medio	el plano **medio**	**media** naranja
mismo	Lo hice yo **mismo**.	Tenemos el **mismo** trabajo.
nuevo	un coche **nuevo**	un **nuevo** empleado
pobre	mujer **pobre**	¡**Pobre** mujer!
propio	clima **propio** de esta zona	mi **propio** padre
viejo	una persona **vieja**	un **viejo** amigo

> Mi padre es un hombre **viejo**. Él y mi tío Miguel son **viejos** amigos.
>
> A veces veo a mi **antiguo** profesor de historia; le gustaba hablar de la Roma **antigua**.

> Cuando varios adjetivos modifican a un sustantivo, se aplican las mismas reglas que se usan en el caso de un solo adjetivo. Los adjetivos se posponen para restringir, clarificar o especificar el significado del sustantivo. Se anteponen al sustantivo para poner énfasis en características inherentes, en juicios de valores o en una actitud subjetiva.

> En 1910 estalla la Revolución Mexicana, un período **violento** y **cruento**.
>
> Los mexicanos tienen un **intenso** y **profundo** amor por su país.
>
> Lorena Ochoa es una **famosa** golfista **mexicana**.

Lo + adjetivos de género masculino singular

> **Lo**, la forma neutra del artículo definido, se usa con un adjetivo masculino singular para describir ideas abstractas o cualidades generales.

> **Lo fascinante** es la coexistencia de **lo antiguo** y **lo moderno** en México.
>
> **Lo indiscutible** es que la contaminación de la Ciudad de México requiere pronta atención.

Nota para bilingües

Esta construcción es muy poco común en inglés: *We prepared for the worst.* = Nos preparamos para lo peor. *What is good / The good thing is that the boy is hard-working.* = Lo bueno es que el muchacho es trabajador.

Ahora, ¡a practicar!

A. Una historia extraña. Completa el siguiente texto sobre lo que le ocurre al protagonista del cuento "Tiempo libre". Pon atención a la posición del adjetivo.

El protagonista de "Tiempo libre" no es ningún héroe; es un (1) _____ (hombre; medio). Lee todos los días el (2) _____ (periódico; mismo). Sin embargo, (3) _____ (día; cierto), las cosas cambian. Su (4) _____ (cuerpo; propio) comienza a cambiar. Él tiene, sin ninguna duda, (5) _____ (síntomas; ciertos) de que sufre una enfermedad especial. El (6) _____ (hombre; pobre) no sabe qué hacer. Llama a su doctor, que es un (7) _____ (hombre; viejo) con mucha experiencia, pero este le dice que no es nada grave; solo necesita tomar (8) _____ (vacaciones; placenteras). No es así. Al final vemos que el (9) _____ (protagonista; mismo) ha desaparecido; solo queda un periódico.

B. Un grupo musical mexicano. Usa la información dada entre paréntesis para hablar del grupo Maná. Presta atención a la forma apropiada de los adjetivos.

MODELO El grupo Maná tiene una _____. (carrera / artístico / destacado)
       El grupo Maná tiene una destacada carrera artística.

1. Maná es un _____. (grupo / musical / mexicano)

2. El grupo tiene y ha tenido _____. (éxitos / grande)

3. Maná interpreta _____. (ritmos / movido)

4. Es un grupo que tiene una _____. (carrera / largo)

5. Maná tiene admiradores en el _____. (mundo / entero)

6. Algunas de sus canciones reflejan el interés del grupo por _____. (temas / político)

7. El grupo mantiene una fundación que apoya _____. (iniciativas / ecológico)

8. El grupo ha acumulado _____. (premios, numeroso, artístico)

C. Este semestre. Tu compañero(a) te hace unas preguntas porque desea saber cómo te va este semestre. Usa los adjetivos que aparecen a continuación u otros que conozcas para contestar sus preguntas. Luego, cambien papeles.

MODELO horario este semestre
       —¿Cómo es tu horario este semestre?
       —Es bastante complicado; tengo seis clases.

aburrido	entretenido	estupendo	interminable
cansador	espantoso	fácil	pésimo simpático
complicado	estimulante	interesante	

1. la clase de español

2. las otras clases

3. los compañeros de clase

4. las conferencias de los profesores

5. las pruebas y exámenes

6. los trabajos escritos

7. …

D. Impresiones. Usa los adjetivos que aparecen a continuación u otros que conozcas para expresar tus reacciones a los siguientes datos sobre México.

MODELO En la Plaza de los Mariachis de Guadalajara puedes contratar a tu propio conjunto de mariachis.
Lo increíble es que en la Plaza de los Mariachis de Guadalajara puedes contratar a tu propio conjunto de mariachis.

admirable	impresionante	lamentable	sorprendente
cierto	increíble	notable	trágico
importante	interesante	raro	triste

1. La Catedral Metropolitana de la Ciudad de México es la más grande de todo el continente americano.

2. El Zócalo, la plaza mayor de la Ciudad de México, está situado en lo que fue el centro ceremonial del imperio azteca.

3. Octavio Paz es el único escritor mexicano que ha recibido el Premio Nobel.

4. El narcotráfico es una de las plagas de la sociedad mexicana.

5. El Palacio de Bellas Artes no solo tiene una arquitectura exquisita sino también una extraordinaria colección de arte de los grandes muralistas mexicanos.

6. El Museo Nacional de Antropología alberga la más grande colección de arte precolombino de todo el mundo.

7. La Ciudad de México es también una de las ciudades más pobladas del mundo.

E. Oro y plata en la Nueva España. Completa el siguiente párrafo acerca de las riquezas mineras de México durante la colonia.

Durante los años del período (1) _____ (colonial/coloniales)— entre 1521 y 1821— México, capital del Virreinato de Nueva España, fue una (2) _____ (valioso/valiosa) colonia del (3) _____ (extenso/extensa) imperio (4) _____ (español/españoles). En este territorio había (5) _____ (gran/grandes) minas de oro y plata que se explotaron con el trabajo (6) _____ (inhumano/inhumana) de la población (7) _____ (indígena/indígenas). Las minas (8) _____ (principal/principales) estaban en las regiones (9) _____ (norteños/norteñas), en sierras (10) _____ (fríos/frías).

2.4 Usos de los verbos *ser* y *estar*

¡A que ya lo sabes!

Muchos anglohablantes que estudian español dicen que **ser** y **estar** son dos verbos dificilísimos de aprender a usar correctamente, pero no tú. ¿Por qué? Pues, porque como hispanohablante, ¡ya los has internalizado! Lo vas a ver cuando mires estos pares de oraciones y decidas, en cada par, cuál de las dos dirías.

> Para más práctica, haz las actividades de **Gramática en contexto** (sección 2.3) del *Cuaderno para los hispanohablantes*.

1. a. Hoy *es* viernes y *son* las ocho de la mañana.

   b. Hoy *está* viernes y *están* las ocho de la mañana.

2. a. La profesora *está* furiosa porque su café *está* frío.

   b. La profesora *es* furiosa porque su café *es* frío.

¡Qué fácil es! Pero, ¿qué reglas rigen el uso de **ser** y de **estar**? Sigue leyendo y ya lo sabrás.

Usos de *ser*

❯ Para identificar, describir o definir al sujeto de la oración.

> Elena Poniatowska **es** una escritora mexicana.
> *La noche de Tlatelolco* **es** la obra más conocida de Poniatowska.

❯ Para indicar el origen, la posesión o el material de que algo está hecho.

> La golfista Lorena Ochoa **es** de Guadalajara.
> Esos muebles antiguos **son** de mi abuelita. **Son** de madera.

❯ Para describir cualidades o características inherentes de las personas, los animales y los objetos.

> Mi amiga Cristina **es** rubia; **es** lista y amable. **Es** divertida y muy enérgica.

❯ Con el participio pasado para formar la voz pasiva. (Consúltese la *Lección 7, pags. 371–373* sobre la voz pasiva.)

> El Museo Nacional de Antropología **es** visitado por millones de personas cada año.
> La ciudad de Mérida **fue** fundada en el siglo XVI.

❯ Para indicar la hora, las fechas y las estaciones del año.

> Hoy **es** miércoles. **Son** las diez de la mañana.
> **Es** octubre; **es** otoño.

❯ Para indicar la hora o la localización de un evento.

> No se sabe cuándo **será** el próximo concierto de Maná.
> La fiesta de Guelaguetza **es** en Oaxaca.

❯ Para formar ciertas expresiones impersonales.

> **Es** importante preservar la herencia precolombina.
> **Es** fácil llegar al Bosque de Chapultepec usando el metro.

Usos de *estar*

❯ Para indicar una ubicación.

> Mis padres son de Mérida, pero ahora **están** en Guadalajara.
>
> Oaxaca **está** a 450 kilómetros de la Ciudad de México.

❯ Con el gerundio (la forma verbal que termina en **-ndo**) para formar los tiempos progresivos.

> La población de la Ciudad de México **está** aumenta**ndo** cada día.

❯ Con un adjetivo para describir estados o condiciones o para describir un cambio en alguna característica.

> El hombre **está** preocupado porque tiene manchas negras en el cuerpo.
>
> No puedes comerte esa banana porque no **está** madura todavía.

¡Este café **está** frío!

❯ Con un participio pasado para indicar la condición que resulta de una acción. En este caso, el participio pasado funciona como adjetivo y concuerda en género y número con el sustantivo al cual se refiere.

Acción:	*Condición resultante:*
Pedrito rompió la taza.	La taza **está rota.**
Adolfo terminó sus quehaceres.	Sus quehaceres **están terminados.**

Ser y *estar* con adjetivos

Algunos adjetivos tienen un significado diferente cuando se usan con **ser** o **estar.** Los más comunes son los siguientes:

ser	**estar**
Es aburrido. (persona que cansa)	Está aburrido. (cansado, malhumorado)
Es bueno. (bondadoso)	Está bueno. (sano)
Es interesado. (egoísta)	Está interesado. (se interesa por algo)
Es limpio. (pulcro, aseado)	Está limpio. (se ha lavado)
Es listo. (inteligente, astuto)	Está listo. (preparado)
Es loco. (persona demente)	Está loco. (irreflexivo, imprudente)
Es malo. (malvado)	Está malo. (enfermo)
Es verde. (color)	Está verde. (no maduro)
Es vivo. (vivaz, despierto)	Está vivo. (no muerto)

> Ese muchacho **es** aburrido. Como no tiene nada que hacer, **está** aburrido.
>
> Ese estudiante **es** listo, pero nunca **está** listo para sus exámenes.
>
> Esas manzanas **son** verdes, pero no **están** verdes.

Ahora, ¡a practicar!

A. Chichén Itzá. Completa la siguiente información acerca de las ruinas de Chichén Itzá con la forma apropiada del presente de indicativo de **ser** o **estar**.

Chichén Itzá (1) _____ uno de los sitios arqueológicos más grandes y mejor restaurados de México. (2) _____ situado a unos 120 kilómetros de Mérida, en las selvas de Yucatán. Las ruinas de la ciudad (3) _____ visitadas por viajeros de todo el mundo. (4) _____ verdad que la ciudad (5) _____ en ruinas, pero para los mayas antiguos (6) _____ una ciudad llena de vida. Las ruinas nos (7) _____ contando parte de la historia de los mayas. Chichén Itzá (8) _____ una joya prehispánica que (9) _____ en la lista del Patrimonio de la Humanidad de la UNESCO. Los mayas antiguos (10) _____ muertos, pero sus maravillosas obras (11) _____ vivas en las ruinas de Chichén Itzá.

B. Lorena Ochoa. Completa la información sobre la golfista Lorena Ochoa con la forma apropiada del presente histórico de indicativo de **ser** o **estar**.

Lorena Ochoa (1) _____ de Guadalajara, ciudad que (2) _____ en el estado de Jalisco. (3) _____ una niña de cinco años cuando comienza a jugar al golf; en ese tiempo la casa de la familia (4) _____ al lado del Guadalajara Country Club. Desde pequeña siempre (5) _____ practicando al golf u otras actividades físicas. (6) _____ campeona en numerosos torneos. En realidad, actualmente ella (7) _____ la mejor golfista del mundo. (8) _____ una persona simpática y activa. No (9) _____ interesada, pero siempre (10) _____ interesada en ayudar a sus amigos y (11) _____ lista también para ayudar a los golfistas jóvenes. Lorena (12) _____ un ícono y un ejemplo para todos los niños y jóvenes de México.

C. Preguntas personales. Quieres conocer mejor a un(a) compañero(a) de clase. Primero completa estas preguntas, y luego házselas.

1. ¿Cómo _____ tú hoy?

2. ¿_____ contento(a)?

3. ¿De dónde _____ tu familia?

4. ¿_____ pocos o muchos los miembros de tu familia?

5. ¿Cómo _____ tú generalmente?

6. ¿_____ pesimista u optimista?

7. ¿_____ interesado(a) en la música de Maná?

8. ¿_____ verdad que _____ amigo(a) personal de Luis Miguel?

D. Persona o cosa. Escribe el nombre de una persona o cosa que corresponda a cada descripción. Luego, compara tu lista con la de un(a) compañero(a).

1. _____ es muy listo(a).

2. _____ nunca está listo(a) a tiempo.

3. _____ está interesado(a) en el dinero, nada más.

4. _____ es un(a) loco(a).

5. _____ es la persona más aburrida del mundo.

6. _____ siempre está aburrido(a).

7. _____ es simplemente una persona mala.

8. _____ siempre dice que está malo(a).

Lección 2: España

Personas
cardiólogo(a)
dramaturgo(a)
extranjero(a)
habitante *(m. f.)*
habitar
judío(a)
moro(a)
musulmán(ana)
poblador(a)

Gobiernos
autonomía
censura
comprender
conocimiento
coronar
decadencia
dictar
dominio
eficaz
heredar
instituir
integrarse
lograr
partido
perdurar
potencia mundial
predominar
sindicato
urbanismo
vigilancia

Deportes
baloncesto
campeonato
destacarse
pulmón *(m.)*
reconocimiento
selección *(f.)*

Lugares y épocas
acueducto
cueva
siglo
Siglo de Oro

Descripción
adelantado(a)
ambos(as)
anhelado(a)
apelativo
artesanía
bronce *(m.)*
genial
plenamente
subconsciente *(m.)*

Verbos y expresiones útiles
conseguir (i, i) (g)
en último término
hasta el momento
por medio de
por si fuera poco
rehusar

Lección 2: México

Período colonial

bienes *(m.)*
ceder
conceder
derrotado(a)
explotar
huir
imponer
maltrecho(a)
potencia
virreinato

S. Nicolas/Photolibrary

Personas

galardonado(a)
madrastra

Noticias

abreviar
afirmar
golpeado(a)
ingreso
periodismo
radio difusor
subempleo

Verbos y expresiones útiles

al comienzo de
derivar
iniciarse
prolongarse
situarse

Camino de los incas

PERÚ, BOLIVIA Y ECUADOR

Tony Saltham / Photolibrary

LOS ORÍGENES

Acércate al fascinante mundo andino, con su riquísima historia y sus grandes desafíos y esperanzas (págs. 112–113).

SI VIAJAS A NUESTRO PAÍS…

> En **Perú** visitarás la capital, Lima —una joya del período colonial con una población de más de veintinueve millones—, Cusco, varios tesoros de las civilizaciones precolombinas y algunos festivales peruanos (págs. 114–115).

> En **Bolivia** llegarás a La Paz, cuyo aeropuerto es el más alto del mundo de una sede de gobierno, y conocerás Sucre y varios sitios de la historia y de la cultura boliviana, además de tres grandes festivales bolivianos (págs. 134–135).

> En **Ecuador** estarás en la "mitad del mundo" en latitud 0 en la capital, Quito, y visitarás Guayaquil, las islas Galápagos y algunos festivales ecuatorianos (págs. 152–153).

AYER YA ES HOY

Haz un recorrido por la historia de Perú, desde la colonia hasta la época contemporánea (págs. 116–117), por la de Bolivia, desde el siglo XVI hasta el presente (págs. 136–137) y por la de Ecuador, desde su independencia hasta nuestros días (págs. 154–155).

LOS NUESTROS

> En **Perú** conoce a uno de los más importantes novelistas y ensayistas de Latinoamérica, a un cantante peruano de fama internacional y a una actriz, conductora de televisión y modelo peruana (págs. 118–119).

> En **Bolivia** conoce a un artista aymara cuyas pinturas reflejan su herencia cultural, a un grupo musical representante del colorido folklore boliviano y a una modista y verdadera embajadora de la lana de alpaca (págs. 138–139).

> En **Ecuador** conoce a un pintor, muralista y escultor de fama mundial, a una artista que se ha dedicado a expresar rangos de sentimientos positivos del ser humano y a una escritora, crítica literaria, ensayista y profesora universitaria por excelencia (págs. 156–157).

ASÍ HABLAMOS Y ASÍ ESCRIBIMOS

Aprende cómo, al escribir, el sonido /k/ puede ser representado por la **c, k** y **q** y el sonido /s/ por la **c, s** y **z** (págs. 120–121) y cómo el sonido /s/ puede ser representado por las letras **s** y **z** tanto como la letra **c** en la combinación **ce, ci** (págs. 140–141). También aprende algunas reglas para ayudarte a diferenciar entre la **g** y la **j** al escribir (págs. 158–159).

NUESTRA LENGUA EN USO

Descubre cuánto sabes de la jerga multinacional y familiarízate con la jerga peruana (págs. 122–123), ve cómo dos lenguas en contacto, el quechua y el español, se han mezclado la una con la otra (págs. 142–143), y aprende el origen de un buen número de sobrenombres como **Yoya**, **Fito** y **Memo** (págs. 160–161).

¡LUCES! ¡CÁMARA! ¡ACCIÓN!

> Visita "Cusco y Pisac: formidables legados incas" (pág. 124).

> Goza de "La maravillosa geografía musical boliviana" (pág. 144).

ESCRIBAMOS AHORA

Descríbete a base de paradojas (pág. 162).

Y AHORA, ¡A LEER!

> Conoce la compleja personalidad del narrador de "El canalla sentimental", en el cuento de Jaime Bayle (págs. 125–127).

> En los Andes, conoce a dos mineros de la mina La Frontera, que se creía abandonada (págs. 145–147).

> Descubre dónde un grupo de artistas prefiere ser enterrado, en "Vasija de barro" de Jorge Carrera Andrade, Hugo Alemán, Jorge Enrique Adoum y Jaime Valencia (págs. 163–165).

GRAMÁTICA

Repasa los siguientes puntos gramaticales:

> 3.1 Pronombres de objeto directo e indirecto y la *a* personal (págs. 128–131)

> 3.2 El verbo *gustar* y construcciones semejantes (págs. 131–133)

> 3.3 El pretérito: verbos regulares (págs. 148–151)

> 3.4 El pretérito: verbos con cambios en la raíz y verbos irregulares (págs. 166–169)

Miles de años antes de la conquista española, las tierras que hoy forman las repúblicas independientes de Perú, Ecuador y Bolivia estaban habitadas por sociedades complejas y refinadas.

¿Qué grandes civilizaciones antiguas poblaban estos territorios?

En el área peruana se destacaron grandes civilizaciones, como la de Chavín de Huántar con sus inmensos templos; la mochica con sus impresionantes pirámides y sus finas cerámicas; la chimú con su enorme capital en Chan Chan y sus magníficas obras en oro; la nazca, la huari, la sicán y tantas, tantas más. En la zona ecuatoriana sobresalieron los chibchas, los colorados, los capayas, los jíbaros y los shiris. En el actual territorio boliviano se destacó la cultura andina de Tiwanaku, cuyos habitantes eran conocidos como "aymaras".

Vaso mochica que representa a un noble

©Gianni Dagli Orti / Corbis

De estas civilizaciones, ¿cuál alcanzó un mayor apogeo?

Menos de un siglo antes de la llegada de los españoles, la gran civilización de los incas alcanzó un gran nivel de civilización, manifestado en todos los aspectos de su vida cultural y política. En un período relativamente corto, subyugaron la mayor parte de los reinos precolombinos e instituyeron un imperio que se extendía por las actuales repúblicas de Perú, Ecuador, Bolivia y el norte de Argentina y de Chile. Establecieron su capital en Cusco. Para 1525, el imperio incaico se encontraba en una situación vulnerable debido a que el inca Huayna Cápac decidió dividir el reino

Los incas desarrollaron la agricultura por terrazas.

Laurence Llido / Photolibrary

entre su hijo Atahualpa, heredero shiri por parte de su madre, y Huáscar, nacido de una princesa inca. A su muerte, estalló una guerra entre los dos hermanos.

¿Cómo se produjo la conquista por parte de los españoles?

En este contexto de guerra y división interna, en 1531 se presenta Francisco Pizarro acompañado por 180 hombres y unos treinta caballos. Los conquistadores pronto se dieron cuenta de la situación política y militar favorable y capturaron a Atahualpa en una batalla que dio muerte a unos cinco mil incas y solo cinco españoles. Atahualpa, desde su cautiverio, mandó asesinar a su medio hermano Huáscar y luego ofreció una enorme cantidad de oro por su propia libertad, oferta que Pizarro aceptó inmediatamente. Sin embargo, una vez en posesión del oro y la plata, el capitán español condenó a muerte a Atahualpa en 1533. De esta manera, se inició el poderío de los españoles, quienes se dedicaron inmediatamente a conquistar todos los rincones del imperio derrotado.

Jacques Jangoux / Photolibrary

La música andina, con sus maravillosos instrumentos autóctonos

▬ ¿COMPRENDISTE?

A. Hechos y acontecimientos. ¿Recuerdas los datos más importantes de la lectura? Para asegurarte, contesta las siguientes preguntas. Luego, compara tus respuestas con las de un(a) compañero(a).

1. ¿Dónde se desarrollaron las civilizaciones de Chavín de Huantar, la mochica y la chimú, y cómo se destacaron?

2. ¿De dónde eran los chibchas? ¿y los aymaras?

3. ¿Estaba la civilización inca en su apogeo cuando llegaron los españoles? Expliquen.

4. ¿Cómo se llamaba la capital del imperio inca?

5. ¿Quiénes son Atahualpa y Huáscar? ¿Qué les pasó cuando se enfrentaron con los españoles?

6. ¿Cuánto tiempo tardaron los españoles en conquistar a los incas?

MEJOREMOS LA COMUNICACIÓN	
andino(a)	heredero(a)
apogeo	nivel (m.)
cautiverio	poderío
dar muerte	reino
darse cuenta	rincón (m.)
estallar	sobresalir
habitado(a)	subyugar

B. A pensar y a analizar. Contesta las siguientes preguntas con dos o tres compañeros(as) de clase.

1. ¿Por qué creen Uds. que tantas grandes civilizaciones se desarrollaron en Perú? ¿Cuál fue la más grande? ¿Por qué creen eso?

2. ¿Cómo es posible que menos de doscientos españoles pudieran conquistar el imperio inca en tan poco tiempo? ¿Por qué creen Uds. que los españoles no se interesaron en preservar el imperio inca? ¿Cómo creen Uds. que serían Perú, Bolivia y Ecuador hoy en día si los incas hubieran derrotado a los españoles? Expliquen sus respuestas.

 ¡Diviértete en la red!
Busca civilización inca en YouTube para ver fascinantes videos de esta gran cultura. Ve a clase preparado(a) para compartir la información que encontraste.

Perú

Nombre oficial: República del Perú
Población: 29.546.963 (estimación de 2009)
Principales ciudades: Lima (capital), Arequipa, El Callao, Trujillo
Moneda: Nuevo sol (S/.)

En Lima, la capital, con una población de unos 9 millones, tienes que conocer...

> la Plaza Mayor, rodeada de la Catedral y edificios del gobierno y que fue recientemente declarada Patrimonio Cultural de la Humanidad por la UNESCO.

> el Monasterio de San Francisco, una joya del período colonial, que cuenta con una biblioteca de unos 25.000 tomos (siglos XV-XVII) y con unas fascinantes catacumbas.

> el Museo de la Nación con impresionantes réplicas y artefactos de la vida precolonial.

> el barrio de Miraflores, un lugar de excelentes restaurantes, cafés y una vida nocturna muy activa.

Angelo Cavalli / Photolibrary

Catedral y Plaza de Armas en Lima, Perú

En Cusco, no dejes de ver...

> la Plaza de Armas, el centro preciso del antiguo imperio inca, donde se celebraban importantes eventos religiosos y militares.

> el Templo de Coricancha (Templo del Sol), que en tiempos de los incas estaba cubierto con láminas de oro, esmeraldas y turquesa, y tenía un patio lleno de réplicas en tamaño real de llamas, ovejas, árboles, frutas y flores, todas hechas de oro y plata.

> la fortaleza de Sacsayhuamán, que fue construida con enormes piedras, varias de más de 125 toneladas, para proteger la ciudad de Cusco.

De las civilizaciones precolombinas, no dejes de ver...

> Machu Picchu, la ciudad escondida de los incas.

> la tumba de Sipán, un hallazgo considerado comparable al descubrimiento de Tutankamón y Machu Picchu.

> la cerámica de los mochicas, un brillante ejercicio escultórico que representaba toda faceta de vida humana y animal.

> las ruinas de Chan Chan, misteriosa capital antigua del imperio chimú y tal vez la ciudad de adobe más grande del mundo antiguo.

Chan Chan, cerca de Trujillo, Perú

Festivales peruanos

> el Festival Inti Raymi, el festival del sol, en Cusco

> la Fiesta de la Virgen de la Candelaria, en Puno

> la Fiesta del Señor de los Temblores, en Cusco

El festival Inti Raymi, en Cusco, Perú

 ¡Diviértete en la red!
Busca en Google Images o en YouTube para ver fotos y videos de cualquiera de los lugares o festivales mencionados aquí. Ve a clase preparado(a) para describir en detalle el lugar o festival que escogiste.

Perú: piedra angular de los Andes

Cerca de la costa central, Pizarro fundó la ciudad de Lima el 6 de enero de 1535, el día de los Reyes Magos; por eso Lima se conoce como "la Ciudad de los Reyes".

La colonia

Pronto, Lima se convertiría en la capital del Virreinato del Perú que se estableció en 1543 y llegó a ser una de las ciudades principales del imperio español. En Lima se estableció en 1553 la Universidad de San Marcos, una de las primeras universidades del continente.

Palacio presidencial en la Plaza Mayor de Lima

RJ Lerich / Shutterstock

La independencia

Después de lograr la liberación de Argentina y Chile, el general argentino José de San Martín decidió atacar el poder español en Perú. San Martín tomó Lima en 1821. En diciembre de 1822 se proclamó la República del Perú.

Jarno Gonzalez Zarraonandia / Shutterstock

Plaza San Martín en Lima

La Guerra del Pacífico

La importancia de los depósitos minerales de nitrato, localizados en el desierto de Atacama (en ese entonces territorio boliviano), provocó conflictos entre Chile y Bolivia

La Guerra del Pacífico: bombardeo sobre la ciudad de Iquique, en Chile, la noche del 16 de julio de 1879

Private Collection / Index / The Bridgeman Art Library

debido al interés de Chile en los depósitos minerales bolivianos. Perú había firmado un tratado de defensa mutua con Bolivia. Al fracasar las negociaciones, Chile declaró la guerra a Perú y a Bolivia el 5 de abril de 1879. En esta guerra, que se conoce como la Guerra del Pacífico, Chile derrotó a Perú y a Bolivia y llegó a ocupar, durante dos años, la capital peruana. El Tratado de Ancón, firmado en 1883, significó el fin de la Guerra del Pacífico cediéndole a Chile la provincia de Tarapacá y dejando bajo administración chilena durante diez años las de Tacna y Arica.

La época contemporánea

> Durante la década de los 80 y sobre todo a finales de la misma, la crisis económica, la penetración del narcotráfico y el terrorismo del grupo guerrillero Sendero Luminoso agobiaron cada vez más a Perú.

> En 1990 salió elegido presidente Alberto Fujimori. Durante sus dos períodos de gobierno llevó a cabo importantes reformas económicas y políticas. Fue reelegido, por tercera vez, en unas controvertidas elecciones en el año 2000. Más tarde, ese mismo año, se vio obligado a renunciar a la presidencia debido a corrupciones internas.

> En junio de 2001 se llevaron a cabo elecciones presidenciales que elevaron al economista Alejandro Toledo a la presidencia. Su ascenso fue notable, a pesar de sus orígenes humildes. Toledo fue sucedido por Alan García Pérez en 2006.

> Alan García ha continuado con la política económica del gobierno anterior, logrando baja inflación, crecimiento notable de las exportaciones, aumento sustancial del producto nacional bruto e incremento de las reservas internacionales por encima de los treinta mil millones de dólares a fines de 2008.

> Ollanta Humala Tasso fue elegido presidente el 28 de julio del 2011. Humala ha instaurado una política económica responsable y técnica, consiguiendo importante aprobación pública y un alto crecimiento económico, no obstante los problemas de la economía mundial.

▬▬ ¿COMPRENDISTE?

A. Hechos y acontecimientos. ¿Recuerdas los datos más importantes de la lectura? Para asegurarte, completa las siguientes frases.

1. Lima se conoce como "la Ciudad de los Reyes" porque…

2. La primera universidad de Lima fue…

3. La Guerra del Pacífico resultó en…

4. Antes de llegar a ser presidente, Alejandro Toledo fue…

5. Los principales logros de la gestión presidencial de Alan García son…

MEJOREMOS LA COMUNICACIÓN	
agobiar	localizado(a)
crecimiento	mutuo(a)
en ese entonces	producto nacional bruto
fracasar	renunciar
llevar a cabo	Reyes Magos (m.)

B. A pensar y a analizar. En grupos de cuatro, tengan un debate sobre uno de los siguientes temas. Dos personas en su grupo deben argüir a favor y dos en contra.

1. Los españoles son responsables de todos los problemas de Perú hoy día.

2. Si los españoles no hubieran llegado al Nuevo Mundo, toda Sudamérica probablemente sería un solo país gobernado por un emperador.

C. Redacción colaborativa. En grupos de dos o tres, escriban una composición colaborativa de una a dos páginas sobre el tema que sigue. Escriban primero una lista de ideas, organícenlas en un borrador, revisen las ideas, la acentuación y ortografía y escriban la versión final.

> **Alberto Fujimori, un político peruano-japonés, combatió a terroristas y narcotraficantes con mano fuerte; sin embargo, a la vez,** se vio obligado a renunciar a la presidencia debido a corrupciones internas. ¿Cuáles son los límites que deben sobreponerse a un presidente que, por una parte combate con mano fuerte la corrupción de terroristas y narcotraficantes pero por otra, crea su propia corrupción interna? ¿Hay casos parecidos en el gobierno de Estados Unidos? Si así es, ¿cómo se han solucionado?

Mario Vargas Llosa

Este escritor peruano es uno de los más importantes novelistas y ensayistas de Latinoamérica. Ha escrito prolíficamente en una serie de géneros literarios, incluyendo crítica literaria y periodismo. Entre sus novelas se cuentan comedias, novelas policíacas, históricas y políticas. De los innumerables premios y distinciones que ha recibido, cabe destacar tres de los máximos galardones literarios: el Premio Rómulo Gallego (1967), el Premio Cervantes (1994) y el Premio Nobel de Literatura (2010). Es miembro de la Academia Peruana de la Lengua y de la Real Academia Española. Cuenta con varios doctorados honoris causa otorgados por universidades de Europa y América: Yale (1994), Harvard (1999), San Marcos de Lima (2001), Oxford (2003) y la Sorbona (2005), tanto para nombrar algunas.

Mariana Bazo / Reuters / Landov

Gian Marco Zignago

Cantante peruano de fama internacional que a los seis ya dominaba la guitarra. A esa edad grabó un disco con su padre titulado *Navidad Es.* Su consagración definitiva se da en colaboración con Gloria Estefan y Jon Secada en la canción "El último adiós" en un programa conmemorativo, el 12 de octubre de 2001 en la Casa Blanca de los EE.UU. Entre los muchos reconocimientos que ha obtenido, destacan el Grammy Latino como cantautor (2005), el ser elegido embajador de buena voluntad en el Perú por la UNICEF (2006) y el haber sido condecorado por el presidente de su país con la Orden del Sol del Perú (2007).

Rodrigo Varela / Getty Images

Marisol Aguirre Morales Prouvé

La actriz, conductora de televisión y modelo peruana Marisol Aguirre debutó en televisión en 1992, cuando condujo junto al actor Sergio Galliani el programa *Locademia TV* en el canal del estado, con el que obtuvo un gran éxito televisivo.

En 2008 aparece en la telenovela "Esta Sociedad 2" y en 2009, vuelve a la conducción con el programa "El otro show". Paralelamente ha realizado obras de teatro, principalmente para niños, y se ha dedicado al modelaje, siendo el rostro oficial de algunas marcas de cosméticos en Perú.

zuma / newscom

Otros peruanos sobresalientes

Ciro Alegría (1909–1967): novelista, cuentista, poeta y periodista

Alberto Benavides de la Quintana: empresario minero

Alfredo Bryce Echenique: catedrático, cuentista y novelista

Moisés Escriba: pintor

María Eugenia González: poeta

Ana María Gordillo: pintora

Miguel Harth-Bedoya: conductor

Ciro Hurtado: compositor y guitarrista

Tania Libertad: cantante

Wilfredo Palacios-Díaz: pintor

Javier Pérez de Cuéllar: catedrático, diplomático y ex secretario general de la Organización de las Naciones Unidas

Fernando de Szyszlo: pintor y grabador

¿COMPRENDISTE?

A. Los nuestros. Usando su imaginación, describan cómo creen que fue la vida familiar de estos tres peruanos cuando eran niños.

MEJOREMOS LA COMUNICACIÓN

cantautor(a)	género
condecorado(a)	grabar
conducción (f.)	modelaje (m.)
conductor(a)	prolífico(a)
consagración (f.)	realizar
galardón (m.)	rostro

B. Miniprueba. Demuestra lo que aprendiste de estos talentosos peruanos al completar estas oraciones.

1. El escritor peruano Mario Vargas Llosa escribe novelas, ensayos, crítica literaria y _____.

   a. poesía   b. periodismo   c. teatro

2. El impacto de la canción "El último adiós" en la vida profesional de Gian Marco fue _____.

   a. poco   b. muy fuerte   c. una sorpresa

3. Se puede decir que Marisol Aguirre Morales Prouvé es una persona con muchas _____.

   a. habilidades   b. virtudes   c. grabaciones

C. Diario. En tu diario, escribe por lo menos media página expresando tus pensamientos sobre este tema.

> Mario Vargas Llosa pasó dos años en una academia militar y luego escribió sobre sus experiencias en esa escuela. Si tú decidieras escribir sobre tus años de experiencia en una escuela, ¿qué escuela escogerías? ¿Cuáles son algunas de las experiencias que mencionarías? ¿Por qué son importantes esas experiencias para ti?

 ¡Diviértete en la red!
Busca "Mario Vargas Llosa", "Gian Marco" y/o "Marisol Aguirre" en YouTube para ver videos y escuchar a estos talentosos peruanos. Ve a clase preparado(a) para presentar lo que encontraste.

La escritura del sonido /k/

La **q** y la **k**, y la **c** antes de las vocales **a**, **o** y **u**, se pronuncian de la misma manera, /k/. El sonido /k/ solo se escribe con la letra **k** en palabras prestadas o derivadas de otros idiomas, como **kabuki**, **karate**, **kibbutz**, **koala** y **kilo**. El sonido /k/ se escribe con la **q** solo en las combinaciones **que** o **qui**, con la excepción de unas pocas palabras incorporadas al español como préstamos de otros idiomas (**quáter**, **quásar** y **quórum**, por ejemplo). Finalmente, el sonido /k/ solo ocurre con la letra **c** en las combinaciones **ca**, **co** y **cu**. ¡Mantén estas guías en mente y mejorarás tu ortografía!

Al escuchar a tu profesor(a) leer las siguientes palabras con el sonido /k/, observa cómo se escribe este sonido.

ca o **ka**	**ca**nción	ex**ca**vaciones	**ka**ftén
que o **ke**	**que**mar	ata**que**	**ke**tchup
qui o **ki**	**qui**nce	oligar**quí**a	**ki**lómetro
co o **ko**	**co**lor	romántic**o**	**ko**dak
cu o **ku**	**cu**ltivar	re**cu**perar	**ku**rdo

¡A practicar!

A. Práctica con la escritura del sonido /k/. Escucha mientras tu profesor(a) lee las siguientes palabras. Escribe las letras que faltan en cada una. Cada palabra se leerá dos veces.

1. ___ ___ ___ e x i ó n
2. a r ___ ___ ___ o l ó g ___ ___ ___
3. ___ ___ ___ e r c i a n t e
4. m a g n í f ___ ___ ___
5. p ___ ___ ___ l i a r
6. ___ ___ ___ c h é
7. b l o ___ ___ ___ a r
8. d e r r ___ ___ ___ d o
9. ___ ___ ___ t z a l c ó a t l
10. ___ ___ ___ p e s i n o

La escritura del sonido /s/

La escritura con la **c**, **s** y **z** también resulta problemático con frecuencia al escribir. Esto se debe a que las tres letras pueden representar los mismos sonidos cuando son seguidas por una vocal. El primer paso para aprender a evitar problemas de ortografía es reconocer los sonidos. Al escuchar las siguientes palabras con el sonido /s/, observa cómo se escribe este sonido.

sa o **za**	**sa**grado	**za**mbullir	pobre**za**
se o **ce**	**se**gundo	**ce**ro	enrique**ce**r
si o **ci**	**si**tuado	**ci**vilización	pala**ci**o
so o **zo**	**so**viético	**zo**rra	colap**so**
su o **zu**	**su**icidio	**zu**rdo	insurre**cci**ón

¡A practicar!

A. Práctica con la escritura del sonido /s/. Escucha mientras tu profesor(a) lee las siguientes palabras. Escribe las letras que faltan en cada una. Cada palabra se leerá dos veces.

1. r o ___ ___ o
2. o p r e ___ ___ ó n
3. b r o n ___ ___ a r s e
4. f u e r ___ ___
5. r e ___ ___ l v e r

6. o r g a n i ___ ___ ___ ___ ó n
7. ___ ___ r g i r
8. r e ___ ___ s t e n ___ ___ a
9. u r b a n i ___ ___ d o
10. ___ ___ m b a r

B. ¡Ay, qué torpe! Por mucho que esta jovencita hispanohablante trata de no olvidar poner acentos escritos donde sean necesarios, siempre se le pasan unos cuantos. Encuentra los diez que se le pasaron en este parrafito y pónselos.

Si ya te empieza a aburrir la musica electronica aquí te ofrecemos una alternativa; la calida oposicion de sonidos en los cuales los instrumentos de percusion dan una acentuacion rítmica sincopada, palpitante y acelerada para formar una modalidad de sonidos sabrosos y apasionados. Reflejan apropiadamente a una civilizacion que mezcla la dominacion de la cultura africana con la monarquia española. Celebre representante de esta música salada fue Dámaso Pérez Prado y un sinnúmero de seguidores tan famosos como Tito Puente, Celia Cruz, Chucho Valdés y Gonzalo Rubalcaba.

La jerga

Cada generación de hispanohablantes tiene su propia jerga para distinguirse de otras generaciones. La jerga convierte el español en algo pintoresco y vivo, dándole un sabor muy regional a la lengua. Igualmente, existen maneras coloquiales muy particulares que distinguen a los hablantes de cada región. Por ejemplo, la palabra **chévere**, que se dice en aprobación de algo, es muy común entre los venezolanos. La repetición de la palabra **che** caracteriza el habla de muchos argentinos y el uso de la palabra **vato** es muy común entre muchos méxicoamericanos.

Por regional que sea la jerga, ciertas expresiones llegan a ser tan populares que acaban o por ser aceptadas en la lengua formal o por incorporarse a una jerga de otros países.

A. **La jerga multinacional.** A continuación aparece una lista de palabras sacadas de la jerga conocida y usada en varios países hispanohablantes. Encuentra en la segunda columna el significado de cada palabra de la primera columna.

Jerga multinacional	Significado
_____ 1. chamba	a. molestar
_____ 2. fregar	b. prisión
_____ 3. hablar pipa	c. trabajo
_____ 4. jodido	d. arruinado
_____ 5. milico	e. soldado, militar
_____ 6. cana	f. decir trivialidades

B. La jerga peruana. En estos comentarios típicos de jóvenes peruanos, trata de encontrar, en la lista que sigue, el significado de la jerga peruana que aparece en negrilla en cada oración.

Significados:

amigo(a)	cabeza	diccionario	dormida	Internet
borracho(a)	ceso	dinero	hacerle(s) caso	pariente

1. ¿Cuántas veces te he dicho que no debes **darles bola** a esos niños?

2. Dice que no nos puede acompañar porque le duele la **tutuma** de tanto estudiar.

3. ¿Es verdad? ¿Tú eres **pata** de Graciela?

4. Cuando llegamos a casa ya estaba bien **choborra**.

5. Búscalos en el **mataburro**, solo así vas a aprender.

C. Mi jerga. ¿Cuáles son algunos ejemplos de la jerga que se usa en tu comunidad? Prepara una lista de tres a cinco ejemplos y escribe una oración con cada uno de ellos. Luego, léeselas a un compañero(a) de clase para ver si puede adivinar el significado.

¡LUCES! ¡CÁMARA! ¡ACCIÓN!

Cusco y Pisac: formidables legados incas

Antes de empezar el video

En parejas. Contesten las siguientes preguntas en parejas.

1. ¿En qué consiste el legado indígena de los EE.UU.? ¿Qué hay en ese legado que se considera formidable? Den ejemplos específicos.

2. ¿Existe una artesanía indígena actual en los EE.UU.? Si la hay, ¿qué tipo de artesanía es? ¿de textiles, de barro, de cuero, de metales o piedras preciosas o de otros materiales? Den algunos ejemplos de los productos que hacen.

© Cengage Learning 2012

La fortaleza de Sacsayhuamán, una construcción monumental con cabeza de puma

Después de ver el video

A. Cusco y Pisac. Contesta las siguientes preguntas con un(a) compañero(a).

1. ¿Qué hace que Cusco sea hoy, igual que en el pasado, una ciudad de belleza excepcional?

2. ¿Qué es Sacsayhuamán? ¿Qué propósito tenía?

3. ¿Por qué se dice que en los productos de Pisac están presente el espíritu y el ingenio indígena?

B. A pensar y a interpretar. Contesten las siguientes preguntas en parejas.

1. ¿Qué significa que la mayoría de los edificios coloniales en Cusco estén construidos sobre los cimientos de la antigua ciudad incaica?

2. En tu opinión, ¿cómo se construyó Sacsayhuamán? ¿Cómo fue posible que los indígenas de esa época movieran rocas de 125 toneladas de peso? Explica. ¿Qué otros ejemplos conoces de civilizaciones que construyeron monumentos o fortificaciones similares?

C. Apoyo gramatical: *gustar* **y construcciones similares.** Expresa tus reacciones a las siguientes vistas de Perú. Usa los verbos que aparecen a continuación u otros semejantes que conozcas.

MODELO la fortaleza de Sacsayhuamán
> **Me impresionó (Me encantó) la fortaleza de Sacsayhuamán.**

agradar   encantar   fascinar   impresionar   interesar   sorprender

1. el video sobre Cusco y Pisac

2. el mercado de artesanía de Pisac

3. la ciudad perdida de Machu Picchu

4. la tumba del señor de Sipán

5. Lima, la Ciudad de los Reyes

Gramática 3.2: Antes de hacer esta actividad conviene repasar esta estructura en las págs. 131–133.

 ¡Diviértete en la red!
Busca "Cusco", "Sacsayhuamán" y/o "Pisac" en Google Images y YouTube para ver imágenes de maravillosos legados incas. Ve a clase preparado(a) para presentar un breve informe sobre uno de estos lugares.

¡Antes de leer!

A. Anticipando la lectura. Contesta estas preguntas para ver cómo defines tu personalidad.

1. ¿Cómo te definirías a ti mismo(a)? ¿Qué adjetivos usarías? Crea una lista y compárala con la de un(a) compañero(a).

2. ¿Te consideras una persona ambigua o crees que hay ambigüedades en tu vida? ¿Tienes ejemplos concretos para demostrar si sí o no? Crea una lista de ejemplos de estas ambigüedades y compara tu lista con las de dos compañeros(as) de clase.

B. Vocabulario en contexto. Busca estas palabras en la lectura que sigue y, en base al contexto en el cual aparecen, decide cuál es su significado. Para facilitar encontrarlas, las palabras aparecen en color en la lectura.

1. **canalla**	a. sin vergüenza	b. caballero	c. intelectual
2. **empeñoso**	a. gentil	b. perezoso	c. trabajador
3. **sobornos**	a. mis cuentas	b. deudas	c. corrupción
4. **libertino**	a. vicioso	b. divertido	c. soltero
5. **pudor**	a. dinero	b. vergüenza	c. energía
6. **miope**	a. un don Juan	b. aventurero	c. corto de vista

Sobre el autor

Jaime Bayly Letts es escritor, periodista y presentador de televisión. Como escritor se destaca por su estilo directo, sencillo y convincente, y por un manejo de diálogos muy sugestivos y persuasivos. En la actualidad conduce programas diarios de entrevistas en Lima, siendo además columnista de diversos medios de prensa. Muchas de las novelas de Bayly giran en torno a temas sexuales y la drogadicción. Otros elementos recurrentes en sus obras son los escenarios de la ciudad de Lima, la alta sociedad peruana y los conflictos en las relaciones interpersonales.

© Paulo Aguilar / Corbis

El **canalla** sentimental

(Fragmento)

Soy agnóstico pero rezo en los aviones. Soy optimista pero no espero nada bueno. Soy materialista pero no me gusta ir de compras. Soy pacifista pero me gusta que la gente se pelee. Soy vago pero **empeñoso**. Soy romántico pero duermo solo. Soy amable pero insoportable. Soy honesto pero mitómano. Soy limpio pero huelo mal. Tengo amor propio pero soy autodestructivo. Soy autodestructivo pero con espíritu constructivo. Soy insobornable pero pago **sobornos**. Soy narcisista pero con impulsos suicidas. Estoy a dieta pero sigo engordando. Soy liberal pero no permito que fumen a mi lado. Soy libertino pero no me gustan las orgías. Soy **libertario** pero no sé lo que es eso. Creo en la democracia pero no me gusta ir a votar. Creo en la libre competencia pero no me gusta competir con nadie. Creo en el mercado pero odio ir al mercado. No soy chismoso pero compro revistas de chismes. Soy intelectual pero no inteligente. Soy vanidoso pero no me corto los pelos de la nariz. Creo en la superioridad de Occidente pero no conozco Oriente. Amo a los animales pero odio a los gatos. Odio a los gatos pero no a los de mis hijas. Quiero a mis padres pero no los veo hace años. Quiero a mis hermanos pero no sé dónde viven. Creo en el sexo seguro, pero soy sexualmente inseguro. Soy comprensivo pero no sé perdonar. Respeto las leyes pero prefiero burlarlas. Soy humanista pero no creo en la humanidad. Soy tímido pero no tengo **pudor**. Soy impúdico pero no me gusta andar desnudo. Me gusta ahorrar pero no ir al banco. Soy bisexual pero asexuado. Me gusta leer pero no leerme. Me gusta escribir pero no que me escriban. Me gusta hablar por teléfono pero no que suene el teléfono. Creo en el capitalismo pero no tengo capitales. Estoy a favor de la globalización pero no la de mi cuerpo. No soy rico pero tengo fortuna. Hablo de mi vida privada pero nunca de mi vida pública. Soy coherente pero inconsecuente. Tengo principios pero me gusta que se terminen. Creo en la Virgen del Carmen pero no en la de Guadalupe. No creo en Dios pero sí en Jesucristo su único hijo. Soy frívolo pero profundamente. No consumo drogas pero las echo de menos. No me gusta fumar marihuana pero me gusta que la fumen a mi lado. Soy intolerante con los que no me toleran. Me gusta el arte pero me aburren los museos. Me aburren los museos pero me gusta que me vean en ellos. No me gusta que me roben pero sí que pirateen mis libros. Creo en el amor a primera vista pero soy **miope**. Soy ciudadano del mundo pero me niegan las visas. No tengo techo propio pero sí amor propio. Me gusta ir contra la corriente si sirve a mi cuenta corriente. Soy mal escritor pero una buena persona. Soy una buena persona pero no cuando escribo...

Jaime Bayly. Excerpt from EL CANALLA SENTIMENTAL © Jaime Bayly, 2008, published by Planeta. Reprinted by permission.

¡Después de leer!

A. Soy como soy. Indica (✓) los rasgos *(traits)* que admite el narrador.

1. _____ religioso
2. _____ pesimista
3. _____ maloliente
4. _____ buen escritor
5. _____ sobornable

6. _____ intransigente
7. _____ hablador
8. _____ parcial en su odio a los gatos
9. _____ orgulloso
10. _____ interesado en el dinero

B. A pensar y a analizar. En grupos de tres o cuatro, contesten las siguientes preguntas. Luego, compartan sus respuestas con la clase.

1. ¿Qué tipo de personalidad nos transmite el narrador? Usen un adjetivo para definir esta personalidad. Usen uno solo. Compárenlo con los que usan otros grupos hasta ponerse de acuerdo en uno para toda la clase.

2. ¿Se fían del narrador? Expliquen por qué sí o no, y qué implica para la lectura del texto.

3. ¿Creen que el título *El canalla sentimental* sugiere que el narrador habla del autor? Expliquen por qué sí o no.

C. Tiempo para la lírica. Este texto tiene algunos elementos que se adaptarían bien para convertir el texto en un poema. Con un(a) compañero(a), conviertan las primeras seis u ocho oraciones en versos y abrévienlos, si es necesario, para crear un poema. Luego hagan lo mismo con una descripción de sus personalidades. Compartan los poemas con la clase.

D. Apoyo gramatical: la *a* personal. Utiliza la información que aparece a continuación para saber lo que dicen diversos amigos tuyos sobre algunas personalidades peruanas. Atención: en algunos casos necesitas usar la **a** personal.

MODELO escuchar / a menudo algunos **CDs** de Gian Marco
      Yo escucho a menudo algunos CDs **de Gian Marco.**
      escuchar / Gian Marco también
      Yo escucho a Gian Marco también.

1. escuchar / otros cantantes peruanos también
2. no escuchar / ningún cantante peruano
3. no entender / todas las canciones de Gian Marco
4. leer / las novelas políticas de Mario Vargas Llosa
5. preferir / sus novelas históricas
6. no entender / los novelistas del *boom,* como Vargas Llosa
7. entender / Vargas Llosa muy bien; no es complicado
8. mirar / los programas de Marisol Aguirre
9. ver / Marisol en algunos avisos publicitarios
10. admirar / esa conductora de televisión
11. preferir / su hermana gemela Celine Aguirre

Gramática 3.1: Antes de hacer esta actividad conviene repasar esta estructura en las págs. 128–131.

GRAMÁTICA

Para más práctica, haz las actividades de **Gramática en contexto** (sección 3.1) del *Cuaderno para los hispanohablantes*.

3.1 **Pronombres de objeto directo e indirecto y la *a* personal**

¡A que ya lo sabes!

fernando acaba de regresar del correo. Según él, ¿por qué fue al correo?

1. a. *La* envié una carta a mamá.

    b. *Le* envié una carta a mamá.

2. a. Les mandé un regalo *a mis tíos*.

    b. Les mandé un regalo *mis tíos*.

Sin duda toda la clase contestó igual y seleccionó la oración **b** en el primer grupo y la oración **a** en el segundo grupo, porque todos tienen un conocimiento tácito de los objetos directos e indirectos y de la **a** personal. Pero, sigan leyendo y van a aprender mucho más sobre este tema.

Formas

Directo	Indirecto
me	me
te	te
lo/la	le
nos	nos
os	os
los/las	les

> El objeto directo de un verbo responde a la pregunta "¿qué?" o, con personas, "¿a quién?"; el objeto indirecto responde a la pregunta "¿a quién?" o "¿para quién?", como se ve en el cuadro siguiente.

	Objeto directo nominal	Objeto directo pronominal
Vi... (¿qué?)	Vi **la película**.	**La** vi.
Vi... (¿a quién?)	Vi **al actor**.	**Lo** vi.
	Objeto indirecto nominal	Objeto indirecto pronominal
Hablé... (¿a quién?)	Hablé **a la actriz**.	**Le** hablé.

Nota para hispanohablantes

Es importante notar que en algunas regiones, en España en particular, **le** y **les** se usan como pronombres de objeto directo en lugar de **lo** y **los** cuando se refieren a personas: Mis hermanas admiran a Gian Marco Zignago y le escuchan a menudo.

> Las formas del pronombre de objeto directo e indirecto son idénticas, excepto en la tercera persona del singular y del plural.

> El profesor **nos** (directo) saludó. Luego **nos** (indirecto) habló del escritor Mario Vargas Llosa.
>
> Vi a Marisol Aguirre en la televisión. El entrevistador **la** (directo) felicitó por su éxito y **le** (indirecto) hizo preguntas sobre sus planes futuros.

> Los pronombres objeto preceden inmediatamente a los verbos conjugados y los mandatos negativos.

> Las ruinas incaicas **me** fascinan.
>
> La historia "El canalla sentimental" no **nos** aburrió en absoluto.
>
> No **me** leas historias de horror; me dan miedo.

> Los pronombres objeto se colocan al final de los mandatos afirmativos, con los cuales forman una sola palabra. Se debe colocar un acento escrito si el acento prosódico cae en la antepenúltima sílaba.

> Cuénta**me** tu visita al Valle Sagrado y di**me** qué lugar te impresionó más.

> Cuando un infinitivo o un gerundio sigue al verbo conjugado, los pronombres de objeto directo e indirecto se colocan al final del infinitivo o del gerundio, formando una sola palabra, o se colocan delante del verbo conjugado como palabra independiente. Cuando los pronombres se colocan al final del infinitivo o del gerundio, se debe colocar un acento escrito si el acento prosódico cae en la antepenúltima sílaba.

> El profesor va a tocar**nos** una canción de Tania Libertad. (El profesor **nos** va a tocar una canción de Tania Libertad.)
>
> —¿Terminaste el informe sobre la civilización inca?
>
> —No, todavía estoy escribiéndo**lo**. (No, todavía **lo** estoy escribiendo.)

> Los pronombres de objeto indirecto preceden a los pronombres de objeto directo cuando los dos se usan en la misma oración.

> —¿Nos leyó la profesora un poema de César Vallejo?
>
> —Sí, **nos lo** leyó ayer.

> Los pronombres de objeto indirecto **le** y **les** cambian a **se** cuando se usan con los pronombres de objeto directo **lo, la, los** y **las**. El significado de **se** puede aclararse usando frases tales como "a él/ella/Ud./ellos/ellas/Uds."

> —Mi hermano quiere saber dónde está su libro sobre Machu Picchu.
>
> —**Se lo** devolví hace una semana.
>
> Mónica y Eduardo quieren ver las ruinas de Sacsayhuamán, pero no pueden ir juntos. **Se las** mostraré **a ella** primero.

> Se puede poner énfasis o aclarar a quién se refiere el pronombre de objeto indirecto usando frases tales como **a mí/ti/él/nosotros,** etcétera.

> ¿**Te** gustó **a ti** la última novela de Vargas Llosa? **A mí me** pareció sensacional.
>
> Irene dice que no le devolví las fotos de Lima, pero yo estoy segura de que **se las** di **a ella** hace una semana.

> En español, las oraciones con un objeto indirecto nominal (que tiene un sustantivo) también incluyen normalmente un pronombre de objeto indirecto que se refiere a ese sustantivo.

> Varios canales de televisión **le** han ofrecido contratos **a Marisol Aguirre.**
>
> **Les** recomendé el programa "Bayly" **a mis amigos peruanos.**

La *a* personal

› La *a* personal se usa delante de un objeto directo que se refiere a una persona o personas específicas.

> Muchas jóvenes admiran **a Marisol Aguirre.**
>
> En muchas festividades los peruanos recuerdan **a sus héroes.**

Nota para bilingües

La *a* personal no existe en inglés: *Many young women admire Marisol Aguirre*

› La **a** personal no se usa delante de sustantivos que se refieren a personas anónimas o no específicas.

> Necesito **un voluntario.**
>
> Necesitan **trabajadores** en esta compañía.

› La **a** personal se usa siempre delante de **alguien, alguno, ninguno, nadie** y **todos** cuando estas palabras se refieren a personas.

> El presidente actual no ha perdido **a todos** sus simpatizantes, pero no convence **a nadie** con su nuevo programa económico.

› La **a** personal no se usa normalmente después del verbo **tener.**

> Tengo **varios amigos** que han visitado las líneas de Nazca.

Ahora, ¡a practicar!

A. Actividades deportivas. Trabajando con un(a) compañero(a) túrnense para hacerse las preguntas que siguen.

> **MODELO** ¿Visitas los gimnasios de vez en cuando?
>
> **Sí, los visito a veces. o No, no los visito nunca.**

1. ¿Ves a tus basquetbolistas favoritos en la tele?
2. ¿Ves los partidos del mundial de fútbol?
3. ¿Conoces a algún tenista peruano?
4. ¿Practicas el tenis?
5. ¿Estiras los músculos antes de hacer ejercicio?
6. ¿Consultas a tu médico antes de comenzar un programa de ejercicios?
7. ¿Escuchas tus canciones preferidas cuando haces ejercicio?
8. ¿Escuchas a tu entrenador cuando participas en competencias?
9. ¿Invitas a tus amigos a hacer caminatas?
10. ¿Compras los videos de ejercicio de tu artista predilecta?

B. Estudios. Usa estas preguntas para entrevistar a un(a) compañero(a) de clase. Luego, él (ella) hace las preguntas y tú contestas.

> **MODELO** ¿Te aburren las clases de historia?
>
> **Sí, (a mí) me aburren esas clases. o No, (a mí) no me aburren esas clases.**
> **Me fascinan esas clases.**

1. ¿Te interesan las clases de ciencias naturales?
2. ¿Te parecen importantes las clases de idiomas extranjeros?

3. ¿Te entusiasman las clases de arte?

4. ¿Te es difícil memorizar información?

5. ¿Te falta tiempo siempre para completar la tarea?

6. ¿Te cuesta mucho trabajo obtener buenas notas?

C. **Trabajo de jornada parcial.** Han entrevistado a tu amiga para un trabajo en la oficina de unos abogados. Un amigo quiere saber si ella obtuvo ese trabajo.

   MODELO ¿Cuándo entrevistaron a tu amiga? (el lunes pasado)
   La entrevistaron el lunes pasado.

   1. ¿Le pidieron recomendaciones? (sí)

   2. ¿Le sirvieron sus conocimientos de español? (sí, mucho)

   3. ¿Le dieron el trabajo? (sí)

   4. ¿Cuándo se lo dieron? (el jueves)

   5. ¿Cuánto le van a pagar por hora? (ocho dólares)

   6. ¿Conoce a su jefe? (no)

   7. ¿Por qué quiere trabajar con abogados? (fascinarle las leyes)

D. **Hablando de Perú.** Con un(a) compañero(a), túrnense para hacerse las siguientes preguntas.

   1. ¿Conoces a algún cantautor peruano? ¿A cuál? ¿Qué canciones de él conoces?

   2. ¿Cuál, crees tú, es el lugar más visitado de Perú? ¿Qué sabes de ese lugar? ¿Es un lugar que todo el mundo reconoce?

   3. ¿Qué sabes de las culturas precolombinas de Perú? ¿Qué te sorprende más de esas culturas?

   4. ¿Qué escritor peruano conoces? ¿Te gusta lo que escribe ese escritor? ¿Se lo recomiendas a tus amigos?

   5. Si vas a Perú ¿qué te gustaría ver o volver a ver? ¿Por qué?

E. **Regalos para todos.** En grupos de tres, digan qué regalos recibieron para Navidad u otra celebración familiar el año pasado y quién se los dio. Luego mencionen dos regalos que compraron y digan a quiénes se los dieron. Cada persona debe mencionar por los menos dos regalos que recibió y dos que regaló.

3.2 El verbo *gustar* y construcciones semejantes

¡A que ya lo sabes!

Para más práctica, haz las actividades de **Gramática en contexto** (sección 3.2) del *Cuaderno para los hispanohablantes*.

Acabas de conocer a un nuevo amigo en la universidad y decides invitarlo a cenar. ¿Qué dices tú y qué te contesta él? Mira los siguientes pares de oraciones y decide, en cada par, cuál de las dos te suena bien, la primera o la segunda.

   1. a. ¿*Tú gusta* la comida peruana?

   b. ¿*Te gusta* la comida peruana?

   2. a. *Me* fascina la comida peruana.

   b. *Yo* fascina la comida peruana.

¡A todos nos gusta! Y no, no es el hambre la que les hizo seleccionar las mismas oraciones, la **b** en el primer grupo y la **a** en el segundo grupo. Es ese conocimiento tácito que todos tenemos. Pero, sigan leyendo y van a aprender bastante más de **gustar** y de construcciones semejantes.

El verbo *gustar*

› El verbo *gustar* se usa en estructuras con sujeto, verbo y objeto indirecto. Normalmente el objeto indirecto precede al verbo y el sujeto sigue al verbo.

Objeto indirecto	Verbo	Sujeto
Me	gustan	las novelas de Vargas Llosa.

> **Nota para bilingües**
>
> El verbo **gustar** significa en inglés *to be pleasing: Semperio's short stories are pleasing to me.* Más comúnmente, sin embargo, **gustar** equivale al verbo inglés *to like,* que se usa en estructuras con sujeto, verbo y objeto directo; el objeto directo del inglés es sujeto en español y el sujeto del inglés es objeto indirecto en español: *I like Vargas Llosa's novels* = Me gustan las novelas de Varas Llosa. *I like them* = Me gustan.

› Cuando el objeto indirecto es un sustantivo, la oración incluye también un pronombre de objeto indirecto.

   A **mi hermano** no **le** gustan las competencias deportivas.

› Para aclarar o para poner énfasis en el pronombre de objeto indirecto, se usa la frase **a** + pronombre preposicional.

   Hablaba con los Morales. **A ella le** gusta mucho caminar por las calles, pero **a él** no **le** gustan esas caminatas.
   A mí me gustan mucho las novelas de Vargas Llosa, pero **a ti** no **te** gustan tanto.

› Los siguientes verbos tienen la misma estructura que "gustar":

agradar	fascinar	molestar
disgustar	importar	ofender
doler (ue)	indignar	preocupar
encantar	interesar	sorprender
enojar		

   —¿Te **agradan** las frutas tropicales?
   —Me **gustan** muchísimo. Me **sorprende** que mucha gente no las conozca.
   A los peruanos les **encanta** el fútbol.

› Los verbos **faltar**, **quedar** y **parecer** son semejantes a **gustar** ya que se pueden usar con un objeto indirecto. Sin embargo, a diferencia de **gustar**, se usan también a menudo sin objeto indirecto en aseveraciones impersonales.

   Nos faltan recursos para promover los deportes.
   Faltan recursos para promover los deportes.
   A mí me parecen ininteligibles las discusiones económicas.
   Muchas discusiones económicas **parecen** ininteligibles.

Ahora, ¡a practicar!

A. Iquitos. Tú y tus amigos hacen comentarios acerca de su viaje a la ciudad de Iquitos, la ciudad más grande de la Amazonia peruana.

   MODELO a todo el mundo / fascinar el Parque Zoológico de Quistococha
   A todo el mundo le fascinó el Parque Zoológico de Quistococha.

1. a algunos / encantar las caminatas por el bosque

2. a otros / doler no poder navegar por el Amazonas

3. a mí / sorprender la variedad de frutas tropicales

4. a todos nosotros / encantar los paseos por el malecón

5. a muchos de mis amigos / no gustar algunos platos típicos de la selva

6. a todos nosotros / parecer fascinante la Plaza de Armas de la ciudad

7. a la mayoría / impresionar los paseos en mototaxi

8. a todos nosotros / faltar tiempo para conocer mejor los alrededores de la ciudad

B. **Gian Marco Zignago.** Tu amiga Mónica es gran admiradora de Gian Marco. Tú le haces algunas preguntas. ¿Cómo te contesta?

MODELO ¿Por qué te agrada Gian Marco? (por su gran originalidad)
   Me agrada por su gran originalidad.

1. ¿Les gustan a todos los peruanos las canciones de Gian Marco? (en general, sí, y también a muchos latinoamericanos)

2. ¿Le preocupan a Gian Marco las causas sociales? (sí, en 1997 hizo un concierto para ayudar a los damnificados de un terremoto en su país)

3. ¿Le encanta cantar solamente? (no, también le encanta escribir canciones)

4. ¿Le atrae cantar con otros artistas? (sí, ha cantado con Jon Secada, por ejemplo)

5. ¿Le agrada comunicarse con sus admiradores? (sí, por supuesto, tiene un blog donde sus admiradores dejan comentarios)

6. ¿Te impresiona algún álbum de él en particular? (sí, el álbum *Desde adentro*)

C. **Es tu turno de opinar.** En la lectura "El canalla sentimental" Jaime Bayly expresa su opinión sobre muchos temas. Da tu propia opinión sobre los temas que aparecen a continuación. Usa verbos como **gustar, disgustar, agradar, aburrir, interesar, fascinar, encantar, molestar** u otros semejantes.

MODELO los museos
   Me fascinan los museos. o: **Me aburren los museos.**

1. el humo de los cigarrillos   5. los libros divertidos

2. las dietas para adelgazar   6. las discusiones políticas

3. los animales domésticos en general   7. las personas incomprensivas

4. los gatos

D. **Gustos personales.** En grupos de tres, completen estas oraciones para expresar sus opiniones sobre actividades deportivas.

MODELO dos actividades / disgustar / muchos / ser
   Dos deportes que les disgustan a muchos son el boxeo y el hockey.

1. Dos actividades / encantar / mis hermanos / ser

2. algunas carreras / agradar / mí / ser

3. dos modos de mantenerse en forma / gustar / todos / ser

4. un deporte / fascinar / los peruanos / ser

5. un torneo deportivo / impresionar / mi novio(a) / ser

Bolivia

Nombre oficial: Estado Plurinacional de Bolivia
Población: 9.247.816 (estimación de 2008)
Ciudades principales: La Paz (sede del gobierno), Sucre (capital oficial), Santa Cruz, Cochabamba
Moneda: Boliviano (Bs)

En la sede de gobierno, La Paz, con una población de unos 2.757.000 y una altura que varía entre diez mil y trece mil pies, tienes que conocer...

> la Avenida 16 de Julio o "El Prado", en la que puedes ver modernos edificios y hermosos palacios de arquitectura colonial.

> la Plaza Murillo, rodeada del Palacio de Gobierno, la Catedral y la sede de la Asamblea Legislativa Plurinacional.

La Paz, Bolivia, la sede de gobierno más alta del mundo

> el Templo y Convento de San Francisco, hermosa construcción colonial con hermosos retablos de madera y oro.

En la capital, Sucre, hermosa joya colonial con una población de unos 265.300 habitantes, tienes que conocer...

> la Casa de la Libertad, donde se firmó el Acta de Independencia de Bolivia el 6 de agosto de 1825.

> el Palacio de la Glorieta, un castillo de fantasía en las afueras de la ciudad, que recuerda los cuentos de la infancia.

> el Convento de la Recoleta, fundado en el año 1601.

Una histórica misión jesuítica, Patrimonio Cultural de la Humanidad

En la historia y la cultura bolivianas, no dejes de apreciar...

> Tiwanaku, las ruinas de la ciudad capital de esta cultura que perduró más de mil años en el altiplano boliviano.

> las misiones jesuíticas de Chiquitos, declaradas Patrimonio de la Humanidad por la UNESCO en 1990. Fueron establecidas en el siglo XVII y continúan siendo centro de enseñanza y conservatorio de música barroca.

> el Salar de Uyuni, el mayor desierto de sal y depósito de litio del mundo.

Festivales bolivianos

> el Carnaval en Oruro, con sus más de veintiocho mil danzantes y diez mil músicos

> el Festival de la Virgen de Urkupiña, religiosidad popular en vivo

> un concurso de belleza en Santa Cruz, donde se dice que viven las mujeres más hermosas del mundo

La Diablada de Oruro, una mezcla de teatro colonial español y rituales andinos precolombinos

Una colorida y desafiante máscara de la diablada

🌐 **¡Diviértete en la red!**
Busca en Google Images o en YouTube para ver fotos y videos de cualquiera de los lugares, y/o festivales mencionados aquí. Ve a clase preparado(a) para describir en detalle el lugar que escogiste.

Bolivia: desde las alturas de América

Colonia y maldición de las minas

En 1545 se descubrieron grandes depósitos de plata en el cerro de Potosí, al pie del cual, el siguiente año, se fundó la ciudad del mismo nombre. A mediados del siglo XVII era la segunda ciudad más grande del mundo y la mayor ciudad de América. Se fundaron otras ciudades en las zonas mineras: La Paz (1548) y Cochabamba (1570). Las minas de plata del Alto Perú (hoy Bolivia) fueron el principal tesoro de los españoles durante la colonia. Pero, para los indígenas de la región andina estas mismas minas eran lugares donde se les explotaba inhumanamente bajo el sistema de trabajo forzado llamado "mita", que también se aplicaba a la agricultura y al comercio.

Courtesy of Beach Antique Maps & Prints, Toronto, www.beachmaps.com

El Cerro Rico de Potosí

© Leo La Valle / Corbis

Manifestación en Buenos Aires, Argentina, a favor de Bolivia.

La independencia y el siglo XIX

La independencia se declaró el 6 de agosto de 1825 y se eligió el nombre de República Bolívar, en honor de Simón Bolívar, aunque después prevaleció el nombre de Bolivia. El general Antonio José de Sucre, vencedor de los españoles en la decisiva batalla de Ayacucho (1824), ocupó la presidencia de 1826 a 1828. La ciudad de Chuquisaca cambió su nombre a Sucre en 1839 en honor a este héroe de la independencia, quien murió asesinado en 1830.

Guerras territoriales

Durante su vida independiente, Bolivia ha perdido más de la mitad de su territorio original a causa de disputas fronterizas con países vecinos: con Chile la provincia de Atacama, con Argentina una parte de la región del Chaco y con Brasil la rica región amazónica de Acre. En la Guerra del Chaco (1933–1935) con Paraguay, sufrió enormes pérdidas humanas y territoriales.

© Cengage Learning 2012

De la Revolución de 1952 al presente

> En abril de 1952, se inició la llamada Revolución Nacional Boliviana que, bajo la dirección de su líder, Víctor Paz Estenssoro, impulsó una ambiciosa reforma agraria, nacionalizó las principales empresas mineras y, en general, abrió las puertas para el avance social de los mestizos.

> Desde 1964 hasta 1982 Bolivia estuvo gobernada por distintas juntas militares.

> En enero de 2006 fue elegido Presidente Evo Morales Ayma, el primer presidente indígena de Bolivia y de América Latina, marcando un hito en la historia de este país.

John Warburton-Lee / Photolibrary

Contemplando el inmenso salar de Uyuni

> La pobreza, el desempleo, la falta de industria y el narcotráfico son algunos de los principales flagelos de la sociedad boliviana.

> De cara al futuro, los enormes yacimientos de litio del famoso Salar de Uyuni se presentan como una esperanza de este pueblo sacrificado y luchador.

> El 22 de enero de 2010, Evo Morales empezó su segundo período como presidente. Esta es también la fecha de la fundación del nuevo Estado Plurinacional de Bolivia.

¿COMPRENDISTE?

A. Hechos y acontecimientos. Completa las siguientes oraciones. Luego compara tus respuestas con las de un(a) compañero(a).

1. El resultado del descubrimiento de grandes depósitos de plata en el cerro de Potosí en 1545 fue...

2. Antonio José de Sucre fue importante en la historia de Bolivia porque...

3. El resultado para Bolivia en conflictos fronterizos con sus países vecinos fue...

4. Algunos de los efectos de la Revolución de 1952 fueron...

5. La importancia de las elecciones de 2006 es...

6. El Salar de Uyuni presenta una importante esperanza para el pueblo boliviano debido a...

MEJOREMOS LA COMUNICACIÓN

a causa de	junta militar
agrario(a)	litio
amazónico(a)	maldición *(f.)*
desempleo	mestizo(a)
empresa	pérdida
flagelo	prevalecer
fronterizo(a)	salar *(m.)*
hito	vencedor(a)
indígena	yacimiento

B. A pensar y a analizar. Contesta las siguientes preguntas con dos o tres compañeros(as) de clase.

1. ¿Cómo es posible que Bolivia haya acabado por ser un país pobre, con toda la riqueza minera que ha existido en la región desde antes del siglo XVI?

2. En la opinión de Uds., ¿a qué se debe la falta de estabilidad política de Bolivia que permitió que sus vecinos anexaran más de la mitad de su territorio a fines del siglo pasado?

3. En su opinión, ¿qué necesita este país para asegurarse un futuro más próspero?

C. Redacción colaborativa. En grupos de dos o tres, escriban una composición colaborativa de una a dos páginas sobre el tema que sigue. Escriban primero una lista de ideas, organícenlas en un borrador, revisen las ideas, la acentuación y ortografía y escriban la versión final.

Desde la colonia, Bolivia ha sido un país rico en depósitos minerales: plata en el Cerro de Potosí, estaño de los Patiño, y más recientemente litio del Salar de Uyuni, además de muchos otros recursos naturales. Sin embargo, desde sus inicios, Bolivia ha sido y sigue siendo uno de los países más pobres de Sudamérica. ¿Por qué será esto? ¿Qué causa que un país rico en recursos naturales sea tan pobre? ¿Ha ocurrido algo parecido en Estados Unidos? ¿Por qué sí o por qué no?

Roberto Mamani Mamani

El trabajo de este artista aymara es muy significativo por su fidelidad a las tradiciones artísticas indígenas y símbolos aymaras. Sus pinturas reflejan su herencia cultural e incluyen un uso muy fuerte de colores y de imágenes: madres, cóndores, soles y lunas…, todos temas muy importantes en la cosmovisión aymara. Los colores que usa buscan imitar los colores usados en los tejidos típicos del mundo aymara. Para Mamani Mamani, el color representa a la mujer, al hombre, a la esperanza, al amanecer como el comienzo del triunfo sobre la oscuridad de la noche.

© STR / AFP / Getty Images

Una escultura estilo aymara de Mamani Mamani

Los Kjarkas

Este grupo musical boliviano fue fundado en Capinota (Cochabamba, Bolivia) en 1965, por los hermanos Hermosa. El nombre del conjunto tiene su origen en la palabra kharka, del quechua sureño, que significa "temor o recelo". Tienen una producción discográfica de unos cincuenta discos. Sus composiciones reflejan los coloridos ritmos bolivianos: huayños, cuecas, t'inkus, caporales, sayas, bailecitos, chuntunquis y otros. Son magníficos representantes del colorido folklore boliviano.

By permission of Wilson Hermosa Camacho

Los Kjarkas celebran 35 años de éxitos.

Liliana Castellanos

Nació en Tarija, al sur de Bolivia. Allí desarrolló su pasión y creatividad que más tarde puso en la alta costura. Trabaja desde hace más de veinte años en la moda, dedicándose a las fibras y telas de alpaca, llama y vicuña. Su marca está presente en más de veinticinco países, con boutiques propias en Europa y América Latina, y cerca de ciento cincuenta puntos de venta en los Estados Unidos, Canadá, Japón, Corea del Sur y otros países. Sus hermosos diseños la han convertido en una verdadera embajadora de la lana de alpaca.

David Mercado / Reuters / Landov

Liliana Castellanos y la elegancia de sus modelos

Otros bolivianos sobresalientes

Héctor Borda Leaño: poeta, político

Matilde Casazola: poeta y compositora

Jaime Escalante (1931–2010): ingeniero y profesor de física, matemáticas e informática

Agnes de Franck: artista

Alfonso Gumucio Dagron: escritor, cineasta, fotógrafo

Gil Imaná: pintor

Renato Oropeza Prada: escritor

Jorge Sanjinés Aramayo: cineasta

Pedro Shimose: escritor, poeta y músico

Piraí Vaca: músico

Gaby Vallejo: escritora y activista

Blanca Wiethüchter: poeta, ensayista

MEJOREMOS LA COMUNICACIÓN

alta costura	herencia
colorido(a)	lana
conjunto	recelo
cosmovisión (f.)	sureño(a)
discográfica	tela
fidelidad (f.)	vistoso(a)

¿COMPRENDISTE?

A. Los nuestros. ¿Qué aspectos de la cultura boliviana han destacado estos personajes? ¿Por qué crees que han buscado resaltar aspectos concretos de la cultura boliviana?

B. Miniprueba. Demuestra lo que aprendiste de estos talentosos bolivianos al contestar estas preguntas.

1. ¿En qué se centra el arte de Roberto Mamani Mamani?

2. ¿A qué crees que se debe la popularidad de los Kjarkas? ¿Hay grupos parecidos en los Estados Unidos?

3. ¿Por qué crees que el presidente de Bolivia ha seleccionado a Liliana Castellanos como su diseñadora?

C. Diario. En tu diario, escribe por lo menos media página expresando tus pensamientos sobre uno de estos temas.

1. El trabajo de Mamani Mamani y sus pinturas reflejan su herencia cultural e incluyen un uso muy fuerte de colores y de imágenes: madres, cóndores, soles y lunas…, todos temas muy importantes en la cosmovisión aymara. Si fueras artista, ¿qué elementos de tu propia identidad te gustaría plasmar y por qué? ¿Crees poseer elementos culturales irrenunciables en tu propia identidad? ¿Tienes dificultades para vivirlos en un país como Estados Unidos?

2. Liliana Castellanos ha logrado ser muy exitosa en su gran pasión por la alta costura y, al mismo tiempo, ha sabido hacerlo trabajando con fibras de llama, alpaca y vicuña tan típicas de la rica y ancestral cultura boliviana. ¿Puede uno conjugar sueños personales con la riqueza de sus orígenes? ¿Por qué crees que no le resultó difícil dedicarse a su pasión y al mismo tiempo darle a su producción un toque boliviano? ¿Qué toque le darías a algo que produjeras cumpliendo tus sueños?

¡Diviértete en la red!
Busca "Roberto Mamani Mamani", "Los Kjarkas" y/o "Liliana Castellanos" en Google Images y/o en YouTube para ver videos y escuchar a estos talentosos bolivianos. Ve a clase preparado(a) para presentar lo que encontraste.

Letras problemáticas: la *s* y la *z*

La **s** y la **z** tienen solo un sonido, /s/, que es idéntico al sonido de la **c** en las combinaciones **ce** y **ci**. Una excepción ocurre en España, donde la **z** tiene el sonido de la combinación *th* de *think* en inglés.

La escritura con la letra *s*

Las siguientes terminaciones se escriben siempre con la **s**.

> La terminación **-sivo(a)**

deci**sivo**	defen**siva**	expre**siva**	pa**sivo**

> La terminación **-sión** añadida a sustantivos que se derivan de adjetivos que terminan en **-so, -sor, -sible, -sivo**

compren**sión**	confe**sión**	transmi**sión**	vi**sión**

> Las terminaciones **-és** y **-ense** para indicar nacionalidad o localidad

holand**és**	leon**és**	chihuahu**ense**	costarric**ense**

> La terminación **-oso(a)**

bondad**osa**	contagi**oso**	estudi**oso**	graci**osa**

> La terminación **-ismo**

barbar**ismo**	capital**ismo**	comun**ismo**	islam**ismo**

> La terminación **-ista**

art**ista**	dent**ista**	futbol**ista**	guitarr**ista**

La escritura con la letra *z*

La **z** siempre se escribe en ciertos sufijos, patronímicos y terminaciones.

> Con el sufijo **-azo** para indicar una acción realizada con un objeto determinado

botell**azo**	latig**azo**	manot**azo**	puñet**azo**

> Con los patronímicos (apellidos derivados de nombres propios españoles) **-az, -ez, -iz, -oz, -uz**

Alcar**az**	Domíngu**ez**	Muñ**oz**	Ru**iz**

> Con la terminación **-ez(a)** de sustantivos abstractos

honrad**ez**	nobl**eza**	timid**ez**	trist**eza**

Práctica para escribir con las letras s y z. Escucha mientras tu profesor(a) lee las siguientes palabras. Escribe las letras que faltan en cada una. Cada palabra se leerá dos veces.

1. p i a n _ _ _ _
2. g o l p _ _ _ _
3. e s c a s _ _ _
4. c o r d o b _ _ _
5. Á l v a r _ _ _
6. e x p l o _ _ _ _ _
7. p e r e z _ _ _ _
8. p e r _ _ _ _
9. r i g i d _ _
10. l e n i n _ _ _ _ _

La escritura con el sonido /s/

Observa la escritura de este sonido al escuchar a tu profesor(a) leer las siguientes palabras.

ce, ci	s	z
apreciado	asesinado	arzobispo
proceso	subdesarrollo	diez
cerámica	trasladarse	izquierdista
ciclo	estás	zacate

¡A practicar!

A. La escritura del sonido /s/. Escucha mientras tu profesor(a) lee las siguientes palabras. Escribe las letras que faltan en cada una. Cada palabra se leerá dos veces.

1. c o n f u _ _ _ _ _
2. n o v e l _ _ _ _ _
3. C a m u ñ _ _ _
4. _ _ p a t o
5. c o s t a r r i c e n _ _ _
6. _ _ _ n c u e n t a
7. s o _ _ _ a l i s m o
8. d i f i c u l t _ _ _ _
9. e s c o c _ _ _
10. c a b e z _ _ _ _

Variantes coloquiales: presencia del quechua en el habla de Bolivia

El quechua o *runa simi* (que quiere decir "lenguaje humano") fue la lengua oficial del imperio inca y en la actualidad se sigue hablando en una gran región andina que abarca cinco países sudamericanos: Colombia, Ecuador, Perú, Bolivia y Argentina. Este continuo contacto, por más de 500 años, entre el español y el quechua ha hecho que ambas lenguas se hayan influido mutuamente. Muchas palabras quechuas han pasado a enriquecer la lengua española tanto como muchas palabras del español han sido y siguen siendo adaptadas al quechua. Sin duda Uds. ya conocen estas que no solo pasaron del quechua al español, sino del español al inglés: *coca, cóndor, inca y papa*. Tampoco tendrán problema en reconocer estas adaptaciones del español al quechua: *chamisa, dewda, escribiy*.

A. Influencia del quechua en el español. A ver cuántas de las palabras que pasaron al español del quechua ya conoces. Selecciona la palabra o frase de la segunda columna que define cada palabra quechua de la primera columna.

_____ 1. quena   a. pequeña finca rústica

_____ 2. alpaca   b. mazorca de maíz

_____ 3. puma   c. mal de los Andes

_____ 4. cóndor   d. flauta hecha de cañas

_____ 5. choclo   e. conejo de las Indias

_____ 6. pampa   f. llano

_____ 7. chacra   g. animal parecido a la llama cuya lana es muy apreciada

_____ 8. cuy   h. una especie de tigre

_____ 9. vicuña   i. un ave grande de rapiña

_____ 10. soroche   j. bestia de carga de pelo largo, fino y rojizo

B. Influencia del español en el quechua. Ahora, a ver cuántas de estas palabras que vinieron al quechua del español puedes reconocer. Escribe la palabra española de la cual se derivó la palabra quechua correspondiente.

1. delikaw   _____
2. dansaq   _____
3. bawtisay   _____
4. moso   _____
5. algudón   _____
6. alkól   _____
7. eskwela   _____
8. kaballu   _____
9. kasachidor   _____
10. agradesey   _____

Dígales a los estudiantes que si prefieren no escribir en sus libros, pueden escribir las palabras en hoja aparte.

C. ¿Eres buen lingüista? ¿A qué conclusión puedes llegar con respecto a las terminaciones de verbos en quechua? ¿Cuántos verbos hay en la lista de la actividad anterior? ¿Qué forma del verbo tienen? ¿Cuál dirías es el equivalente de **-ar, -er, -ir** en quechua?

¡LUCES! ¡CÁMARA! ¡ACCIÓN!

La maravillosa geografía musical boliviana

© Cengage Learning 2012

Antes de empezar el video

En parejas. Contesten estas preguntas en parejas.

1. ¿Cómo se imaginan Uds. que será vivir en un altiplano a más de doce mil pies sobre el nivel del mar? ¿Será difícil o agradable? ¿Por qué? Den algunos ejemplos específicos.

2. ¿Han escuchado alguna vez música andina? ¿Dónde? ¿Qué les pareció? ¿Cómo la describirían: alegre, dramática, triste, melancólica,...?

Después de ver el video

A. La maravillosa geografía musical boliviana. Contesta las siguientes preguntas con un(a) compañero(a) de clase.

1. ¿Cuál es la ciudad capital más alta del planeta?

2. ¿Cómo es el altiplano boliviano?

3. ¿Cuál es la lengua indígena más antigua de Sudamérica? ¿Dónde sigue hablándose?

4. ¿Se puede decir que el hacer instrumentos es para Micasio Quispe solo una manera de ganarse la vida? ¿Tiene para él una importancia más profunda?

B. A pensar y a interpretar. Contesta las siguientes preguntas.

1. ¿Qué impresión tienes de Bolivia después de ver este video? ¿De su geografía? ¿De la música aymara?

2. ¿Por qué crees que Nicasio Quispe se refiere a los instrumentos nativos como "sagrados"? Explica por qué dice que los instrumentos nativos están en contacto con la naturaleza. ¿Qué ejemplo da?

3. Bolivia, así nombrada en honor de Simón Bolívar, fue la república preferida del gran libertador. ¿Por qué crees que de los cinco países que liberó, Bolivia fue el preferido?

C. Apoyo gramatical: El pretérito: verbos regulares. Contesta las preguntas que te hace un(a) amigo(a) acerca de tu visita a la capital boliviana.

> **MODELO** ¿Cuánto tiempo pasaste en La Paz? (seis días)
> **Pasé allí seis días.**

1. ¿Qué día de la semana llegaste a La Paz? (un martes)

2. ¿Dónde te hospedaste? (en un hostal)

3. ¿Te enfermaste a causa de la altura? (afortunadamente no)

4. ¿Qué sitios visitaste? (muchos, como la Plaza Murillo, el Prado, la Basílica de San Francisco, el Valle de la Luna)

5. ¿Conociste a jóvenes bolivianos de tu edad? (sí, a algunos)

6. ¿Te gustó tu estadía en La Paz? (sí, muchísimo)

7. ¿Paseaste por lugares arqueológicos? (sí; por las ruinas de Tiwanaku)

8. ¿Influyó esta visita en tu mejor conocimiento del país? (sí, bastante)

Gramática 3.3: Antes de hacer esta actividad conviene repasar esta estructura en las págs. 148–151.

¡Antes de leer!

A. Anticipando la lectura. Contesta estas preguntas para ver cómo estableces la relación entre la realidad y la ficción.

1. ¿Te ayuda la ficción o fantasía a recordar enseñanzas importantes o moralejas? Explica con ejemplos concretos.

2. ¿Estás de acuerdo en que "la realidad supera a la ficción"? ¿Tienes ejemplos concretos para demostrar si sí o no? Crea una lista de ejemplos y compara tu lista con las de dos compañeros(as) de clase.

B. Vocabulario en contexto. Busca estas palabras en la lectura que sigue y, en base al contexto, decide cuál es su significado. Para facilitar encontrarlas, las palabras aparecen en negrilla en la lectura.

1. **desastrada**	a. sucia	b. nueva	c. elegante
2. **pancartas**	a. correo	b. grupo	c. letrero
3. **carecen de**	a. les falta	b. imponen	c. miran con
4. **acaso**	a. tal vez	b. fuertemente	c. definitivamente
5. **leve**	a. rápido	b. pequeño	c. difícil
6. **reemprender**	a. abandonar	b. volver a	c. buscar

Sobre el autor

José Edmundo Paz Soldán nació en Cochabamba, Bolivia, en 1967. Es licenciado en Ciencias Políticas y obtuvo un doctorado en Lenguas y Literatura Hispana otorgado por la Universidad de California en Berkeley. En la actualidad es profesor de la Universidad de Cornell. Ha sido ganador de varios premios literarios: el Premio Erich Guttentag de Bolivia (1992), el Premio Juan Rulfo (1997) y el Premio Nacional de Novela (2002) de Bolivia. Paz Soldán pertenece a una nueva corriente narrativa latinoamericana, que registra en sus obras el impacto de los medios de comunicación masivos y las nuevas tecnologías en el paisaje urbano del continente. Sus obras han sido traducidas a varios idiomas y han aparecido en antologías en España, Estados Unidos, Alemania, Suiza, Francia, Perú, Argentina y Bolivia.

© Liliana Colanzi

La frontera

A la entrada de la mina La Frontera, que creía aban-
donada, se hallan dos hombres. Tienen el rostro
terroso, apariencia de mineros en la vestimenta **desastrada** y pancartas
en alto condenando el cierre de las minas decretado por Paz Estenssoro. La
escena me parece curiosa; detengo el jeep, me bajo y me acerco a ellos. Hace
años que no venía por este camino abandonado, hace años que no visitaba
la finca de Sergio. Bien puede esperar unos minutos, me digo, y perdonar al
periodista que siempre hay en mí.

De cerca, confirmo que son mineros. Los rayos del sol refulgen en
todas partes menos en sus cascos, tan viejos y oxidados que **carecen de**
fuerzas para reflejar cualquier cosa. Los mineros no mueven un músculo
cuando me acerco a ellos, no pestañean, miran a través de mí. Sus pies
de abarcas destrozadas se hallan encima de huesos blanquinegros. Miro el suelo,
y descubro que yo también estoy posando mis pies sobre huesos: de todos los
tamaños y formas, algunos sólidos y otros muy frágiles, pulverizándose al roce
de mis zapatos. En mi corazón se instala algo parecido al pavor.

Las minas fueron cerradas hace más de siete años.

Muchos mineros entraron en huelga pero al final terminaron aceptando
lo inevitable y marcharon hacia su forzosa relocalización, a las ciudades o a
cosechar coca al Chapare.

¿Podía ser, me pregunto, que la noticia del fin de la huelga no hubiera
llegado hasta ahora a los mineros de esta mina? La región de Sergio
progresó con la inauguración del camino asfaltado, y aquí quedaron,
abandonados, esta mina y el camino viejo.

Les pregunto qué están protestando.

Silencio.

Después de un par de minutos insisto esta vez tartamudeando, **acaso**
dirigiendo la pregunta más a mí mismo que a ellos. Y entonces veo un
leve movimiento en la boca de uno de ellos. Un par de músculos faciales se
estiran, quiere decirme algo.

Pero el esfuerzo es demasiado. Boquiabierto, veo el quebrarse de la reseca
piel de las mejillas y el pesado caer de la pancarta: luego, súbitamente, el
rostro se contrae sobre sí mismo y la carne se torna polvo y se derrumba y del
minero no queda más que un montón de huesos blancos y secos.

Pienso que es hora de no hacer más preguntas, de **reemprender** mi
camino, de aparentar, una vez más, no haber visto nada.

¡Después de leer!

A. Hechos y acontecimientos. ¿Recuerdas los datos más importantes de la lectura? Para asegurarte, completa las oraciones que siguen.

1. El narrador encuentra...

2. El narrador quiere que le perdonen la curiosidad típica del...

3. Los cascos no brillan porque...

4. Las minas llevaban más de 7 años...

5. El narrador pensó que los mineros podían no saber que...

6. Cuando uno de los mineros quiere hablar...

B. A pensar y a analizar. En grupos de tres o cuatro, contesten las siguientes preguntas. Luego, compartan sus respuestas con la clase.

1. ¿Creen que este cuento narra algo que ocurrió realmente? ¿Por qué sí o no?

2. ¿Cuál creen que es el punto de vista del autor de este cuento sobre la situación de los mineros?

3. ¿Qué tipo de sensaciones provoca en ustedes este cuento? ¿Creen que la narración sería más efectiva informando sobre la situación de los mineros en un ensayo o artículo periodístico, o con este cuento? Expliquen.

4. ¿Qué les pareció el final del cuento? ¿Pueden imaginarse otro tipo de final? Inventen dos o más posibilidades para terminar el cuento y compártanlas con la clase.

C. Teatro para ser leído. En grupos de tres, preparen una lectura dramática del cuento "La Frontera". Dos personas pueden narrar mientras el (la) tercero(a) hace el papel de protagonista y el cuarto el de minero.

1. Escriban lo que ocurre en el cuento "La Frontera" usando diálogos solamente.

2. Añadan un poco de narración para mantener transiciones lógicas entre los diálogos.

3. Preparen cuatro copias del guion: una para la persona que hace el papel del protagonista, una para la persona que hace el papel de minero, una para cada narrador(a) y el original para su profesor(a), que tendrá el papel de director(a).

4. ¡Preséntenlo!

D. Análisis literario: el ambiente narrativo. Toda historia ocurre dentro de un ambiente—el lugar donde actúan los personajes. Tal lugar puede ser un

- **ambiente físico:** el medio natural donde sucede el relato, ya sea el local en que se desarrolla la historia (por ejemplo, Bolivia) y la época en que transcurre la acción.

- **ambiente psicológico:** el clima que resulta de los problemas psíquicos... el amor, el odio, el miedo, el terror, y así.

- **ambiente social:** las condiciones sociales en que se desenvuelve la acción... la pobreza, la herencia cultural, la vida cotidiana, y así.

Ahora que la clase se divida en tres grupos y que el primer grupo describa en detalle el **ambiente físico** de esta historia, el segundo el **ambiente psicológico** del cuento y el tercero el **ambiente social**. Cada grupo informará a la clase de sus conclusiones.

GRAMÁTICA

3.3 El pretérito: verbos regulares

Para más práctica, haz las actividades de **Gramática en contexto** (sección 3.3) del *Cuaderno para los hispanohablantes.*

¡A que ya lo sabes!

Nada de pares de oraciones, señoras y señores; esta vez tenemos tres oraciones para que Uds. decidan si dirían la primera, la segunda o la tercera.

1. ¿Cuánto tiempo *trabajastes* allí?
2. ¿Cuánto tiempo *trabajates* allí?
3. ¿Cuánto tiempo *trabajaste* allí?

¿Qué decidieron? Esta vez es más difícil, ¿verdad? Sin embargo, la mayoría de la clase debe de haber optado por la número tres. ¿Por qué? Porque ésa es la que la gran mayoría de hispanohablantes dirían. Pero, ¿por qué fue más difícil decidir esta vez? Porque las otras dos oraciones son variantes que se usan en algunas comunidades de hispanos. Pero, sigan leyendo y van a aprender a tomar estas decisiones con facilidad.

Formas

Verbos en *-ar* preparar	Verbos en *-er* comprender	Verbos en *-ir* recibir
prepar**é**	comprend**í**	recib**í**
prepar**aste**	comprend**iste**	recib**iste**
prepar**ó**	comprend**ió**	recib**ió**
prepar**amos**	comprend**imos**	recib**imos**
prepar**asteis**	comprend**isteis**	recib**isteis**
prepar**aron**	comprend**ieron**	recib**ieron**

> Las terminaciones del pretérito de los verbos regulares terminados en **-er** e **-ir** son idénticas.

> Las formas correspondientes a **nosotros** en los verbos regulares terminados en **-ar** e **-ir** son idénticas en el pretérito y en el presente de indicativo. El contexto normalmente aclara el sentido.

> **Gozamos** ahora con las canciones de Los Kjarkas. Y también **gozamos** cuando las escuchamos por primera vez.

Nota para hispanohablantes

Hay una tendencia dentro de algunas comunidades de hispanohablantes a variar las terminaciones del pretérito de la segunda persona singular (**tú**). De esta manera, en vez de usar las terminaciones más aceptadas de -aste para verbos en -ar (**preparaste**) y de -iste para verbos en -er/-ir (**comprendiste, recibiste**), usan las teminaciones -astes/-istes y dicen ***preparastes, comprendistes, recibistes*** o usan las terminaciones -ates/-ites y dicen ***preparates, comprendites, recibites***. Es importante evitar este uso fuera de esas comunidades y en particular al escribir.

Cambios ortográficos en el pretérito

Algunos verbos regulares requieren un cambio ortográfico para mantener la pronunciación de la raíz.

❭ Los verbos que terminan en **-car, -gar, -guar** y **-zar** sufren un cambio ortográfico en la primera persona del singular.

c ⟶ qu	buscar: bus**qu**é
g ⟶ gu	llegar: lle**gu**é
u ⟶ ü	averiguar: averi**gü**é
z ⟶ c	alcanzar: alcan**c**é

Otros verbos en estas categorías:

almorzar (ue)	comenzar (ie)	indicar	rogar (ue)
atacar	empezar (ie)	jugar (ue)	sacar
atestiguar	entregar	pagar	tocar

Comencé mi trabajo de investigación sobre las ruinas de Tiwanaku hace una semana y lo **entregué** ayer.

❭ Ciertos verbos terminados en **-er** e **-ir** cuya raíz termina en una vocal cambian la **i** por **y** en las terminaciones de tercera persona del singular y del plural.

leer: leí, leíste, le**y**ó, leímos, leísteis, le**y**eron

oír: oí, oíste, o**y**ó, oímos, oísteis, o**y**eron

Otros verbos en esta categoría:

caer	creer	influir
construir	huir	

Los estudiantes **leyeron** acerca de Simón Bolívar, quien **influyó** en la historia de muchas naciones sudamericanas.

> **Nota para hispanohablantes**
> Al escribir, algunos bilingües tienden a regularizar estos cambios de ortografía. Por ejemplo, en vez de usar las formas de mayor uso de **busqué, llegué** y **leyeron**, escriben *buscé, llegé, analizé y leeron*. Es muy importante estar consciente de los cambios de ortografía al escribir porque el usar las formas recién anotadas se considera un error.

Uso

❯ El pretérito se usa para describir una acción, un acontecimiento o una condición considerada acabada en el pasado. Puede indicar el comienzo o el fin de una acción.

> Bolivia **declaró** su independencia en 1825. **Recibió** el nombre de República Bolívar, pero luego **prevaleció** el nombre de Bolivia.

Ahora, ¡a practicar!

A. El rey del estaño. Usa el pretérito para completar la siguiente narración acerca de la vida de un boliviano famoso.

La vida del magnate minero Simón Patiño (1860–1949) (1) _____ (fascinar) a sus contemporáneos y a los bolivianos de hoy. Hombre visionario y emprendedor, (2) _____ (realizar) varios trabajos y oficios; (3) _____ (ocupar) algunos puestos administrativos de cierta importancia.(4) _____ (Continuar) trabajando arduamente. (5) _____ (Pasar) tiempos difíciles, pero su suerte (6) _____ (cambiar) hacia 1900 cuando (7) _____ (descubrir) una de las minas de estaño más ricas del mundo. (8) _____ (Comprar) numerosas minas y su fortuna (9) _____ (prosperar). Hombre de una riqueza fabulosa, a partir de 1912 (10) _____ (dirigir) sus negocios desde París, ciudad donde este "Rey del Estaño" (11) _____ (instalarse). (12) _____ (Jugar) un papel clave en el Comité Internacional del Estaño, un cartel internacional. Por los años 40 (13) _____ (llegar) a ser uno de los hombres más ricos del mundo. Después de su muerte en 1949, sus herederos (14) _____ (crear) la Fundación Patiño para desarrollar actividades culturales y ofrecer becas de estudio en el extranjero.

B. Primer presidente indígena de Bolivia. Completa el siguiente párrafo para saber más de Evo Morales, quien fue elegido presidente de Bolivia en 2005.

Evo Morales (1) _____ (nacer) en 1959, segundo hijo de una humilde familia indígena, de etnia aymara. De niño (2) _____ (trabajar) la tierra y se (3) _____ (ocupar) de cuidar llamas. Su actividad política se (4) _____ (iniciar) en los sindicatos, en la década de los 80. Más tarde Evo Morales (5) _____ (fundar) un partido político, Movimiento al Socialismo, MAS. En 1997 ganó una elección como diputado. A comienzos de 2002 más de cien parlamentarios (6) _____ (votar) a favor de la expulsión de Morales del parlamento, acusado de terrorista. Sin embargo Morales (7) _____ (regresar) al parlamento a mediados de ese mismo año. En 2005 se (8) _____ (presentar) a las elecciones presidenciales, (9) _____ (triunfar) y (10) _____ (pasar) a ser el primer presidente indígena de Bolivia y de América Latina.

C. ¡De compras! Tu amiga Rebeca te cuenta cómo le fue en su visita a una tienda de ropa.

Yo (1) _____ (entrar) en la tienda a las diez y media y (2) _____ (salir) poco tiempo después. Primero me (3) _____ (llevar) al probador tres blusas. Me las (4) _____ (probar) una tras otra. Desgraciadamente dos me (5) _____ (quedar) muy holgadas y la tercera muy ajustada. (6) _____ (Decidir) intentar con zapatos de tacón alto. (7) _____ (Continuar) sin suerte porque el par que (8) _____ (escoger) me (9) _____ (quedar) muy ajustado. Por último, (10) _____ (encontrar) una prenda que me (11) _____ (quedar) divinamente: un par de pantalones que (12) _____ (comprar) de inmediato.

D. Semestre difícil. Selecciona la forma que consideras más apropiada para contarle a tu amiga Margarita cómo te fue el semestre anterior.

El semestre pasado yo (1) (pasé/pase) muchas dificultades. Entiendo que tú (2) (pasates/pasaste) un semestre fantástico. Bueno, yo (3) (comenzé/comencé) con seis clases pero pronto tuve dejar dos por falta de tiempo. No (4) (saqué/sacé) excelentes notas en todas esas clases, pero (5) (averigué/averigüé) que mi promedio general no bajó demasiado. Dos de mis profesores, excelentes personas y excelentes académicos, (6) (creeron/creyeron) que yo saldría adelante; ellos (7) (influyeron/influeron) mucho en mí. ¿Es verdad que tú (8) (sacastes/sacaste) "A" en todas tus clases?

Ecuador

Islas Galápagos

COLOMBIA

Esmeralda
Otávalo
Riobamba
Quevedo
Quito
ECUADOR
Guaranda
Latacunga
La Libertad
Cuenca
Guayaquil
Loja
Machala

PERÚ

© Cengage Learning 2012

Nombre oficial: República del Ecuador
Población: 14.573.101 (estimación de 2009)
Principales ciudades: Quito (capital),
Guayaquil, Cuenca, Machala
Moneda: Dólar (US$)

En Quito, la capital, declarada Patrimonio de la Humanidad por la UNESCO en 1978 y con una población de unos 2 millones, tienes que conocer...

> la Plaza Independencia en el centro histórico de Quito con la catedral al sur, el Palacio del Arzobispo en el norte, el Palacio Presidencial en el este y el Palacio Municipal en el oeste.

> la Universidad Central de Quito, que se fundó en 1769 con la unificación de la Universidad de San Gregorio Magno y la Universidad de Santo Tomás de Aquino.

> el obelisco de la Mitad del Mundo, construido en el ecuador latitud 0 a una distancia de 22 km. al norte de Quito.

Doco Dalfiano / Photolibrary

La ciudad de Quito, con su impresionante catedral

En Guayaquil, no dejes de visitar...

› la Plaza Cívica, un complejo de parques, museos y tiendas comerciales, construida en torno al monumento de La Rotonda, que recuerda la célebre entrevista entre los libertadores Simón Bolívar y José de San Martín.

› el Parque Seminario, que también se conoce como el Parque de las Iguanas por la gran cantidad de iguanas que viven en él.

› el Malecón, el colorido pilar histórico de la ciudad.

› el barrio Las Peñas, el más antiguo de la ciudad.

Casas del cerro Santa Ana en Guayaquil

Un ejemplo de la belleza y la riqueza marina de las Galápagos

Y no dejes de visitar las Islas Galápagos,...

› un archipiélago de unas 19 islas (13 mayores, 6 menores) y 42 islotes, distribuidas a lo largo del ecuador.

› donde Charles Darwin llevó a cabo los estudios que le llevaron a establecer su Teoría de la Evolución por la selección natural.

› donde especies únicas de flora y fauna —algunas de singular importancia— habitan las islas, entre ellas la tortuga gigante, la iguana marina, la gaviota de lava, el pingüino de Galápagos y la garza enana.

Festivales ecuatorianos

› Carnaval en todo el país

› la Fiesta religiosa indígena de la Mama Negra en Latacunga

› las celebraciones de Inti Raymi y Yamor en Otavalo

Carnaval en la ciudad de Guaranda, en la provincia de Bolívar

 ¡Diviértete en la red!
Busca en Google Images o en YouTube para ver en qué consiste uno de los siguientes: Carnaval en Ecuador, la Fiesta de la Mama Negra, Inti Raymi o Yamor. Ve a clase preparado(a) para describir en detalle lo que descubriste.

Ecuador: la línea que une

Proceso independentista

Entre 1794 y 1812 hubo varias rebeliones independentistas que fueron suprimidas por las autoridades españolas. El 9 de octubre de 1820 una revolución militar proclamó la independencia en Guayaquil. La victoria de Antonio José de Sucre el 24 de mayo de 1822 en Pichincha terminó con el poder español en el territorio ecuatoriano, el cual pasó a ser una provincia de la Gran Colombia. El 13 de mayo de 1830 una asamblea de notables proclamó en Quito la independencia ecuatoriana y promulgó una constitución de carácter conservador.

Placa conmemorativa de la visita de Simón Bolívar en 1822.

Alfredo Maiquez / Photolibrary

Yoshio Tomii / Photolibrary

La hermosa Plaza Independencia de Quito

Ecuador independiente

En el siglo XIX, Ecuador pasó por un largo período de lucha entre liberales y conservadores. La rivalidad entre ambos partidos reflejaba la diferencia entre la sierra (Quito) y la costa (Guayaquil). A finales del siglo XIX, el gobierno fue ejercido por los liberales. Durante esta época se construyó el ferrocarril entre Quito y Guayaquil, el cual ayudó a la integración del país.

En la década de los 20 se produjo una fuerte crisis que llevó a la intervención del ejército en 1925. Esta duró hasta 1948 y fue una de las épocas más violentas en la historia del país. Durante este período ocurrió la guerra de 1941 con Perú, el cual se apoderó de la mayor parte de la región amazónica de Ecuador. Una conferencia de paz celebrada en Río de Janeiro en 1942 ratificó la pérdida del territorio, pero Ecuador no ha cesado de reclamar estas tierras.

Segunda mitad del siglo XX

A partir de 1972, gracias a la explotación de reservas petroleras, Ecuador vio un acelerado desarrollo industrial. En 1982 los ingresos del petróleo empezaron a disminuir, causando grandes problemas económicos en el país. En 1987 un terremoto destruyó parte de la línea principal de petróleo, afectando aún más la economía y dando origen a una serie de enfrentamientos políticos que perduraron hasta el 2000. Ese mismo año, tomó el poder Gustavo Noboa, un académico de carácter tranquilo y moderado. Al igual que El Salvador y Panamá, Ecuador cambió el sucre por el dólar en marzo de 2000.

Julian Love / Photolibrary

Tren en Ríobamba, Ecuador, que ayudó a conectar importantes zonas del país.

El Ecuador de hoy

❯ Noboa centró sus esfuerzos en la construcción de un gran oleoducto desde la Amazonía hasta la costa del océano Pacífico, para que la exportación de petróleo se duplicara a partir del 2003.

❯ En noviembre de 2006, Rafael Correa fue elegido para el período 2007–2011. En 2007 se eligió una Asamblea Constituyente, la que promulgó una nueva Constitución.

❯ Ecuador es el mayor exportador de bananas en el mundo. También exporta flores y es el octavo productor mundial de cacao. Es significativa también su producción de camarón, caña de azúcar, arroz, algodón, maíz, palmitos y café.

❯ En el 2009, después de la aprobación de una nueva Carta Magna, se llamó a elecciones de nuevas autoridades. Rafael Correa fue reelegido como Presidente y ocupará el cargo hasta 2013.

Doco Dalfiano / Photolibrary

Malecón 2000 en Guayaquil, con más de 300.000 m² de zonas recreativas

■■ ¿COMPRENDISTE?

A. Hechos y acontecimientos. Completa las siguientes oraciones con información que leíste sobre la historia de Ecuador.

1. El poder español terminó en el territorio ecuatoriano con...

2. La rivalidad entre Quito y Guayaquil reflejaba la diferencia entre...

3. El resultado de la guerra de 1941 con Perú fue...

4. El acelerado desarrollo económico que empezó en 1972 solamente duró...

5. Los problemas políticos de fines del siglo XX se debieron en gran medida a...

6. En marzo de 2000, Ecuador cambió el sucre por...

7. Ecuador se destaca por sus exportaciones en...

B. A pensar y a analizar. Contesta las siguientes preguntas con dos o tres compañeros(as) de clase.

1. En su opinión, ¿por qué Ecuador se llama así y por qué se le llama también el "corazón de América"?

2. Además de petróleo, ¿qué productos exporta Ecuador? ¿Creen que sería mejor concentrarse en la producción de un solo producto, como el petróleo, o en una variedad de productos para exportar? Expliquen su respuesta.

C. Redacción colaborativa. En grupos de dos o tres, escriban una composición colaborativa de una a dos páginas sobre el tema que sigue. Escriban primero una lista de ideas, organícenlas en un borrador, revisen las ideas, la acentuación y ortografía y escriban la versión final.

En el año 2000 Ecuador cambió su moneda, el sucre, por el dólar estadounidense. ¿Qué opinan Uds. de esta medida? ¿Por qué querrá un país adoptar la moneda de otro país? ¿Qué ventajas y desventajas ha traído este cambio para Ecuador? ¿Sería ventajoso para EE.UU. cambiar su moneda? ¿Por qué sí o por qué no?

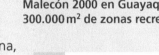

MEJOREMOS LA COMUNICACIÓN	
apoderarse	oleoducto
cesar	palmito
disminuir	petrolero(a)
ejercido(a)	promulgar
enfrentamiento	rivalidad
ferrocarril (m.)	suprimido(a)

Oswaldo Guayasamín

© Pablo Corral Vega / Corbis

Este pintor, muralista y escultor de fama mundial, nació en Quito de padre indígena y madre mestiza. Prefirió ser conocido solamente como Guayasamín. Su obra, al igual que su vida personal, es altamente controvertida y fascinante. Su arte avergüenza al mundo porque retrata los crímenes humanos, dibuja la injusticia del hombre hacia sus semejantes y denuncia las injusticias que sufren los débiles a manos de los poderosos. De hecho, su colección más conocida lleva por título: *La edad de la ira*. Es considerado por muchos el creador del expresionismo kinético. Sus cuadros se valoran hasta en un millón de dólares.

Fundación Grace Polit; http://www.grace-polit.org.

Grace Polit

Esta artista nació en Santiago de Guayaquil en el seno de una familia de clase media pero caracterizada por su calidad intelectual. En 1974 empezó su creación artística con la obra *Herencia universal*. En ella, con la ayuda de los cuatro elementos básicos —agua, tierra, aire y fuego—, combinados con la figura humana, expresa diferentes matices de sentimientos positivos del ser humano. Ha sido galardonada con varios premios, medallas y menciones internacionales. Ha tenido exhibiciones en Ecuador, Suecia, Francia, Italia, Inglaterra y Canadá. Sus pinturas se encuentran en muchos museos y galerías de arte, así como en colecciones privadas en todo el mundo.

Fanny Carrión de Fierro

Latinstock USA - Photographer Frank Sanchez

Esta escritora, crítica literaria, ensayista y profesora universitaria, recibió el Doctorado en Literatura de la Pontificia Universidad Católica del Ecuador (Quito, 1981). Ha escrito y publicado ensayos y artículos sobre varios temas: política, cultura, sociedad, derechos de la mujer, derechos humanos, derechos de los niños, el movimiento indígena y lingüística. En las elecciones de Ecuador en 2006, escribió y publicó electrónicamente un ensayo titulado "Hacia el quinto poder", sobre la importancia de la participación de la sociedad civil para consolidar la democracia. Ha sido profesora en varias universidades de Ecuador y Estados Unidos. En la actualidad, es profesora en la Pontificia Universidad Católica del Ecuador.

Otros ecuatorianos sobresalientes

Jorge Enrique Adoum: poeta, dramaturgo, novelista, ensayista

César Dávila Andrade: poeta, cuentista, ensayista

Andrés Gómez: jugador de tenis

Maria Luisa González: bailarina, coreógrafa, maestra

Jaime Efraín Guevara: compositor y cantante de música popular

Julio Jaramillo: cantante de música folclórica y romántica

Viera Kléver: coreógrafo, bailarín, maestro, director

Camilo Luzuriaga: director de cine

Beatriz Parra Durango: cantante de ópera

Enrique Tábara: pintor

Abdón Ubidia: escritor

Alicia Yáñez Cosío: novelista

¿COMPRENDISTE?

A. Los nuestros. Contesta las siguientes preguntas con un(a) compañero(a) de clase.

1. ¿Por qué es fascinante y controvertida la obra de Guayasamín? ¿Qué creen que lo motivó a tratar el tema de la ira humana? ¿Por qué es tan importante mostrarle al mundo las barbaridades cometidas a lo largo de la historia?

2. ¿Creen Uds. que la combinación de los elementos de la naturaleza y del cuerpo humano puede expresar lo mejor de los sentimientos humanos? Expliquen su respuesta.

3. ¿Creen que la política es importante para la literatura en Ecuador? ¿Por qué? ¿Están de acuerdo en que la sociedad civil consolida una democracia o esa es más bien tarea del gobierno?

B. Diario. En tu diario, escribe por lo menos media página expresando tus pensamientos sobre este tema.

El célebre pintor Guayasamín sacudió la conciencia del público con sus pinturas, especialmente la colección *La edad de la ira*. Evidentemente, este gran hombre canalizó su furia a través de la pintura. Cuando tú necesitas canalizar tu frustración, enojo o rabia, ¿por qué medio lo haces: arte, escritura, silencio, violencia,...? ¿Estás satisfecho(a) con el medio que usas o te gustaría cambiar a otro? (¿A cuál cambiarías? ¿Por qué?)

MEJOREMOS LA COMUNICACIÓN	
al igual que	ira
avergonzar (üe)	matices *(m.)*
controvertido(a)	retratar
de hecho	semejantes *(m.)*
en la actualidad	seno
calidad	valorarse

 ¡Diviértete en la red!
Busca "Oswaldo Guayasamín," "Grace Polit" y/o "Fanny Carrión de Fierro" en Google Images y YouTube para ver videos y escuchar a estos talentosos ecuatorianos. Ve a clase preparado(a) para presentar un breve resumen de lo que encontraste y lo que viste.

Letras problemáticas: la *g* y la *j*

El sonido /g/ es un sonido fuerte que ocurre delante de las vocales **a, o** y **u.** Este sonido solo ocurre delante de **e** o **i** cuando se escribe **gue** o **gui.** El sonido /x/, similar al sonido de la **h** en inglés, con frecuencia resulta problemático debido a que tanto la **g** como la **j** tienen el mismo sonido cuando ocurren delante de la **e** o **i.**

La escritura del sonido /g/

Al escuchar las siguientes palabras con el sonido /g/, observa cómo se escribe este sonido.

ga	**ga**lán	nave**ga**ción
gue	**gue**rrillero	jugue**tón**
gui	**gui**a	conse**guir**
go	**go**bierno	visi**go**do
gu	**gu**sto	or**gu**llo

Práctica con la escritura del sonido /g/. Escucha mientras tu profesor(a) lee las siguientes palabras. Escribe las letras que faltan en cada una.

1. __ __ n a r
2. n e __ __ __ c i a c i ó n
3. N i c a r a __ __ __ __
4. o b l i __ __ d o
5. n e __ __ __ r
6. __ __ __ b e r n a d o r
7. __ __ __ __ r r a
8. R i __ __ __ b e r t a
9. s e __ __ __ __ r
10. f u e __ __ __

La escritura del sonido /x/

Al escuchar las siguientes palabras con /x/, observa cómo se escribe este sonido.

ja	**ja**rdín	feste**jar**	emba**ja**dor
je o **ge**	**je**fe	**ge**nte	extran**je**ro
ji o **gi**	**ji**tomate	**gi**gante	comple**ji**dad
jo	**jo**ya	espe**jo**	anglosa**jón**
ju	**ju**dío	**ju**gador	con**ju**nto

Práctica con la escritura del sonido /x/. Escucha mientras tu profesor(a) lee las siguientes palabras. Escribe las letras que faltan en cada una.

1. e _ _ _ r c i t o
2. i n _ _ _ n i e r o
3. p r o t e _ _ _ d o
4. e l e _ _ _ r
5. _ _ _ n e r a c i ó n
6. _ _ _ b ó n
7. m e _ _ _ r
8. m á _ _ _ c o
9. c a d e _ _ _ s
10. _ _ _ m n a s i o

Los sonidos /g/ y /x/. Escucha mientras tu profesor(a) lee varias palabras. Indica si el sonido inicial de cada una es /g/ —como en **gordo** y **ganga**— o /x/ —como en **japonés** y **jurado**. Cada palabra se leerá dos veces.

1. /g/   /x/
2. /g/   /x/
3. /g/   /x/
4. /g/   /x/
5. /g/   /x/
6. /g/   /x/
7. /g/   /x/
8. /g/   /x/
9. /g/   /x/
10. /g/   /x/

¡A practicar!

A. **La escritura de los sonidos /g/ y /x/.** Escucha mientras tu profesor(a) lee las siguientes palabras. Escribe las letras que faltan en cada una.

1. _ _ l p e a d o
2. e m b a _ _ d a
3. _ _ r r a
4. s u r _ _ _ r
5. _ _ _ e g o
6. t r a _ _ d i a
7. _ _ _ _ r r i l l e r o
8. p r e s t i _ _ _ o s o
9. f r i _ _ _ l
10. a _ _ n c i a

Los sobrenombres

En el mundo hispano es muy común el uso de sobrenombres o nombres informales con amigos y parientes. En general, los sobrenombres se derivan de los nombres de pila, como **Lupe** de **Guadalupe** y **Toño** de **Antonio**. Otros sobrenombres se alejan bastante de los nombres de pila, como **Yoya** por **Elodia** y **Fito** por **Adolfo**.

A. **Sobrenombres masculinos.** ¿Cuántos de estos sobrenombres reconoces? De la segunda columna selecciona los nombres de pila que corresponden a los sobrenombres de la primera columna.

_____ 1. Pepe	a. Francisco
_____ 2. Beto	b. Guillermo
_____ 3. Chuy	c. Salvador
_____ 4. Nacho	d. Rafael
_____ 5. Memo	e. José
_____ 6. Pancho	f. Manuel
_____ 7. Quico	g. Roberto
_____ 8. Rafa	h. Ignacio
_____ 9. Chava	i. Jesús
_____ 10. Manolo	j. Enrique

B. Sobrenombres femeninos. Ahora a ver cuántos de los sobrenombres femeninos reconoces. De la segunda columna selecciona los nombres de pila que corresponden a los sobrenombres de la primera columna.

_____ 1. Chelo   a. Rosario

_____ 2. Chavela   b. Concepción

_____ 3. Pepa   c. Teresa

_____ 4. Lola   d. María Luisa

_____ 5. Concha   e. Cristina

_____ 6. Tina   f. Consuelo

_____ 7. Meche   g. Dolores

_____ 8. Chayo   h. Isabel

_____ 9. Marilú   i. Josefa

_____ 10. Tere   j. Mercedes

C. Sobrenombres de compañeros. ¿Cuántos de tus amigos(as) y familiares tienen sobrenombres distintos a los que aparecen en las actividades A y B? En grupos de tres, preparen una lista de otros sobrenombres masculinos y femeninos y de los nombres de pila de los cuales se originaron.

La descripción: a base de paradojas

1 **Para empezar.** La paradoja es una declaración aparentemente cierta que lleva unida una contradicción lógica. El cuento de Jaime Bayly Letts *El canalla sentimental* consta de una descripción detallada de una persona, plagada de paradojas. Desde el principio abundan los ejemplos:

"Soy agnóstico pero rezo en los aviones. Soy optimista pero no espero nada bueno. Soy materialista pero no me gusta ir de compras".

Un martín pescador junto al cartel de "prohibido pescar"

a. Identifica y explica las paradojas en cada una de estas oraciones.

b. ¿Qué efecto crea el narrador al definirse de una forma tan paradójica? ¿Es fiable? ¿Por qué sí o no?

c. Selecciona las tres descripciones de *El canalla sentimental* que más te gustaron y compártelas con la clase. Explica por qué te gustaron.

2 **A generar ideas.** Piensa ahora en tu propia persona. Escribe tu nombre y debajo, haz una tabla de dos columnas. Anota en la primera columna todas las características que consideras importantes en tu persona y en la segunda columna, características contradictorias que son muy parte de tu persona. Si prefieres, puedes describir a un pariente o un(a) amigo(a) favorito(a).

3 **Tu borrador.** Ahora desarrolla la información que anotaste en oraciones que vayan destacando contradicciones y/o ironía. Luego, organízalas en dos o tres párrafos descriptivos con ironía. Escribe tu borrador ahora. ¡Buena suerte!

4 **Revisión.** Intercambia tu borrador con un(a) compañero(a). Revisa la descripción, prestando atención a las siguientes preguntas. ¿Ha comunicado bien sus características? ¿Ha usado paradojas? ¿Ha revelado suficiente información? ¿Ayuda la descripción a entenderlo/la mejor? ¿Tienes algunas sugerencias sobre cómo podría mejorar su descripción?

5 **Versión final.** Considera las correcciones que tu compañero(a) te ha indicado y revisa tu descripción por última vez. Como tarea, escribe la copia final en la computadora. Antes de entregarla, dale un último vistazo a la acentuación, a la puntuación, a la concordancia y a las formas de los verbos.

6 **Publicación (opcional).** Cuando tu profesor(a) te devuelva la descripción corregida, revísala con cuidado y luego devuélvesela a tu profesor(a) para que las ponga todas en un libro que va a titular: **Lo especial de los estudiantes del señor (de la señora/señorita)...**

¡Antes de leer!

A. Anticipando la lectura. Contesta estas preguntas para ver cómo te relacionas con tus antepasados.

1. ¿Has pensado alguna vez sobre la fugacidad de la vida? ¿Conociste a personas que ya han muerto? ¿Qué huellas han dejado en ti o en los demás?

2. ¿Conoces a tus antepasados? ¿Quiénes son? ¿Crees que hay enseñanzas que podemos aprender de ellos? ¿Crees que vale la pena repetir algunas de las cosas que hicieron? ¿Cuáles? Crea una lista de ejemplos y compara tu lista con la de dos compañeros(as) de clase.

B. Vocabulario en contexto. Busca estas palabras en el poema y, en base al contexto, decide cuál es su significado. Para facilitar encontrarlas, las palabras aparecen en negrilla en la lectura.

1. **vasija**	a. plato	b. jarra	c. ataúd
2. **vientre**	a. barriga	b. tapa	c. costado
3. **desengaños**	a. deseos	b. decepciones	c. tiempos felices
4. **arcilla**	a. papa	b. arroz	c. barro
5. **collados**	a. del cerro	b. árboles	c. joyas
6. **yazgo**	a. camino contigo	b. vivo	c. me acuesto

Sobre los autores

El poema hecho canción, *Vasija de barro*, es el producto de la espontánea colaboración de cuatro artistas ecuatorianos, inspirados por la obra *El origen* (1956) del pintor ecuatoriano Oswaldo Guayasamín. En una reunión en el departamento de Guayasamín, tres poetas —Jorge Carrera Andrade, Hugo Alemán y Jorge Enrique Adoum—, y un pintor —Jaime Valencia— escribieron las cuatro estrofas de *Vasija de barro*. En el mismo lugar, a continuación, Carlos Gonzalo Benítez y Luis Alberto 'Potolo' Valencia escribieron la música de esta hermosa y representativa canción.

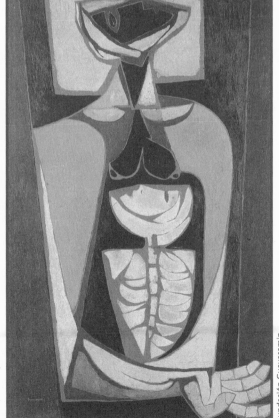

Fundación Guayasamín

Vasija de barro

"Yo quiero que a mí me entierren
como a mis antepasados
en el **vientre** oscuro y fresco
de una vasija de barro".

"Cuando la vida se pierda
tras una cortina de años
vivirán a flor de tiempo
amores y desengaños..."

"**Arcilla** cocida y dura
alma de verdes **collados,**
luz y sangre de mis hombres,
sol de mis antepasados..."

"De ti nací y a ti vuelvo
arcilla vaso de barro
con mi muerte **yazgo** en ti
en tu polvo enamorado".

¡Después de leer!

A. Hechos y acontecimientos. ¿Recuerdas los datos más importantes de la lectura? Para asegurarte, completa las oraciones que siguen.

1. El poeta quiere ser enterrado en...

2. Cuando la muerte llegue, vivirán los...

3. La vasija está hecha de...

4. La arcilla es...

5. Al final del poema, el poeta dice que va a yacer...

B. A pensar y a analizar. En grupos de tres o cuatro, contesten las siguientes preguntas. Luego, compartan sus respuestas con la clase.

1. Si no supieran que este poema es un trabajo de colaboración, ¿notarían que más de una persona participó en su creación? ¿Por qué sí o no? ¿Cuáles son algunas canciones que Uds. conocen en las que colaboraron varias personas?

2. El poema define una forma de ver la muerte, ¿Cómo se concibe la muerte? Según el poema, ¿hay vida después de la muerte? Defiendan su opinión.

3. El poema reflexiona sobre una práctica funeraria. Comparen su mensaje con las prácticas funerarias de nuestra sociedad. ¿Qué creen que aporta el poema a nuestra cultura? ¿Qué enseña?

C. Escribamos un poema. Individualmente y luego en grupos de tres, escriban un poema que comience con el siguiente verso: "Yo quiero que a mí me entierren..."

1. Pueden hablar de dónde, cómo, cuándo...

2. Hablen sobre la fugacidad de la vida.

3. Escriban un verso que sirva de conclusión.

4. ¡Recítenlo para la clase!

D. Apoyo gramatical. Pretérito: verbos con cambios en la raíz y verbos irregulares. Completa el siguiente párrafo sobre el poema de esta lección usando el pretérito de los verbos que están entre paréntesis.

"Vasija de barro" (1) _____ (ser) el poema que yo (2) _____ (leer). (3) _____ (Saber) por el diccionario que una vasija es un recipiente y que el barro es la mezcla de tierra y agua. Supongamos: el protagonista (4) _____ (morir) y (5) _____ (ser) enterrado en una vasija de barro porque él lo (6) _____ (querer) así. Cuando él (7) _____ (morir), las alegrías y las penas de su vida siguen viviendo en esa vasija. El protagonista (8) _____ (nacer) del barro y al morir él (9) _____ (volver) al barro, el barro de la vasija.

Gramática 3.4: Antes de hacer
esta actividad conviene repasar esta
estructura en las págs. 166–169

3.4 El pretérito: verbos con cambios en la raíz y verbos irregulares

¡A que ya lo sabes!

Para más práctica, haz las actividades de **Gramática en contexto** (sección 3.3) del *Cuaderno para los hispanohablantes*.

Tú y un amigo decidieron pasar las vacaciones de primavera en Ecuador porque les han dicho que es un país muy interesante. Durante el vuelo, tu amigo quiere saber algo de dónde van a hospedarse. ¿Qué le dices y qué otra pregunta te hace? Mira los siguientes pares de oraciones y decide, en cada par, cuál de las dos te suena bien, la primera o la segunda.

1. a. *Pedí* un cuarto con cama doble, baño, ducha y que incluye el desayuno.

    b. *Pidí* un cuarto con cama doble, baño, ducha y que incluye el desayuno.

2. a. ¿*Trajiste* mucha ropa?

    b. ¿*Trujiste* mucha ropa?

Si todos están de acuerdo y seleccionaron la oración **a** en ambos casos, es porque tienen un conocimiento tácito de muchos de los verbos con irregularidades en el pasado. Si no todos estuvieron de acuerdo, es porque algunos de Uds. usan variantes de los verbos con cambios en la raíz y verbos irregulares en el pretérito. Pero, sigan leyendo y van a ver que hay mucha regularidad en las irregularidades de estos verbos.

Verbos con cambios en la raíz

> Los verbos que terminan en **-ar** y **-er** que tienen cambios en la raíz en el presente son completamente regulares en el pretérito. (Consúltese la *Lección 2*, págs. 73–74 para verbos con cambios en la raíz en el presente de indicativo.)

   Los ecuatorianos no **pierden** las esperanzas de un futuro mejor. Durante períodos de crisis anteriores tampoco **perdieron** las esperanzas de una vida mejor.

> Los verbos terminados en **-ir** que tienen cambios en la raíz en el presente también son regulares en el pretérito, excepto en las formas de tercera persona del singular y del plural. En estas dos formas, cambian la **e** por **i** y la **o** por **u**.

sentir e ⟶ i	pedir e ⟶ i	dormir o ⟶ u
sentí	pedí	dormí
sentiste	pediste	dormiste
sintió	pidió	durmió
sentimos	pedimos	dormimos
sentisteis	pedisteis	dormisteis
sintieron	pidieron	durmieron

Los ecuatorianos **sintieron** gran admiración por Guayasamín
Guayasamín **murió** en 1999 en la ciudad de Baltimore.

Verbos irregulares

> Algunos verbos de uso frecuente tienen una raíz irregular en el pretérito. Observa que las terminaciones **-e** y **-o** de estos verbos son irregulares ya que no llevan acento escrito.

Verbo	Raíces (de pretérito) de tipo -u- e -i-	Terminaciones	
andar	anduv-		
caber	cup-		
estar	estuv-		
haber	hub-		
poder	pud-	e	imos
poner	pus-	iste	isteis
querer	quis-	o	ieron
saber	sup-		
tener	tuv-		
venir	vin-		

Verbo	Raíces (de pretérito) de tipo -j-	Terminaciones	
decir	dij -	e	imos
producir	produj -	iste	isteis
traer	traj -	o	**eron**

Los verbos que se derivan de los mencionados en el cuadro tienen las mismas irregularidades, por ejemplo:

decir:	contradecir, predecir	tener:	detener, mantener, sostener
poner:	componer, proponer	venir:	convenir, intervenir

Desde pequeña Beatriz Parra Durango **quiso** ser una gran cantante de ópera y **puso** gran empeño para lograrlo.

En la década de los 70 la exploración de petróleo **produjo** gran crecimiento económico en Ecuador.

Nota para hispanohablantes

Hay una tendencia dentro de algunas comunidades de hispanohablantes a cambiar la raíz del verbo "traer" en el pretérito a truj- en vez de traj-. De esta manera, en vez de las formas de mayor uso **(traje, trajiste, trajo,...)**, usan *truje, trujiste trujo,...* También, con el verbo **decir**, en vez de usar **dijiste**, tienden a preferir dijistes, *dijites* o *dejite* y en vez de **dijeron**, usan *dijieron*. Es importante evitar estos usos fuera de esas comunidades y en particular al escribir.

❯ Otros verbos irregulares:

dar		hacer		ir / ser	
di	dimos	hice	hicimos	fui	fuimos
diste	disteis	hiciste	hicisteis	fuiste	fuisteis
dio	dieron	hizo	hicieron	fue	fueron

Los verbos **ir** y **ser** tienen formas idénticas en el pretérito. Normalmente el contexto deja en claro qué significado se quiere expresar.

Me **dieron** tanta tarea ayer que no la **hice** toda.

Una amiga mía **fue** a Quito por unos días. **Fue** una visita muy interesante, me dijo.

Nota para hispanohablantes

Hay una tendencia dentro de algunas comunidades de hispanohablantes a cambiar la raíz del verbo **ir** en el pretérito. En vez de usar las formas de mayor uso **(fui, fuiste, fue,...)**, usan *jui, juiste/juites, jue,...* Es importante evitar estos usos fuera de esas comunidades y en particular al escribir.

Ahora, ¡a practicar!

A. Las islas Galápagos. Emplea el pretérito de los verbos que aparecen entre paréntesis para completar la siguiente información acerca de la historia de las islas Galápagos.

Las islas Galápagos (1) _____ (ser) descubiertas en 1535 por Tomás de Berlanga, obispo de Panamá. El obispo (2) _____ (salir) hacia Perú, pero su embarcación se (3) _____ (desviar) hacia el oeste y (4) _____ (llegar) a unas islas que él (5) _____ (llamar) Las Encantadas. Numerosos viajeros españoles se (6) _____ (detener) en las islas durante el siglo XVI. A fines del siglo siguiente los piratas (7) _____ (usar) las islas como su lugar de escondite y a comienzos del siglo XIX los cazadores de ballenas y focas (8) _____ (venir) a las islas. Por casi trescientos años nadie (9) _____ (reclamar) las islas como propias, pero en 1832 Ecuador (10) _____ (tomar) posesión oficial del archipiélago. Las islas se (11) _____ (hacer) famosas a nivel internacional cuando en 1835 se (12) _____ (detener) allí el naturalista inglés Charles Darwin. La fauna poco común de las islas (13) _____ (contribuir) a la formación de las ideas de este científico sobre la selección natural.

B. El malecón de Guayaquil. Una amiga escribe en su diario las impresiones de su visita a Guayaquil. Completa este fragmento usando el pretérito para conocer esas impresiones.

Unos amigos me (1) _____ (decir): "Debes visitar Guayaquil". Yo me (2) _____ (proponer) hacer la visita el mes pasado, pero no (3) _____ (poder), porque (4) _____ (tener) muchas otras cosas que hacer durante ese tiempo. Finalmente, la semana pasada yo (5) _____ (hacer) el viaje. Lo primero que (6) _____ (querer) hacer (7) _____ (ser) visitar el Malecón. (8) _____ (estar) recorriendo ese maravilloso complejo histórico y recreativo por mucho tiempo. (9) _____ (poder) gozar admirando las diversas construcciones y las áreas verdes. Yo (10) _____ (tener) una experiencia maravillosa allí y me (11) _____ (traer) un hermoso recuerdo de ese lugar de encanto.

C. La época de oro del petróleo ecuatoriano. Completa la siguiente información acerca del auge petrolero en Ecuador en los años 70. Cambia el presente histórico al pretérito.

En los años 70 se produce (1) _____ un cambio en la economía ecuatoriana. Se comienza (2) _____ a explotar y a exportar el petróleo. Los precios están (3) _____ altos en ese período. Hay (4) _____ un crecimiento económico excepcional. Por ejemplo, las exportaciones de petróleo dan (5) _____ al país casi 200 millones de dólares en 1970; la cantidad sube (6) _____ a 1300 millones de dólares en 1977. El país se vuelve (7) _____ más atractivo para los inversores y banqueros nacionales y extranjeros. Se predice (8) _____ un crecimiento sin fin. En esa misma década Ecuador entra (9) _____ en el mercado mundial. Hay (10) _____ prosperidad. Se construyen (11) _____ caminos y carreteras. Sin embargo, todo esto cambia (12) _____ en la década de los 80. La fiesta petrolera se interrumpe (13) _____ , entre otras causas por la baja en el precio del petróleo. Es (14) _____ el fin de una época de oro.

D. Viaje. Un compañero te pide que le eches un vistazo a lo que escribió y que corrijas cualquier uso que no sea apropiado para la lengua escrita.

> Cuando visité Ecuador me sintí muy a gusto. Sabía mucho acerca del país porque hablé con varios amigos dominicanos y les pidí consejos. Algunas personas me dijeron que tendría problemas con el habla de los ecuatorianos, pero yo no tuvo ningún problema con el idioma. Jui a muchos lugares bonitos y truje muchos objetos típicos para regalar a mis familiares y amigos. Quiero volver a ese país pronto porque me gustó mucho.

E. Encuesta. Entrevista a tus compañeros(as) de clase hasta encontrar personas que hacen o han hecho una de estas actividades. Escribe el nombre de cada uno al lado de la actividad que hace o ha hecho.

MODELO   dormir mal anoche
        —¿Dormiste mal anoche?
        —No, no dormí mal. o Sí, dormí mal.

1. _____ poder conversar con tu consejero ayer

2. _____ tener que estudiar para un examen anoche

3. _____ andar a clase hoy

4. _____ venir a clase en autobús

5. _____ traer una computadora a clase

6. _____ estar enfermo(a) ayer

7. _____ ir al cine durante el fin de semana

8. _____ no hacer la tarea para la clase anoche

Lección 3: Perú

La colonia
andino(a)
cautiverio
dar muerte
habitado(a)
heredero(a)
poderío
reino
subyugar

Personas
cantautor(a)
conductor(a)
Reyes Magos *(m.)*
rostro

Éxito
apogeo
condecorado(a)
conducción *(f.)*
consagración *(f.)*
crecimiento
galardón *(m.)*
grabar
llevar a cabo
prolífico(a)
sobresalir

Fracaso
agobiar
estallar
fracasar
renunciar

Economía
nivel *(m.)*
producto nacional bruto
realizar

Palabras y expresiones útiles
darse cuenta
en ese entonces
género
localizado(a)
modelaje *(m.)*
mutuo(a)
rincón *(m.)*

Lección 3: Bolivia

En la frontera
agrario(a)
amazónico(a)
fronterizo(a)
herencia
sureño(a)
yacimiento

Ropa y aparencia
alta costura
colorido(a)
conjunto
lana
tela
vistoso(a)

Empresas
desempleo
discográfica
empresa
pérdida
prevalecer
vencedor(a)

Mundo indígena
cosmovisión *(f.)*
fidelidad *(f.)*
hito
indígena
mestizo(a)

Cruda realidad
flagelo
junta militar
maldición *(f.)*
recelo

Palabras y expresiones útiles
a causa de
litio
salar *(m.)*

Lección 3: Ecuador

Petróleo
apoderarse
calidad
enfrentamiento
ferrocarril *(m.)*
oleoducto
petrolero(a)
rivalidad

Ingresos
disminuir
ingresos
matices *(m.)*
pérdida

Descripción
controvertido(a)
ejercido(a)
semejantes *(m.)*
suprimido(a)

Verbos
avergonzar (üe)
cesar
promulgar
retratar
valorarse

Palabras y expresiones útiles
al igual que
de hecho
en la actualidad
herencia
ira
mestizo(a)
palmito
seno

Potencias del Cono Sur

CHILE Y ARGENTINA

LOS ORÍGENES

Descubre las características de la conquista y colonización de Chile y Argentina, con la férrea resistencia de los indígenas mapuches o araucanos y guaraníes (págs. 174–175).

SI VIAJAS A NUESTRO PAÍS…

❯ En **Chile** visitarás la capital, Santiago, con una población de unos cinco millones, Valparaíso, Viña del Mar, impresionantes lugares de la rica naturaleza chilena y varios festivales chilenos (págs. 176–177).

❯ En **Argentina** conocerás la capital, Buenos Aires, donde de día puedes conversar con las Madres y Abuelas de la Plaza de Mayo y de noche visitar un sinnúmero de clubes de tango. También subirás el Aconcagua (22.841 pies) y otras majestuosas montañas, e irás a Córdoba, Bariloche, la Pampa, las cataratas de Iguazú y varios festivales argentinos (págs. 196–197).

AYER YA ES HOY

Haz un recorrido por la historia de Chile desde su independencia hasta el presente (págs. 178–179) y por la de Argentina desde la independencia hasta nuestros días (págs. 198–199).

LOS NUESTROS

❯ En **Chile** admira a un reconocido cantautor, a una actriz chilena de fama internacional y a una escritora chilena que comenzó a escribir intensamente desde el exilio (págs. 180–181).

❯ En **Argentina** conoce a un anarquista cristiano en busca de la libertad, a una de las mejores tenistas sudamericanas de todos los tiempos y a un grupo de música de humor (págs. 200–201).

ASÍ HABLAMOS Y ASÍ ESCRIBIMOS

Aprende cómo distinguir entre el sonido suave y el sonido fuerte de las letras **b** y **v** y cómo escribir con estas dos letras (págs. 182–183). También aprende algunas reglas para ayudarte al escribir a diferenciar entre los tres sonidos de la **x** (pág. 202).

NUESTRA LENGUA EN USO

Descubre cómo distinguir entre palabras homófonas, es decir palabras que suenan igual pero que se escriben de manera diferente (págs. 184–185), y diviértete al resolver varias adivinanzas y al coleccionar adivinanzas que tus abuelos recuerden (pág. 203).

¡LUCES! ¡CÁMARA! ¡ACCIÓN!

Visita "Chile: tierra de arena, agua y vino" (pág. 186).

ESCRIBAMOS AHORA

Aprende a expresar tus opiniones y defenderlas en un ensayo persuasivo. (pág. 204).

Y AHORA, ¡A LEER!

❯ Mírate en un espejo y descubre tu personalidad inspirado(a) por la sinceridad y genialidad del poema "Autorretrato", del poeta chileno Pablo Neruda (págs. 188–189).

❯ Experimenta la transformación de lector a protagonista en el cuento "Continuidad de los parques", del escritor argentino Julio Cortázar (págs. 205–208).

¡EL CINE NOS ENCANTA!

❯ Disfruta de la experiencia de un adolescente que considera que el cortejo es "un juego absurdo" (págs. 209–212).

GRAMÁTICA

Repasa los siguientes puntos gramaticales:

❯ 4.1 El imperfecto (págs. 190–193)

❯ 4.2 El pretérito y el imperfecto: acciones acabadas y acciones que sirven de transfondo (págs. 193–195)

❯ 4.3 El pretérito y el imperfecto: acciones simultáneas y recurrentes (págs. 213–216)

❯ 4.4 Comparativos y superlativos (págs. 216–221)

La conquista y colonización de Chile y Argentina tuvieron características especiales con respecto a las de otros territorios americanos, debido a la resistencia de los indígenas araucanos en Chile y guaraníes en Argentina.

Chile y Argentina: una feroz resistencia

¿Quién lideró la colonización del territorio chileno? ¿la del argentino?

En 1535, Diego de Almagro, un lugarteniente de Francisco Pizarro, lideró una expedición terrestre hacia Chile en busca de oro, sin resultado. En 1540, Pedro de Valdivia, también lugarteniente de Pizarro, inició la colonización de la región que ahora se conoce como Chile. Valdivia consiguió fundar varias ciudades, entre ellas Santiago (1541), Concepción (1550) y Valdivia (1552).

Líderes mapuches

© The Print Collector / Heritage / The Image Works

Por su parte, Pedro de Mendoza fundó en 1536 el fuerte de Nuestra Señora Santa María del Buen Aire, la futura ciudad de Buenos Aires, el cual fue abandonado cinco años después como consecuencia de los ataques de los indígenas guaraníes. En 1580, el gobernador de Asunción le encargó a Juan de Garay el restablecimiento de la ciudad de Buenos Aires.

¿Cómo recibieron los pueblos de la zona la colonización española?

Por parte de Chile, la resistencia perduró hasta finales del siglo XIX. Tuvo su momento álgido en 1553, cuando el araucano Lautaro logró capturar y matar a Valdivia, destruyendo todas las ciudades excepto Santiago, Concepción y La Serena. Estos hechos los recogió Alonso de Ercilla en su obra *La Araucana*, un poema épico que narra la rebelión y la fase inicial de la resistencia mapuche.

La resistencia activa de los guaraníes contra los europeos establecidos en sus tierras se manifestó en las más de veinte acciones de rebelión entre 1537 y 1609. A esos ataques y escaramuzas hay que añadir las huidas y la resistencia pasiva con que los guaraníes se oponían a la invasión y dominación.

¿Qué otras características tuvo esta colonización?

A pesar de formar parte del Virreinato del Perú y del Río de la Plata, la colonia en lo que hoy conocemos como el Cono Sur, permaneció muy aislada y pobre en comparación con otras colonias del imperio español, debido a la falta de metales preciosos y lo vasto y aislado del territorio.

Victor Rojas / Getty Images

Manifestación en el siglo XXI de indígenas mapuches en Chile

■■ ¿COMPRENDISTE?

A. Hechos y acontecimientos. Completa las siguientes oraciones.

1. Pedro de Valdivia inició la…

2. La futura ciudad de Buenos Aires fue fundada por…

3. La conquista y colonización de Chile se extendió por muchos años debido a…

4. La conquista y colonización de Argentina se extendió por muchos años debido a…

5. El cacique araucano Lautaro capturó y mató a…

6. La colonia del Cono Sur permaneció muy aislada y pobre debido a…

B. A pensar y a analizar. Contesta las siguientes preguntas con dos o tres compañeros(as) de clase.

1. En su opinión, ¿fue la falta de metales preciosos y lo vasto y aislado de la región una ventaja o desventaja en la conquista y colonización de Chile y Argentina? ¿Por qué?

2. ¿Qué creen ustedes que pasó con los grandes números de indígenas que habitaban el Cono Sur? Expliquen sus respuestas.

MEJOREMOS LA COMUNICACIÓN

aislado(a)	escaramuzas
álgido(a)	fuerte (m.)
cacique (m.)	lugarteniente (m. f.)
encargar	terrestre (m. f.)

 ¡Diviértete en la red!
Busca "Pedro de Valdivia", "*La Araucana*", "mapuches", "Lautaro" y/o "guaraníes" en YouTube para ver fascinantes videos de estos colonizadores y/o estas grandes culturas indígenas. Ve a clase preparado(a) para compartir la información que encontraste.

Chile

© Cengage Learning 2012

Nombre oficial: República de Chile
Población: 16.601.707 (estimación de 2009)
Principales ciudades: Santiago (capital), Concepción, Valparaíso, Viña del Mar
Moneda: Peso (Ch$)

En Santiago, la capital, con una población de más de cinco millones, tienes que conocer...

> el Palacio de la Moneda, de estilo neoclásico. Es la sede de la Presidencia de la República de Chile, del Ministerio del Interior, de la Secretaría General de la Presidencia y de la Secretaría General de Gobierno.

> el cerro Santa Lucía, donde se puede disfrutar de una vista panorámica y espectacular de la ciudad.

> el Museo Nacional de Bellas Artes, con una colección de aproximadamente 5600 pinturas y esculturas de los más importantes artistas chilenos y del mundo.

Tiftonimages / Shutterstock

Los impresionantes Andes se elevan sobre Santiago.

> el Templo Votivo de Maipú, un monumento conmemorativo del triunfo patriota obtenido en la batalla de Maipú y que fue ofrecido por Bernardo O´Higgins, como agradecimiento, a la Virgen del Carmen.

Además, no dejes de visitar en Valparaíso y Viña del Mar...

> la ciudad de Valparaíso, declarada en 2003 Patrimonio de la Humanidad por la UNESCO por su valor histórico, artístico, científico, estético, arqueológico y antropológico.

> el Muelle Prat, entrada y salida marítima del puerto de Valparaíso.

> el Barrio del Puerto de esta "Joya del Pacífico", con su artesanía y su pesca.

> las hermosas playas de Viña del Mar, en especial las playas Caleta Abarca, Acapulco, El Sol, Las Salinas, Blanca, Reñaca, Los Marineros y Cochoa.

> el casino Viña del Mar, con su animada vida nocturna.

Geoff Renner / Photolibrary

Disfrutando de la playa Reñaca en Viña del Mar

Andrzej Gibasiewicz / Shutterstock

Los 7 moais de Ahu Akivi en la isla de Pascua o Rapa Nui

De la rica naturaleza chilena,
no dejes de apreciar...

> La Patagonia, una impresionante mezcla de hermosos bosques, increíble pesca y espectaculares montañas de hielo.

> San Pedro de Atacama, un oasis en el desierto de Atacama, donde se encuentran unas ruinas atacameñas con más de 3000 años de antigüedad.

> la isla de Pascua, centro de la cultura Rapa Nui con sus gigantescas estatuas de piedra volcánica llamadas "moais".

> los lagos y volcanes en el sur de Chile, donde se puede gozar de las excursiones tanto como de las pintorescas ciudades como Puerto Montt, Puerto Varas y Valdivia.

Festivales chilenos

> *Derby Day* en el Valparaíso Sporting Club

> El Festival de la Canción de Viña del Mar, que atrae la atención de la prensa y televisión local e internacional

> El Festival del Huaso de Olmué, lugar de encuentro de los artistas folclóricos del Cono Sur

> El Festival de Cine de Viña del Mar

 ¡Diviértete en la red!
Busca "Santiago", "Valparaíso", "Viña del Mar" u otra ciudad chilena en Google Web. Selecciona un sitio y ve a clase preparado(a) para presentar un breve resumen sobre lo más destacado de esa ciudad y algunos detalles sobre sus fiestas.

Chile: un largo y variado desafío al futuro

La independencia

En 1810, Bernardo O'Higgins estableció en Santiago la independencia de Chile con un gobierno provisional. Sin embargo, cuatro años más tarde, Chile volvió a quedar bajo el dominio español. El general argentino José de San Martín y el chileno Bernardo O'Higgins comandaron un ejército que derrotó a los españoles en 1817. O'Higgins tomó Santiago y pasó a gobernar el país con el título de director supremo. El 5 de abril de 1818, tras la batalla de Maipú, los españoles abandonaron la región y Chile se convirtió en una república. En 1822, O'Higgins promulgó la primera constitución, pero abandonó el poder al año siguiente.

José de San Martín

Los siglos XIX y XX

Entre 1823 y 1830 existió un caos político; en solo siete años hubo treinta gobiernos. La crisis terminó cuando Diego Portales tomó control del país en 1830 y promulgó una nueva constitución con un sistema político centralizado. En 1879 Chile inició la Guerra del Pacífico; la victoria sobre la coalición peruano-boliviana le permitió la anexión de varios territorios en la costa del Pacífico.

Salvador Allende

De 1830 a 1973 la historia política de Chile se distingue de otras naciones latinoamericanas por tener gobiernos constitucionales democráticos y civiles. En 1970 triunfó en las elecciones el socialista Salvador Allende, que proponía mejoras sociales para el beneficio de las clases más desfavorecidas. Sin embargo, en 1973, las fuerzas armadas tomaron el poder. Allende murió durante el asalto al palacio presidencial de la Moneda. Una junta militar, presidida por Augusto Pinochet, jefe del ejército, tomó control del país. El congreso fue disuelto, todos los partidos políticos fueron prohibidos y miles de intelectuales y artistas salieron al exilio. Además, se calcula que cerca de cuatro mil personas "desaparecieron".

El regreso de la democracia

A fines de la década de los 80, el país gozaba de una evidente recuperación económica. En 1990 asumió el poder el demócrata-cristiano Patricio Aylwin. Mantuvo la estrategia económica exitosa del régimen anterior, pero buscó liberalizar la vida política. En diciembre de 1993, fue elegido presidente con un alto porcentaje de la votación el candidato del Partido Demócrata Cristiano Eduardo Frei Ruiz-Tagle, hijo del ex presidente Eduardo Frei Montalva. En enero del año 2000 resultó elegido presidente, en una segunda vuelta y por un margen estrecho, el candidato socialista Ricardo Lagos Escobar. Entre sus principales logros se encuentran su participación en el Consejo de Seguridad de las Naciones Unidas y la firma de tratados de libre comercio con la Unión Europea, los Estados Unidos y Corea del Sur.

El Chile de hoy

❯ La socialista Michelle Bachelet fue elegida presidenta en 2006, convirtiéndose en la primera mujer en alcanzar dicho cargo en la historia del país. Su gobierno se caracterizó por una mayor paridad entre hombres y mujeres, el establecimiento de una red de protección social para los más pobres y el ingreso del país a la Organización para la Cooperación y el Desarrollo Económico.

> Sebastián Piñera, representando a la Coalición por el Cambio, se convierte en 2010 en el primer centroderechista en ser elegido presidente del país después de cincuenta y dos años.

> Sus más de diecisiete millones de habitantes disfrutan de unos índices de desarrollo humano, de un porcentaje de globalización, de un nivel de crecimiento económico y de una calidad de vida que se encuentran entre los más altos de América Latina.

> Durante la primera década del siglo XXI, Chile se convirtió en un país atractivo para las inversiones de otros países de Latinoamérica y muchas empresas han comenzado a instalar sus sedes corporativas en Santiago.

▭▭ ¿COMPRENDISTE?

A. Hechos y acontecimientos. ¿Recuerdas los datos más importantes de la lectura? Para asegurarte, contesta las siguientes preguntas.

1. ¿Quién fue Bernardo O'Higgins?
2. ¿En qué consistió la Guerra del Pacífico? ¿Qué territorios adquirió Chile como resultado de esta guerra?
3. ¿Qué proponía Salvador Allende?
4. ¿Qué ocurrió en 1973? ¿Qué consecuencias tuvo este evento para la historia de Chile?
5. ¿Quién es Michelle Bachelet y cuáles fueron algunos de sus logros?

MEJOREMOS LA COMUNICACIÓN	
a fines de	libre comercio
cargo	paridad (f.)
consejo de seguridad	poder (m.)
disuelto(a)	red (f.)
índice (m.)	sede (f.)
inversión (f.)	segunda vuelta

B. A pensar y a analizar. Contesta las siguientes preguntas con dos o tres compañeros(as) de clase.

1. ¿Por qué creen que Chile ha oscilado entre el socialismo y la derecha a lo largo de su historia? ¿Qué tipo de gobierno fue el de Augusto Pinochet?
2. En su opinión, ¿quiénes son los cuatro mil que "desaparecieron" durante su presidencia?
3. ¿Cuál es el significado de que en la primera década de este siglo, Chile se haya convertido en plataforma de inversiones extranjeras para otros países de Latinoamérica?

C. Redacción colaborativa. En grupos de dos o tres, escriban una composición colaborativa de una a dos páginas sobre el tema que sigue. Escriban primero una lista de ideas, organícenlas en un borrador, revisen las ideas, la acentuación y ortografía y escriban la versión final.

En 1973, con el apoyo del gobierno estadounidense, Augusto Pinochet, jefe del ejército chileno, revocó las decisiones políticas del presidente Allende, disolvió el congreso y prohibió todos los partidos políticos. ¿Podría ocurrir eso en este país? ¿Por qué sí o por qué no? ¿Por qué creen Uds. que el gobierno de un país democrático, como lo es EE.UU., apoya a políticos como Pinochet? ¿Cómo creen que reaccionó el pueblo chileno? ¿el pueblo latinoamericano? ¿el mundo democrático?

Gramática 4.1: Antes de hacer esta actividad conviene repasar esta estructura en las págs. 190–193.

Alberto Plaza

Con un talento único, este reconocido cantautor cantó y tocó la guitarra por primera vez con tan solo cinco años en un show de la televisión chilena. A los quince años ganó su primer festival de la canción y a los diecisiete comenzó a componer sus primeras canciones. Su carrera profesional se lanzó en el Festival Internacional de Viña del Mar en 1985, cuando interpretó "Que cante la vida". Quince años después, "Que cante la vida" fue señalada como "La mejor canción chilena" de las que han pasado por toda la historia de ese importante evento musical. La mayoría de sus canciones refleja temas de la vida real, expresados e interpretados con maestría a través de la música hecha poesía.

Maury Phillips / Getty Images

Leonor Varela

Esta actriz chilena ha participado en diversas producciones cinematográficas a nivel internacional. Comenzó como modelo y luego se convirtió en actriz. Hizo su debut en Hollywood en *El hombre de la máscara de hierro* con Leonardo DiCaprio. Ha participado en varios proyectos para la televisión, siendo coprotagonista en *Jeremiah* y en la miniserie *Cleopatra*, donde interpretó a la legendaria reina. En enero de 2005, la cinta mexicana *Voces inocentes*, en la que interpretó a uno de los principales protagonistas, consiguió el premio Stanley Kramer que distingue a las películas que resaltan problemas sociales. En octubre de 2007 interpretó a la protagonista de la miniserie *Como ama una mujer*, inspirada en la vida de la cantante Jennifer López. La serie fue transmitida por Univisión y contó con altos índices de audiencia.

Jason LaVeris / Getty Images

Isabel Allende

Esta escritora chilena salió exiliada de Chile en 1973, cuando su tío, Salvador Allende, murió en un golpe militar. No pudo regresar a su país hasta 1990, cuando se restituyó la democracia. Se dio a conocer con su primera novela, *La casa de los espíritus* (1982), que constituye un resumen de la agitación política y económica en Chile durante el siglo XX. Continuó desarrollando estos temas en otras novelas. Sus últimas obras se publicaron en los EE.UU. donde también se filmó una película basada en su primera novela. Es fundadora de la "Fundación Isabel Allende", dedicada a la defensa de los derechos fundamentales de la mujer y de los niños.

AP / Wide World Photos

Otros chilenos sobresalientes

Miguel Arteche: poeta, novelista, cuentista y ensayista

Alejandra Basualto: poeta y cuentista

Gustavo Becerra-Schmidt: compositor

Tito Beltrán: cantante de ópera

Eduardo Carrasco: compositor, escritor y catedrático

Marta Colvin Andrade: escultora y catedrática

Inti Illimani: grupo musical

Andrea Labarca: cantante de música popular

Ricardo Latchman: crítico literario, ensayista, diplomático y catedrático

Roberto Matta (1911–2002): pintor

Guillermo Núñez: pintor

¿COMPRENDISTE?

A. **Los nuestros.** Contesta las siguientes preguntas con un(a) compañero(a).

1. ¿Qué te sugiere el título de la canción "Que cante la vida"? ¿Por qué crees que ha alcanzado tanta fama en Chile?

2. ¿Por qué crees que Leonor Varela destacó en una producción que fue premiada por su alcance social? ¿Crees que los artistas pueden ayudar a cambiar y mejorar nuestro mundo? ¿Por qué?

3. ¿Qué crees que es lo más destacado de la carrera de Isabel Allende? Expliquen su respuesta.

B. **Miniprueba.** Demuestra lo que aprendiste de estos talentosos chilenos al completar estas oraciones.

1. Alberto Plaza lanza su carrera profesional cantándole a la _____.

   a. humanidad   b. existencia   c. vida

2. En una de sus producciones cinematográficas, Leonor Varela ha actuado con _____.

   a. Stanley Kramer   b. Jennifer López   c. Leonardo DiCaprio

3. Isabel Allende salió exiliada de Chile cuando Salvador Allende, su _____, murió en un golpe militar.

   a. abuelo   b. padre   c. tío

¡Diviértete en la red!
Busca "Alberto Plaza", "Leonor Varela" y/o "Isabel Allende" en YouTube para ver videos y escuchar a estos talentosos chilenos. Ve a clase preparado(a) para presentar un breve resumen de lo que encontraste y lo que viste.

Letras problemáticas: la b y la v

La **b** y la **v** resultan problemáticas porque las dos se pronuncian de la misma manera. Además, el sonido de ambas varía entre un sonido fuerte y uno suave en relación al lugar de la palabra en donde ocurra.

Pronunciación de la b y v fuerte

La **b** y la **v** inicial de una palabra tienen un sonido fuerte —como el sonido de la **b** en inglés— si la palabra viene después de una pausa. También tienen un sonido fuerte cuando la **b** o **v** vienen después de la **m** o la **n**. Para producir este sonido, los labios se cierran para crear una pequeña presión de aire al pronunciar el sonido. Escucha mientras tu profesor(a) lee las siguientes palabras. Cada palabra se leerá dos veces.

brillante	**v**irreinato	em**b**ajador	con**v**ocar
bloquear	**v**ictoria	am**b**icioso	sinver**g**üenza

Pronunciación de la b o v suave

En los demás casos, la **b** y la **v** tienen el mismo sonido suave. Para producir este sonido, los labios se juntan, pero no se cierran completamente; por lo tanto, no existe la presión de aire y lo que resulta es una **b** o **v** suave. Escucha mientras tu profesor(a) lee las siguientes palabras. Cada palabra se leerá dos veces.

re**b**elión	resol**v**er	afrocu**b**ano	culti**v**o
po**b**reza	pro**v**incia	exu**b**erante	contro**v**ertido

Práctica para distinguir entre la b o v fuerte y suave. Ahora escucha a tu profesor(a) leer unas palabras e indica si el sonido de la **b** o **v** que oyes es un sonido **fuerte (F)** o **suave (S)**.

1. F   S
2. F   S
3. F   S
4. F   S
5. F   S
6. F   S

Tres reglas sobre el uso de la b y la v

Las siguientes reglas te ayudarán a saber cuándo una palabra se escribe con **b** (**b** larga) o con **v** (**v** corta). Memorízalas.

Regla 1: El sonido /b/ antes de la **l** y la **r**, siempre se escribe con la **b**. Las siguientes raíces también se escriben con la **b**: **bene-, bien-, biblio-, bio-**. Estudia estos ejemplos mientras tu profesor(a) los pronuncia.

bloquear	ham**br**e	**bene**ficio	**biblio**grafía	**bien**estar	**bio**logía

Regla 2: Para escribir el sonido /b/ después de la **m,** siempre se escribe la **b**. Después de la **n**, el sonido /b/ siempre se escribe con **v**. Estudia estos ejemplos mientras tu profesor(a) los pronuncia.

e**mb**arcarse	e**mb**ajador	ta**mb**ién	con**v**ención	en**v**uelto	en**v**ejecer

Regla 3: Los siguientes prefijos siempre contienen la **b**: **ab-, abs-, bi-, bis-, biz-, ob-** y **sub-**. Después del prefijo **ad-,** el sonido /b/ siempre se escribe con **v**. Estudia estos ejemplos mientras tu profesor(a) los pronuncia.

absurdo	**bi**blioteca	**sub**rayar	**bis**abuelo	**ob**stáculo	**ad**versario

¡A practicar!

1. **Al escribir con las letras b y v.** Ahora escucha a los narradores leer las siguientes palabras y escribe las letras que faltan en cada una.

   1. _ _ t e n e r
   2. _ _ _ m a r i n o
   3. _ _ s o l u t o
   4. _ _ i s a
   5. _ _ a n c o
   6. _ _ s e r v a t o r i o
   7. i _ _ e n c i b l e
   8. _ _ _ _ _ o t e c a
   9. _ _ _ e r b i o
   10. e _ _ i a r
   11. _ _ _ _ f a c t o r
   12. e _ _ l e m a

Palabras homófonas

Hay palabras o expresiones que suenan igual pero que se escriben de manera diferente. Estas palabras o expresiones se conocen como homófonas y con frecuencia causan confusión tanto en la lengua hablada como en la escrita. Para evitar problemas en la escritura, repasa la siguiente lista de homófonos.

1. **a** (preposición) — Llegamos **a** la escuela.
   ha (de **haber**, verbo auxiliar) — Mario **ha** terminado la tarea.

2. **has** (de **haber**, verbo auxiliar) — ¿**Has** leído a Gabriela Mistral?
   haz (de **hacer**, imperativo) — **Haz** todos los ejercicios.
   haz (manojo, conjunto) — Un símbolo de la prosperidad es un **haz** de trigo.

3. **a ser** (a + infinitivo) — Algún día voy **a ser** maestro.
   hacer (realizar) — Necesitamos **hacer** la tarea.

4. **a ver** (a + infinitivo) — María va **a ver** a su mamá.
   haber (infinitivo) — Dicen que va a **haber** premios.

5. **rebelarse** (sublevar) — Los araucanos **se rebelaron** contra los españoles.
   revelar (descubrir) — Las tumbas clandestinas **revelaron** la muerte de muchos inocentes.

6. **tubo** (pieza cilíndrica hueca) — Cambié el **tubo** oxidado.
   tuvo (de **tener**) — Pinochet **tuvo** que dejar la presidencia.

7. **cocer** (cocinar) — Es necesario **cocer** el arroz.
   coser (usar aguja e hilo) — ¿Sabes **coser**?

8. **ves** (de **ver**) — ¿**Ves** televisión todos los días?
   vez (ocasión, tiempo) — ¿Alguna **vez** has comido choclo?

9. **habría** (de **haber**, verbo auxiliar) — Lo **habría** comprado, si hubiera tenido dinero.
   abría (de **abrir**) — Miguel siempre **abría** la tienda a tiempo.

10. **rehusar** (rechazar) — Salvador Allende **rehusó** rendirse.
    reusar (volver a usar) — Mamá **reusó** las bolsas de papel.

¡A practicar!

A. **Visita a Isla Negra.** Completa el párrafo con la palabra más apropiada de las que están entre paréntesis.

El año pasado mi padre me llevó (1. a / ha) visitar la casa donde vivió el poeta Pablo Neruda. En esa ocasión la puerta principal estaba iluminada por un (2. has / haz) de luz. Yo oía que el viento del mar (3. abría / habría) y cerraba la puerta de la casa de par en par. Para mí, el interior de la casa (4. rebeló / reveló) la sensibilidad y los gustos del poeta chileno. Por ejemplo, Neruda (5. rehusó / reusó) muchos objetos cotidianos que en sus manos llegaron (6. a ser / hacer) verdaderas obras de arte. Así, un simple (7. tubo / tuvo) de cobre forma un martillo y una hoz, símbolos del Partido Comunista. En la cocina pasamos (8. a ver / haber) unas ollas donde mi papá dijo, en broma, que al poeta le gustaba (9. cocer / coser) los mariscos que atrapaba en la playa cercana. ¡Cómo me gustaría volver otra (10. ves / vez) a visitar ese lugar de maravillas!

B. **¡Ahora tú!** En hoja aparte, escribe una oración original con cada una de las siguientes palabras o expresiones.

1. ves / vez
2. a / ha
3. cocer / coser
4. a ser / hacer
5. habría / abría
6. a ver / haber

Chile: tierra de arena, agua y vino

© Cengage Learning 2012

Antes de empezar el video

En parejas. Contesten estas preguntas en parejas.

1. ¿Qué significa "desierto" para Uds.? Expliquen en detalle.

2. ¿Les gustaría vivir en un pueblo donde no haya tiendas, ni bares, ni avenidas, ni tráfico? ¿Qué hará que la gente quiera vivir en tal lugar? ¿Cómo pasarán el tiempo allí?

3. ¿Qué tipo de terreno y clima es necesario para cultivar la uva de la que se hace el vino? ¿Dónde se produce el vino en los EE.UU.? ¿Son lugares atractivos? Expliquen.

Después de ver el video

A. Chile: tierra de arena, agua y vino. Contesta las siguientes preguntas con un(a) compañero(a) de clase.

1. ¿De qué tiene fama el desierto de Atacama? ¿Cuál es su magia y magnificencia?

2. ¿Qué es el salar de Atacama? ¿Por qué es de interés turístico internacional?

3. Compara el pueblo de San Pedro de Atacama con Antofagasta. ¿En qué se parecen? ¿En qué se diferencian?

4. ¿A dónde exporta Chile su vino? ¿Qué lugar ocupa Chile entre los grandes exportadores de vino en las Américas?

B. A pensar y a interpretar. Contesta las siguientes preguntas.

1. Después de ver el video, ¿qué puedes decir de la geografía chilena?

2. ¿Por qué crees que un terreno tan largo y angosto resultó ser un país?

3. ¿En qué parte del país crees que vive la mayoría de los habitantes de Chile? ¿Por qué?

4. ¿Por qué será que las exportaciones chilenas de vino, fruta y verdura son tan populares en los EE.UU.?

C. Apoyo gramatical: el imperfecto. Completa el siguiente párrafo usando el imperfecto de indicativo para saber lo que hacían unos amigos durante su visita a San Pedro de Atacama.

Hace unos meses unos amigos y yo (1) _____ (estar) en San Pedro de Atacama, a 2400 metros de altura y en pleno desierto. Nosotros (2) _____ (haber) viajado en autobús desde Santiago para visitar ese pintoresco lugar. No nos (3) _____ (aburrir) en absoluto: a veces (4) _____ (hacer) caminatas, otras veces nos (5) _____ (entretener) mirando a algún ceramista practicar su arte, (6) _____ (salir) en excursiones a ruinas arqueológicas o a lugares vecinos con paisajes irreales e incluso uno de nosotros por las tardes (7) _____ (sacar) su tabla y se (8) _____ (deslizar) por las dunas haciendo *sandsurfing*. (9) _____ (Hacer) calor durante el día y frío por la noche. A pesar del frío, por la noche nos (10) _____ (gustar) contemplar las estrellas en ese cielo tan claro y limpio. Nosotros (11) _____ (saber) que (12) _____ (estar) en el mejor lugar del mundo para admirar el cielo. ¡Qué estadía más inolvidable!

Gramática 4.1: Antes de hacer esta actividad conviene repasar esta estructura en las págs. 190–193.

¡Antes de leer!

A. Anticipando la lectura. A continuación vas a leer un autorretrato. En este caso, se trata de un poema en que el autor se describe a sí mismo tanto físicamente como en relación a su entorno, sus gustos, sus virtudes y defectos. Ahora intenta determinar cómo eres tú (los rasgos de tu personalidad), escribiendo en una columna lo que consideras tus virtudes y en otra tus defectos. Luego, responde a estas preguntas.

1. ¿Has escrito más rasgos en la columna de las cosas positivas o de las negativas? ¿Por qué?

2. ¿Qué opinión tienes de ti mismo(a) según las cosas que has escrito? ¿Qué rasgos generales puedes extraer? ¿Eres trabajador(a) o perezoso(a)? ¿Valiente o cobarde? ¿Realista o idealista?

3. ¿Qué rasgos de los que has escrito crees que son más conocidos por tus familiares y amigos? ¿Cuáles más desconocidos? ¿Por qué crees que es así?

B. Vocabulario en contexto... Busca estas palabras en la lectura que sigue y, en base al contexto, decide cuál es su significado. Para facilitar el encontrarlas, las palabras aparecen en negrilla en la lectura.

1. **tez**	a. pelo	b. ojos	c. piel
2. **inoxidable**	a. débil	b. no enmohece	c. amoroso
3. **escarabajos**	a. peces	b. gatos	c. insectos
4. **yerbatero de la tinta**	a. curandero de escritores	b. pintor de yerbas	c. dibujante de la naturaleza
5. **sosegado**	a. tranquilo	b. perdido	c. experto
6. **padecimiento**	a. felicidad	b. sufrimiento	c. indiferencia

Sobre el autor

Pablo Neruda (1904–1973), cuyo verdadero nombre era Neftalí Ricardo Reyes Basoalto, escribió obras que sorprenden por su gran variedad, desde los poemarios de forma tradicional y contenido muy lírico: *Crepusculario* (1923) y *Veinte poemas de amor y una canción desesperada* (1924) hasta *Tercera Residencia* (1947) y *Canto General* (1950) en los que muestra su conciencia política a favor de los oprimidos. Se esfuerza también por alcanzar una expresión que pueda ser comprendida por el pueblo. Esta nueva visión culmina con *Odas elementales* (1954) y *Nuevas odas elementales* (1956). En 1971 recibió el Premio Nobel de Literatura. Póstumamente se publicaron sus memorias, *Confieso que he vivido*, en 1974.

AFP / Getty Images

Autorretrato

Por mi parte soy o creo ser duro de nariz,
mínimo de ojos, escaso de pelos
en la cabeza, creciente de abdomen,
largo de piernas, ancho de suelas,
amarillo de **tez**, generoso de amores,
imposible de cálculos,
confuso de palabras,
tierno de manos, lento de andar,
inoxidable de corazón,
aficionado a las estrellas, mareas,
maremotos, admirador de
escarabajos, caminante de arenas,
torpe de instituciones, chileno a perpetuidad,
amigo de mis amigos, **mudo**
de enemigos,
entrometido entre pájaros,
maleducado en casa,
tímido en los salones, arrepentido
sin objeto, horrendo administrador,
navegante de boca
y **yerbatero de la tinta,**
discreto entre los animales,
afortunado de **nubarrones,**
investigador de mercados, oscuro
en las bibliotecas,
melancólico en las cordilleras,
incansable en los bosques,
lentísimo de contestaciones,
ocurrente años después,
vulgar durante todo el año,
resplandeciente con mi cuaderno,
monumental de apetito,
tigre para dormir, **sosegado**
en la alegría, inspector del
cielo nocturno,
trabajador invisible,
desordenado, persistente, valiente
por necesidad, cobarde sin
pecado, soñoliento de vocación,
amable de mujeres,
activo por **padecimiento,**
poeta por maldición
y tonto de capirote.

¡Después de leer!

A. Hechos y acontecimientos. ¿Recuerdas los datos más importantes de la lectura? Para asegurarte, indica con [✓] cuáles de estos rasgos **no se identifica** la voz poética.

_____ 1. Tiene la nariz pequeña.

_____ 2. Tiene mucho pelo en la cabeza.

_____ 3. No tiene piernas largas.

_____ 4. Es muy moreno.

_____ 5. Es muy elocuente.

_____ 6. No habla con sus enemigos.

_____ 7. Le interesan los mercados.

_____ 8. Come mucho.

_____ 9. Es muy ordenado.

_____ 10. No le gustan las mujeres.

B. A pensar y a analizar. Contesta las siguientes preguntas con dos o tres compañeros(as) de clase.

1. ¿Crees que el poeta se describe a sí mismo sinceramente? ¿Por qué crees que sí o que no?

2. ¿Qué rasgos son los que más te llaman la atención? ¿Te identificas con algunos? ¿Cuáles? ¿Por qué? Explica en detalle.

C. A investigar. En grupos de cuatro, decidan cuáles de los rasgos con que se describe Neruda son positivos y cuáles negativos. Escríbanlos en dos columnas, y luego compártanlos con la clase para ver si están todos de acuerdo en cuáles son los positivos y cuáles los negativos.

D. Apoyo gramatical: El pretérito y el imperfecto: acciones acabadas y acciones que sirven de trasfondo. Completa el siguiente párrafo basado en el texto "Autorretrato" de Pablo Neruda usando el pretérito o el imperfecto de los verbos que están entre paréntesis, según convenga.

Cuando Neruda (1) _____ (ser) estudiante él nunca (2) _____ (obtener) buenas notas en matemáticas porque hacer cálculos (3) _____ (ser) prácticamente imposible para él. De adulto, muchas veces (4) _____ (entrar) en mercados porque (5) _____ (investigar) los objetos que (6) _____ (estar) en venta y de vez en cuando (7) _____ (comprar) algunos. Muchas noches durante su vida (8) _____ (reunirse) con amigos y (9) _____ (comer) con poca moderación porque (10) _____ (tener) un apetito monumental. En general él (11) _____ (poder) controlar muchas cosas en su vida, pero lo que nunca (12) _____ (poder) controlar fue no ejercer su oficio.

_____

Gramática 4.2: Antes de hacer esta actividad conviene repasar esta estructura en las págs. 193–195.

GRAMÁTICA

4.1 El imperfecto

Para más práctica, haz las actividades de **Gramática en contexto** (sección 4.1) del *Cuaderno para los hispanohablantes.*

¡A que ya lo sabes!

Un amigo chileno quiere saber por qué los padres de Marta traían tantas maletas en su último viaje a ese país y de qué hablaban con sus parientes chilenos. ¿Qué le dicen los padres? Mira los siguientes pares de oraciones y decide, en cada par, cuál de las dos te suena bien, la primera o la segunda.

1. a. *Tráibamos* regalos para todo el mundo.

   b. *Traíamos* regalos para todo el mundo.

2. a. *Hablábamos* de nuestros familiares, tanto de los que viven en los EE.UU. como de los que viven en Chile.

   b. *Hablábanos* de nuestros familiares, tanto de los que viven en los EE.UU. como de los que viven en Chile.

¿Se pusieron todos de acuerdo y seleccionaron la oración **b** en el primer grupo y la oración **a** en el segundo grupo? Si dicen que sí, es porque tienen un conocimiento tácito del imperfecto. Si no todos estuvieron de acuerdo, es porque algunos de Uds. están acostumbrados a usar variantes del imperfecto. Pero, sigan leyendo y van a ver que el imperfecto es uno de los tiempos más fáciles de aprender y con muy pocas irregularidades.

Formas

Verbos en -ar	Verbos en -er	Verbos en -ir
ayud**ar**	aprend**er**	escrib**ir**
ayud**aba**	aprend**ía**	escrib**ía**
ayud**abas**	aprend**ías**	escrib**ías**
ayud**aba**	aprend**ía**	escrib**ía**
ayud**ábamos**	aprend**íamos**	escrib**íamos**
ayud**abais**	aprend**íais**	escrib**íais**
ayud**aban**	aprend**ían**	escrib**ían**

> Observa que las terminaciones del imperfecto de los verbos terminados en **-er** e **-ir** son idénticas.

> Solo tres verbos son irregulares en el imperfecto: **ir, ser** y **ver**.

ir:	iba, ibas, iba, íbamos, ibais, iban
ser:	era, eras, era, éramos, erais, eran
ver:	veía, veías, veía, veíamos, veíais, veían

Nota para hispanohablantes

Hay una tendencia dentro de algunas comunidades de hispanohablantes a usar las terminaciones de verbos en -ar con verbos en -er o -ir. Por ejemplo, en vez de usar las formas de mayor uso de los verbos **traer (traía, traías,...)** y **sentir (sentía, sentías,...)**, usan *traiba, traibas,...* y *sentiba, sentibas,...* También hay una tendencia a cambiar las terminaciones -ábamos e -íamos a -ábanos e -íanos. Por ejemplo, en vez de usar las formas mayormente aceptadas de los verbos **hablar (hablábamos)** y **sentir (sentíamos),** usan *hablábanos* y *sentíanos*. Es importante evitar estos usos fuera de esas comunidades y en particular al escribir.

Usos

El imperfecto se usa para:

> Expresar acciones que estaban realizándose en el pasado.

> Ayer, cuando tú viniste a verme, yo **leía** un libro sobre la poesía de Pablo Neruda.

> Hacer descripciones en el pasado. Esto incluye tanto el trasfondo o ambiente de las acciones como condiciones físicas, emocionales y mentales.

> Después de pasar horas caminando por el centro de Santiago me **sentía** cansado, pero **estaba** contento porque me **encontraba** en una ciudad atractiva. **Era** un sábado. El cielo **estaba** despejado y **hacía** bastante calor. De pronto,…

> Expresar acciones habituales o que ocurrían con cierta regularidad en el pasado.

> Cuando yo vivía en Valparaíso, **iba** a clases por la mañana. Por la tarde me **juntaba** con mis amigos y **salíamos** a pasear, **íbamos** al cine o **charlábamos** en un café.

> Decir la hora en el pasado.

> **Eran** las siete de la mañana cuando unas amigas y yo salimos hacia la estación de esquí de Farellones.

Nota para bilingües

El inglés no tiene un tiempo verbal simple que funcione como el imperfecto del español. Cuando el imperfecto indica acciones que se estaban realizando, el inglés usa el tiempo pasado progresivo: *I was reading a book on Pablo Neruda's poetry.* = Yo leía un libro sobre la poesía de Pablo Neruda. Cuando el imperfecto indica acciones habituales, el inglés utiliza *used to* o *would: We used to go/We would go there every summer.* = Íbamos allí todos los veranos. Cuando el imperfecto se usa en descripciones, el inglés requiere generalmente el tiempo pasado simple: *We were tired; our muscles ached.* = Estábamos cansados; nos dolían los músculos.

Ahora, ¡a practicar!

A. Estudiar leyes. Completa el siguiente párrafo usando el pretérito o el imperfecto, según convenga, para saber lo que te cuenta un joven profesional chileno acerca de los comienzos de su vida universitaria.

En esa época yo (1) _____ (estudiar) leyes porque (2) _____ (querer) ser abogado. Me (3) _____ (gustar) la clase de derecho civil, pero (4) _____ (odiar) la clase de derecho romano. Yo (5) _____ (aprobar) derecho civil, pero (6) _____ (reprobar) derecho romano y (7) _____ (tener) que repetir esa asignatura. Afortunadamente esa (8) _____ (ser) la única clase en que no (9) _____ (salir) bien la primera vez. Yo (10) _____ (sentir) una gran satisfacción cuando (11) _____ (terminar) mis estudios y (12) _____ (obtener) mi título de abogado.

B. Neruda en Madrid. Completa la siguiente descripción del barrio madrileño que nos describe Pablo Neruda en su poema "Explico algunas cosas".

Yo (1) _____ (vivir) en un barrio
de Madrid, con campanas,
con relojes, con árboles.
Desde allí se (2) _____ (ver)
el rostro seco de Castilla
como un océano de cuero.
Mi casa (3) _____ (ser) llamada
la Casa de las flores, porque por todas partes
(4) _____ (estallar) geranios:
(5) _____ (ser) una bella casa
con perros y chiquillos.

C. **Al teléfono.** Di lo que hacían tú y los miembros de tu familia cuando recibieron una llamada telefónica.

1. hermanita
2. hermano
3. papá

4. mamá
5. yo
6. gato

D. **Un semestre como los otros.** Di lo que hacías el semestre pasado.

MODELO estudiar todas las noches
Estudiaba todas las noches.

1. poner mucha atención en la clase de español
2. asistir a muchos partidos de básquetbol
3. ir a dos clases los martes y jueves
4. leer en la biblioteca

5. no tener tiempo para almorzar a veces
6. trabajar los fines de semana
7. estar ocupado(a) todo el tiempo

E. Buenas amigas. Lee lo que ha escrito Gaby y corrige cualquier uso que no sea apropiado para la lengua escrita.

Echo mucho de menos a mi amiga Melisa, que se ha mudado a otra ciudad. Éramos excelentes amigas. Pasábanos juntas casi todos los fines de semana. Algunas veces ella traiba discos compactos y escuchábanos música por largas horas. Otras veces salíanos a pasear en bicicleta o íbanos a las tiendas. Por supuesto que también estudiábanos juntas. Ojalá vuelva algún día para poder continuar nuestra amistad.

4.2 El pretérito y el imperfecto: acciones acabadas y acciones que sirven de trasfondo

Para más práctica, haz las actividades de **Gramática en contexto** (sección 4.2) del *Cuaderno para los hispanohablantes*.

¡A que ya lo sabes!

Mira estos pares de oraciones y decide cuál de las dos dirías en cada par, la primera o la segunda.

1. a. Entré a la oficina de correos, *compré* estampillas y despaché la carta.

   b. Entré a la oficina de correos, *compraba* estampillas y despaché la carta.

2. a. La casa parecía vacía; todo *estuvo* quieto; no se escuchaba ningún ruido.

   b. La casa parecía vacía; todo *estaba* quieto; no se escuchaba ningún ruido.

¿Ya decidieron? A que la mayoría escogió las mismas, la primera en el primer par, la segunda en el segundo par. ¿Por qué? Porque Uds. ya han internalizado… ¡Ay, perdón! Porque Uds. tienen un conocimiento tácito del uso del pretérito y del imperfecto en acciones acabadas y acciones que sirven de trasfondo. Pero, sigan leyendo y ese conocimiento se va a hacer aun más firme.

> En una narración, el imperfecto da información sobre el trasfondo de una acción pasada y el pretérito informa acerca de acciones o estados acabados.

> > **Eran** las ocho de la mañana. **Hacía** un sol hermoso. **Fui** al garaje, **encendí** el motor de mi vehículo todo terreno y **fui** a dar una vuelta.

> El imperfecto se usa para describir estados o condiciones físicas, mentales o emocionales; el pretérito se usa para indicar un cambio en una condición física, mental o emocional.

> > Ayer, cuando tú me viste, **tenía** un dolor de cabeza terrible y **estaba** muy nervioso.
> > Ayer, cuando leí una noticia desagradable en el periódico, me **sentí** mal y me **puse** muy nervioso.

Nota para hispanohablantes

Hay una tendencia dentro de algunas comunidades de hispanohablantes a querer cambiar en el imperfecto la raíz de verbos que cambian en el pretérito. Por ejemplo, en vez de dejar regulares los verbos en el imperfecto **(sentía, sentías, sentíamos, sentían; podía, podías, podíamos, podían),** tienden a decir *sintía, sintías, sintíamos, sintían* y *pudía, pudías, pudíamos, pudían.* Es importante evitar estos cambios en la raíz fuera de esas comunidades y en particular al escribir.

❯ La siguiente es una lista de expresiones temporales que tienden a usarse ya sea con el pretérito o con el imperfecto.

Normalmente con el pretérito	Normalmente con el imperfecto
anoche	a menudo
ayer	cada día
durante	frecuentemente
el (verano) pasado	generalmente, por lo general
la (semana) pasada	mientras
hace (un mes)	muchas veces
	siempre
	todos los (días)

Hace dos días me **sentí** mal. **Durante** varias horas **estuve** con mareos. **Ayer noté** una cierta mejoría.

Todos los días compraba el periódico local. **Generalmente leía** las noticias económicas **mientras tomaba** el desayuno.

Nota para hispanohablantes

Hay una tendencia dentro de algunas comunidades de hispanohablantes a variar las terminaciones del pretérito de la segunda persona singular **(tú).** De esta manera, en vez de usar las terminaciones más aceptadas de -aste para verbos en -ar **(llamaste, llegaste, pasaste, regresaste)** y de -iste para verbos en -er/-ir **(decidiste, dormiste, saliste, sentiste),** dicen *llamates, llegates, pasates, regresates* y *decidites, dormites, salites, sentites.* Es importante evitar estos usos fuera de esas comunidades y en particular al escribir.

Ahora, ¡a practicar!

A. De viaje. Tu amigo(a) te pide que le digas cómo te sentías la mañana de tu viaje a Chile.

> **MODELO** sentirse entusiasmado(a)
>
> **Me sentía muy entusiasmado(a).**

1. estar inquieto(a)

2. sentirse un poco nervioso(a)

3. caminar de un lado para otro en el aeropuerto

4. querer estar ya en Santiago

5. no poder creer que salía hacia Santiago

6. poder usar mi español

7. tener miedo de perder mi cámara

B. Sumario. Quieres saber si tu compañero(a) hizo lo siguiente durante su primer día en Santiago. Selecciona la forma verbal más aceptada para completar la pregunta.

> **MODELO** ¿(Llegates / Llegaste) a Santiago a las cuatro de la tarde?
>
> **¿Llegaste a Santiago a las cuatro de la tarde?**

1. ¿(Pasaste / Pasates) por la aduana?

2. ¿(Llamaste / Llamates) un taxi para ir al hotel?

3. ¿(Decidites / Decidiste) no deshacer las maletas de inmediato?

4. ¿(Entrates / Entraste) en un café?

5. ¿(Te sentites / Te sentiste) mejor después de un expreso?

6. ¿(Saliste / Salites) a dar un paseo por el Cerro Santa Lucía?

7. ¿(Regresates / Regresaste) al hotel?

8. ¿(Dormiste / Dormites) hasta el día siguiente?

C. Los comienzos del grupo Inti Illimani. Completa el siguiente párrafo para saber cómo se originó el grupo Inti Illimani. A veces necesitas usar el pretérito, otras el imperfecto.

En los años 60 unos jóvenes (1) _____ (asistir) a una universidad de Santiago. Les (2) _____ (gustar) la música y (3) _____ (tener) sueños de formar un conjunto folclórico. Unos (4) _____ (tocar) la guitarra, otros (5) _____ (preferir) instrumentos musicales andinos. Algunos ya (6) _____ (actuar) en peñas folclóricas. Y antes del fin de esa década un sexteto (7) _____ (aparecer) en el horizonte artístico chileno. El grupo (8) _____ (tener) un éxito inmediato. Un poco más tarde, el grupo (9) _____ (ser) bautizado con el nombre de Inti Illimani. El resultado de sus viajes y talento colectivo se (10) _____ (incorporar) a un nuevo estilo de música, la Nueva Canción.

D. Viña a comienzos del siglo XX. Completa el siguiente párrafo para aprender un poco de la historia de Viña del Mar.

A comienzos del siglo pasado Viña del Mar no (1) _____ (ser), ciertamente, la famosa ciudad balneario que es hoy. (2) _____ (Haber) algunas casas junto al mar, el ferrocarril hacia Santiago (3) _____ (pasar) por la ciudad, la Compañía Refinadora de Azúcar (4) _____ (estar) instalada en la ciudad y (5) _____ (constituir) una fuente de trabajo importante. El área junto a las aguas del estero Marga Marga recién (6) _____ (comenzar) a desarrollarse y por supuesto el famoso casino todavía no (7) _____ (existir). Las playas junto al mar azul, prácticamente casi desiertas, (8) _____ (esperar) la llegada de veraneantes.

Argentina

© Cengage Learning 2012

Nombre oficial: República Argentina
Población: 42.192.494 (estimación de 2012)
Principales ciudades: Buenos Aires (capital), Córdoba, La Plata, Rosario, Mendoza
Moneda: Peso ($)

En Buenos Aires, la capital, con una población de casi 13,5 millones, tienes que conocer...

> la Casa Rosada (palacio presidencial), el Palacio del Congreso Nacional y el Teatro Colón, impresionantes edificios de gobierno y de cultura.

> la Plaza de Mayo, centro político de la ciudad que las "Madres y Abuelas de la Plaza de Mayo" continúan ocupando para exigir respuestas sobre la desaparición de sus hijos durante la dictadura de 1976–1983.

> los fascinantes y variados barrios de la ciudad, como la Recoleta, Belgrano, San Telmo, Palermo, Retiro, Puerto Madero y La Boca.

> los encantadores clubes de tango: Boca Tango, Esquina Carlos Gardel, La Ventana, Madero Tango, Piazolla Tango y tantos más.

Angelo Cavali / Photolibrary

El café-bar de los artistas, en la calle Caminito, La Boca, Buenos Aires

En Córdoba, no dejes de hacer…

> un recorrido por las hermosas iglesias de los siglos XVI y XVII: la Catedral, la Iglesia y Convento de Santa Catalina de Siena, la Iglesia de Santa Teresa y Convento de las Carmelitas Descalzas y la Iglesia de la Compañía de Jesús.

> una visita a los muchos museos: el Museo de Ciencias Naturales, el Museo Provincial de Bellas Artes, el Museo de Meteorología, entre tantos otros.

> un tour por la Universidad Nacional de Córdoba, que abrió sus puertas en 1613 y actualmente tiene diez facultades.

> una caminata por los hermosos parques de la ciudad: el enorme Parque Sarmiento, el invitador Parque San Martín y el Parque Las Heras, entre el Puente Centenario y el Puente Antártida.

En la rica naturaleza argentina, no dejes de apreciar…

> la extraordinaria belleza de Bariloche.

> la Pampa, la provincia agrícola más rica del país, que solo en 2006 generó más de tres mil millones de dólares en productos.

> las imponentes y majestuosas cataratas de Iguazú, un insuperable espectáculo natural calificado como Patrimonio Natural de la Humanidad.

> las majestuosas montañas: Aconcagua (22.841 pies), Tupungato (21.000 pies), El Plata (21.000 pies), Negro (19.100 pies) y muchas más.

Festivales argentinos

> Fiesta Nacional del Folclore en Cosquín, cerca de Córdoba

> Fiesta Nacional de la Vendimia en Mendoza, un homenaje a la cosecha de la uva

> Festival de Tango en Buenos Aires

> Festival Internacional de Cine Independiente en Buenos Aires

> Fiesta Nacional del Esquí en la Patagonia

JTB Photo / Photolibrary

La extraordinaria belleza de Bariloche

 ¡Diviértete en la red!
Busca en YouTube uno de los sitios naturales mencionados aquí. Ve a clase preparado(a) para presentar un breve resumen sobre lo más destacado del lugar que seleccionaste.

© Kit Houghton / CORBIS

Argentina: dos continentes en uno

La independencia y el siglo XIX

A principios de 1806, una pequeña fuerza expedicionaria británica ocupó Buenos Aires, que fue reconquistada por sus propios habitantes, sin ayuda de las tropas españolas. El 9 de julio de 1816, el congreso de Tucumán proclamó la independencia de España de las Provincias Unidas del Río de la Plata.

El "granero del mundo"

A finales del siglo XIX y a comienzos del XX aumentó notablemente la llegada de inmigrantes europeos, principalmente españoles e italianos, que convirtieron a Buenos Aires en una gran ciudad que recordaba a las capitales europeas. Una extensa red ferroviaria unió las provincias con el gran puerto de Buenos Aires facilitando la exportación de carne congelada y cereales. Argentina pasó a ser el "granero del mundo".

La era de Perón

En 1946 Juan Domingo Perón fue elegido presidente con el cincuenta y cinco por ciento de los votos. La presencia y compañía de su esposa, María Eva Duarte de Perón (Evita), fue decisiva en su campaña. Durante los nueve años que estuvo en el poder, desarrolló un programa político en el que se mezclaban el populismo y el autoritarismo. En 1973, fueron elegidos Perón y su tercera esposa María Estela Martínez (conocida como Isabel Perón) como presidente y vicepresidenta de la república, respectivamente. Perón murió en 1974 y así su esposa se convirtió en la primera mujer latinoamericana en ascender al cargo de presidente.

Las últimas décadas

Los conflictos sociales, la acentuación de la crisis económica y una ola de terrorismo urbano condujeron a un golpe militar en 1976. Con esto se inició un período de siete años de gobiernos militares en los que la deuda externa aumentó drásticamente, el aparato productivo del país se arruinó y se estima que entre nueve mil y treinta mil personas "desaparecieron". En 1983 subió al poder Raúl Alfonsín. Carlos Saúl Menem asumió la presidencia en 1989, promoviendo de inmediato una gran reforma económica.

La Argentina de hoy

> Fernando de la Rúa, elegido presidente en octubre de 1999, fue depuesto violentamente en diciembre de 2001. Le sucedieron cinco presidentes en menos de quince días plagados por problemas causados por una de las mayores crisis económicas y políticas por las cuales ha pasado Argentina, y que duró 4 años.

Chad Ehlers / Photolibrary

> En 2003 fue elegido presidente Néstor Kirchner. Durante su presidencia se nacionalizaron algunas empresas y se registró un aumento considerable del PIB (Producto Interior Bruto), además de una disminución del desempleo.

> El 28 de octubre de 2007 ganó las elecciones presidenciales Cristina Fernández, siendo la primera mujer elegida por el voto popular en la historia del país. Enfrentó la crisis económica de 2008 con una serie de medidas, impulsando la industria automotriz (que batió el récord de producción en 2011) y dando créditos a trabajadores y empresas. Fue reelegida para un segundo mandato el 23 de octubre de 2011.

> Argentina ocupa el segundo lugar en el índice de Desarrollo Humano, después de Chile. Es miembro del G-20, lo que la sitúa entre las 20 economías más grandes del mundo.

¿COMPRENDISTE?

A. Hechos y acontecimientos. Completa las siguientes oraciones. Luego compara tus respuestas con las de un(a) compañero(a).

1. Las Provincias Unidas del Río de La Plata proclamaron su independencia de España en...

2. Argentina pasó a ser conocida como el "granero del mundo" a finales del siglo XIX y a comienzos del XX cuando...

3. Juan Domingo Perón fue...

4. Cuando Perón murió en 1974,... se convirtió en la primera mujer latinoamericana en ascender al cargo de presidente.

5. Se estima que durante el período de gobernantes militares, entre 1976 y 1983, entre... y... mil personas "desaparecieron".

6. A fines de 2001, Argentina tuvo cinco presidentes en menos de quince días debido a...

7. En 2003, el recién elegido presidente... logra mejorar la situación económica y política de los cuatro años anteriores.

8. En 2007,... llega a ser la primera mujer elegida presidenta por voto popular en la Argentina.

B. A pensar y a analizar. A pesar de ser un gran país con excelentes recursos naturales y un alto nivel de alfabetización, ¿qué permitió tanta corrupción en el gobierno durante la segunda mitad del siglo XX? ¿Puede un gobierno democrático, como el que hoy existe en Argentina, garantizar los derechos humanos para que no se repitan los casos de desaparecidos? Explica.

C. Redacción colaborativa. En grupos de dos o tres, escriban una composición colaborativa de una a dos páginas sobre el tema que sigue. Escriban primero una lista de ideas, organícenlas en un borrador, revisen las ideas, la acentuación y ortografía y escriban la versión final.

Se ha dicho que el éxito de Juan Domingo Perón como presidente se debió en gran parte a la colaboración de su carismática esposa Evita. Luego, para repetir ese éxito, se casó con Isabel (María Estela Martínez), quien primero fue vicepresidenta y luego presidenta de Argentina. ¿Hay figuras políticas en este país cuyo éxito se debe principalmente a sus esposas? ¿Por qué creen que la pareja de un líder político puede llegar a ser tan decisiva? ¿Cuándo piensan Uds. que EE.UU. elegirá a una mujer como presidenta? ¿Por qué no habrá ocurrido todavía?

MEJOREMOS LA COMUNICACIÓN

a finales de	ferroviaria
automotriz	gasto
autoritarismo	granero
depuesto(a)	populismo
deuda externa	registrarse
enfrentar	respectivamente
expedicionario(a)	suceder

Ernesto Sábato

Nació en la ciudad de Rojas, provincia de Buenos Aires. Este escritor, ensayista y pintor empezó sus estudios en Física en la Universidad Nacional de La Plata, en la que obtuvo su doctorado. Después de la Segunda Guerra Mundial perdió su fe en la ciencia y comenzó a escribir. Publicó su primera novela, *El túnel,* en 1948. Debido a su vasta producción literaria ha sido nominado tres veces al Premio Nobel de Literatura, la última vez en 2009. En sus últimos escritos (como *Los libros y su misión en la liberación e integración de la América Latina* y *La resistencia*) y apariciones públicas, Ernesto Sábato declaró considerar que "es desde una actitud anarcocristiana que habremos de encaminar la vida". Por esto mismo, fue considerado un anarquista cristiano en busca de la libertad.

Sofia Moro / Getty Images

Gabriela Sabatini

AFP / Getty Images

Es considerada una de las mejores tenistas sudamericanas de todos los tiempos y, por supuesto, la mejor tenista que Argentina haya tenido hasta hoy. En su trayectoria como tenista profesional conquistó veintisiete títulos individuales y trece títulos en dobles. En 1989 alcanzó su mejor ranking en el circuito profesional siendo la tercera mejor jugadora del mundo. El 15 de julio de 2006 fue incluida en el Salón Internacional de la Fama del Tenis Femenino, siendo la primera mujer argentina en lograr tal distinción. Desde hace ya varios años dirige una línea de perfumería propia con variadas fragancias, por lo que es considerada un ejemplo de belleza y elegancia en el deporte y en perfumería.

Les Luthiers

Les Luthiers es el nombre de un grupo de comedia musical argentino. Tienen a gala el hacer reír con la música pero no de la música, con instrumentos informales creados por ellos mismos. Se caracterizan por ser músicos profesionales y por expresar un humor fresco, elegante y sutil. Desde 1975 han recibido una treintena de premios, el último de ellos el "Premio Gardel a la Trayectoria" (2008). Sus repertorios van desde el estilo barroco hasta las serenatas. Últimamente han diversificado su estilo con repertorios que van desde el estilo romántico a la ópera, al pop, al mariachi e, inclusive, al rap. Su fama llega a casi toda Latinoamérica y a Europa. Es por eso que son considerados lo mejor del humor argentino.

Quim Llenas / Getty Images

Otros argentinos sobresalientes

Adolfo Aristarain: director de cine

Marcos-Ricardo Barnatán: poeta, crítico

Héctor Bianciotti: escritor

Jorge Luis Borges (1899–1996): poeta, cuentista, ensayista

Joaquín Lavado (Quino): dibujante y caricaturista, creador de "Mafalda"

Jorge Marona: compositor, escritor

Lionel Messi: futbolista

Rodolfo "Fito" Páez: compositor, cantante y director de cine

Astor Piazzolla (1921–1992): bandoneonista y compositor

Enrique Pinti: autor de teatro y *musicales*, coreógrafo

Cecilia Roth: actriz

¿COMPRENDISTE?

A. Los nuestros. Tú eres uno de estos tres grandes argentinos que acaba de recibir una cuarta nominación al Premio Nobel, otro título individual en tenis o una condecoración del gobierno argentino. Tu compañero(a) es un(a) periodista que te está entrevistando. Dramaticen la situación.

B. Miniprueba. Demuestra lo que aprendiste de estos talentosos argentinos al completar estas oraciones.

1. El escritor Ernesto Sábato ha declarado ser _____.

   a. conservador   b. anarquista   c. científico

2. Gabriela Sabatini es más conocida en _____.

   a. el deporte y la perfumería   b. el cine y teatro   c. la literatura mundial

3. El grupo musical Les Luthiers se expresa no solo con su música sino también con _____

   a. baile   b. generosidad   c. humor

C. Diario. En tu diario, escribe por lo menos media página expresando tus pensamientos sobre este tema.

> Cecilia Roth y Fito Páez tienen muchas cosas en común; ambos tienen mucho talento artístico y experiencias políticas y psicológicas similares. Parecían ser una pareja ideal. En tu opinión, ¿cuáles son las cualidades de una pareja ideal? ¿Qué deseas encontrar en tu pareja ideal? ¿Qué experiencias te gustaría compartir con esa persona? ¿Deseas que sea muy similar a ti o diametralmente opuesta? ¿Qué harías para superar las diferencias que pudieran tener?

 ¡Diviértete en la red!
Busca "Ernesto Sábato", "Gabriela Sabatini" y/o "Les Luthiers" en YouTube para ver videos y escuchar a estos talentosos argentinos. Ve a clase preparado(a) para presentar lo que encontraste.

Letras problemáticas: la x

La **x** representa varios sonidos según en qué lugar de la palabra ocurra. Normalmente representa el sonido /ks/ como en **exigir**. Frente a ciertas consonantes se pierde la /k/ y se pronuncia simplemente /s/ (sibilante) como en **explorar**. En otras palabras se pronuncia como la **j** del español: es el sonido fricativo /x/ como en **México** o **Oaxaca**. Observa cómo se escriben estos sonidos al escuchar a tu profesor(a) leer las siguientes palabras.

/ks/	/s/	/x/
anexión	excavación	Mexicali
exilio	exclusivo	mexicana
existencia	experiencia	oaxaqueño
éxodo	explosión	texanismo
máximo	exterminar	Texas
saxofón	pretexto	Xavier

Los sonidos de la letra x. Escucha mientras tu profesor(a) lee las siguientes palabras. Indica si tienen el sonido /ks/, /s/ o /x/.

		/ks/	/s/	/x/			/ks/	/s/	/x/
1.	expansión	/ks/	/s/	/x/	6.	expedición	/ks/	/s/	/x/
2.	texana	/ks/	/s/	/x/	7.	hexágono	/ks/	/s/	/x/
3.	existencia	/ks/	/s/	/x/	8.	exterminio	/ks/	/s/	/x/
4.	extranjero	/ks/	/s/	/x/	9.	conexión	/ks/	/s/	/x/
5.	exuberante	/ks/	/s/	/x/	10.	mexicanismo	/ks/	/s/	/x/

La escritura con la letra x

La **x** siempre se escribe en ciertos prefijos y terminaciones.

> Con el prefijo **ex-**:

extender	**ex**poner	**ex**presión	**ex**presiva

> Con el prefijo **extra-**:

extralegal	**extra**ordinario	**extra**sensible	**extra**terrestre

> Con la terminación **-xión** en palabras derivadas de sustantivos o adjetivos terminados en **-je, -jo** o **-xo**:

ane**xión** (de "ane**xo**")   cone**xión** (de "cone**xo**")
comple**xión** (de "comple**jo**")   refle**xión** (de "refle**jo**")

¡A practicar!

A. Práctica con la letra x. Escucha mientras tu profesor(a) lee las siguientes palabras. Escribe las letras que faltan en cada una.

1. ___ ___ p u l s a r
2. ___ ___ a g e r a r
3. ___ ___ p l o s i ó n
4. c r u c i f i ___ ___ ___ ___
5. ___ ___ ___ ___ ___ ñ o

6. r e f l ___ ___ ___ ___ ___
7. ___ ___ a m i n a r
8. ___ ___ ___ ___ ___ ___ n j e r o
9. ___ ___ t e r i o r
10. ___ ___ i l i a d o

La tradición oral: adivinanzas

Dentro de la tradición oral hispana, la práctica de entretener pasando información —ya sea cuentos, poemas, leyendas, dichos, adivinanzas, chistes— oralmente de persona a persona es una parte muy importante de nuestra cultura. Las adivinanzas son fundamentales en esa tradición. El diccionario dice que las adivinanzas son "cosas que se dan a acertar describiéndolas en términos obscuros". Estos juegos de adultos tienen su origen en tiempos muy antiguos. En Egipto la Esfinge inició el juego de los enigmas y las adivinanzas. Más tarde los griegos nos enseñaron el valor de resolver una adivinanza con el ingenio de Edipo.

Las adivinanzas de nuestros abuelos no tenían ni fines trágicos ni pretendían salvar la vida de nadie. Sus adivinanzas tenían el solo propósito de entretener. A continuación, dos adivinanzas típicas de las de nuestros abuelos.

Lana sube,	Una vieja con un solo diente
lana baja.	llama a toda la gente.

La respuesta a la primera está en la pronunciación, en particular si uno la dice con rapidez: lana baja = **la navaja**. La respuesta a la segunda es más simbólica: **la campana de una iglesia**.

¡A practicar!

A. ¡A adivinar! Vean en grupos de tres o cuatro cuántas de estas adivinanzas pueden resolver.

1. Ya ves, que claro es y el que no lo adivina, bien tonto es.

2. Rueda de la leche, duro, blando o apestoso, ¿qué será?

3. Tú allá, yo aquí.

4. Tengo hojas y no soy árbol, tengo barbas y no soy chivo.

5. Agua pasa por mi casa, cate de mi corazón.

6. Dicen que soy rey y no tengo reino; dicen que soy rubio y no tengo pelo; dicen que ando y no me meneo; arreglo los relojes sin ser relojero.

B. ¡A investigar! Habla con tus abuelos u otros parientes y pregúntales si recuerdan algunas adivinanzas de su niñez. Si así es, anótalas y compártelas con la clase.

Ensayo persuasivo: expresar opiniones y apoyarlas

1 Para empezar. Para expresar opiniones, es importante saber la diferencia entre un hecho y una opinión. Una opinión es una interpretación o creencia personal. Un hecho es un dato objetivo que se puede verificar. Mira aquí la diferencia entre una opinión y algunos hechos que la apoyan.

Opinión: Los militares argentinos deberían ser castigados por lo que hicieron a fines del siglo XX.

Hechos: Durante siete años el gobierno en Argentina fue dirigido por militares.

Durante ese período, entre nueve mil y treinta mil personas "desaparecieron".

Nota cómo los hechos expresados aquí apoyan la opinión. Es importante siempre, al persuadir, escribir opiniones y apoyarlas con varios hechos que muestren que tus opiniones se basan en algo concreto y no son solo exageraciones.

2 A generar ideas. Prepárate ahora para escribir un ensayo persuasivo sobre algún tema de interés particular. Puede tratarse de tus opiniones sobre algún asunto político —por ejemplo, el gobierno actual—, algún incidente internacional o sobre algo más personal —tus relaciones con tus padres o la manera de ser de tu novio(a) o mejor amigo(a). Escribe el nombre del tema sobre el que vas a opinar y debajo, haz una tabla de dos columnas. Anota en la primera columna tus opiniones sobre el tema y en la segunda columna varios datos que apoyan tus opiniones.

3 Tu borrador. Usa la información en la sección anterior para escribir tres o cuatro párrafos expresando tus opiniones y apoyándolas con hechos específicos. Es una buena idea que cada párrafo exprese una opinión y contenga los hechos que apoyan esa opinión.

4 Revisión. Intercambia tu ensayo persuasivo con el de un(a) compañero(a). Revisa el ensayo de tu compañero(a), prestando atención a las siguientes preguntas. ¿Expresa sus opiniones con claridad? ¿Apoya cada opinión con hechos probados? ¿Te convence o te deja con bastantes dudas?

5 Versión final. Considera las correcciones y sugerencias que tu compañero(a) te ha indicado y revisa tu ensayo persuasivo por última vez. Como tarea, escribe la copia final en la computadora. Antes de entregarla, dale un último vistazo a la acentuación, a la puntuación y a la concordancia.

6 Reacciones (opcional). Léele tu ensayo persuasivo a un grupo de unos cuatro o cinco compañeros(as) de clase y escucha mientras ellos /ellas te leen el suyo. Luego, decidan cuál es el que más convence y pidan que esa persona lea su ensayo a toda la clase.

¡Antes de leer!

A. Anticipando la lectura. Contesta las siguientes preguntas.

1. ¿Has tenido la sensación, alguna vez, mientras lees un cuento o una novela de misterio, o ves un programa de terror en la televisión, de que tú mismo(a) estás en la escena? ¿Has sentido que el peligro de lo que lees o el terror de lo que ves está presente en el mismo cuarto contigo? Si así es, describe el incidente.

2. ¿Qué hace que a veces nos imaginemos que somos parte de lo que leemos o vemos en la televisión? Explica tu respuesta.

3. ¿Es posible que cada tipo de novela —realista, de terror, de fantasía, de ciencia ficción, de misterio, de amor o algún otro tipo— sea una manera de hacer ficticia la realidad? Explica cómo se consiguen los distintos efectos dando ejemplos concretos.

B. Vocabulario en contexto. Busca estas palabras en la lectura que sigue y, en base al contexto, decide cuál es su significado. Para facilitar el encontrarlas, las palabras aparecen en negrilla en la lectura.

1. **aparcerías**   a. cosechas   b. riego   c. contratos laborales
2. **disyuntiva**   a. capacidad   b. apariencia   c. opción
3. **se concertaban**   a. se abrazaban   b. se chocaban   c. se ponían de acuerdo
4. **agazapada**   a. anhelada   b. ardiente   c. agachada
5. **coartadas**   a. excusas   b. peleas   c. intimidades
6. **parapetándose**   a. protegiéndose   b. subiéndose   c. escondiéndose

Sobre el autor

Julio Cortázar (1914–1984) es uno de los escritores argentinos más reconocidos de la segunda mitad del siglo XX. Nació en Bruselas, Bélgica, de padres argentinos, pero se crió en las afueras de Buenos Aires. En 1951 publicó su primer libro de relatos, *Bestiario*, para poco después trasladarse a París, donde residió desde entonces. En 1963 apareció *Rayuela*, novela experimental ambientada en París y Buenos Aires, y considerada su obra maestra. En este libro el autor invita al lector a tomar parte  activa sugiriéndole alternativas diferentes en el orden de la lectura. Cortázar murió en 1984 en París tras haber contribuido decisivamente a la difusión de la literatura latinoamericana en el mundo.

"Continuidad de los parques" está tomado de su segundo libro de cuentos, *Final del juego* (1956). Este cuento, como muchas obras de Cortázar, se desarrolla alrededor de una contraposición entre lo real y lo ficticio.

Continuidad de los parques

Había empezado a leer la novela unos días antes. La abandonó por negocios urgentes, volvió a abrirla cuando regresaba en tren a la finca; se dejaba interesar lentamente por la trama, por el dibujo de los personajes. Esa tarde, después de escribir una carta a su apoderado y discutir con su mayordomo una cuestión de aparcerías, volvió al libro en la tranquilidad del estudio que miraba hacia el parque de los robles.

Arrellanado en su sillón favorito, de espaldas a la puerta que lo hubiera molestado como una irritante posibilidad de intrusiones, dejó que su mano izquierda acariciara una y otra vez el terciopelo verde y se puso a leer los últimos capítulos. Su memoria retenía sin esfuerzo los nombres y las imágenes de los protagonistas; la ilusión novelesca lo ganó casi en seguida. Gozaba del placer casi perverso de irse desgajando línea a línea de lo que lo rodeaba, y sentir a la vez que su cabeza descansaba cómodamente en el terciopelo del alto respaldo, que los cigarrillos seguían al alcance de la mano, que más allá de los ventanales danzaba el aire del atardecer bajo los robles. Palabra a palabra, absorbido por la sórdida **disyuntiva** de los héroes, dejándose ir hacia las imágenes que **se concertaban** y adquirían color y movimiento, fue testigo del último encuentro en la cabaña del monte. Primero entraba la mujer, recelosa, ahora llegaba el amante, lastimada la cara por el chicotazo de la rama. Admirablemente estañaba ella la sangre con sus besos, pero él rechazaba sus caricias, no había venido para repetir la ceremonia de una pasión secreta, protegida por un mundo de hojas secas y senderos furtivos. El puñal se entibiaba contra su pecho y debajo **latía** la libertad **agazapada**. Un diálogo anhelante corría por las páginas como un arroyo de serpientes, y se sentía que todo estaba decidido desde siempre. Hasta esas caricias que enredaban el cuerpo del amante como queriendo retenerlo y disuadirlo, dibujaban abominablemente la figura de otro cuerpo que era necesario destruir. Nada había sido olvidado:

coartadas, azares, posibles errores. A partir de esa hora cada instante tenía su empleo minuciosamente atribuido. El doble repaso despiadado se interrumpía apenas para que una mano acariciara una mejilla. Empezaba a anochecer. Sin mirarse ya, atados rígidamente a la tarea que los esperaba, se separaron en la puerta de la cabaña. Ella debía seguir por la senda que iba al norte. Desde la senda opuesta él se volvió un instante para verla correr con el pelo suelto. Corrió a su vez, parapetándose en los árboles y los setos, hasta distinguir en la bruma malva del crepúsculo la alameda que llevaba a la casa. Los perros no debían ladrar, y no ladraron. El mayordomo no estaría a esa hora, y no estaba. Subió los tres peldaños del porch y entró. Desde la sangre galopando en sus oídos le llegaban las palabras de la mujer: primero una sala azul, después una galería, una escalera alfombrada. En lo alto, dos puertas. Nadie en la primera habitación, nadie en la segunda. La puerta del salón, y entonces el puñal en la mano, la luz de los ventanales, el alto respaldo de un sillón de terciopelo verde, la cabeza del hombre en el sillón leyendo una novela.

Julio Cortázar. "Continuidad de los parques", TODOS LOS FUEGOS, EL FUEGO © Herederos de Julio Cortázar, 2012. Reprinted by permission.

¡Después de leer!

A. **Hechos y acontecimientos.** ¿Recuerdas los datos más importantes de la lectura? Para asegurarte, contesta las siguientes preguntas.

1. ¿Cuándo comenzó el protagonista a leer la novela?
2. ¿Por qué abandonó la lectura de la novela?
3. ¿Qué hizo después de ver a su mayordomo?
4. ¿Qué tipo de novela era la que leía? ¿de misterio? ¿de amor? Explica.
5. ¿Qué relación tenían la mujer y el hombre de la novela?
6. ¿Adónde se dirigió el hombre después de que la pareja se separó?
7. ¿Por qué no estaba el mayordomo a esa hora?
8. ¿A quién encontró el amante al final del cuento?
9. ¿En qué momento del cuento lo "ficticio" se convierte en lo "real"?
10. ¿Qué sugiere el título del cuento, "Continuidad de los parques"?

B. A pensar y a analizar. Haz estas actividades con un(a) compañero(a) de clase. Luego comparen sus resultados con los de otros grupos.

1. Expliquen la relación entre los tres personajes del cuento —el señor que leía la novela, el hombre del puñal y la mujer. ¿Se conocían o solo el señor que leía era un personaje verdadero y los otros dos eran ficticios?

2. ¿Es posible que la realidad ficticia literaria se convierta en la realidad verdadera? Expliquen.

3. ¿Qué opinan Uds. de la falta de diálogo en este cuento? ¿Creen que sería mejor si hubiera diálogo? ¿Por qué? ¿Por qué habrá decidido el autor no usar diálogos?

C. Teatro para ser leído. En grupos de seis, adapten el cuento de Julio Cortázar, "Continuidad de los parques", a un guion de teatro para ser leído. Luego, ¡preséntenlo!

1. Conviertan la parte narrativa del cuento, "Continuidad de los parques", a solo diálogo, dentro de lo posible.

2. Añadan un poco de narración para mantener transiciones lógicas entre los diálogos.

3. Preparen siete copias del guion: una para cada uno de los tres actores, una para los dos narradores, una para el (la) director(a) y una para el (la) profesor(a).

4. ¡Preséntenlo!

D. Apoyo gramatical. El pretérito y el imperfecto: acciones simultáneas y recurrentes.
Completa el siguiente párrafo acerca del cuento "Continuidad de los parques" empleando el pretérito o el imperfecto.

Mientras el protagonista (1) _____ (viajar) en tren comenzó a leer la novela de nuevo. Una vez en la finca, siguió leyendo cuando (2) _____ (haber) terminado de ocuparse de negocios. Él (3) _____ (estar) muy interesado en la novela cuando llegó a los capítulos finales. En la novela, cuando la mujer (4) _____ (llegar) a la cabaña, el amante todavía no llegaba. Una vez reunidos, cada vez que la mujer (5) _____ (dar) muestras de cariño, el hombre la rechazaba. Al separarse, mientras la mujer se iba hacia el norte, él (6) _____ (partir) en dirección opuesta. Cuando llegó a la casa, todo (7) _____ (estar) tranquilo. El protagonista (8) _____ (seguir) leyendo su novela cuando el amante entró en el salón. ¿Sabemos todos lo que le (9) _____ (ocurrir) al lector cuando el amante se paseaba por el salón con el puñal en la mano?

Gramática 4.3: Antes de hacer esta actividad conviene repasar esta estructura en las págs. 213–216.

Un juego absurdo

Un cortometraje de Gastón Rothschild

Premio Cóndor de Plata al mejor cortometraje por la Asociación de Cronistas Cinematográficos de la Argentina y Ganador de V festival Internacional de Cortos de Olavarría. Mención Especial al Mejor Guion de UNCIPAR 2010

Michaela Begsteiger/Photolibrary

DIRECCIÓN: **GASTÓN ROTHSCHILD**   GUION: **JAVIER ZEVALLOS**   PRODUCCIÓN EJECUTIVA: **DIEGO CORSINI**
JEFE DE PRODUCCIÓN: **ALEXIS TRIGO**   ASISTENTE DE DIRECCIÓN: **JULIETA LEDESMA**   FOTOGRAFÍA: **GERMÁN DREXLER**   DIRECCIÓN DE ARTE: **LETICIA NANOIA**   VESTUARIO: **LUCÍA SCIANNAMEA**   MONTAJE: **DANIEL PRINK, LEONARDO MARTÍNEZ**   MÚSICA: **BACCARAT**   SONIDO: **GERARDO KALMAR**   ASISTENTE DE PRODUCCIÓN: **JULIA FRANCUCCI**   ACTORES PRINCIPALES: **ELIANA GONZÁLEZ EN EL PAPEL DE "ELLA" Y MARTÍN PIROYANSKY EN EL PAPEL DE "ÉL"**

A. ¿Sinónimos? Con tu compañero(a), indiquen si estas palabras están relacionadas o no.

1. mina / chica
2. boludo / idiota
3. flaco / chaleco
4. asunto / tema
5. pulsión / atracción

6. sudor / pudor
7. lástima / consumación
8. ¡Basta! / ¡Sí!
9. chaleco / suéter
10. ¡Pará con eso! / ¡Basta!

B. Palabras. Con tu compañero(a), completen las siguientes oraciones usando palabras del vocabulario.

1. Juan ha perdido mucho peso. Yo lo encuentro muy _____ .

2. ¡No conozco a nadie más egocéntrico! ¡Se pasa la vida mirándose su propio _____!

3. Creo que soy bastante cobarde. No soy _____ confrontarlo en un tema tan delicado.

4. El jugador de baloncesto cayó y se quebró una mano, porque el piso estaba lleno de _____.

5. Yo creo que este es un _____ muy serio. Yo no me atrevo a opinar sin tener más información.

C. Expresiones. Con tu compañero(a), indiquen otra manera de decir las siguientes palabras y expresiones.

_____ 1. vigoroso
_____ 2. objeto deseado
_____ 3. sangüichito
_____ 4. autoimpuesto
_____ 5. boludo
_____ 6. ¡basta!

a. estúpido
b. aperitivo
c. que se lo impone el sujeto sobre sí mismo
d. ¡Ya es suficiente!
e. algo que nos atrae
f. que tiene mucha energía

Fotogramas de *Un juego absurdo*

Este cortometraje cuenta la historia de un chico que se siente atraído por una chica. Con un(a) compañero(a), observen estos fotogramas y relaciónenlos con las siguientes frases extraídas del cortometraje. Después, escriban una sinopsis de lo que creen que es la trama. Compartan su sinopsis con las de otras dos parejas de la clase.

_____ a. Ella allí y yo acá. Y entre nosotros... el deseo.

_____ b. Porque la consumación es la gran enemiga del deseo.

_____ c. ¿Es a mí? ¡Sí! ¡Me está mirando!

_____ d. ¿Te puedes ir, por favor?

_____ e. ¿Le hablaste a esa chica que te gusta ya?

_____ f. Lo bueno de pensar es que lo puedo hacer mientras me como un sánguiche.

Un Juego Absurdo, Instituto Nacional de Cine y Artes Audiovisuales.

Después de ver el corto

A. **Lo que vimos.** Con tu compañero(a), decidan si acertaron al anticipar la trama en la sinopsis que escribieron. ¿Hasta qué punto acertaron? ¿Dónde variaron de la trama?

B. **¿Entendiste?** Prepara 5 ó 6 preguntas sobre *Un juego absurdo* y házselas a tu compañero(a). Luego responde sus preguntas.

C. **¿Qué piensan?** Con tu compañero(a), respondan ahora las siguientes preguntas.

1. ¿Qué opinan de este corto? ¿Les gustó? ¿Por qué sí o no?

2. ¿Qué es lo que defiende el corto? ¿Están de acuerdo, sí o no? ¿Por qué?

3. ¿Creen que es un corto realista y que muestra bien lo que ocurre en el proceso de cortejar? Expliquen.

D. **Un juego.** Con tu compañero(a), respondan a las siguientes preguntas. Luego compartan sus respuestas con la clase.

1. ¿Creen que es fácil o difícil conectar con una persona cuando se tiene interés en ella? ¿Por qué?

2. ¿Creen que es muy difícil ser joven o adolescente? ¿Cuál es/fue su propia experiencia? Expliquen.

3. ¿Se consideran personas sensibles? ¿En qué consiste ser sensible? ¿Creen que ser sensible ayuda o no en el cortejo? ¿Por qué sí o no? Expliquen.

4. ¿Creen que las personas se sienten atraídas por quienes las tratan peor? Expliquen.

E. **Debate.** En grupos de tres preparen un debate sobre los cortejos. ¿Creen que es verdad que no se puede mostrar mucho interés en las relaciones? ¿Por qué sí o no? Un grupo defiende que sí y otro que no. Preparen sus argumentos y defiéndalos frente a la clase. Decidan quién ganó con sus argumentos.

F. **Apoyo gramatical: comparativos y superlativos.** Contesta las siguientes preguntas relacionadas con el cortometraje.

1. El joven del cortometraje piensa que es flaquísimo. ¿Estás tú de acuerdo?

2. ¿Es él más sensible que la mayoría de los jóvenes de su edad?

3. ¿Tiene el joven más experiencia en el amor que sus compañeros?

4. En tu opinión, ¿es tan fácil para un joven como para una joven participar en el proceso de cortejar?

5. Según tú, ¿quién ayuda más al joven, la madre o el padre, o ninguno de los dos? ¿Cómo lo sabes?

6. ¿Por quién crees tú que el espectador del cortometraje siente más simpatías, por el joven o por la joven? ¿Por qué?

7. ¿Quién, piensas tú, juega mejor al "juego absurdo" descrito en el cortometraje? Explica por qué piensas así.

Gramática 4.4: Antes de hacer esta actividad conviene repasar esta estructura en las págs. 216–221.

Películas que te recomendamos
- *Al otro lado de la cama* (Emilio Martínez Lázaro, 2002)
- *El hijo de la novia* (Juan José Campanella, 2001)
- *Cilantro y perejil* (Rafael Montero, 1995)

4.3 El pretérito y el imperfecto: acciones simultáneas y recurrentes

Para más práctica, haz las actividades de **Gramática en contexto** (sección 4.2) del *Cuaderno para los hispanohablantes*.

¡A que ya lo sabes!

¿Cómo? ¿Tres pares de oraciones? A ver si toda la clase se pone de acuerdo en estas.

1. a. Cuando llegamos al parque de estacionamiento, todos los espacios *estaban* ocupados.

   b. Cuando llegamos al parque de estacionamiento, todos los espacios *estuvieron* ocupados.

2. a. El semestre pasado por lo general no trabajaba y *dedicaba* los sábados a estudiar.

   b. El semestre pasado por lo general no trabajaba y *dediqué* los sábados a estudiar.

3. a. El semestre pasado no trabajé ningún sábado y los *dedicaba* todos a estudiar.

   b. El semestre pasado no trabajé ningún sábado y los *dediqué* todos a estudiar.

El primer par estuvo más fácil que los otros dos, ¿verdad? Pero seguramente todos escogieron la primera oración en los dos primeros pares y la segunda en el último par. ¿Sí? Ya ven que Uds. tienen un conocimiento tácito del uso de pretérito e imperfecto en acciones simultáneas y recurrentes. Si siguen leyendo, ese conocimiento se va a hacer aun más firme.

❯ Cuando dos o más acciones o condiciones pasadas se consideran juntas, es común usar el imperfecto en una cláusula para describir el ambiente, las condiciones o las acciones que rodeaban la acción pasada; el pretérito se usa en la otra cláusula para expresar lo que pasó. Las cláusulas pueden aparecer en cualquier orden.

> Cuando nuestro avión **aterrizó** en el aeropuerto de Ezeiza, **eran** las cuatro de la tarde y **estaba** un poco nublado.

> Unos amigos nos **esperaban** cuando **salimos** del avión.

❯ Cuando se describen acciones o condiciones recurrentes, el pretérito indica que las acciones o condiciones han tenido lugar y se consideran acabadas en el pasado; el imperfecto pone énfasis en acciones o condiciones habituales o repetidas.

> El verano pasado **seguimos** un curso intensivo de español en Buenos Aires. Por las tardes, **asistimos** a muchas conferencias y conciertos.

> El verano pasado, **íbamos** a un curso intensivo de español en Santiago y por las tardes **asistíamos** a conferencias o conciertos.

> Conocer, **poder, querer** y **saber** se refieren a estados mentales cuando se usan en el imperfecto y a acciones o intenciones específicas cuando se usan en el pretérito.

Yo no **conocía** a ningún porteño, pero anoche **conocí** a una joven del barrio de Palermo.

Esta mañana yo **quería** comprar recuerdos, pero mi compañero(a) de cuarto **no quiso** llevarme al mercado porque llovía. **Quise** ir a pie, pero abandoné la idea porque llovía demasiado.

Nota para bilingües
Como el inglés carece del contraste entre el pretérito y el imperfecto, en estos casos el inglés emplea verbos diferentes para dejar en claro la diferencia.

Verbo	Imperfecto	Pretérito
conocer	*to know*	*to meet* (first time)
poder	*to be able to*	*to manage*
querer	*to want*	*to try* (affirmative); *to refuse* (negative)
saber	*to know*	*to find out*

Nota para hispanohablantes
Hay una tendencia dentro de algunas comunidades de hispanohablantes a variar la terminación de la primera persona plural **(nosotros[as])** en el imperfecto. De esta manera, en vez de usar la forma más aceptada **(conocíamos, queríamos, podíamos, sabíamos,...)**, tienden a decir: *conocíanos, queríanos, podíanos, sabíanos...* Es importante evitar estos usos fuera de esas comunidades y en particular al escribir.

Ahora, ¡a practicar!

A. **Último día.** Explica lo que hiciste el último día de tu estadía en Buenos Aires.

MODELO salir del hotel después del desayuno
Salí del hotel después del desayuno.

1. ir al barrio de La Boca para comprar artículos típicos en la feria artesanal
2. comprar regalos para mi familia y mis amigos
3. tomar mucho tiempo en encontrar algo apropiado
4. pasar tres horas en total haciendo compras
5. regresar al hotel
6. hacer las maletas rápidamente
7. llamar un taxi
8. ir al aeropuerto

B. **Verano cordobés.** Pregúntale a un(a) compañero(a) lo que él /ella y sus amigos hacían el verano pasado cuando estudiaban en Córdoba.

MODELO ir a clases por la mañana

Tú: **¿Iban ustedes a clases por la mañana?**

Amigo(a): **Sí, íbamos a clases a las ocho todos los días.**

1. vivir con una familia cordobesa

2. regresar a casa a almorzar

3. pasear por la plaza San Martín algunas veces

4. a veces ir de compras

5. cenar en restaurantes típicos de vez en cuando

6. algunas noches ir a bailar a alguna discoteca

7. salir de excursión los fines de semana

C. **Noche de tangos.** Completa el párrafo con el verbo más apropiado para saber lo que hicieron dos amigos una noche en Buenos Aires.

Hasta hace poco yo no (1) _____ (sabía/supe) nada de la cultura del tango. Pero el mes pasado (2) _____ (aprendía/aprendí) mucho durante una visita que (3) _____ (hacía/hice) a Buenos Aires. Cuando alguien me (4) _____ (decía/dijo) que (5) _____ (tenía/tuve) que visitar una tanguería, de inmediato (6) _____ (decidía/decidí) que lo haría. Así, durante una tarde y noche libre, (7) _____ (podía/pude) ir al barrio San Telmo, lugar que unos amigos me (recomendaban/recomendaron). Un amigo porteño, quien (8) _____ (conocía/conoció) bien el barrio, (9) _____ (estaba/estuvo) conmigo. Esa noche nosotros (10) _____ (nos divertíamos / nos divertimos) en varias tanguerías, probando algunos platos y, especialmente, admirando a los gráciles bailarines que se (11) _____ (movían/movieron) al compás [ritmo] de tangos de letras dolidas y sentimentales. No, yo no (12) _____ (aprendía/aprendí) a bailar el tango esa noche, pero sí (13) _____ (aprendía/aprendí) que el tango sigue vivo en Argentina.

D. **Sábado.** Los miembros de la clase dicen lo que hacían el sábado por la tarde.

MODELO estar en el centro comercial / ver a mi profesor de historia

Cuando (Mientras) estaba en el centro comercial, vi a mi profesor de historia.

1. mirar un partido de básquetbol en la televisión / llamar por teléfono a mi abuela

2. preparar un informe sobre Ernesto Sábato / llegar unos amigos a visitarme

3. escuchar mi grupo de rock favorito, los vecinos me / pedir que bajara el volumen

4. andar de compras en el supermercado / encontrarme con unos viejos amigos

5. caminar por la calle / ver un choque entre una motocicleta y un automóvil

6. estar en casa de unos tíos / ver unas fotografías de cuando yo era niño(a)

7. tomar refrescos en un café / presenciar una discusión entre dos novios

E. El padre de Mafalda. Completa el siguiente párrafo acerca del dibujante Quino usando el pretérito o el imperfecto, según convenga.

Quino (Joaquín Salvador Lavado) (1) _____ (nacer) en 1932 en la ciudad de Mendoza. Cuando él (2) _____ (ser) pequeño los miembros de su familia (3) _____ (comenzar) a llamarlo Quino para diferenciarlo de un tío de nombre Joaquín, pintor y dibujante. Cuando Quino (4) _____ (tener) tres años (5) _____ (descubrir) su vocación de dibujante con su tío Joaquín. Más tarde, (6) _____ (ingresar) en la escuela de Bellas Artes, pero la (7) _____ (abandonar) para dedicarse a dibujar historietas. Su hora de la fama (8) _____ (llegar) en 1964 cuando (9) _____ (aparecer) Mafalda por primera vez. Mafalda (10) _____ (ser) todo un éxito. Cuando los argentinos (11) _____ (leer) las historietas de Mafalda no (12) _____ (poder) dejar de reír y apreciar el ingenio de Quino. Mafalda (13) _____ (dejar) de publicarse en 1973 pero su fama sigue viviendo.

F. El club de barrio. Completa el siguiente párrafo, acerca de un miembro de un club de barrio, usando el pretérito o el imperfecto, según convenga.

Cuando yo (1) _____ (estar) en la secundaria, (2) _____ (practicar) muchos deportes, pero el deporte que más me (3) _____ (gustar) (4) _____ (ser) el fútbol. En ese tiempo yo (5) _____ (pertenecer) a un club de mi barrio. Mis compañeros de equipo y yo nos (6) _____ (entrenar) durante la semana y (7) _____ (jugar) los domingos. Una vez, cuando nosotros (8) _____ (tener) un equipo fuerte, (9) _____ (llegar) a la final del campeonato. Desgraciadamente, cuando todos nosotros (10) _____ (estar) listos para el partido más importante, yo no (11) _____ (poder) participar. (12) _____ (Sufrir) una lesión mientras (13) _____ (estar) practicando unos días antes.

4.4 Comparativos y superlativos

Para más práctica, haz las actividades de **Gramática en contexto** (sección 4.3) del *Cuaderno para los hispanohablantes*.

¡A que ya lo sabes!

Ya te das cuenta de que sabes más de gramática de lo que te imaginabas. ¡Es verdad! Y aunque no siempre conozcas la terminología —o sea, los nombres que se les da a conceptos gramaticales como "comparativos y superlativos"—, ya tienes un conocimiento tácito, o internalizado, de estos conceptos. Pruébalo ahora cuando mires estos pares de oraciones y decidas, en cada par, cuál de las dos dirías.

1. a. Encuentro la historia *más interesante que* la geografía.

   b. Encuentro la historia *la más interesante que* la geografía.

2. a. Tu madre es *la* mujer *más generosa que* conozco.

   b. Tu madre es *una* mujer *más generosa que* conozco.

Qué lindo es tener conocimiento tácito, ¿verdad? Te das cuenta también de que puedes entender la terminología gramatical usando tu conocimiento del español: los comparativos tienen que ser expresiones que se usan para hacer comparaciones y los superlativos tienen que usarse para hablar de alguien o algo que sobresale, que excede la norma, o sea, que es superlativo. Pero sigue leyendo y vas a ver que tu conocimiento se va a hacer más explícito, es decir, más claro y más preciso.

Comparaciones de desigualdad

> Para expresar superioridad o inferioridad se usan las siguientes construcciones.

$$\text{más / menos} + \begin{cases} \text{adjetivo} \\ \text{adverbio} \\ \text{sustantivo} \end{cases} + \textbf{que}$$

verbo + **más / menos** + **que**

Ernesto Sábato es **más** conocido **que** Marcos-Ricardo Barnatán.

Marcos-Ricardo Barnatán es **menos** conocido **que** Ernesto Sábato.

Buenos Aires tiene **más** habitantes **que** Córdoba.

El tango se baila **más** en Argentina **que** en los EE.UU.

> En comparaciones en las que se usan las palabras **más** o **menos** delante de un número, se usa **de** en vez de **que**.

El Gran Buenos Aires tiene **más de** trece millones de habitantes.

Nota para hispanohablantes
Algunos hispanohablantes tienden a usar **que** en vez de **de** en comparaciones delante de números. Es importante usar siempre **de** en comparaciones delante de un número.

Comparaciones de igualdad

> Para expresar igualdades se usan las siguientes construcciones.

$$\text{tan} + \begin{cases} \text{adjetivo} \\ \text{adverbio} \end{cases} + \textbf{como}$$

tanto(a/os/as) + sustantivo + **como**

verbo + **tanto como**

No soy **tan** divertido **como** Les Luthiers.

Hablo **tan** lentamente **como** mi padre.

Tengo **tantos** amigos **como** mi hermano.

Trabajo **tanto como** mi prima Esperanza.

Superlativos

> El superlativo expresa el grado máximo de una cualidad cuando se comparan personas o cosas a otras del mismo grupo o categoría.

el/la/los/las + sustantivo + **más/menos** + adjetivo + **de**

Tomás es **el estudiante más alto de** la clase.

La Pampa es **la provincia agrícola más próspera de** todo el país.

Nota para bilingües

En esta construcción en inglés se usa la preposición *in*, no *of*: *Tomás is the tallest student in the class.*

> Para indicar el grado máximo de una cualidad, se pueden también colocar delante del adjetivo adverbios tales como **muy**, **sumamente** o **extremadamente** o se puede agregar al adjetivo el sufijo **-ísimo/a/os/as.**

El cuadro que sigue muestra los cambios ortográficos más comunes que ocurren cuando se agrega el sufijo **-ísimo** a un adjetivo.

la vocal final desaparece	alto	⟶	altísimo
el acento escrito desaparece	fácil	⟶	facilísimo
-ble se transforma en **-bil-**	amable	⟶	amabilísimo
-c- se transforma en **-qu-**	loco	⟶	loquísimo
-g- se transforma en **-gu-**	largo	⟶	larguísimo
-z- se transforma en **-c-**	feroz	⟶	ferocísimo

Córdoba es una ciudad **sumamente (muy/extremadamente)** atractiva.

Gabriela Sabatini siempre está **ocupadísima.**

Les Luthiers son **comiquísimos.**

Nota para bilingües

El inglés no tiene un sufijo equivalente a -ísimo/a/os/as. Se limita a usar *very o extremely*: *Gabriela Sabatini is always extremely busy.* = Gabriela Sabatini siempre está ocupadísima.

Comparativos y superlativos irregulares

Unos pocos adjetivos tienen, además de la construcción comparativa regular, formas comparativas y superlativas irregulares. Las formas irregulares son más frecuentes que las regulares.

Formas comparativas y superlativas de *bueno* y *malo*

Comparativo		Superlativo	
Regular	Irregular	Regular	Irregular
más bueno(a)	mejor	el (la) más bueno(a)	el (la) mejor
más buenos(as)	mejores	los (las) más buenos(as)	los (las) mejores
más malo(a)	peor	el (la) más malo(a)	el (la) peor
más malos(as)	peores	los (las) más malos(as)	los (las) peores

> Para indicar un grado de excelencia, se usan las formas comparativas y superlativas **mejor(es)** y **peor(es)**. Las formas comparativas y superlativas regulares **más bueno(a/os/as)** y **más malo(a/os/as)**, cuando se usan, se refieren a cualidades morales.

> Según tu opinión, ¿cuál es **el mejor** lugar para bailar tangos?
> La situación en Argentina está **mejor** ahora que en la década de los ochenta.
> Este es el **peor** invierno que he pasado en esta ciudad.
> Tu padre es el hombre **más bueno** que conozco.

Formas comparativas y superlativas de *grande* y *pequeño*

Comparativo		Superlativo	
Regular	Irregular	Regular	Irregular
más grande	mayor	el (la) más grande	el (la) mayor
más grandes	mayores	los (las) más grandes	los (las) mayores
más pequeño(a)	menor	el (la) más pequeño(a)	el (la) menor
más pequeños(as)	menores	los (las) más pequeños(as)	los (las) menores

> Las formas comparativas y superlativas irregulares **mayor(es)** y **menor(es)** se refieren a edad en el caso de personas y al mayor o menor grado de importancia en el caso de objetos o conceptos. Las formas comparativas y superlativas regulares **más grande(s)** y **más pequeño(a/os/as)** se refieren normalmente a tamaño.

> Mi hermano **menor** es **más grande** que yo.
> La representación política es una de las **mayores** preocupaciones de las minorías.
> Un puñal es **más pequeño** que una espada.

Ahora, ¡a practicar!

A. El campo de la comunicación en MERCOSUR. Lee las siguientes estadísticas del año 2000 sobre los países miembros de MERCOSUR y contesta las preguntas que siguen. Las preguntas se refieren a la situación en esos países en el año 2000.

	Argentina	Uruguay	Paraguay	Brasil
Líneas de teléfono (por mil habitantes)	213	278	50	182
Teléfonos celulares (por mil habitantes)	163	132	149	136
Computadora personal (por 1000 habitantes)	51	105	13	44
Usuarios de Internet (en miles)	2500	370	40	5000

1. ¿Cuál es el país con el mayor número de líneas telefónicas por mil habitantes? ¿Y el país con el menor número de líneas telefónicas?

2. Entre Uruguay y Paraguay, ¿dónde hay más teléfonos celulares por mil habitantes?

3. ¿Qué país tiene casi tantos teléfonos celulares por mil habitantes que Brasil?

4. ¿En qué país tienen las personas menos computadoras personales? ¿Y en qué país tienen más?

5. ¿En qué país hay menos usuarios de Internet? ¿Y en qué país hay más usuarios de Internet?

6. En tu opinión, ¿qué país es más desarrollado en el campo de la comunicación? ¿Y el menos desarrollado? ¿Por qué?

B. Les Luthiers. Basándote en lo que has aprendido sobre estos artistas argentinos, contesta las preguntas que siguen.

1. ¿Piensas que a Les Luthiers les gusta tanto la música popular como la música clásica o que les gusta más la música clásica que la música popular?

2. ¿Crees tú que se interesan más por los instrumentos musicales normales o por instrumentos musicales inventados por ellos?

3. ¿Son más famosos en Latinoamérica o en Europa?

4. ¿Crees que Les Luthiers hacen reír más con la música o con la palabra?

5. ¿Piensas que el grupo tiene más de ocho miembros o menos de ocho miembros?

6. ¿Piensas que Les Luthiers actúan más en teatro o más en televisión?

C. **Opiniones.** En grupos de tres, da tus opiniones acerca de las materias que estudias. Utiliza adjetivos como **aburrido, complicado, entretenido, difícil, fácil, fascinante, instructivo, interesante** u otros que conozcas.

MODELO matemáticas / física

Para mí las matemáticas son tan difíciles como la física. o Encuentro que la física es más (menos) interesante que las matemáticas.

1. antropología / ciencias políticas
2. química / física
3. historia / geografía
4. literatura inglesa / filosofía
5. psicología / sociología
6. español / alemán
7. biología / informática

D. **Argentinos de ahora.** Da tu opinión acerca de las tres personas que conociste en la sección **Los nuestros.**

MODELO entender de perfumes

Pienso que Gabriela Sabatini entiende más de perfumes porque tiene una línea de perfumería propia.

1. ser más atlético
2. aparecer más en televisión
3. ser más formal
4. saber más de asuntos científicos
5. tener más contacto con el público
6. practicar más con instrumentos musicales
7. tener más interés en los deportes
8. estar más ocupado(a)
9. ser más admirado(a) en todo el país
10. tener la profesión más gratificante

Lección 4: Chile

Colonización

aislado(a)
cacique *(m.)*
cargo
encargar
fuerte *(m.)*
sede *(f.)*

Golpe militar

consejo de seguridad
disuelto(a)
escaramuzas
exiliado(a)
golpe militar *(m.)*
lugarteniente *(m. f.)*
segunda vuelta
poder *(m.)*
red *(f.)*

Comercio internacional

índice *(m.)*
inversión *(f.)*
libre comercio
paridad *(f.)*

Verbos y expresiones verbales

a fines de
a través de
componer
darse a conocer
resaltar
restituirse

Palabras útiles

agitación
álgido(a)
coprotagonista *(m. f.)*
hierro
terrestre *(m. f.)*

Lección 4: Argentina

Gobierno
anarquista *(m. f.)*
autoritarismo
depuesto(a)
enfrentar
deuda externa
gasto
populismo
registrarse

Movimiento
automotriz
encaminar
expedicionario(a)
ferroviaria
trayectoria

Verbos y expresiones verbales
a finales de
obtener
por supuesto
suceder
tener a gala

Palabras útiles
género
granero
repertorio
respectivamente

Michaela Begsteiger/Photolibrary

Tablas **verbales**

Conjugaciones verbales

VERBOS REGULARES	verbos en -*ar*	verbos en -*er*	verbos en -*ir*
Infinitivo	hablar	comer	vivir
Gerundio	hablando	comiendo	viviendo
Participio pasado	hablado	comido	vivido
TIEMPOS SIMPLES			
Presente de indicativo	hablo hablas habla hablamos habláis hablan	como comes come comemos coméis comen	vivo vives vive vivimos vivís viven
Imperfecto	hablaba hablabas hablaba hablábamos hablabais hablaban	comía comías comía comíamos comíais comían	vivía vivías vivía vivíamos vivíais vivían
Pretérito	hablé hablaste habló hablamos hablasteis hablaron	comí comiste comió comimos comisteis comieron	viví viviste vivió vivimos vivisteis vivieron
Futuro	hablaré hablarás hablará hablaremos hablaréis hablarán	comeré comerás comerá comeremos comeréis comerán	viviré vivirás vivirá viviremos viviréis vivirán
Condicional	hablaría hablarías hablaría hablaríamos hablaríais hablarían	comería comerías comería comeríamos comeríais comerían	viviría vivirías viviría viviríamos viviríais vivirían
Presente de subjuntivo	hable hables hable hablemos habléis hablen	coma comas coma comamos comáis coman	viva vivas viva vivamos viváis vivan

Imperfecto de subjuntivo (-ra)	hablara	comiera	viviera
	hablaras	comieras	vivieras
	hablara	comiera	viviera
	habláramos	comiéramos	viviéramos
	hablarais	comierais	vivierais
	hablaran	comieran	vivieran

Mandatos		hablar	comer	vivir
	(tú)	habla, no hables	come, no comas	vive, no vivas
	(vosotros)	hablad, no habléis	comed, no comáis	vivid, no viváis
	(Ud.)	hable, no hable	coma, no coma	viva, no viva
	(Uds.)	hablen, no hablen	coman, no coman	vivan, no vivan

TIEMPOS PERFECTOS

Presente perfecto de indicativo	he hablado	he comido	he vivido
	has hablado	has comido	has vivido
	ha hablado	ha comido	ha vivido
	hemos hablado	hemos comido	hemos vivido
	habéis hablado	habéis comido	habéis vivido
	han hablado	han comido	han vivido

Pluscuamperfecto de indicativo	había hablado	había comido	había vivido
	habías hablado	habías comido	habías vivido
	había hablado	había comido	había vivido
	habíamos hablado	habíamos comido	habíamos vivido
	habíais hablado	habíais comido	habíais vivido
	habían hablado	habían comido	habían vivido

Futuro perfecto	habré hablado	habré comido	habré vivido
	habrás hablado	habrás comido	habrás vivido
	habrá hablado	habrá comido	habrá vivido
	habremos hablado	habremos comido	habremos vivido
	habréis hablado	habréis comido	habréis vivido
	habrán hablado	habrán comido	habrán vivido

Condicional perfecto	habría hablado	habría comido	habría vivido
	habrías hablado	habrías comido	habrías vivido
	habría hablado	habría comido	habría vivido
	habríamos hablado	habríamos comido	habríamos vivido
	habríais hablado	habríais comido	habríais vivido
	habrían hablado	habrían comido	habrían vivido

Presente perfecto de subjuntivo	haya hablado	haya comido	haya vivido
	hayas hablado	hayas comido	hayas vivido
	haya hablado	haya comido	haya vivido
	hayamos hablado	hayamos comido	hayamos vivido
	hayáis hablado	hayáis comido	hayáis vivido
	hayan hablado	hayan comido	hayan vivido

Pluscuamperfecto de subjuntivo	hubiera hablado	hubiera comido	hubiera vivido
	hubieras hablado	hubieras comido	hubieras vivido
	hubiera hablado	hubiera comido	hubiera vivido
	hubiéramos hablado	hubiéramos comido	hubiéramos vivido
	hubierais hablado	hubierais comido	hubierais vivido
	hubieran hablado	hubieran comido	hubieran vivido

Verbos con cambios en la raíz

1   Verbos con cambios en la raíz que terminan en *-ar* y *-er*

e → ie: pensar

Presente de indicativo	pienso, piensas, piensa, pensamos, pensáis, piensan
Presente de subjuntivo	piense, pienses, piense, pensemos, penséis, piensen
Mandatos	piensa, no pienses (tú) pensad, no penséis (vosotros)
	piense, no piense (Ud.) piensen, no piensen (Uds.)

Verbos adicionales	cerrar	empezar	perder
	comenzar	entender	sentarse

o → ue: volver

Presente de indicativo	vuelvo, vuelves, vuelve, volvemos, volvéis, vuelven
Presente de subjuntivo	vuelva, vuelvas, vuelva, volvamos, volváis, vuelvan
Mandatos	vuelve, no vuelvas (tú) volved, no volváis (vosotros)
	vuelva, no vuelva (Ud.) vuelvan, no vuelvan (Uds.)

Verbos adicionales	acordarse	demostrar	llover
	acostarse	encontrar	oler (o → hue)
	colgar	jugar (u → ue)	mover
	costar		

2   Verbos con cambios en la raíz que terminan en *-ir*

e → ie, i: sentir

Gerundio	sintiendo
Presente de indicativo	siento, sientes, siente, sentimos, sentís, sienten
Presente de subjuntivo	sienta, sientas, sienta, sintamos, sintáis, sientan
Pretérito	sentí, sentiste, sintió, sentimos, sentisteis, sintieron
Imperfecto de subjuntivo	sintiera, sintieras, sintiera, sintiéramos, sintierais, sintieran
Mandatos	siente, no sientas (tú) sentid, no sintáis (vosotros)
	sienta, no sienta (Ud.) sientan, no sientan (Uds.)

Verbos adicionales	adquirir (i → ie, i)	convertir	herir	preferir
	consentir	divertir(se)	mentir	sugerir

e → i, i: servir

Gerundio	sirviendo
Presente de indicativo	sirvo, sirves, sirve, servimos, servís, sirven
Presente de subjuntivo	sirva, sirvas, sirva, sirvamos, sirváis, sirvan
Pretérito	serví, serviste, sirvió, servimos, servisteis, sirvieron
Imperfecto de subjuntivo	sirviera, sirvieras, sirviera, sirviéramos, sirvierais, sirvieran
Mandatos	sirve, no sirvas (tú) servid, no sirváis (vosotros)
	sirva, no sirva (Ud.) sirvan, no sirvan (Uds.)

Verbos adicionales	concebir	elegir	reír	seguir
	despedir(se)	pedir	repetir	vestir(se)

o → ue, u:	dormir

Gerundio	durmiendo
Presente de indicativo	duermo, duermes, duerme, dormimos, dormís, duermen
Presente de subjuntivo	duerma, duermas, duerma, durmamos, durmáis, duerman
Pretérito	dormí, dormiste, durmió, dormimos, dormisteis, durmieron
Imperfecto de subjuntivo	durmiera, durmieras, durmiera, durmiéramos, durmierais, durmieran
Mandatos	duerme, no duermas (tú) dormid, no durmáis (vosotros)
	duerma, no duerma (Ud.) duerman, no duerman (Uds.)
Verbos adicionales	morir(se)

Verbos con cambios ortográficos

1   Verbos que terminan en *-ger* o *-gir*

g → j antes de o, a: escoger	

Presente de indicativo	escojo, escoges, escoge, escogemos, escogéis, escogen
Presente de subjuntivo	escoja, escojas, escoja, escojamos, escojáis, escojan
Mandatos	escoge, no escojas (tú) escoged, no escojáis (vosotros)
	escoja, no escoja (Ud.) escojan, no escojan (Uds.)
Verbos adicionales	coger dirigir encoger proteger
	corregir (i) elegir (i) exigir recoger

2   Verbos que terminan en *-gar*

g → gu antes de e: pagar	

Pretérito	pagué, pagaste, pagó, pagamos, pagasteis, pagaron
Presente de subjuntivo	pague, pagues, pague, paguemos, paguéis, paguen
Mandatos	paga, no pagues (tú) pagad, no paguéis (vosotros)
	pague, no pague (Ud.) paguen, no paguen (Uds.)
Verbos adicionales	entregar jugar (ue) llegar obligar

3   Verbos que terminan en *-car*

c → qu antes de e: buscar	

Pretérito	busqué, buscaste, buscó, buscamos, buscasteis, buscaron
Presente de subjuntivo	busque, busques, busque, busquemos, busquéis, busquen
Mandatos	busca, no busques (tú) buscad, no busquéis (vosotros)
	busque, no busque (Ud.) busquen, no busquen (Uds.)
Verbos adicionales	acercar indicar tocar
	explicar sacar

4　Verbos que terminan en -zar

z → c antes de e:　empezar (ie)

Pretérito	empecé, empezaste, empezó, empezamos, empezasteis, empezaron
Presente de subjuntivo	empiece, empieces, empiece, empecemos, empecéis, empiecen
Mandatos	empieza, no empieces (tú)　　empezad, no empecéis (vosotros)
	empiece, no empiece (Ud.)　　empiecen, no empiecen (Uds.)
Verbos adicionales	almorzar (ue)　　comenzar (ie)　cruzar　　organizar

5　Verbos que terminan en una consonante + -cer o -cir

c → z antes de o, a:　convencer

Presente de indicativo	convenzo, convences, convence, convencemos, convencéis, convencen
Presente de subjuntivo	convenza, convenzas, convenza, convenzamos, convenzáis, convenzan
Mandatos	convence, no convenzas (tú)　　convenced, no convenzáis (vosotros)
	convenza, no convenza (Ud.)　　convenzan, no convenzan (Uds.)
Verbos adicionales	ejercer　　esparcir　　vencer

6　Verbos que terminan en una vocal + -cer or -cir

c → zc antes de o, a:　conocer

Presente de indicativo	conozco, conoces, conoce, conocemos, conocéis, conocen
Presente de subjuntivo	conozca, conozcas, conozca, conozcamos, conozcáis, conozcan
Mandatos	conoce, no conozcas (tú)　　conoced, no conozcáis (vosotros)
	conozca, no conozca (Ud.)　　conozcan, no conozcan (Uds.)

Verbos adicionales	agradecer	obedecer	pertenecer
	conducir[1]	ofrecer	producir
	desconocer	parecer	reducir
	establecer	permanecer	traducir

7　Verbos que terminan en -guir

gu → g antes de o, a:　seguir (i)

Presente de indicativo	sigo, sigues, sigue, seguimos, seguís, siguen
Presente de subjuntivo	siga, sigas, siga, sigamos, sigáis, sigan
Mandatos	sigue, no sigas (tú)　　seguid, no sigáis (vosotros)
	siga, no siga (Ud.)　　sigan, no sigan (Uds.)
Verbos adicionales	conseguir　　distinguir　　perseguir　　proseguir

8　Verbos que terminan en -guar

gu → gü antes de e:　averiguar

Pretérito	averigüé, averiguaste, averiguó, averiguamos, averiguasteis, averiguaron
Presente de subjuntivo	averigüe, averigües, averigüe, averigüemos, averigüéis, averigüen
Mandatos	averigua, no averigües (tú)　　averiguad, no averigüéis (vosotros)
	averigüe, no averigüe (Ud.)　　averigüen, no averigüen (Uds.)
Verbos adicionales	apaciguar　　atestiguar

[1]Véase **conducir** en la sección de verbos irregulares (pág. 520) para otros tipos de irregularidades de verbos que terminan en -**ducir**.

9 Verbos que terminan en *-uir*

i no acentuada → **y** entre vocales: **construir**

Gerundio	construyendo
Presente de indicativo	construyo, construyes, construye, construimos, construís, construyen
Pretérito	construí, construiste, construyó, construimos, construisteis, construyeron
Presente de subjuntivo	construya, construyas, construya, construyamos, construyáis, construyan
Imperfecto de subjuntivo	construyera, construyeras, construyera, construyéramos, construyerais, construyeran
Mandatos	construye, no construyas (tú) construid, no construyáis (vosotros)
	construya, no construya (Ud.) construyan, no construyan (Uds.)
Verbos adicionales	concluir destruir instruir
	contribuir huir sustituir

10 Verbos que terminan en *-eer*

i no acentuada → **y** entre vocales: **creer**

Gerundio	creyendo
Pretérito	creí, creíste, creyó, creímos, creísteis, creyeron
Imperfecto de subjuntivo	creyera, creyeras, creyera, creyéramos, creyerais, creyeran
Verbos adicionales	leer poseer

11 Algunos verbos que terminan en *-iar* y *-uar*

i → **í** cuando va acentuada: **enviar**

Presente de indicativo	envío, envías, envía, enviamos, enviáis, envían
Presente de subjuntivo	envíe, envíes, envíe, enviemos, enviéis, envíen
Mandatos	envía, no envíes (tú) enviad, no enviéis (vosotros)
	envíe, no envíe (Ud.) envíen, no envíen (Uds.)
Verbos adicionales	ampliar enfriar variar
	confiar guiar

u → **ú** cuando va acentuada: **continuar**

Presente de indicativo	continúo, continúas, continúa, continuamos, continuáis, continúan
Presente de subjuntivo	continúe, continúes, continúe, continuemos, continuéis, continúen
Mandatos	continúa, no continúes (tú) continuad, no continuéis (vosotros)
	continúe, no continúe (Ud.) continúen, no continúen (Uds.)
Verbos adicionales	acentuar efectuar graduar(se) situar

Verbos irregulares

1

abrir

Participio pasado	abierto
Verbos adicionales	cubrir descubrir

2

andar

Pretérito	anduve, anduviste, anduvo, anduvimos, anduvisteis, anduvieron
Imperfecto de subjuntivo	anduviera, anduvieras, anduviera, anduviéramos, anduvierais, anduvieran

3

caer

Gerundio	cayendo
Participio pasado	caído
Presente de indicativo	caigo, caes, cae, caemos, caéis, caen
Pretérito	caí, caíste, cayó, caímos, caísteis, cayeron
Presente de subjuntivo	caiga, caigas, caiga, caigamos, caigáis, caigan
Imperfecto de subjuntivo	cayera, cayeras, cayera, cayéramos, cayerais, cayeran

4

conducir[1]

Presente de indicativo	conduzco, conduces, conduce, conducimos, conducís, conducen			
Pretérito	conduje, condujiste, condujo, condujimos, condujisteis, condujeron			
Presente de subjuntivo	conduzca, conduzcas, conduzca, conduzcamos, conduzcáis, conduzcan			
Imperfecto de subjuntivo	condujera, condujeras, condujera, condujéramos, condujerais, condujeran			
Verbos adicionales	introducir	producir	reducir	traducir

5

dar

Presente de indicativo	doy, das, da, damos, dais, dan
Pretérito	di, diste, dio, dimos, disteis, dieron
Presente de subjuntivo	dé, des, dé, demos, deis, den
Imperfecto de subjuntivo	diera, dieras, diera, diéramos, dierais, dieran

6

decir

Gerundio	diciendo	
Participio pasado	dicho	
Presente de indicativo	digo, dices, dice, decimos, decís, dicen	
Pretérito	dije, dijiste, dijo, dijimos, dijisteis, dijeron	
Futuro	diré, dirás, dirá, diremos, diréis, dirán	
Condicional	diría, dirías, diría, diríamos, diríais, dirían	
Presente de subjuntivo	diga, digas, diga, digamos, digáis, digan	
Imperfecto de subjuntivo	dijera, dijeras, dijera, dijéramos, dijerais, dijeran	
Mandato afirmativo familiar[2]	di	
Verbos adicionales	desdecir	predecir

[1]Todos los verbos que terminan en **-ducir** siguen este patrón.

[2]Única forma irregular cuando aparece en un verbo de estas tablas; el resto de los mandatos se forma según las normas que usan todos los verbos.

7

escribir

Participio pasado	escrito		
Verbos adicionales	inscribir	proscribir	transcribir
	prescribir	subscribir	

8

estar

Presente de indicativo	estoy, estás, está, estamos, estáis, están
Pretérito	estuve, estuviste, estuvo, estuvimos, estuvisteis, estuvieron
Presente de subjuntivo	esté, estés, esté, estemos, estéis, estén
Imperfecto de subjuntivo	estuviera, estuvieras, estuviera, estuviéramos, estuvierais, estuvieran

9

haber

Presente de indicativo	he, has, ha, hemos, habéis, han
Pretérito	hube, hubiste, hubo, hubimos, hubisteis, hubieron
Futuro	habré, habrás, habrá, habremos, habréis, habrán
Condicional	habría, habrías, habría, habríamos, habríais, habrían
Presente de subjuntivo	haya, hayas, haya, hayamos, hayáis, hayan
Imperfecto de subjuntivo	hubiera, hubieras, hubiera, hubiéramos, hubierais, hubieran

10

hacer

Participio pasado	hecho		
Presente de indicativo	hago, haces, hace, hacemos, hacéis, hacen		
Pretérito	hice, hiciste, hizo, hicimos, hicisteis, hicieron		
Futuro	haré, harás, hará, haremos, haréis, harán		
Condicional	haría, harías, haría, haríamos, haríais, harían		
Presente de subjuntivo	haga, hagas, haga, hagamos, hagáis, hagan		
Imperfecto de subjuntivo	hiciera, hicieras, hiciera, hiciéramos, hicierais, hicieran		
Mandato afirmativo familiar	haz		
Verbos adicionales	deshacer	rehacer	satisfacer

11

ir

Gerundio	yendo
Presente de indicativo	voy, vas, va, vamos, vais, van
Imperfecto de indicativo	iba, ibas, iba, íbamos, ibais, iban
Pretérito	fui, fuiste, fue, fuimos, fuisteis, fueron
Presente de subjuntivo	vaya, vayas, vaya, vayamos, vayáis, vayan
Imperfecto de subjuntivo	fuera, fueras, fuera, fuéramos, fuerais, fueran
Mandato afirmativo familiar	ve

12

morir (ue)

Participio pasado	muerto

13

oír

Gerundio	oyendo
Participio pasado	oído
Presente de indicativo	oigo, oyes, oye, oímos, oís, oyen
Pretérito	oí, oíste, oyó, oímos, oísteis, oyeron
Presente de subjuntivo	oiga, oigas, oiga, oigamos, oigáis, oigan
Imperfecto de subjuntivo	oyera, oyeras, oyera, oyéramos, oyerais, oyeran

14

poder

Gerundio	pudiendo
Presente de indicativo	puedo, puedes, puede, podemos, podéis, pueden
Pretérito	pude, pudiste, pudo, pudimos, pudisteis, pudieron
Futuro	podré, podrás, podrá, podremos, podréis, podrán
Condicional	podría, podrías, podría, podríamos, podríais, podrían
Presente de subjuntivo	pueda, puedas, pueda, podamos, podáis, puedan
Imperfecto de subjuntivo	pudiera, pudieras, pudiera, pudiéramos, pudierais, pudieran

15

poner

Participio pasado	puesto		
Presente de indicativo	pongo, pones, pone, ponemos, ponéis, ponen		
Pretérito	puse, pusiste, puso, pusimos, pusisteis, pusieron		
Futuro	pondré, pondrás, pondrá, pondremos, pondréis, pondrán		
Condicional	pondría, pondrías, pondría, pondríamos, pondríais, pondrían		
Presente de subjuntivo	ponga, pongas, ponga, pongamos, pongáis, pongan		
Imperfecto de subjuntivo	pusiera, pusieras, pusiera, pusiéramos, pusierais, pusieran		
Mandato afirmativo familiar	pon		
Verbos adicionales	componer	proponer	sobreponer
	descomponer	reponer	suponer
	oponer		

16

querer

Presente de indicativo	quiero, quieres, quiere, queremos, queréis, quieren
Pretérito	quise, quisiste, quiso, quisimos, quisisteis, quisieron
Futuro	querré, querrás, querrá, querremos, querréis, querrán
Condicional	querría, querrías, querría, querríamos, querríais, querrían
Presente de subjuntivo	quiera, quieras, quiera, queramos, queráis, quieran
Imperfecto de subjuntivo	quisiera, quisieras, quisiera, quisiéramos, quisierais, quisieran

17

reír (i)

Participio pasado	riendo
Pretérito	reí, reíste, rió, reímos, reísteis, rieron
Imperfecto de subjuntivo	riera, rieras, riera, riéramos, rierais, rieran

Verbos adicionales	freír	sofreír	sonreír(se)

18

romper

Participio pasado	roto

19

saber

Presente de indicativo	sé, sabes, sabe, sabemos, sabéis, saben
Pretérito	supe, supiste, supo, supimos, supisteis, supieron
Futuro	sabré, sabrás, sabrá, sabremos, sabréis, sabrán
Condicional	sabría, sabrías, sabría, sabríamos, sabríais, sabrían
Presente de subjuntivo	sepa, sepas, sepa, sepamos, sepáis, sepan
Imperfecto de subjuntivo	supiera, supieras, supiera, supiéramos, supierais, supieran

20

salir

Presente de indicativo	salgo, sales, sale, salimos, salís, salen
Futuro	saldré, saldrás, saldrá, saldremos, saldréis, saldrán
Condicional	saldría, saldrías, saldría, saldríamos, saldríais, saldrían
Presente de subjuntivo	salga, salgas, salga, salgamos, salgáis, salgan
Mandato afirmativo familiar	sal

21

ser

Presente de indicativo	soy, eres, es, somos, sois, son
Imperfecto de indicativo	era, eras, era, éramos, erais, eran
Pretérito	fui, fuiste, fue, fuimos, fuisteis, fueron
Presente de subjuntivo	sea, seas, sea, seamos, seáis, sean
Imperfecto de subjuntivo	fuera, fueras, fuera, fuéramos, fuerais, fueran
Mandato afirmativo familiar	sé

22

tener

Presente de indicativo	tengo, tienes, tiene, tenemos, tenéis, tienen
Pretérito	tuve, tuviste, tuvo, tuvimos, tuvisteis, tuvieron
Futuro	tendré, tendrás, tendrá, tendremos, tendréis, tendrán
Condicional	tendría, tendrías, tendría, tendríamos, tendríais, tendrían
Presente de subjuntivo	tenga, tengas, tenga, tengamos, tengáis, tengan
Imperfecto de subjuntivo	tuviera, tuvieras, tuviera, tuviéramos, tuvierais, tuvieran
Mandato afirmativo familiar	ten

Verbos adicionales	contener	detener	retener

23

traer

Gerundio	trayendo
Participio pasado	traído
Presente de indicativo	traigo, traes, trae, traemos, traéis, traen
Pretérito	traje, trajiste, trajo, trajimos, trajisteis, trajeron
Presente de subjuntivo	traiga, traigas, traiga, traigamos, traigáis, traigan
Imperfecto de subjuntivo	trajera, trajeras, trajera, trajéramos, trajerais, trajeran
Verbos adicionales	contraer distraer

24

valer

Presente de indicativo	valgo, vales, vale, valemos, valéis, valen
Futuro	valdré, valdrás, valdrá, valdremos, valdréis, valdrán
Condicional	valdría, valdrías, valdría, valdríamos, valdríais, valdrían
Presente de subjuntivo	valga, valgas, valga, valgamos, valgáis, valgan

25

venir

Gerundio	viniendo
Presente de indicativo	vengo, vienes, viene, venimos, venís, vienen
Pretérito	vine, viniste, vino, vinimos, vinisteis, vinieron
Futuro	vendré, vendrás, vendrá, vendremos, vendréis, vendrán
Condicional	vendría, vendrías, vendría, vendríamos, vendríais, vendrían
Presente de subjuntivo	venga, vengas, venga, vengamos, vengáis, vengan
Imperfecto de subjuntivo	viniera, vinieras, viniera, viniéramos, vinierais, vinieran
Mandato afirmativo familiar	ven
Verbos adicionales	convenir intervenir

26

ver

Participio pasado	visto
Presente de indicativo	veo, ves, ve, vemos, veis, ven
Imperfecto de indicativo	veía, veías, veía, veíamos, veíais, veían
Pretérito	vi, viste, vio, vimos, visteis, vieron
Presente de subjuntivo	vea, veas, vea, veamos, veáis, vean

27

volver (ue)

Participio pasado	vuelto		
Verbos adicionales	devolver	envolver	resolver

This **Vocabulario** includes all active and most passive words and expressions in **El Mundo 21 hispano** (conjugated verb forms and proper names used in passive vocabulary are generally omitted). Two numbers separated by a period appear in parentheses following all active vocabulary. The first number refers to the lesson where the word or phrase is introduced. The second number refers to the first, second, or third country presented in the lesson. The numbers **(1.2)**, for example, refer to *Lesson 1* and *Puerto Rico*, which is the second country presented in **Lesson 1**. The gender of nouns is indicated as masculine *(m.)* or feminine *(f.)* on all nouns, except for masculine nouns ending in **–o** and feminine nouns ending in **–a. –ción** and **-dad**. When the noun designates a person, both the masculine and feminine forms are given if the English equivalents are different, for example, **abuelo** (grandfather), **abuela** (grandmother). Adjectives ending in **–o** are given in the masculine singular with the feminine ending **–a** given in parentheses, for example, **acomodado (a)**. Verbs are listed in the infinitive form **(-ar, -er, -ir)**. Stem-changes in verbs are given in parentheses, for example **conferir (ie, i)**. Spelling changes in verbs are given in parentheses, for example **brincar (qu)**.

A

a bordo *on board*
a cargo de *in charge of*
a causa de *because of, due to* (3.2)
a consecuencia de *as a consequence of, as a result of* (9.1)
a favor *in favor*
a fin de *in order to*
a finales de *at the end of* (4.2)
a fines de *at the end of* (4.1)
a golpes *bash, batter*
a lo largo de *throughout* (5.1)
a mediados *mid, middle*
a medida *made to measure*
a menudo *often*
a partir de *starting from, as of* (1.2)
a perpetuidad *a life sentence*
a pesar de *in spite of, despite* (1.1)
a principios de *at the beginning of* (8.2)
a propósito *by the way*
a tientas *to feel one's way*
a través de *by means of, through* (4.1)
abarcar (qu) *to contain, include, cover* (5.2)
abeja *bee*
abogado (a) *lawyer*
abominable *detestable*
aborigen *(m. f.) aboriginal, the earliest inhabitants* (1.1)
abortar *to abort, to miscarry, to foil*
abotonarse *to button up*
abovedado (a) *arched, vaulted*
abrazar (c) *to embrace*
abrazo *embrace*
abreviar *to abbreviate* (2.2)
absorber *to absorb*
abstracción *abstraction*
abundante *abundant*
abundar *to abound*
aburrido (a) *boring*
aburrir (c) *to be boring*
acabar de *to have just*
acabarse *to finish, to come to an end, to run out*
acantilado *cliff*
acariciar *to caress, to stroke*
acarrear *to carry, to haul*
acaso *by chance, by accident*
acceder *to agree; to come to power* (5.2)
acceso *access, entrance*
acción *stock*
aceite *(m.) oil*
acelerar *to speed up, to accelerate*
acerca *about, relating to*

acercar (qu) *to bring nearer* (10.2)
acertar *to guess correctly, to be right*
acoger (j) *to receive, to welcome* (5.1)
acomodado (a) *prosperous, well-off* (1.1)
acomodarse *to settle down, to conform*
acompañante *(m. f.) companion, accompanist*
aconsejar *to advise, to counsel*
acontecimiento *event* (9.2)
acordarse de *to remember*
acordeonista *(m. f.) accordionist*
acoso *(m.) relentless pursuit, harassment*
acostumbrado (a) *accustomed*
acostumbrar *to get somebody used to doing something; to be in the habit of doing something*
acreedor (a) *worthy of; creditor* (5.1)
acta *minutes, proceedings*
activista *(m. f.) activist*
actual *present, current* (1.1)
actualidad *currently, at present* (6.2)
actualmente *currently* (1.1)
acueducto *aqueduct* (2.1)
acuerdo *agreement* (5.1)
acuerdo de paz *peace agreement, accord* (8.2)
acumular *to accumulate*
adaptarse *to adapt oneself*
adecuado (a) *adequate, appropriate*
adelantado (a) *advanced* (2.1)
adelantar *to advance*
adelante *forward*
adelgazar *to lose weight, to be thin*
además *also*
adivinar *to guess*
adoración *adoration*
adorar *to adore*
adosado (a) *semidetached, terraced*
adquirir (ie) *to acquire*
aduana *customs*
advertir (ie) *to warn* (9.2)
afamado (a) *famous* (6.1)
afectado (a) *affected*
afectar *to affect*
afecto *affection*
afectuoso (a) *warm-hearted, affectionate*
afeitar (se) *to shave*
aferrar (se) *to seize, to clutch, to cling*
aficionado (a) *fan, enthusiast*
afiliado (a) *affiliated*
afirmar *to affirm* (2.2)
afortunado (a) *fortunate*
afro-caribeña (a) *Afro-Caribbean*
afueras *(f. pl.) outside, outskirts*

agitación *agitation, turmoil* (4.1)
agitar *to shake, to stir*
agobiar *to burden, to exhaust* (3.1)
agotador (a) *exhausting*
agradar *to be pleasing or agreeable*
agradecer (zc) *to appreciate*
agradecido (a) *grateful*
agrado *liking* (8.1)
agrario (a) *agrarian, agricultural* (3.2)
agrícola *agricultural*
agrietado (a) *chapped, cracked, split*
agropecuario (a) *farming and lifestock* (6.2)
aguantar *to bear, to stand*
aguja *needle*
ahorrar *to save (money)*
aislado (a) *isolated* (4.1)
aislamiento *isolation*
aislar *to isolate*
ajeno (a) *foreign, strange*
ajustar *to tighten, to adjust*
ajusticiamiento *execution* (8.2)
al comienzo de *at the beginning of* (2.2)
al filo de *at the edge of* (1.1)
al igual que *the same as* (3.3)
ala *wing*
alameda *avenue, boulevard*
alarido (a) *shriek, howl*
alba *(m.) dawn*
albergar (gu) *to house, to accommodate* (6.2)
albiceleste *white and light blue*
alcalde, alcaldesa *mayor*
alcance *(m.) reach, range, scope*
alcanzar (c) *to reach, to attain* (1.1), *to catch up with*
aldea *village* (1.1)
alegrar *to make happy, to cheer up*
alemán *German*
álgido (a) *culminating, decisive* (4.1)
alimento *food*
almacén *(m.) warehouse, store, grocery store*
almohada *pillow*
alrededor *around* (1.1)
alrededores *(m. pl.) surrounding area; outskirts*
alta costura *high fashion* (3.2)
alterar *to change, to alter*
alternar *to alternate*
altiplanicie *(f.) highlands*
altiplano *high plateau*
altura *height; altitude*
amanecer *(m.) dawn*
amante *(m. f.) lover*
amargamente *bitterly*

amargo (a) *bitter*
amazónico (a) *Amazonian, Amazon* (3.2)
ámbar *(m. f.) ambar*
ambicioso (a) *ambicious*
ambiental *environmental* (10.1)
ámbito *field* (1.1)
ambos (as) *both* (2.1)
amenazar *to threaten*
amnistía *amnesty*
amoroso (a) *loving, caring*
ampliamente *widely, largely*
ampliar (í) *to enlarge*
amplio (a) *wide, spacious* (9.1)
amplitud *(f.) spaciousness, room, space*
analfabetismo *illiteracy*
anarquista *(m. f.) anarchist* (4.2)
ancho (a) *wide*
andar *to walk*
andino (a) *Andean* (3.1)
anestesia *anesthesia*
anexado (a) *annexed* (5.1)
anfibio *amphibian, amphibious*
anhelado (a) *yearned for* (2.1)
anhelo *wish, desire*
anidación *nesting*
anillo *(m.) ring*
aniquilado (a) *annihilated, wiped out* (7.1)
aniquilar *annihilate, wipe out*
anochecer *(m.) nightfall, dusk, to get dark*
anotación *annotation* (7.2)
ansiosamente *anxiously*
anteayer *day before yesterday*
anteojos *(m. pl.) glasses, spectacles*
antepasado *ancestor*
anticipando *anticipating*
anticuado (a) *old-fashioned*
antiguo (a) *old*
antihéroe *(m.) antihero*
antológico (a) *anthological; memorable, brilliant* (5.1)
antología *anthology*
antónimo (a) *antonymous*
antorcha *torch* (8.1)
anular *to cancel, to repeal* (10.1)
aparato *apparatus*
aparcar (qu) *to park*
aparcería *sharecropping*
aparecer (zc) *to appear* (1.2)
aparentar *to feign, to appear like*
aparentemente *apparently*
aparición *appearance, apparition*
apariencia *appearance*
apasionante *exciting, enthralling*
apelativo *name* (2.1)
apenas *scarcely* (1.1)
apiadarse *to take pity*
aplastar *to squash, to quash*
aplaudir *to applaud, to clap*
aplicar (qu) *to apply*
apoderado (a) *proxy, representative, agent, manager*
apoderarse *to seize, to take possession* (3.3)
apogeo *height, zenith, apogee* (3.1)
aportación *contribution* (1.1)
aportar *to contribute* (1.2)
aporte *(m.) contribution, support* (1.1)
apostar *to bet*
apoyar *to support* (10.2)
apoyo *support*
apreciado (a) *appreciated*
apreciar *to be fond of, to appreciate*
apresurarse *to hurry up*
apretar *to press, to push, to squeeze*
apretón *(m.) hug, crush*

aprobar (ue) *to pass, to approve* (1.2)
apropiado (a) *appropriate*
aprovechar *to take advantage of*
aprovecharse *to use to one's advantage, to take advantage of*
aprovisionamiento *supply, provision* (5.1)
aproximadamente *approximately*
aproximarse *approximate, come up to, approach*
apuesta *bet*
apuntar *to make a note of, to note down, to point out*
apurado (a) *in a hurry*
araña *spider*
arbitrario (a) *arbitrary*
archipiélago *archipelago*
archivo *file*
arduamente
argumento *plot, storyline*
arma *arm, weapon*
armada *Armada, navy* (7.1)
arpa *harp* (5.1)
arpista *(m. f.) harpist, harp player*
arquitectura *arquitecture*
arrasar *to sweep to victory* (8.1)
arrecife *(m.) reef*
arrepentirse *to be sorry, to regret*
arrestar *to arrest*
arriesgarse (gu) *to risk*
arrojar *to throw*
arruinarse *to be ruined*
artefacto *artefact*
arteria *artery*
artesanal *(m. f.) artisan* (5.1)
artesanía *craftwork, crafts* (2.1)
artesano (a) *artisan, craftsperson* (1.1)
artículo *article*
arzobispo *archbishop*
asaltar *to rob, to hold up*
asalto *holdup, robbery*
asamblea *assembly*
ascendencia *ancestry* (1.2)
ascender *to rise, to ascend; to be promoted*
ascenso *promotion, ascent*
asco *disgust, revulsion*
asegurar *to assure, to guarantee*
asegurarse *to assure oneself*
asentado (a) *settled, deep-rooted*
asentamiento *settlement* (9.1)
asesinado (a) *murdered, assassinated*
asesinar *to murder*
asesinato *murder*
asesino (a) *assassin, killer*
asexuado (a) *sexless*
asfaltado (a) *asphalted*
así como *as well as* (2.1)
asilo *asylum, refuge* (8.2)
asimilación *assimilation*
asimilarse *to assimilate* (8.1)
asimismo *likewise* (5.2)
asolar *to devastate, to destroy*
asomarse *to lean out, to take a look*
asombrado (a) *amazed, astonished*
asombrar *to amaze, to astonish*
aspecto *aspect*
aspirante *(m. f.) contender* (10.2)
aspirar *to aspire*
astrónomo (a) *astronomer* (8.1)
asumir *to assume*
asunto *matter, issue*
atacar (qu) *to attack*
ataque *(m.) attack*
atar *to tie, to tie up*

atardecer *to get dark, (m.) dusk*
ataúd *(m.) coffin*
atención *attention*
atender (ie) *to pay attention, to attend to, to see to*
aterciopelado (a) *velvety*
atestiguar (ü) *to testify*
atmósfera *atmosphere*
atracción *attraction*
atractivo (a) *attractive*
atraer *to attract* (6.2)
atraído (a) *attracted* (5.1)
atrás *behind*
atravesar (ie) *to cross, to go across*
atribuido (a) *attributed*
atribuir (y) *to attribute*
atropellar *to run over*
audición *audition*
audiencia *audience*
aula *classroom*
aumentar *to increase*
aumento *increase*
aún *still, yet*
ausentismo *absenteeism*
auténtico (a) *authentic*
autobiografía *autobiography*
autóctono (a) *indigenous, native*
autodestructivo (a) *self-destructive*
automotriz *automotive* (4.2)
autonomía *autonomy* (1.2)
autoritarismo *authoritarianism* (4.2)
avalado (a) *guaranteed*
avatares *(m. pl.) ups and downs* (9.1)
ave *(f.) bird*
aventurarse *to be adventurous*
aventurero (a) *adventurer*
avergonzar (üe) *to embarrass, to put to shame* (3.3)
averiguar (ü) *to find out*
avistamiento *sighting* (7.1)
¡Ay de mí! *Woe is me!*
ayudar *to help*
ayuntamiento *city hall*
azar *(m.) chance*
azotar *to whip, to flog*
azucareras *(f. pl.) sugar refineries*
azucarero (a) *sugar, sugar-producing* (1.2)

B

bahía *bay* (1.1)
balada *ballad*
balneario *spa, resort*
baloncesto *basketball* (2.1)
bananero (a) *banana picker; banana tree*
banano *banana tree*
bancario (a) *bank employee*
bancarrota *bankruptcy* (5.2)
banda *strip* (5.1)
bandera *flag*
bando *edict, side, camp* (8.2)
bañista *(m. f.) bather*
baraja *deck, pack of cards*
barba *beard*
bárbaro (a) *barbarian, brute* 5.1
barco *ship* (1.1)
barra *rail, rod, pole, bar*
barriga *belly, tummy*
barrilete *(m.) small barrel*
barro *mud, clay*
basar *to base*
basarse *to be based on*
basquetbolista *(m. f.) basketball player*

bastante enough
batazo a great hit (baseball)
batir to beat, to whisk, to whip
baúl (m.) trunk
bautizado (a) baptized
beca scholarship (5.2)
belleza beauty
bello (a) beautiful
beneficiar to benefit
beneficiarse to benefit
beneficioso (a) beneficial
bengala flare, sparkler
beso kiss
bestiario bestiary
biblia bible
bienes (m. pl.) property, assets (2.2)
bienestar (m.) well-being, welfare
billete (m.) ticket
biografía biography
bipartidista (m. f.) bipartisan (10.1)
blanquinegro (a) black and white
bloquear to block
bloqueo blockade (7.1)
boleto ticket
boliche (m.) bar, small store
bolsa stock market
bolsillo pocket (10.1)
boquete (m.) hole, opening
boquiabierto (a) open-mouthed,
   flabbergasted
Borinquen Puerto Rico
borrador (m.) draft, rough draft; eraser
bosque (m.) forest
bosquejo outline
bostezar to yawn
bostezo yawn
bravura bravery
brazo arm
bregar (gu) to slave away
breve brief
brillar to shine
brisa breeze
barómetro barometer (9.2)
bronce (m.) bronze (2.1)
bruma (sea) mist
bruto (a) ignorant, uncouth, gross
bucear buccaneer
buceo underwater swimming
buque (m.) ship
burlar to outwit, to evade
burlarse to make fun of
bursátil stock market, exchange
buscar (qu) to look for
búsqueda search

C

caballeriza stable
caballero gentleman
caballo horse
cabaña cabin, shack
caber (irreg.) to fit
cabezal (m.) bolster, headrest; headboard
cabo cape, end
cacerola saucepan, pan
cachorro cub
cacique (m.) Indian chief (4.1)
cada each, every
cadena chain; network (10.2)
caída fall
caja box
cajero (a) cashier, teller
cajita small box

cajón (m.) drawer, box
calabozo cell, dungeon
calcetín (m.) sock
caldera caldron, boiler; crater
calentamiento warm-up
caleta cove, small bay
calidad quality (3.3)
cálido bold
callado (a) quiet
callar to be quiet, to shut up
caluroso (a) hot, warm
cambio de guardia changing of guard
campana bell
campaña campaign
campeonato championship (2.1)
campesino (a) peasant, rural, peasant-like
campo field
caña sugar cane (1.2)
candidato (a) candidate
candombe (m.) African-influenced dance
   (Uruguay)
cangrejo crab
cansancio tiredness
cantautor (a) singer-songwriter (3.1)
cantidad a large number (7.2), quantity
canto song, chant
caoba mahogany tree, mahogany
caótico (a) chaotic
capa layer, cape
capacidad capacity
capaz capable
capilla chapel
capirote (m.) pointed hood
capitanía a territory governed by the
   military independent of the viceroyalty
   to which it belonged (8.1)
capricho whim, caprice
capturar to capture
cara face
cárcel (f.) jail
cardamomo cardamom (8.1)
cardiólogo (a) cardiologist, heart specialist
   (2.1)
carecer (zc) to lack, to be without
cargado (a) loaded
cargo post (4.1)
caribeño (a) Caribbean
caricia caress
cariño affection
cariñoso (a) affectionate
carismático (a) charismatic
carreta wagon, cart
carretera highway, road
carrocería (auto) bodywork
cartel (m.) poster, sign
cartón (m.) cardboard, carton
casco helmet
caserío hamlet, village; farmhouse
casi almost
caso case
castellano Castillian (language); Spanish
castigado (a) affected; punished
castigar (gu) to punish
castigo punishment
casualidad chance, coincidence
cataclismo natural disaster, cataclysm
catacumbas (f. pl.) catacombs
catarata waterfall
catástrofe (f.) catastrophy
catastrófico (a) catastrophic
catedrático (a) university professor
cauteloso (a) cautious, careful
cautivar to captivate
cautiverio captivity, confinement (3.1)

caverna cave, cavern
ceder to cede, to hand over (2.2)
cedido (a) ceded, handed over (7.2)
celda cell
célebre famous (5.1)
ceniza ash
censura censureship (2.1)
cerámica ceramics, pottery
ceramista (m. f.) ceramist
cercanías (f. pl.) vicinity; surrounding
   area (6.1)
cercano (a) nearby, close (1.1)
cercar to fence off
cerciorarse to make sure
cerebro brain (1.1)
cerezo cherry tree
cerros (m. pl.) hills
certamen (m.) competition, contest (6.2)
certidumbre (f.) certainty
chaleco vest
chancho pig
charlar to chat, to talk
chicotazo whipping
chiflar to whistle; to boo
chino (a) Chinese
chisme (m.) gossip
chismoso (a) gossipy, gossip
choque (m.) crash, collision, shock
ciclo cycle
ciego (a) blind (1.2)
cielo sky
cierre (m.) closure, closing
cierto (a) certain, true
cifra number (1.1)
cilantro coriander
cineasta (m. f.) movie director
cinta ribbon, tape
circuito track, circuit
circulación circulation
círculo circle
circunstancia circumstance
cirugía surgery
cirujano (a) surgeon (9.2)
cita date, appointment
ciudadanía citizenship (1.1)
ciudadano (a) citizen
claridad clarity
claro (a) clear
clase (f.) menos acomodada lower class 1.1
clavar to hammer, to fix on
clave (f.) key, code
clientela clientele, customers
coartada alibi
cobarde coward
cobijo shelter
cobro collection (of payments) (9.2)
cocido stew; cooked
coger (j) to catch
coherente coherent, consistent
colaborar to collaborate, cooperate (1.2)
colapso collapse
colchón (m.) mattress
colectivo collective, group; bus
cólera (m.) cholera; anger, rage
colina hill
collado hill; pass
collar (m.) necklace, collar
colocar to place, to put (9.1)
colonia colony
colonizador (a) colonizer
colonizar to colonize, to settle
colono colonist (1.2)
coloquial colloquial
colorado (a) red

colorido (a) *colorful, color* (3.2)
columnista (m. f.) *columnist* (9.1)
comandar *to command*
combatir *to combat, to fight*
combustible (m.) *fuel* (7.2)
comentar *to comment*
comentario *commentary*
comenzar (ie) *to start*
comerciante (m. f.) *storekeeper, shopkeeper*
comercio *trade, commerce*
comestible (m.) *food*
cometa (m.) *comet (astronomy)*
comicio *election* (9.1)
comienzo *beginning*
comillas (f. pl.) *quotation marks*
comisión (f.) *committee, commission*
cómodo (a) *comfortable*
compañía *company*
comparación *comparison*
comparar *to compare*
compartir *to share*
compatriota (m. f.) *compatriot, fellow
    countryman (woman)* (8.1)
compenetrado (a) *committed; sharing
    feelings, sympathizing*
compensación *compensation*
compensar *to offset* (8.2)
competir *to compete*
competitivo (a) *competitive*
complacer (irreg.) *to please*
completarse *to complement each other*
complicado (a) *complicated*
componer (irreg.) *to fix, to compose* (4.1)
comportamiento *performance,
    behavior* (1.2)
comprender *to cover, include* (2.1)
comprobar *to verify*
comprometido (a) *committed* (5.2)
compromiso *obligation, engagement,
    compromise*
computación *computing, computer* (1.1)
común *common*
comunismo *communism*
comunista (m. f.) *communist*
con maldad *with malice*
concebir (i) *to conceive* (9.2)
conceder *to grant, to concede* (2.2)
concentrar *to concentrate*
concertarse *to agree, to reach an
    agreement, to come to terms*
concesión (f.) *concession*
conciudadanos (m. pl.) *fellow citizen,
    fellow countrymen*
concluir (y) *to complete, to finish, to conclude*
concordancia *agreement, concordance*
concretar *to specify*
concurso *contest* (10.2)
conde (m.) *earl, count*
condecoración *decoration; award* (3.1)
condecorado (a) *awarded*
conducción *conduction* (3.1)
conductor (a) *conductor, director* (3.1)
conectar *to connect*
conferencia *lecture, talk* (7.1)
confianza *trust*
confirmar *to confirm*
congelado (a) *frozen*
congelar *to freeze* (9.1)
conglomerado *conglomeration*
congregación *congregation*
congreso *congress*
cónico (a) *conical, conic*
conjunto *band, group* (3.2); *collection*
conmemorar *to commemorate*

conmovedor (a) *moving, touching* (9.1)
cono *cone*
conocimiento *knowledge* (2.1)
conquista *conquest*
consagración *consecration* (3.1)
consagrado (a) *time-honored, hallowed* (7.2)
consagrar *to confirm, to establish* (10.2)
consciencia *conscience*
consciente *conscience*
consecuencia *consequence*
consecutivo (a) *consecutive*
conseguir (i, i) (g) *to achieve; to obtain* (2.1)
consejero (a) *advisor, counselor, director*
consejo *advice; council; meeting*
consejo de seguridad *security council* (4.1)
conservatorio *conservatory*
considerablemente *considerably*
consigo *with you/him/her/one*
consiguiente *resulting, consequent*
consistente *thick, solid, sound, consistent*
consolidar *to consolidate* (6.2)
constar *to figure in, to be included in,
    to consist of*
constituir (y) *to make up, to constitute,
    to represent*
construido (a) *constructed*
construir (y) *to construct*
consultar *to consult*
consumidor (a) *consumer*
consumir *to consume*
consumo *consumption*
contagio *contagion* (5.2)
contaminado (a) *contaminated*
contaminar *to contaminate*
contar (ue) con *to count on*
contemplación *contemplation*
contemplar *to contemplate*
contemporáneo (a) *contemporaneous* (1.2)
contener (irreg.) *to contain*
contenido *content*
contestación *answer, reply*
contexto *context*
contra *against*
contracciones (f. pl.) *contractions*
contragolpe (m.) *to counterattack* (5.1)
contraproducente *counterproductive*
contrario (a) *contrary*
contrastar *to contrast*
contraste (m.) *contrast*
contratar *to contract*
contribución *contribution*
contribuir (y) *to contribute*
contrincante (m. f.) *rival, opponent* (6.2)
control (m.) de las armas de fuego *gun
    control*
controvertido (a) *controversial* (3.3)
convencer (z) *to convince*
convencido *convinced*
conveniencia *coexistence*
convenio *agreement*
convenir *to be suitable*
convento *convent*
convertir *to convert*
convertirse (ie) (i) *to become* (1.1)
convivir *to live together, to coexist*
coordinador (a) *coordinator*
copia *copy*
copita *a small cup; a glass (of wine)*
coprotagonista (m. f.) *co-star* (4.1)
coqueteo *flirt*
coraje (m.) *anger; courage, bravery*
corazón (m.) *heart*
cordial *cordial, friendly*
cordillera *mountain range*

corona *crown*
coronar *to crown* (2.1)
corregido (a) *corrected*
correspondencia *correspondence*
corrida de toros *bullfight*
corriente (f.) *trend, current* (6.1); *ordinary;
    stream*
corrió la voz *there was a rumor; the news
    spread* (6.1)
corrupción *corruption*
corte (m.) *cut, style* (10.1)
cortejo *courtship, wooing*
cortina *curtain*
corto plazo *short-term*
cortometraje (m.) *short movie or film*
cosmovisión (f.) *view of the world* (3.2)
costilla *rib*
costo *cost*
costumbre (f.) *custom*
costura *sewing*
cotizado (a) *valued*
cráneo *cranium, skull*
cráter (m.) *crater*
creación *creation*
creacionista *creationist*
creador (a) *creator*
creativo (a) *creative*
crecer (zc) *to grow*
creciente *growing, increasing*
crecimiento *growth* (3.1)
creíble *credible, believable*
crepúsculo *twilight, dusk*
criar *to bring up, to raise*
criarse *to grow up*
crimen (m.) *crime*
criticar *to criticize*
crónica *report, article, chronicle*
cruce (m.) *crossing, crossroads*
crujido *creaking, rustling*
cruzar *to cross*
cuadrilla *team, gang, squad*
cuadrito *small square*
cuadro *square; painting; scene*
cualquiera *any, anyone*
cubierto (a) *covered, overcast*
cubista *cubist*
cubo *bucket, bin, garbage can*
cubrir *to cover*
cuentista (m. f.) *short-story writer, storyteller*
cuento de hadas *fairytale*
cuesta *slope; escarpment*
cuestionamiento *questioning* (10.1)
cuestionar *to question*
cueva *cave* (2.1)
cuidado *careful*
cuidar *to take care of*
culebra *snake*
culminar *to culminate*
culpa *fault*
cultivar *to cultivate*
cultivo (m.) *farming, cultivation*
cumplir *to carry out, to obey, to achieve*
cuna *cradle; birthplace* (7.2)
cura (m.) *priest* (1.1)
curar *to cure*
curiosear *to pry; to browse*
curiosidad *curiosity*
cuyo (a) *whose* (9.1)

D

damnificado (a) *victim*
dañar *to damage, to hurt*
danés (m.) danesa (f.) *Danish*

danza *dance*
danzante *(m. f.) dancer; adj. dancing*
dar fin a *to end, to put an end to* (8.1)
dar inicio a *to begin, start* 6.1
dar muerte *to kill* (3.1)
dar origen a *to give rise to* (5.2)
dar paso a *to give way to* (8.1)
darse a conocer *to make oneself known* (4.1)
darse cuenta *to realize* (3.1)
dato *piece of information, fact*
de cerca *closely*
de hecho *in fact, as a matter of fact* (3.3)
de lujo *luxury*
de pie *standing*
debido a *due to*
débil *weak*
debilitado (a) *weakened*
debutar *to make one's start, to appear for the first time* (6.1)
década *decade* (1.1)
decadencia *decadence* (2.1)
decaer *to decline, to fail* (10.1)
decisivo (a) *decisive* (1.1)
declaración *statement, deposition*
declarar *to declare*
declinar *to decline*
decretar *to decree* (5.1)
dedicar (qu) *to dedicate*
dedicatoria *dedication*
defensa *defense*
defunción *deceased, death*
degollar (ue) *to cut the throat of someone*
dejar de *to fail to, to stop*
dejar *to leave, to abandon; to permit*
delantero (a) *front, foremost; forward (sports)* (5.2)
delicadeza *delicacy*
delicado (a) *delicate*
delirar *to be delirious; to talk nonsense*
delito *crime, offense*
demora *delay*
demostración *demonstration*
denominar *to name, to call* (6.1)
dentadura postiza *false teeth*
dentadura *set of teeth*
denunciar *to denounce*
dependiente (a) *(m. f.) employee, clerk*
deponer *(irreg.) to overthrow, to depose* (9.1)
deportes *(m. pl.) acuáticos water sports*
deportivo (a) *sport, sports*
depositar *to deposit, to place*
deprimente *depressing*
deprimir *to depress*
depuesto (a) *deposed, overthrown* (4.2)
depuración *purge, cleansing* (9.1)
derechista *rightist, right-wing*
derechos *(m. pl.) civiles civil rights* (1.1)
derivar *to derive; to drift* (2.2)
derramar *to pour*
derrame *(m.) spilling, shedding; (cerebral) hemorrhage*
derretir (i) *to melt*
derrocado (a) *toppled, overthrown* (6.2)
derrocamiento *(m.) overthrow* (5.1)
derrocar (qu) *to overthrow*
derrota *defeat; disorder, shambles*
derrotado (a) *defeated* (2.2)
derrotar *to defeat*
derrumbar *to demolish, to tear down*
derrumbarse *to collapse, to cave in*
desabotonar *to unbutton*
desafío *(m.) challenge* (1.1)

desafortunado (a) *unlucky*
desairado (a) *slighted, snubbed*
desaparecer (zc) *to disappear*
desaparición *disappearance*
desapercibido (a) *unnoticed*
desarrollarse *to develop* (6.1)
desarrollo *(m.) development* (1.1)
desastrado (a) *dirty, slovenly*
desastroso (a) *disastrous*
desatender (ie) *to neglect, to ignore*
descalzo (a) *barefooted*
descansar *to rest*
descanso *rest*
descargar (gu) *to unload*
descender (ie) *to descend, to go down*
descendiente *(m. f.) descendant*
desconcertar (ie) *to disconcert*
desconocer *to not know, to not recognize*
desconocido (a) *unknown*
descubrimiento *discovery*
descubrir *to discover*
desembarcar *to disembark, to land* (10.1)
desembocar (qu) *to flow, to empty (river)*
desempeño *(m.) performance* (10.1)
desempleo *(m.) unemployment* (3.2)
desengaños *(m. pl.) bitter lessons of life*
deseo *desire*
desértico (a) *desert-like, barren*
desesperación *desperation*
desesperadamente *desperately*
desfavorecido (a) *disadvantaged* (6.2)
desfile *(m.) parade*
desfondado (a) *crumbling*
desgajar *to tear off*
desgracia *disgrace*
deshacer *to undo*
deshacerse de *to get rid of* (9.1)
deshecho (a) *undone*
desierto *desert*
designado (a) *designated* (6.2)
designar *to designate*
desigual *unequal; uneven* (2.2)
desintegración *disintegration*
deslizar *to slide, to slip*
desmovilización *demobilization*
desnudo (a) *naked*
desolado (a) *desolate, disconsolate*
desorden *(m.) disorder*
desordenar *to make untidy, to mess up*
despedir (i) *to discharge, to dismiss*
despertar (ie) *to awaken*
despiadado (a) *cruel, pitiless*
despierto (a) *wide-awake, alert*
despoblar *to depopulate* (1.2)
desposeído (a) *dispossessed*
destacado (a) *distinguished, prominent* (1.2)
destacar *to stand out, to highlight* (1.1)
destacarse *to stand out* (2.1)
destemplado (a) *out of tune, unharmonious*
destinado (a) *destined; assigned*
destino *destination; fate*
destituido (a) *removed, dismissed* (6.1)
destrozar *to wreck, to ruin* (9.1)
destruir (y) *to destroy*
desventaja *disadvantage*
detallado (a) *detailed*
detalle *(m.) detail*
detener *(irreg.) to detain; to stop; to arrest*
detenido (a) *stopped, halted* (8.2)
deteriorar *to deteriorate*
detestar *to detest*

deuda *debt*
deuda externa *foreign debt* (4.2)
devaluación *devaluation*
devastar *to devastate* (5.2)
devolución *return, restitution*
devolver (ue) *to return, to give back*
día *(m.) day*
diablo *devil*
diagrama *(m.) diagram*
dialecto *dialect*
diario *newspaper* (1.1)
diáspora *migration*
dibujante *(m. f.) sketcher, illustrator*
dibujar *to draw, to sketch, to design*
debutar *to debut* (6.1)
dicho *saying*
dictadura *dictatorship* (1.1)
dictarse *to announce* (2.1)
diente *(m.) tooth*
dificultar *to make difficult, to become difficult*
difundido (a) *spread, broadcast* (8.2)
difundir *to spread, to disseminate*
dinamismo *dynamism*
dinero *money*
dios *(m.) god*
dirigente *(m. f.) leader, head*
dirigido (a) *directed*
dirigir (j) *to direct*
discográfico (a) *record, recording* (3.2)
discriminación *discrimination*
discurso *speech*
diseñador (a) *designer*
diseño *design*
disfrutar *to enjoy*
disgustar *to annoy, to displease*
disidente *(m. f.) dissident, dissenter* (8.1)
disminución *decrease, reduction* (10.1)
disminuir (y) *to decrease, to diminish* (3.3)
disolver (ue) *to dissolve, to break up* (10.1)
displicente *disagreeable, fretful*
disponer *(irreg.) to arrange, to stipulate* (5.2)
dispuesto (a) *ready, prepared*
disputar *to dispute, to argue over*
disputarse *to contend, to compete for*
distancia *distance*
distinción *distinction*
distinguir (g) *to distinguish*
distinguirse (g) *to distinguish oneself*
distinto *distinct, different; various*
distraer *(irreg.) to distract; to amuse*
distribución *distribution*
distribuir (y) *to distribute*
distrito *district*
disuadir *to dissuade*
disuelto (a) *dissolved* (4.1)
diversidad *diversity*
diversificación *diversification*
diversificar (qu) *to diversify*
diverso (a) *diverse* (1.1)
divertir (ie, i) *to entertain*
divertirse (ie, i) *to enjoy oneself*
dividir *to divide*
divinamente *wonderfully, divinely*
divino (a) *divine*
divisa *foreign currency* (7.1)
doblar *to double; to fold*
doble *double*
docena *dozen*
doctorado *doctorate*
doctorarse *to get the doctor's degree*
doctrina *doctrine*
doler (ue) *to hurt, to ache*
dolorido (a) *grieving, sorrowing*

doloroso (a) *painful*
doméstico (a) *domestic, household*
dominación *domination*
dominar *to dominate*
dominio *domain, dominion* (2.1)
dominó *domino*
donaire *(m.) wit, grace*
dorado (a) *golden*
dotación *funding*
dotar *to endow; to equip* (7.2)
dotes *(f. pl.) talent, gift*
dramatizar *to dramatize*
dramaturgo (a) *playwright* (2.1)
ducha *shower, bath*
duda *doubt*
duelo *mourning; grief*
duelo nacional *national mourning* (5.2)
dueño (a) *owner* (1.2)
dulce *sweet*
dulzura *sweetness*
duplicar (qu) *to double, to duplicate*
duración *duration*
durar *to last*
duro (a) *hard*

E

echar *to throw, to throw out, to throw away*
echarse *to lie down*
echarse a *to begin to*
ecléctico (a) *eclectic*
ecuestre *equestrian*
edificación *construction, building*
edificar (qu) *to build*
efecto *effect*
efectuar (ú) *to carry out*
eficaz *efficient* (2.1)
ejecución *execution; performance*
ejecutado (a) *implemented, carried out* (8.2)
ejercer (z) *to practice, to exert*
ejercido (a) *practiced, exercised* 3.3
ejército *(m.) army*
elaborado (a) *elaborate, finished* (6.1)
elaborar *to elaborate; to work* (10.1)
elástico (a) *elastic*
electorado *electorate*
elegancia *elegance*
elegido (a) *elected*
elegir (i, i) (j) *to elect*
elevar *to lift, to elevate*
elogiado (a) *praised*
elogiar *to praise* (5.1)
embajador (a) *ambassador*
embarcación *boat, ship*
embargo *embargo; seizure*
emblemático (a) *emblematic*
embotellamiento *traffic jam, bottleneck*
emergencia *emergency*
emerger *to emerge* (7.1)
emigrar *to emigrate* (1.1)
eminentemente *essentially, basically* (10.1)
empeñar *to pawn*
empeñoso (a) *eager, persistent*
empeorar *to get worse; to make worse*
emperador *(m.) emperor*
empezar (ie) *to begin*
empleo *employment*
emprendedor (a) *enterprising*
emprender *to embark on* (9.1)
empresa *company, firm* (3.2)
empresario (a) *manager, director* (1.2)

en busca de *in search of* (1.1)
en contra *against*
en ese entonces *at that time* 3.1
en la actualidad *nowadays* (3.3)
en último término *as a last resort* (2.1)
enamorado (a) *sweetheart, lover*
enano (a) *dwarf*
encabezar *to be at the top (of the list)*
encallado (a) *run aground* (7.1)
encallar *to run aground*
encaminar *to direct, to guide* (4.2)
encantador (a) *charming*
encantamiento *charm, enchantment*
encantar *to captivate, to enchant*
encargado (a) *agent, representative*
encargar (gu) *to entrust, to put in charge* (4.1)
encender (ie) *to light, to kindle; to turn on (lights)*
encontrarse (ue) *to encounter, to find*
encuentro *(m.) encounter*
encuesta *survey*
endeudado (a) *indebted*
énfasis *(m.) emphasis*
enfatizar *to emphasize*
enfermar *to get sick*
enfermedad *disease, illness*
enfermo (a) *sick*
enfocar (qu) *to focus*
enfoque *(m.) focus* (10.1)
enfrentamiento *(m.) confrontation* (3.3)
enfrentar *to confront* (4.2)
enfrente *opposite, in front*
enfriar (í) *to cool down*
englobar *to include, to put all together*
engordar *to fatten*
enjuto (a) *lean, skinny*
enmienda *amendment; emendation* (6.2)
enojar *to anger, to offend*
enorme *enormous*
enredarse *to get tangled up; to get involved*
enriquecerse (zc) *to get rich*
enriquecido (a) *enriched*
ensayista *(m. f.) essayist*
ensayo *(m.) essay* (1.2)
enterarse *to find out*
entero (a) *whole, entire*
enterrado (a) *buried*
enterrar (ie) *to bury*
entidad *entity* (6.1)
entregar (gu) *to deliver, to hand over*
entremeterse *to meddle*
entrenar *to train*
entretener (irreg.) *to amuse, to entertain*
entretenerse (irreg.) *to be amused, to amuse oneself*
entrevista *interview*
entrevistador (a) *interviewer*
entrevistar *to interview*
entristecer (zc) *to sadden, to make sad*
entrometido (a) *meddler, busybody*
entusiasmar *to enthuse, to make enthusiastic*
entusiasmarse *to become enthusiastic*
entusiasmo *enthusiasm*
entusiasta *enthusiastic*
enviado (a) *envoy*
enviar (í) *to send*
envidiar *to envy*
envoltorio *(m.) wrapping* (10.1)
eólico (a) *adj. wind*
episodio *episode*
época *time, period* (1.1)

equipo *equipment* (5.2)
equivalente *(m.) equivalent*
equivocado (a) *mistaken*
erguido (a) *erect, swelled with pride*
erigido (a) *erected, built*
erótico (a) *erotic*
erotismo *eroticism*
erupción *eruption*
escalar *to climb*
escalera *stair, stairway; ladder*
escalerilla *steps*
escalinata *stairway* (9.1)
escandalizar *to scandalize*
escapar *to escape, to flee*
escarabajo *(m.) scarab, black beetle*
escaramuza *skirmish* (4.1)
escena *scene*
esclavista *(m. f.) slaver*
esclavitud *(f.) slavery*
esclavizar *to enslave*
esclavo (a) *slave*
escocés *(m.)*, escocesa *(f.) Scottish*
escoger (j) *to choose*
escogido (a) *chosen; select*
escondido (a) *hidden*
escondite *(m.) hiding place*
escotilla *hatch, hatchway*
esculpido (a) *sculpted*
escultor (a) *sculptor*
esencialmente *essentially*
esforzarse (ue) *to strive*
esfuerzo *(m.) effort* (8.2)
esmeralda *emerald* (6.1)
espacial *spatial*
espacio *space*
espalda *back*
esparcir (z) *to spread*
especie *(f.) species; sort, kind*
especificar (qu) *to specify*
específico (a) *specific*
espectacular *spectacular*
espectáculo *show, performance*
espectador (a) *spectator*
espectro *specter; spectrum*
especulador (a) *speculator*
especular *to speculate*
espejo *mirror*
espera *wait, waiting*
esperanza *hope*
espléndido (a) *splendid*
esplendor *(m.) magnificence* (1.1)
espontáneo (a) *spontaneous*
esposo (a) *husband (wife), spouse*
esquema *(m.) sketch, diagram*
esquina *corner*
establecer (zc) *to establish*
establecerse (zc) *to settle*
establecimiento *establishment, place of business*
estacionar *to park*
estadía *stay*
estadounidense *(m. f.) United States citizen* (1.1)
estallar *to break out* (3.1)
estándar *(m.)* de vida *standard of living*
estaño *tin*
estar al día *to be up to date*
estar bien presentado (a) *to be well dressed* (6.2)
estar de pie *to be standing* (8.1)
estar listo (a) *to be ready*
estatua *statue*
estela *stele (monument); wake (ship)*
estético (a) *aesthetic* (7.1)

estilista (m. f.) stylist, designer (5.1)
estima esteem
estimación estimate; estimation
estimarse to respect, to hold in high esteem (1.1)
estimular to stimulate
estrategia strategy
estrecho (a) narrow
estrella star
estremecer (zc) to shake
estructura structure
estupidez (f.) stupidity, foolishness
etcétera etcetera, and so on
eterno (a) eternal
etnia ethnic group (8.1)
étnico (a) ethnic
evaluación evaluation
evangelizar to evangelize, to preach the gospel
evangelización evangelization (5.1)
evidencia proof, evidence
evitar to avoid
exagerar to exaggerate
exaltado (a) exalted
examinar to examine; to inspect
excelencia excellence
exhaustivo (a) exhaustive
exhausto (a) exhausted
exhibición exhibit
exhibir to exhibit
exigir (j) to demand
exiliado (a) exile (4.1)
exiliarse to go into exile
exilio exile
eximir to exempt
existencia existence
existir to exist
éxito success (1.2)
exitoso (a) successful (7.1)
éxodo exodus (1.1)
exótico (a) exotic
expandirse to expand, to spread
expansión (f.) expansion
expectante expectant
expedición expedition
expedicionario (a) member of an expedition (4.2)
experimentar to experiment, to try out
explicación explanation
explicar (qu) to explain
explotación exploitation
explotar to exploit (2.2)
exponer (irreg.) to exhibit, to show; to expound
exportador (a) exporter
exportar to export
expositor (a) speaker (9.2)
exprimir to squeeze, to press
expuesto (a) exposed (5.1)
expulsión (f.) expulsion (5.1)
exquisito (a) exquisite
extender (ie) to extend, to stretch out
extenso (a) extensive, vast
extenuado (a) exhausted
exterminar to exterminate
exterminio extermination
extinguir (g) to extinguish
extraer (irreg.) to extract
extrañar to miss
extranjero abroad
extranjero (a) foreigner (2.1)
extraño (a) strange, odd
extraordinario (a) extraordinary

extraviar (i) to mislay, to misplace
extremadamente extremely
extremista (m. f.) extremist

F

fábrica factory
fabricado (a) manufactured
fabricar (qu) to manufacture, to produce
fabuloso (a) fabulous
faceta facet
fachada façade (10.1)
facial facial
facilidad ease, easiness
facilitar to facilitate; to provide
fallido (a) unsuccessful, failed (10.2)
falta lack; foul (sports)
fama fame, reputation
fantástico (a) fantastic
farmacéutico (a) pharmaceutical (1.2)
fármaco (m.) medicine, drug (9.2)
farmacólogo (a) pharmacologist (9.2)
fascinante fascinating
fascinar to fascinate
favorecer (zc) to favor
faz (f.) face (7.1)
fe (f.) faith
felicidad happiness
feminismo feminism
feminista feminist
fenómeno phenomenon
feria fair
feriado (m.) holiday
feroz (m. f.) ferocious
ferrocarril (m.) railroad, railway (3.3)
ferroviario (a) railway (4.2)
fiable trustworthy
fiar (i) to entrust; to give credit to
fiarse to trust
ficción fiction
fidelidad fidelity (3.2)
fiebre (f.) fever
fiebre (f.) del oro gold fever
figurar to appear
figurativo (a) figurative
filarmónico (a) philharmonic
filmar to film
filme (m.) film
filo edge
filosofía philosophy
fin (m.) end
final (m.) end
finca farm
fingir (j) to feign, to pretend
firma signature
firmar to sign
firme firm
física physics
físico (a) physicist (10.1)
flagelo (m.) scourge (3.2)
florecer (zc) to flourish; to blossom
floreciente flourishing (8.2)
fluidez (f.) fluidity
flujo flow (7.2)
fomentar to foster, to encourage
fondo bottom
forjado (a) forged
formar parte to be part
formidable terrific
foro (m.) forum (8.1)
fortalecer (zc) to strengthen
fortalecido (a) strengthened
fortaleza fortress; fortitude (1.2)
fortificado (a) fortified

forzado (a) forced
forzar (ue) to force
forzoso (a) unavoidable
fosilizado (a) fossilized
fotógrafo (a) photographer
fracasado (a) failed, unsuccessful
fracasar to fail (3.1)
fracaso failure
fragancia fragrance
fragmento fragment
franco (a) free, open (10.2)
franja strip (of land) (10.2)
fraude (m.) fraud
frecuencia frequency
frecuente frequent
freír (i) to fry
frente (m.) front; (f.) forehead;
frescor (m.) cool; freshness
frescura freshness
frígido (a) frigid
frivolidad frivolity
frívolo (a) frivolous
frontera border
fronterizo (a) border (3.2)
frustrar to frustrate
fuego (m.) fire
fuegos (m. pl.) artificiales fireworks
fuente (f.) fountain (1.1)
fuera outside; away
fuerte strong, loud; (m.) fort (4.1)
fuerza strength; force
fuerza laboral work force (1.2)
fuerzas (f. pl.) armadas armed forces
fundación founding; foundation
fundado (a) founded, established
fundador (a) founder
fundar to found (1.1)
funeral (m.) funeral
furia fury, rage
furtivo (a) furtive

G

gabinete (m.) consulting room; cabinet; office
galardón (m.) reward, prize (3.1)
galardonado (a) awarded (2.2)
gallego (a) Galician
gallina hen
gallinazo buzzard
galopar to gallop
ganadero (a) cattle rancher; ranching, cattle-raising (9.2)
ganado cattle, livestock
ganado vacuno cattle
ganador (a) winner (1.1)
ganar to win; to earn
garante (m. f.) guarantor
gas (m.) gas
gasto expense (4.2)
gastritis (f.) gastritis
gastronómico (a) gastronomic
gatillo trigger
gaveta drawer
gaviota seagull (8.1)
generador (m.) generator
generalizado (a) generalized
género (m.) type, style (3.1)
genial brilliant (2.1)
genio genius; temper (1.1)
gestión (f.) administration, management (6.2)
gigante (m.) giant
gigantesco (a) gigantic, huge

gira *tour* (6.2)
glifo *(m.) glyph, a concave ornament (architecture)* (9.1)
gobernante *(m. f.) leader, ruler*
gobierno *government*
goleador (a) *goal scorer*
golondrina *swallow*
golpe *(m.)* militar *military coup* (4.1)
golpeado (a) *hit* (2.2)
gótico *Gothic*
gótico (a) *Gothic*
gozar *to enjoy*
grabación *recording* (8.1)
grabado *engraving*
grabador (a) *engraver* (7.1)
grabar *to record* (3.1)
grama *grass; lawn*
grandioso (a) *grandiose, grand*
granero *granary* (4.2)
granja *farm*
granjero (a) *farmer* (1.1)
granuloso (a) *granular*
gravemente *seriously, gravely*
griego (a) *Greek*
gritar *to shout*
grosor *(m.) thickness*
grotesco (a) *grotesque*
guajira *Cuban folk song*
guardar *to keep, to put away*
guardia *guard*
guerra *war* (1.1)
guerrera *military jacket*
guerrero (a) *warrior* (8.1)
guerrillero (a) *guerilla (fighter)*
guía *(m. f.) guide*
guiarse *to be guided by, to go by*
guion *(m.) script* (6.1)
gusto *taste; pleasure*

H

habitado (a) *inhabited* (3.1)
habitante *(m. f.) inhabitant, resident* (2.1)
habitar *to live in, to inhabit* (2.1)
hábito *habit, custom*
hace poco *a short time ago* (2.2)
hacer el papel *to play the role, part* (6.2)
hacer frente a *to face up to* (9.1)
hacer mandados *to run errands*
hacia *toward*
hada *fairy*
hallar *to find*
hallarse *to find oneself, to meet up with*
hallazgo *finding, discovery*
hasta el momento *up until now* (2.1)
hecho *event; fact* (6.1)
hecho (a) *made* (6.1)
hectáreas *(f. pl.) acres* (8.1)
hemisferio *hemisphere*
heredar *to inherit* (2.1)
heredero (a) 3.1
herencia *heritage* (3.2)
héroe *(m.) hero*
hervir (ie, i) *to boil*
hierro *(m.) iron* (4.1)
hinchado (a) *swollen*
hiperrealista *(m. f.) hyperrealistic*
hispano (a) *Hispanic, person of Latin American or Spanish descent*
hispanohablante *(m. f.) Spanish speaker*
hispanoparlante *(m. f.) Spanish speaker*
hito *(m.) milestone* (3.2)
hogar *(m.) home*

hoja *leaf; blade*
hondo (a) *deep*
honores *(m. pl.)* patrios *national honors* (5.2)
honrado (a) *honest, honorable*
horrendo (a) *horrific*
hostigar (gu) *to harass*
hostilidad *hostility*
huellas *(f. pl.) footprints* (6.1)
hueso *bone*
huir (y) *to run away, to escape* (2.2)
humilde *humble*
humo *smoke*
humorístico (a) *humorous*
hundir *to sink* (9.1)

I

idílico (a) *idyllic*
idioma *(m.) language*
ídolo *idol*
igual *equal, the same*
igualdad de oportunidades *equal opportunity*
igualmente *equally, likewise*
ilustrar *to illustrate*
ilustre *illustrious, distinguished*
imaginar *to imagine*
imaginarse *to envision, to visualize*
imaginativo (a) *imaginative*
imitar *to imitate*
impactante *shocking, powerful*
impacto *impact*
impartir *to grant, to concede* (5.1)
impedir (i, i) *to prevent* (5.1)
impermeabilizar *to waterproof*
implicación *involvement*
implicar *to entail, involve*
imponente *impressive*
imponer *(irreg.) to impose* (2.2)
imponerse *(irreg.) to prevail*
importar *to import*
imprescindible *essential*
impresionante *impressive*
impresionar *to impress*
impresionista *impressionist*
imprevisto (a) *unforeseen, unexpected*
impronta *stamp, mark*
impúdico (a) *indecent, shameless*
impuesto *tax*
impulsado (a) *propelled, driven*
impulsar *to give a boost to* (6.1)
impulso *impulse*
inadvertido (a) *unnoticed, unseen*
inauguración *opening, inauguration*
inaugurar *to open, to inaugurate, to unveil*
incansable *untiring*
incentivar *to encourage, to give incentives*
inclinado (a) *slanted, inclined*
incluir (y) *to include*
incluso *even*
incomparable *peerless, unequalable*
incomprensible *incomprehensible*
inconcluso (a) *unfinished*
inconfundible *unmistakable*
incontable *countless*
inconveniente *inconvenient*
incorporación *incorporation*
increíble *incredible*
incrementar *to increase* (8.2)
incremento *increment*
incursionar *to penetrate, to make incursions* (10.2)

indeciso (a) *undecided*
indefinido (a) *indefinite, vague*
indicar (qu) *to indicate*
índice *(m.) level, index* (4.1)
indiferente *undefined, vague*
indígena *(m. f.) native* (3.2)
indígena *(m. f.) indigenous*
indignación *indignation, anger, outrage*
indignar *to make angry or indignant, to outrage*
indignarse *to get indignant*
indiscutible *indisputable, undeniable* (1.2)
indistintamente *without distinction or exception*
individuo *individual*
indocumentado (a) *without identity papers; illegal immigrant*
inédito (a) *unprecedented*
inesperado (a) *unexpected*
inestabilidad *instability*
inevitable *unavoidable*
infamia *infamy*
infantil *childlike, related to childhood*
infatuación *vanity, conceit*
infectado (a) *infected*
inferior *inferior*
infierno *hell, inferno*
inflación *inflation*
inflamado (a) *inflamed*
influencia *influence*
influenciado (a) *influenced*
influir (y) *to influence*
influyente *influential* (1.1)
informado (a) *informed, knowledgeable*
informar *to notify, to inform*
informática *computer science* (7.2)
informe *(m.) report*
ingeniero (a) *engineer*
ingenio *ingenuity, inventiveness*
ingresar *to join, to enter, to deposit*
ingreso *income* (2.2)
inhumanamente *inhumanely*
iniciar *to start, to initiate*
iniciarse *to begin, start* (2.2)
iniciativa *initiative*
inicio *beginning, start* (7.1)
inigualable *unequaled* (1.2)
ininteligible *unintelligible, incomprehensible*
inmenso (a) *immense*
inmigración *immigration*
inmigrante *(m. f.) immigrant*
inmigrar *to immigrate* (1.1)
inmobiliario (a) *(adj.) real estate* (10.2)
inmune *immune*
innato (a) *innate, natural* (5.1)
innumerable *countless*
inoxidable *stainless steel*
inquietudes *(f. pl.) worries*
inscrito (a) *to register, to enroll*
inseguro (a) *insecure, unstable*
insinuado (a) *insinuated, hinted*
insistir *to insist*
insoportable *unbearable*
inspeccionar *to inspect*
inspirado (a) *inspired*
inspirar *to inspire*
instalado (a) *installed, settled*
instalar *to install*
instaurar *to establish* (6.2)
instituir (y) *to establish, to set up* (2.1)
instituto *institute*
insultar *to insult, to offend*
insurrección *uprising, insurrection*

insurrecto (a) *rebel, insurrectionist*
intacto (a) *intact*
integración *integration, incorporation*
integrarse *to integrate* (2.1)
intención *intention*
intensificar *to intensify*
intenso (a) *intense, strenuous*
intentar *to try*
intercambiar *to exchange, to swap*
intercambio *exchange*
interés (m.) *interest*
interino (a) *interim, substitute*
interponer (irreg.) *to interpose*
interpretación *interpretation*
interpretar *to interpret*
intérprete (m. f.) *interpreter*
interrumpir *to interrupt*
interurbano (a) *intercity; long distance (call)*
intervenir *to take part, to intervene* (8.2)
intimidad *privacy, intimacy*
intolerante *intolerant*
intransigente *intransigent, uncompromising, inflexible*
intrincado (a) *intricate, complex*
introducir (irreg.) *to insert, to bring in*
intrusión (f.) *intrusion, interference*
inundación *flood*
invadido (a) *invaded, attacked*
invadir *to invade*
invariable *constant, stable*
invasión (f.) *invasion*
invasor (a) *invader*
inventar *to invent*
inversionista (m. f.) *investor*
inversor (a) *investor*
invertir (ie) *to invest* (10.1)
investigación *investigation* (1.1)
invitación *invitation*
involucrado (a) *involved* (9.2)
ira *rage, anger* (3.3)
ironía *irony*
irónico (a) *ironic*
irregular *irregular*
irritante *irritating*
isla *island*
istmo *isthmus* (6.1)
izquierdista *leftist, left-wing*

J

jadeante *panting*
jefatura *leadership* (10.2)
jefe (a) *boss, chief*
jefe (a) ejecutivo (a) *chief executive* (1.1)
jeroglífico *hieroglyph* (9.1)
jesuita (m.) *Jesuit*
jovialmente *jovially, cheerfully*
joya *jewel*
joyería *jewelry (store)*
judío (a) *Jewish* (2.1)
juez (a) *judge*
jugársela *to risk one's life*
juguete (m.) *toy*
juguetonamente *playfully*
jungla *jungle*
junta *meeting, board*
junta militar *military junta* (3.2)
junto *together, next to*
junto a *next to*
jurado *jury*
jurar *to swear in*
jurisprudencia *jurisprudence, body of law*
justificar *to justify*

justo (a) *fair, just*
juventud (f.) *youth* (1.1)

K

kilate (m.) *carat*

L

laboral *related to labor, work*
labrar *to work ; to carve, to sculpt*
lado *side*
ladrar *to bark*
lagartija *wall lizzard*
lago *lake*
lágrimas (f. pl.) *tears*
laguna *lacunae, lake*
lamentar *to regret*
lana *wool* (3.2)
lancha *small boat*
lanzado (a) *launched, set in motion*
lanzar *to launch; to give; to throw, to hurl* (1.2)
lanzarse *to dive* (1.1)
largo plazo *long-term*
larguísimo *extremely long*
lástima *shame, pity*
lastimar *to hurt*
latir *to beat, to throb*
latitud (f.) *latitude*
laurel (m.) *laurel*
lava *lava*
lavarropas (m.) *washing machine*
lazo *tie* (9.1)
leal *loyal*
lector (a) *reader*
legado *legacy* (8.1)
legendario (a) *legendary*
lejano (a) *distant*
lengua *tongue; language*
lentamente *slowly*
lento (a) *slow*
letras (f. pl.) *letters, arts*
leve *light, slight, trivial* (1.2)
ley (f.) *law*
leyenda *legend*
libertador (a) *liberator*
libertino (a) *libertine, dissolute*
libra *pound, balance (zodiac)*
libre (m.) comercio *free trade* (4.1)
licenciado (a) *graduate*
líder (m. f.) *leader*
liga *league, conference*
lírica *poetry* (8.2)
listo (a) *ready; clever, smart*
literario (a) *literary*
literato (a) *man (woman) of letters* (5.1)
litio *lithium* (3.2)
litoral (m.) *coast* (9.1)
llama *flame; llama (Andean animal)*
llamado *appeal, calling*
llano *plain*
llanura *plain, prairie*
llave (f.) *key*
lleno (a) *full*
llevar *to wear*
llevar a cabo *to carry out* (3.1)
lluvia *rain*
lo último *the latest, most up-to-date*
localizado (a) *located* (3.1)
locutor (a) *announcer, broadcaster* (8.1)
lograr *to achieve* (2.1)
logro *achievement*

longitud (f.) *length, longitude*
lucha *fight, struggle, conflict*
luchador (a) *fighter*
luchar *to fight, to struggle*
lucrativo (a) *lucrative, profitable*
luego *then*
lugar (m.) *place*
lugarteniente (m. f.) *lieutenant* (4.1)
lujo *luxury*
lujoso (a) *luxurious*
luminoso (a) *luminous, illuminated*
luna *moon*

M

machismo *sexism, male chauvinism*
macroeconómico (a) *macroeconomic*
madera *wood*
madero *timber*
madrastra *stepmother* (2.2)
madrugada *dawn, early morning*
madrugador (a) *early riser*
maestría *skill, mastery*
magia *magic*
magnate (m. f.) *magnate, tycoon*
magnificencia *magnificence*
mago (a) *magician* (8.1)
majestad (f.) *majesty*
majestuoso (a) *majestic, stately*
maldad *evilness, wickedness*
maldecir (irreg.) *to curse*
maldición *curse* (3.2)
malecón (m.) *breakwater, seafront*
maleducado (a) *rude, badmannered*
maloliente *stinky, smelly*
maltrato *abuse; mistreatment* (7.1)
maltrecho (a) *damaged, battered* (2.2)
manatí (m.) *manatee, sea cow of tropical Atlantic coasts and estuaries, with a rounded tail flipper*
mancha *stain, spot*
manchado (a) *stained*
mancharse *to get dirty*
mandados (m. pl.) *errands*
mandar *to order about, to command*
mandato *term of office* (6.1)
mandíbula *jaw*
manejado (a) *controled, managed*
manejar *to operate, to drive*
manejo *handling* (10.1)
manera *way, manner*
manifestar *to express, to demonstrate*
manifestarse *to declare oneself, to demonstrate* (5.1)
mano de obra *labor* (5.1)
mantener (irreg.) *to maintain*
mar (m.) *sea, ocean*
marca *brand, mark*
marcadamente *markedly* (6.2)
marcharse *to leave*
marchito (a) *withered, faded*
marciano (a) *Martian* (6.2)
marea *ocean tide*
maremoto *seaquake, tidal wave*
margen (m.) *side* (5.2)
marginación *exclusion* (10.1)
marido *husband*
marihuana *marijuana*
marina *navy, fleet*
marinero (a) *sailor*
mariposa *butterfly*
marítimo (a) *maritime*
Marte (m.) *Mars* (10.1)
masacre (f.) *massacre*

máscara *mask*
masivo (a) *massive*
matanza *slaughter* (8.2)
materialista *materialist*
matices *(m.) shades of meaning,
nuances* (3.3)
matinal *morning, matinée*
matricularse *to register* (10.1)
máximo (a) *maximum, highest*
mayordomo *butler, servant*
mayoría *majority* (1.1)
me cuesta mucho *I find it difficult*
medalla *medal*
mediano (a) *medium, medium-sized*
mediante *through, by means
of* (6.2)
medida *measurement, measure*
medio *environment* (6.1)
medio (a) *half*
medir (i, i) *to measure*
meditar *to meditate*
mejilla *chick*
mejorando *getting better*
mejorar *to improve*
melancólico (a) *melancholic*
mellizo (a) *twin*
mencionar *to mention*
menosprecio *contempt, scorn*
mensaje *(m.) message*
mentir (ie) *to lie*
menudo (a) *thin, slight*
mercader *(m.) merchant* (1.1)
mercancías *(f. pl.) merchandise,
goods* (10.1)
meritorio (a) *commendable, deserving*
mestizaje *(m.) mixture of white and
Indian races* (5.1)
mestizo (a) *of mixed parentage
(Indian/Spanish)* (3.2)
meta *goal* (9.2)
metáfora *metaphor*
método *method*
metrópolis *(f.) metropolis*
mezcla *mixture*
mezclar *to mix*
mezquita *mosque, Muslim temple*
miembro *(m. f.) member*
mientras *while*
mierda *shit, crap*
migra *U.S. Border Patrol*
milagroso (a) *miraculous*
militar *(m. f.) soldier, military man
or woman*
milla *mile*
millonario (a) *millionaire*
mimado (a) *spoiled, pampered*
mina *mine*
minería *mining industry* (7.2)
minero (a) *miner*
miniatura *miniature*
minicuento *brief short story*
minoría *minority* (1.1)
minuciosamente *meticulously*
miope *nearsighted, short-sighted*
mirada *gaze*
mirador *(m.) vista point, balcony*
mirar *to look, to watch*
misionero (a) *missionary*
mismo (a) *the same, similar*
mitad *(f.) half*
mitigar (gu) *to mitigate*
mito *myth*
mitología *mythology*
mitológico (a) *mythological*

mitómano (a) *pathological liar*
moda *fashion* (1.2)
modelaje *(m.) modeling* (3.1)
modista *(m. f.) couturier, designer* (6.2)
modo *way, manner*
molde *(m.) mold*
molestar *to bother, to annoy*
moneda *coin, currency*
monetario (a) *monetary*
monopolio *monopoly* (10.1)
monopolizar *to monopolize*
montado (a) *mounted, whipped*
montar *to stage* (10.1)
monto *total* (8.2)
montón *(m.) bunch, heap, cluster*
monumento *monument*
moraleja *moral, conclusion (of the story)*
moro (a) *Moor, Muslim, North African* (2.1)
mosca *fly*
mostrarse (ue) *to show, to manifest, to
show off*
motivación *motivation*
motivado (a) *motivated*
motivar *to motivate*
muchedumbre *(f.) crowd*
mudéjar *Mudejar*
mudo (a) *mute, dumb*
muela *molar, back tooth*
muelle *(m.) spring, wharf*
muestra *sample, show*
multifacético (a) *multi-skilled,
multi-faceted* (7.1)
múltiple *many, numerous, multiple*
multitud *(f.) crowd*
muñeca *doll*
municipio *municipality, town hall*
mural *(m.) mural*
muralista *(m. f.) muralist*
muralla *wall, rampart* (1.2)
murmurar *to murmur, to gossip*
músculo *muscle*
musgo *moss*
musulmán *(m.),* musulmana *(f.)
Muslim* (2.1)
mutuo (a) *mutual* (3.1)
muy difundido (a) *widespread*

N

nacido (a) *born*
nacimiento *birth* (1.2)
nadador (a) *swimmer*
narcotráfico *drug traffic*
narración *tale, story*
natal *native, homeland* (8.2)
nativo (a) *native*
naturaleza muerta *still life* (10.1)
naufragio *shipwreck* (9.1)
nave *(f.) ship* (5.1)
navideño (a) *related to Christmas*
negar (ie) *to deny*
negociante *(m. f.) entrepreneur,
businessperson*
negocio *business*
negrilla *bold (letter)*
nevado (a) *snowed*
nido *nest*
nítido (a) *clear, sharp*
nivel *(m.) level* (3.1)
no obstante *nevertheless* (1.2)
nómada *(m.) nomad* (5.1)
nombrado (a) *mentioned; famous,
well-known*
nominación *nomination*

nota *note, receipt, grade*
notable *notable, outstanding*
novio (a) *boyfriend (girlfriend),
groom (bride)*
nubarrón *(m.) large black cloud*
nublado (a) *overcast, clouded*
nuboso (a) *cloudy*
núcleo *nucleus, core*
numeroso (a) *numerous*
nupcias *(f. pl.) nuptials*

O

obligado (a) *obliged*
obligatorio (a) *mandatory*
obra *work* (1.1)
obrero (a) *worker* (8.1)
observar *to observe*
obstaculizado (a) *hindered, hampered,
blocked* (9.1)
obstinación *stubbornness, obstinacy*
obstruir (y) *to obstruct*
obtener *(irreg.) to obtain* (4.2)
ocasión *(f.) chance, opportunity*
ocasionar *to cause* (6.1)
occidente *(m.) the west, Western
world* (9.1)
octavo (a) *eigth*
ocultar *to conceal*
ocupante *(m. f.) occupying, occupant*
ocupar *to occupy*
odiar *to hate*
odio *hatred*
ofensa *insult*
ofensivo (a) *bird*
oferta *offer, deal (sale)*
oficio *job, profession*
ofrecer (zc) *to offer*
ojalá *I hope/wish*
ola *wave*
óleo *oil-based paint* (8.2)
oleoducto *oil pipeline* (3.3)
oler (hue) *to smell*
oligárquico (a) *oligarchic* (9.1)
olvidar *to forget*
onírico (a) *oniric, related to dreams*
opción *option*
opcional *optional*
operación *operation, surgery, transaction*
operar *to operate on*
opinar *to think, to give one's opinion*
oponerse *(irreg.) to oppose, to resist*
oportunidad *opportunity, chance*
oposición *opposition*
optimista *optimistic*
opuesto (a) *opposite*
oración *sentence, prayer*
orgánico (a) *organic*
orgía *orgy*
orgullo *pride* (5.1)
orgulloso (a) *proud* (8.1)
oriental *eastern*
oriente *(m.) east, Orient*
orificio *orifice*
originalidad *originality*
originario (a) *native*
orilla *shore* (6.1)
oro *gold*
orquesta *orchestra*
orquídea *orchid*
oscuridad *darkness*
oscuro (a) *dark*
otorgar (gu) *to grant, to give* (1.2)
otro modo *another way*

ovacionar *to applaud, to give an ovation*
oveja *sheep*
overoles *(m. pl.) overalls*
oxidado (a) *rusty*

P

pachanga *party*
pacífico (a) *peaceful, peace loving*
pacifista *pacifist*
paisa *(m.) In Colombia, a person from Antioquia. Also see* paisano.
paisaje *(m.) landscape*
paisajismo *landscape gardening, painting*
paisano (a) *from the same country*
paja *hay, straw (6.1)*
pájaro *bird*
palacio *palace*
palma *palm tree; palm of the hand*
palmera *palm*
palmito *palm heart (3.3)*
palo *stick, log*
palpitar *to beat*
pancarta *sign (during a protest or strike)*
pantalla chica *small screen (8.1)*
pañuelo *handkerchief*
panza *belly*
papel *(m.) paper; role (1.1)*
paquete *(m.) package, parcel*
par *(m.) pair, equal*
para nada *not at all*
paradoja *paradox*
paradójicamente *paradoxically (6.1)*
paraíso *paradise*
paralizado (a) *paralyzed*
paralizar *to paralyze*
paramilitar *paramilitary*
parapetarse *to take cover*
parecer (zc) *to seem, to resemble*
parecer mentira *to be unbelievable or hard to believe*
parecido (a) *similar, look alike*
pared *(f.) wall*
pareja *pair; couple; partner*
paridad *parity, equality (4.1)*
pariente *(m. f.) relative*
parisino (a) *Parisian; from Paris, France (7.1)*
parodia *parody*
párrafo *paragraph*
partidario (a) *supporter; partisan (6.1)*
partir *to split open; to depart*
pasado (a) de moda *out of fashion*
pasajero (a) *passenger*
pasar *to pass*
pasear *to go for a walk; to take somebody for a walk*
paseo *stroll, walk*
pastorear *to put (cattle) to pasture*
patria *homeland, native land*
patrimonio *patrimony, personal assets*
patriota *(m. f.) patriot*
patrono (a) *patron saint, employer*
pausa *pause*
pavor *(m.) terror*
pecado *sin*
pecho *chest, breast*
pedacito *little bit, little piece*
pedal *(m.) pedal*
pedalear *to pedal*
pedazo *piece, bit*
pedir (i, i) *to ask*
pegado (a) *glued, stuck, next to*
peldaño *step (staircase or ladder)*

pelear *to fight*
pelearse *to fight*
peligro *danger*
peligroso (a) *dangerous*
pelo *hair*
pelota *ball*
pelotón *(m.) bunch, pack*
pena de muerte *death penalty*
pena *embarrassment, sorrow*
peñascoso (a) *rocky*
pendejo (a) *dummy, stupid*
pendientes *(m. pl.) earrings; unresolved*
penetrar *to penetrate*
península *peninsula*
penoso (a) *lamentable (8.1)*
pensamiento *thought*
pensar en (ie) *to think about*
pensativo (a) *pensive, thoughtful*
peor *worse*
perder (ie) *to lose*
pérdida *loss (3.2)*
perdido (a) *lost*
perdonar *to forgive*
perdurar *to remain, to last (2.1)*
perejil *(m.) parsley*
perezoso (a) *lazy*
perfume *(m.) perfume*
perfumería *perfumery*
periódico *newspaper*
periodismo *journalism (2.2)*
período *period (5.2)*
perla *pearl*
permanecer (zc) *to stay, to remain (1.2)*
permanente *permanent*
permitir *to allow, to permit*
perpetuidad *perpetuity*
perro (a) *dog, bitch*
perseverar *to persevere*
persistente *persistent*
personaje *(m.) character*
persuasivo (a) *persuasive, convincing*
pertenecer (zc) *to belong*
perturbar *to disturb, to disrupt*
pesado (a) *heavy; boring*
pesar *to weigh*
pesca *fishing (e.g. tuna fishing)*
pescador (a) *fisherman, fisherwoman*
pese a esto *in spite of this*
pesimista *pesimist*
pésimo (a) *very bad, terrible*
peso *weight*
pestañear *to blink*
petición *petition, request*
petrolero (a) *oil, petroleum (3.3)*
petroquímico (a) *petrochemical 1.2*
pianista *(m. f.) pianist*
pie *(m.) foot*
pieza *piece, part, room*
pilar *(m.) pillar, column*
pilote *(m.) (wooden) pile (6.1)*
pingüino *penguin*
pintar *to paint*
pintor (a) *painter*
pisar *to step on (10.1)*
placer *(m.) pleasure, delight (1.2)*
plaga *plague, pest*
plagar *to infest*
plancha *iron, sheet, plaque*
planear *to plan, to glide*
planeta *(m.) planet*
planificación *planning, planned (5.1)*
planta *plant*
plantación *plantation, field*
plata *silver*

plátano *banana*
plato *plate, dish*
playa *beach*
plazo *time limit, due date*
plenamente *fully, completely (2.1)*
plenitud *(f.) fullness*
pleno (a) *full*
pluma *feather*
población *population; town, village*
poblado (a) *inhabited, settled, populated (1.1)*
poblador (a) *settler (2.1)*
pobreza *poverty*
poder *(m.) power, influence (4.1)*
poderío *power (3.1)*
poderoso (a) *powerful (1.1)*
política *politics*
polo *center*
polvo *dust*
poner a disposición *to offer, to place at one's disposal (8.1)*
poner fin a *to put an end to (1.1)*
populismo *populism (4.2)*
por ciento *percent (1.1)*
por medio de *from, through (2.1)*
por si fuera poco *what's more (2.1)*
por supuesto *of course (4.2)*
porcentaje *(m.) percentage (7.2)*
porcino (a) *pertaining to pigs*
pormenor *(m.) detail*
portada *cover, title page (10.2)*
portátil *portable, laptop*
portón *(m.) large door, front door, gate*
posarse *to alight, to land*
poseer *to own, to possess*
posesión *(f.) possession, ownership*
posesionar *to take possession (9.2)*
posponer *(irreg.) to postpone*
posteriormente *subsequently (6.1)*
postgrado *postgraduate course*
postguerra *post-war*
postizo (a) *false*
postre *(m.) dessert*
postular *to be a candidate for*
póstumamente *posthoumously*
potencia *power (2.2)*
potencia mundial *world power (2.1)*
práctico (a) *useful, handy, practical*
prado *field, park, yard*
precario (a) *precarious, poor, unstable*
preceder *to precede*
preciado (a) *prized (9.1)*
precioso (a) *precious, beautiful*
precipicio *precipice*
precisar *to specify, to need*
preciso (a) *precise*
precolombino (a) *pre-Columbian*
predecir *(irreg.) to predict*
predicción *prediction, forecast*
predominar *to predominate, to prevail (2.1)*
preferencia *preference*
preferido (a) *favorite*
preferir *to prefer*
prehispánico (a) *pre-Columbian*
premiar *to reward*
premio *award, prize*
premonición *premonition*
prendas *(f. pl.) de vestir garments*
prensa *press (5.2)*
preocupación *concern, worry*
preocupar *to worry*
preparado (a) *ready*
presencia *presence*

presenciar *to attend, to witness*
presentador (a) *announcer (TV) (9.2)*
preservar *to preserve, to maintain*
preso (a) *prisoner*
prestado (a) *on loan, loaned*
préstamo *loan (7.1)*
prestar *to loan, to borrow*
prestigio *prestige, prestigious*
presumir *to presume, to boast (7.2)*
presupuesto *budget (10.1)*
pretender *to pretend*
prevalecer (zc) *to prevail (3.2)*
prevenir *to prevent, to warn*
primario (a) *primary, basic*
primavera *spring*
primero (a) *first*
primo (a) *cousin*
princesa *princess*
principal *main, principal, capital*
principio *beginning, principle*
prioridad *priority*
prisa *rush, hurry*
prisión (f.) *prison*
prisionero (a) *prisoner*
privatización *privatization*
probar *to try*
procesar *to process, to try*
procesión (f.) *procession*
proceso *process*
proclamarse *to proclaim (5.1)*
producción *production, output*
producto nacional bruto *gross nationl product, GNP (3.1)*
productor (a) *producer, grower*
prófugo (a) *fugitive*
progenitor (a) *progenitor; father; mother (9.1)*
programa (m.) matinal *morning show (9.2)*
progresar *to progress*
progresista (m. f.) *progressive (8.1)*
progreso *progress*
prohibido (a) *forbidden, prohibited*
prohibir *to forbid, to prohibit*
prolífico (a) *prolific (3.1)*
prolongar (gu) *to prolong, to extend*
prolongarse (gu) *to extend, to continue (2.2)*
promesa *promise*
promocionar *to promote*
promover (ue) *to promote (6.2)*
promulgar (gu) *to pass (3.3)*
pronosticar *to predict, to forecast*
propietario (a) *landowner (5.2)*
propina *tip*
propio (a) *proper*
proponer (irreg.) *to propose, to suggest*
propugnar *to defend, to advocate*
prosa *prose*
proseguir (i, i) *to pursue, to proceed*
prosperar *to prosper, to do well*
prosperidad *prosperity*
próspero (a) *prosperous*
protagonista (m. f.) *protagonist, main character (1.2)*
protectorado *protectorate (9.1)*
proteger (j) *to protect*
protestar *to protest, to object*
proveer *to provide (7.1)*
proveniente *coming from (5.2)*
provenir *to come from*
provincia *province*
provocar *to provoke, to cause, to start (7.1)*
próximo (a) *next*
proyectar *to plan, to project*

proyecto *project*
publicación *publication*
publicar *to publish*
publicitario (a) *advertising*
público (a) *public*
pudor (m.) *modesty, reserve*
puerta *door*
puesto *place*
pulido (a) *polished*
pulir *to polish*
pulmón (m.) *lung (2.1)*
pulverizar *to pulverize, to crush*
puñado *handful*
puñal (m.) *dagger*
punta *tip, end*
punto *point*
puntuación *punctuation, score*
puramente *purely*
puro (a) *pure*

Q

¡Qué pena! *What a pity!*
quebrar (ie) *to go bankrupt (7.2)*
quebrarse (ie) *to break*
quedarse *to stay, to remain*
queja *complaint*
quejarse de *to complain*
quemar *to burn*
quemarse *to burn; to get burned*
querido (a) *dear*
quiché (m.) *Quiche*
quiebre (m.) *breakdown (10.1)*
quinina *quinine*
quitar *to take away*
quizás *maybe, perhaps*

R

radicar *to reside, to live (9.1)*
raíz (f.) *root*
rallar *to grate*
ramas (f. pl.) *branches*
rambla *boulevard, watercourse*
rancho *ranch*
rango *rank, order*
raro (a) *strange, odd, rare*
rascacielos (m. pl.) *skyscraper*
rasgo *traits*
ratificar *to confirm*
rato *while*
raya *line*
rayo *ray, beam, bolt*
rayuela *hopscotch*
razón (f.) *reason*
reaccionar *to react*
reafirmar *to reaffirm*
real *real, royal*
realizador (a) *producer (6.1)*
realizar *to carry out, to execute (3.1)*
realzar *to raise, to elevate (7.2)*
reanudación *resumption (7.1)*
reanudar *to resume (9.1)*
reanudarse *to resume (10.2)*
rebasar *to exceed, to go beyond*
rebelión (f.) *rebellion*
recelar *to distrust*
recelo *suspicion, distrust (3.2)*
receloso (a) *suspicious, fearful*
recepción *reception*
recepcionista (m. f.) *receptionist*
recesión (f.) *recession*
receta *recipe, prescription*

rechazado (a) *rejected, turned down (6.2)*
rechazar *to reject, to turn down (9.1)*
reciente *recent, recently*
recinto *precinct*
recio (a) *strong*
recipiente (m.) *receptacle, container*
recital (m.) *recital, reading*
recitar *to recite, to rehearse*
reclamar *to claim, to demand*
recoger (j) *to collect, to gather*
recomendación *recommendation, advice, reference*
recomendar *to recommend*
reconocer *to recognize*
reconocido (a) *recognized*
reconocimiento *recognition (1.1)*
recopilar *to collect, to gather (10.2)*
recorrer *to tour, to travel*
recorrido *route, path*
recorte (m.) *cut, reduction*
recreativo (a) *recreational*
recuerdo *memory*
recuperar *to recover, to recoup*
recurrente *recurrent*
recurrir *to turn to (6.1)*
recurso *resource, resort*
red (f.) *network (4.1)*
reducciones (f. pl.) *missions (5.1)*
reducido (a) *limited, small, reduced*
reducir (irreg.) *to cut, to reduce*
reelección *reelection*
reelegido (a) *reelected*
reelegir *to reelect*
reemplazar *to replace (6.1)*
reemprender *to start over, to start again*
referéndum (m.) *referendum*
referir *to refer, to tell*
referirse *to refer*
refinado (a) *refined*
refinamiento *refinement, refining*
reflejar *to reflect*
reflexionar *to reflect, to meditate*
reforestar *to reforest*
reforzar (ue) *to reinforce*
refugiado (a) *refugee*
refulgir *to shine brightly*
regalo *gift*
regatear *to bargain*
régimen (m.) *system; regime (7.1)*
registrarse *to check in, register (4.2)*
reglamentar *to regulate*
regularmente *regularly*
rehusar *to refuse (2.1)*
reina *queen*
reingreso *return*
reino *kingdom (3.1)*
reinventar *to reinvent*
reír (i) *to laugh*
reivindicación *claim*
relacionado (a) *related*
relatar *to relate, to recount (9.2)*
relativo (a) *relative*
relato *story, tale*
releer *to reread*
relevante *notable, outstanding*
rellenar *to stuff, to fill*
reluciente *shining, gleaming, glowing*
remedio *remedy, cure*
remesa *sending of goods or money (7.1)*
remontar *to overcome*
rencoroso (a) *resentful*
renegociar *renegotiate*
renombre (m.) *renown, fame*
renovable *renewable*

renuncia *resignation* (7.1)
renunciar *to resign* (3.1)
repeler *to repel*
repertorio *repertoire* (4.2)
repleto (a) *full, packed*
replicar *to argue, to reply*
reposar *to rest*
represa *dam* (5.1)
representar *to represent*
reprimir *to repress; to suppress* (5.2)
repugnancia *repugnance*
resaltar *to stand out, to highlight* (4.1)
rescate *(m.) recovery* (1.2)
reseco (a) *dried-up*
resentimiento *resentment, bitterness* (10.2)
resentir (ie, i) *to resent, to be offended* (6.2)
reserva *reservation, reserve*
reservar *to make a reservation*
residir *to live, to reside*
residuo *remainder, residue*
resistencia *resistance*
resistir *to resist*
resolución *resolution*
resolver (ue) *to resove, to solve, to settle*
resorte *(m.) spring, means*
respaldado (a) *backed up, supported* (7.2)
respaldar *to backup*
respaldo *backup*
respectivamente *respectively* (4.2)
respecto *regarding*
respetar *to respect*
respeto *respect* (6.2)
respiración *breathing*
resplandeciente *gleaming, glowing*
resquebrajarse *to crack*
restablecer (zc) *to re-establish, to restore*
restablecimiento *re-establishment*
restauración *restoration*
restituirse *to restoer, to reinstate* (4.1)
resto *rest*
restringido (a) *limited, restricted* (7.1)
resumen *(m.) summary*
retablo *altarpiece, tableau*
retén *(m.) armed men; squad* (7.1)
retirar *to withdraw* (9.1)
retirarse *to remove oneself, to leave*
retratar *to paint a portrait of* (3.3)
retrato *portrait* (1.1)
revelar *to reveal*
revisar *to check*
revista *magazine, journal* (1.1)
revólver *(m.) revolver*
reina *queen*
rey *(m.) king*
Reyes Magos *(m. pl.) Three Magi* (3.1)
riachuelo *brook, stream*
rígido (a) *rigid*
rincón *(m.) corner* (3.1)
riñón *(m.) kidney*
río *river*
rioplatense *(m. f.) of/from the River Plate region*
riqueza *wealth*
rivalidad *rivalry* (3.3)
robado (a) *stolen*
roble *(m.) oak*
roce *(m.) rubbing, friction*
rodar *to roll*
rodeado (a) *surrounded*
rodear *to surround* (1.1)
rogar (ue) *to beg*
románico (a) *romanesque*
romper *to break*

rompimiento *breaking off* (7.1)
ron *(m.) rum*
rosado (a) *pink*
rostro *face* (3.1)
rotar *to rotate*
roto (a) *torn*
rotonda *traffic circle*
rozar *to touch, to brush, to rub*
rueda *wheel*
ruido *noise*
ruinas *(f. pl.) ruins*
rumbo *direction*

S

sabor *(m.) taste, flavor*
sacar *to take out, to remove*
sacrificar *to sacrifice*
sacudón *(m.) shake*
sal *(f.) salt*
salar *(m.) salt flats* (3.2)
salida *exit*
salitre *(m.) saltpeter*
saludo *greeting*
salvar *to save*
sangriento (a) *bloody*
sanguinario (a) *bloody* (6.2)
sanidad pública *healthcare*
sano (a) *healthy*
santo patrón *(m.) patron saint*
santuario *sanctuary*
sarmiento *vine shoot*
sátira *satire*
satisfacer *(irreg.) to satisfy*
satisfecho (a) *satisfied, pleased*
saya *bolivian folk dance*
secarse *to dry up*
sección *section, department*
sector *(m.) sector, group* (8.1)
sede *(f.) headquarters* (4.1)
seducir *(irreg.) to seduce*
seguido (a) *consecutive, straight on*
según *according to, depending on*
segunda vuelta *second term* (4.1)
segundo (a) *second*
seguridad *security*
seguro (a) *safe, sure*
seguro *insurance*
seísmo *earthquake*
selección *national team* (2.1)
sello *stamp, hallmark, seal*
selvático (a) *forest*
semáforo *traffic lights*
semana santa *holy week*
semblanza *biographical sketch*
sembrar *to sow, to scatter, to spread*
semejantes *(m. f. pl.) fellow men* (3.3)
semejanza *similarity*
señalar *to indicate, to point out*
sencillez *(f.) simplicity*
sencillo (a) *simple*
senda *path*
sendero *path, track*
seno *bosom* (3.3)
sentido *sense, meaning*
sentirse *to feel (healthwise)*
separar *to separate*
separarse *to split up*
separatista *(m. f.) separatist*
serenata *serenade*
serenidad *serenity*
seres *(m. pl.) beings (human)*
serpiente *(f.) snake*

siglo *century* (2.1)
Siglo de Oro *Golden Age* (2.2)
significado *meaning*
significativo (a) *meaningful*
signo *sign*
siguiente *following*
silencio *silence*
símbolo *symbol*
similitud *(f.) similarity, resemblance*
sin embargo *nevertheless* (8.2)
sin rodeos *without complications*
sindicato *labor union* (2.1)
sinnúmero *great number, no end*
sinvergüenza *shameless, rogue*
siquiera *at least*
sirena *mermaid, siren*
sirviente (a) *servant*
sismógrafo *seismograph* (9.2)
sitio *site, place*
situar (ú) *to site, to locate*
situarse (ú) *to place oneself, position oneself* (2.2)
soborno *bribery, bribe*
sobrar *to have left over, to be more than enough*
sobreponerse *(irreg.) to overcome*
sobresaliente *outstanding* (9.1)
sobresalir *to stand out* (3.1)
sobreviviente *survivor* (9.1)
sobrevivir *to survive* (1.1)
sociedad *society*
soledad *solitude, loneliness* (8.1)
soler *to be in the habit of*
sólido (a) *solid*
solucionar *to solve*
solvente *solvent*
sombra *shade, shadow*
someter *to subject* (7.1)
sonar (ue) *to sound, to ring*
soñar (ue) con *to dream of/about*
sonido *sound*
soñoliento (a) *sleepy*
sonoro (a) *sonorous, loud*
sonreír (i) *to smile*
sonrisa *smile*
soplar *to blow*
sórdido (a) *sordid*
sordo (a) *deaf*
sorprendente *surprising*
sorprender *to surprise*
sorprendido (a) *surprised*
sorpresivo (a) *unexpected*
sosegado (a) *peaceful, calm*
sospecha *suspicion*
sostenido (a) *sustained*
soviético (a) *soviet*
suave *soft*
subconsciente *(m.) subconscious* (2.1)
subdesarrollado (a) *underdeveloped*
súbdito (a) *subject* (7.1)
subempleo *underemployment* (2.2)
súbitamente *suddenly*
subrayado (a) *underlining*
subsiguiente *subsequent* (7.1)
substituir (y) *to replace*
subsuelo *subsoil*
subyugar *to subjugate, to captivate* (3.1)
suceder *to happen, to follow* (4.2)
sucesión *(f.) succession*
suceso *incident, event*
sucio (a) *dirty*
sudoroso (a) *sweaty*
Suecia *Sweden*
suela *sole*

suelo *ground, land, surface, floor*
suelto (a) *loose*
sueño *dream*
suerte *(f.) luck*
suficiente *enough*
sufrido (a) *long-suffering*
sufrir *to suffer*
sugerencia *suggestion*
sugerir *to suggest*
suicida *(m. f.) suicidal*
suicidio asistido *assisted suicide*
sumamente *extremely*
sumar *to add*
sumergirse *to submerge, to dive*
sumir *to plunge, to immerse (9.1)*
sumisión *(f.) submission, submissiveness*
sumiso (a) *submissive*
superar *to exceed, to go beyond (9.2)*
superfluamente *superfluously*
superioridad *superiority*
superpoblado (a) *overpopulated, overcrowded*
suponer *(irreg.) to suppose, to assume*
suposición *supposition*
suprimido (a) *supressed (3.3)*
suprimir *to suppress, to abolish*
supuestamente *supposedly*
supuesto (a) *supposed, alleged*
sureño (a) *southern (3.2)*
suroeste *(m.) southeast*
suspirar *to sigh, to yearn*
sustantivo *noun (8.1)*
sustituir (y) *to replace*
susurrar *to whisper, to murmur*
sutil *subtle, fine, sharp*

T

tabla *plank*
taíno (a) *indigenist tribe*
talento *talent*
talentoso (a) *talented*
talla *size; stature (10.2)*
tallar *to carve, to sculpt*
tallarse *to rub*
talón *(m.) heel*
tamaño *size*
tamarindo *tamarind*
tamboril *(m.) small drum*
tamborista *(m. f.) drum player*
tangible *tangible, concrete*
tardar *to take time, to take a long time*
tarea *homework*
tartamudear *to stutter*
tasa *rate (5.1)*
taurino (a) *related to bullfighting*
teatral *theatrical*
techo *roof*
tedioso (a) *tedious*
tela *material, textil (3.2)*
telaraña *spiderweb*
teleférico *cable railway*
temblar *to tremble*
temblor *(m.) tremor, earthquake*
temeroso (a) *frightful, fearful*
temido (a) *feared, dreaded*
temor *(m.) fear*
templo *temple*
temporada *season*
temprano (a) *early*
tendencia *trend*
tenedor *(m.) fork*
tener a gala *to take pride in oneself (4.2)*

teniente *(m. f.) lieutenant*
tenso (a) *tense*
tentación *temptation*
tercio *third (1.1)*
terciopelo *velvet*
terrestre *terrestrial (4.1)*
terminar *to finish, to end*
ternura *tenderness*
terrateniente *(m. f.) landowner (6.2)*
terremoto *earthquake*
terreno *terrain (10.1)*
territorio *territory*
tesis *(f.) thesis*
tesoro *treasure*
testigo *(m. f.) witness*
testimonio *testimony, statement (1.1)*
textil *textile, fiber (1.2)*
tibio (a) *tepid, lukewarm*
tierno (a) *gentle, tender, affectionate (8.2)*
tierra *land; earth*
tierra firme *solid ground (6.1)*
timar *to swindle, to cheat*
timo *swindle, scam, rip-off*
tinta *ink*
típico (a) *typical*
tipo *type, sort*
tirar *to throw, to knock over, to pull*
titular *(m.) headline, main story; titleholder*
título *title, name, heading; degree*
tiza *chalk*
tiznado (a) *blackened, smudged*
toalla *towel*
tocar (qu) *to play (an instrument); to touch*
tolerancia *tolerance*
tolerante *tolerant*
tolerar *to tolerate*
tomar *to take; to drink*
tonelada *ton*
tono *tone*
toque *(m.) touch (1.2)*
tornar *to return*
torneo *tournament, competition*
toro *bull*
torpe *clumsy, awkward*
torta *cake*
tortuga *turtle*
tortura *torture*
trabajador (a) *hard-working; worker*
tráfico *traffic*
tragar (gu) *to swallow*
tragedia *tragedy*
trágico (a) *tragic*
traición *treason, betrayal*
trama *plot*
trampa *trap; trick*
tranquilidad *tranquility*
transbordador *(m.) espacial space shuttle (10.1)*
transmitir *to transmit*
transporte *(m.) colectivo public transportation (7.2)*
trapo *cloth, rag*
tras *after (7.1)*
trasladar *to move, to transfer*
trasladarse *to move (7.1)*
tratado *treaty (1.1)*
tratar *to try; to treat, to have dealings with*
tratar de *to try, to attempt to*
través *through; over*
trayectoria *trajectory (4.2)*
tremendo (a) *tremendous*

tribu *(f.) tribe*
tristeza *sadness*
triunfador (a) *triumphant, winner*
triunfar *to be victorious, to triumph*
triunfo *victory, triumph*
trombosis *(f.) thrombosis*
tropa *troop*
trozo *piece, bit, slice*
trueno *thunder*
tubo *tube*
tumba *tomb*
túnel *(m.) tunnel*
turnarse *to take turns*
turno *turn; shift*

U

ubicado (a) *situated, located*
ubicarse *to be situated or located*
umbral *(m.) threshold*
único (a) *only; unique*
unirse *to join (1.1)*
urbanismo *city or town planning (2.1)*
urbanización *urbanization, development*
urbanizar *to develop, to urbanize*
urbano (a) *urban*
urgencia *urgency*
útil *useful*
uva *grape*

V

vacilar *to hesitate, to waver*
vacío *emptiness, meaningless*
vacuna *vaccine, vaccination*
vaina *thing; pain*
vale la pena *to be worth the effort*
valer *(irreg.) to be worth*
válido (a) *valid, worthwhile*
valiente *brave, valient*
valioso (a) *valuable (1.1)*
valor *(m.) value*
valorarse *assessed (3.3)*
vanidoso (a) *vain, conceited*
varado (a) *stranded*
variedad *variety*
varios (as) *several*
varón *(m.) male, man (6.2)*
vasto (a) *vast, immense (1.1)*
vecindario *neighborhood*
vehículo *vehicle*
velatorio *wake (5.2)*
velozmente *rapidly*
vencedor (a) *victor, winner (3.2)*
veneno *poison*
venerar *to venerate, to adore, to worship*
venganza *vengeance*
venta *sale*
ventaja *advantage*
ventana *window*
ventanal *(m.) large window*
ventanilla *small window*
verano *summer*
verdadero (a) *true, real*
verdor *(m.) greenery, lushness*
verdoso (a) *greenish*
verdura *vegetable*
vergüenza *embarassment, shame, disgrace*
vernáculo (a) *vernacular*
verosímil *plausible*
verso *line of a poem*
vestimenta *clothes*

vez *(f.) time*
vía *route, road*
viajero (a) *traveler*
vibrante *vibrant*
vicecanciller *(m. f.) vice-chancellor* (1.1)
víctima *victim*
vida *life*
vidriera *shop window*
viento *wind*
vigilancia *vigilance, watchfulness* (2.1)
vinculación *connection, link* (10.2)
vinculado (a) *tied to* (9.1)
virreinato *viceroyalty* (2.2)
virrey *(m.) viceroy* (6.1)

virtuosismo *virtuosity* (5.1)
visionario (a) *visionary*
vistazo *look*
vistoso (a) *colorful* (3.2)
vivienda *housing, accommodation*
vocero (a) *spokesperson*
volar (ue) *to fly*
volver (ue) a *to do (an action) again*
votar *to vote*
voto *vote*
voz *(f.) voice*
vuelo directo *direct flight*
vuelta *return*
vulnerabilidad *vulnerablity*

Y

yacer *to lie (with someone)*
yacimiento *deposit* (3.2)
yariguí *Colombian Indian tribe*
yeso *gypsum; plaster cast*

Z

zambo (a) *person of mixed African and Native American descent* (9.1)
zigzaguear *to zigzag*
zona franca *duty-free zone* (10.2)

Índice gramatical

Índice temático

iLrn™ HEINLE LEARNING CENTER

Table of Contents

Getting Started

Congratulations on working with a Cengage Learning book! *iLrn: Heinle Learning Center* gives you access to a wealth of data about your performance, thereby allowing you to learn more effectively. Moreover, you'll enjoy *iLrn: Heinle Learning Center* because it is easy to use and gives you instant feedback when you complete an exercise. *iLrn: Heinle Learning Center* simply requires you to set up your account with your book key and then to log in each time you use it.

Registration

Creating an Account

To set up your account, follow these steps:

Step 1: Go to *http://ilrn.heinle.com*

Step 2: Click the *Login* button.

Step 3: Click *Create account*.

Step 4: Enter your user information and click *Submit*.

Step 5: You will be prompted to enter your book key printed inside the sleeve that came bundled with your book. Click *Go.* (You can also purchase an access code online from cengagebrain.com)

Step 6: Your book also requires an instructor's course code. You must get the course code from your instructor to gain access to your course. If you already have it, enter it when prompted. Otherwise, you can enter it the next time you login.

Figure 1: Student Workstation: Before entering course code

Login Instructions

To access your book after you have added it to your account, follow these steps:

Step 1: Go to *http://ilrn.heinle.com*

Step 2: Click the *Login* button.

Step 3: Enter your username and password. You are taken to the Student Workstation.

Step 4: Click on the book cover to open the *iLrn: Heinle Learning Center*.

If you experience any problems with setting up your account, ask Quia for help. You can submit a request at http://hlc.quia.com/support.html, email Quia at bookhelp@quia.com or call them at 1-877-282-4400.

Updating Your Profile

When you create your *iLrn: Heinle Learning Center* account, the information you enter, such as your name and email address, is saved in your profile.

To update your profile:

1. Login to the *Student Workstation*.

2. Click *Profile* in the upper right corner of your screen.

3. Update the information and press *Save changes*.

Make sure your email address is current in your profile, as Quia uses this email address to respond to technical support questions and provide forgotten username/password information.

Student Workstation

Once you have entered your book and course keys, the Student Workstation will appear like the screen below each time you login.

Figure 2: Student Workstation: After entering course code

In this view, you can choose one of the five options:

1) Click on book cover to access resources

Click on the book title or cover. This brings you to the *Welcome page* for *iLrn: Heinle Learning Center*, where you have access to all the resources available for your course.

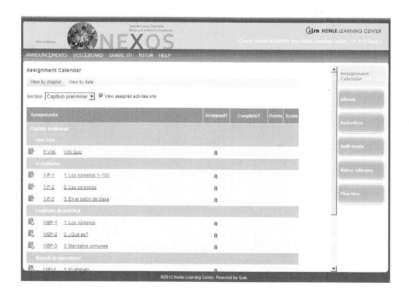

Figure 3: Student Workstation: Assignment Calendar Welcome Screen

From the Welcome page, you have access to these tabs:

▸ *Assignment Calendar*— Provides one place for you to go to access all of your as-sigments (Text and SAM Activities). Here you can locate all assignments by due date or by chapter.

▸ *eBook*—This page-for-page reproduction of the printed book features embed-ded audio, video, as well as note-taking and text highlighting capabilities. You can complete textbook activities directly from the ebook interface. You can also see whether it is assigned, completed or graded. Just look for the icon to see what is assigned and when it is due. Hover the mouse over the icon to see your grade for a completed assignment. The page view can be magnified and the content searched via the index, table of contents, or search functions. Within the ebook, your instructor can also write and post notes and links for the whole class to view. All books published in copyright year 2013 or beyond have an iPad-compat-ible ebook.

▸ *Activities*— You can locate all assignments (textbook and SAM) here. You can select a chapter and view all of the Textbook and SAM exercises for each chapter. Click on the title to open an activity. Links to the exercises are available here, the As-signment Calendar and directly from the ebook.

▸ *Self-Tests*— You may take an online self-test before or after working through a textbook chapter to get an initial assessment of what you know and what you still need to master. Your results are graded automatically and displayed according to learning outcomes.

A Personalized Study Plan, based on the automatically graded test, directs you to additional study aids that focus your efforts and study time on the areas where you need the most help. Please see the ***Self-Tests and Personalized Learning*** section for more information.

▸ *Video Library*— For every chapter, you can access accompanying video segments. You can can also turn closed captioning on and off as an aid to understanding. Video segments may be accompanied by pre and post-viewing exercises.

▸ *Practice*—Depending on the title, practice activities might include any or all of the following additional activities: vocabulary flashcards; grammar and pronuncia-tion tutorials; additional auto-graded quizzing; and access to Heinle iRadio's MP3-ready cultural exploration activities.

▸ *Online exams* - Your instructor may choose to make exams available online. If you are in a distance course, this may be the sole method of taking exams in your course. To access your exam, click the book cover from your Student Workstation. On the left-hand naviga-tion bar, click on the ⊞ to expand a chapter. Click on the *Exam* for that chapter. Your instructor can assign times when the exams are available. If the exam is not yet available, you will not be able to access it. If it is available, just click *Start* to begin.

2) Class details

In your Student Workstation you will find the details related to your course including:

- ▸ Course Information: Name (the title and section), Instructor (with a button to click for easy contact, Code (course number), School, Duration (dates of course)

- ▸ Book Information: Book title, Publisher, Book duration.

3) Registration options

You can drop a course, transfer to a different class, or transfer to a different course or instructor.

To drop a course:

1. Login to the Student Workstation.

2. Click the *Registration options* button in the course you wish to drop.

3. Click *Drop course* to drop your enrollment in this course. Your instructor will be notified. After dropping this course, you will still be able to view your scores; however, you will no longer be able to access the books in this course.

To transfer to a different course or instructor:

1. Login to the Student Workstation.

2. Click the *Registration options* button in the course you wish to transfer from.

3. Click *Change course/instructor*.

4. Enter the new course code and click *Submit*.

To transfer to a different class:

1. Login to the Student Workstation.

2. Click the *Registration options* button in the course you wish to transfer from.

3. Click *Change class*.

4. Select the class you want to enroll in and click *Submit*.

Assignment Calendar

To access all of your assignments by date:

1. Login to the Student Workstation. Click on the book title or cover.

2. Click on the *Assignment Calendar* tab on the right-hand side. Then click on "View by Date" in the blue toolbar.

Figure 4: Calendar

3. You will see all Textbook and Student Activities Manual assignments that are due. This icon [icon] indicates a Textbook Activity and this icon [icon] indicates a SAM Activity.
Click an activity to complete it.

4. You can also check your grades on completed assignments. If you see the [icon] icon, your assignment needs to be graded by your instructor.

5. To see assignments for previous or future weeks, select a date from the calendar during the week you wish to view.

To access all of your assignments by chapter:

Alternatively, you can view the assignments for each chapter.

1. From the Welcome page, click *Assignment Calendar* tab on the right-hand side.

Then click on "View by Chapter" in the blue toolbar.

2. Select a chapter from list to see all assignments for that chapter. A due date will appear under the Due Date column for all assigned activities. If an assignment has been completed, the date will be indicated.

3. Select an activity from the list to open and complete.

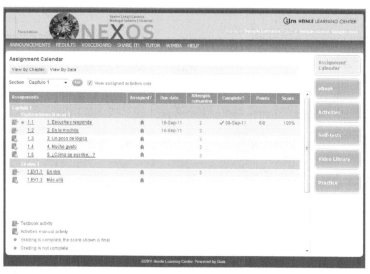

Figure 5: Assignment List

Review & Practice Activities

With enhanced feedback, student are given additional support. At the end of each chapter students will find additional auto-grade grammar activities with specific explanations to their answers. This way students are given direct support and guidance while practicing.

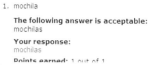

Figure 6: Enhanced Feedback

The **Review It!** button appears with grammar and vocabulary activities and links to relevant resources in the Textbook and Student Activities Manual. Located in the accent toolbar, when a you click the button for an accompanying activity you'll see links to ebook pages covering relevant lessons, flashcards for vocab terms in the activity, podcasts and tutorials that review grammar lessons in the activity, and other resources found in the iLrn for that topic all in one place. This will help you self-correct.

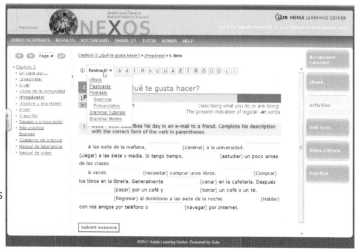

Figure 7: Review it! Button links

Voice-enabled Activities

Voice-enabled activities can be completed alone, with a partner, or with a group. You can talk to your partner or team and write instant messages to work together on the activity, then record a conversation that your instructor will grade. Please note that voice-enabled activities do not work on mobile devices at this time due to technical limitations.

Tips for setting up your computer

It is important that your computer is configured correctly to capture the voice-enabled activities. Here are some tips for ensuring you have the proper setup:

▸ *Microphone* — The latest browser versions and Adobe Flash works best with USB (Universal Serial Bus) connected microphones. Internal microphones, WebCam microphones and the older stereo-jack (male connection) microphones can be problematic.

▸ **Adobe Flash** — You should have the latest version of Adobe Flash installed. Also make sure your Flash settings are configured on your web browser for the program to recognize the microphone being used for Voiceboard. To this follow this steps:

1. Open a voiceboard exercise and right-click on the *Record* button. Select *Settings*.

2. At the bottom of the menu, click the second tab from the left (it looks like a monitor with an eye on it). Make sure the *Allow* option and the *Remember* check box are selected.

3. Click the fourth tab (the one with a microphone on it). Make sure the record volume is up all the way and the correct microphone is selected from the drop-down list.

▸ *"Lab" environment*— In a "Lab" environment, your IT department needs to make sure that the network port "1935" is enabled for voice. If this port is disabled from the school's network voice will not transmit.

Find a partner/team

1. Click on *Voiceboard* at the top of your student Welcome page screen.

2. From the *Voice activities*, select the activity you want to complete.

3. If you need a partner, click the *Find a partner* link at the top of the *Partner Record and Chat box*. This will take you to the partner switchboard where you can invite someone online to partner with you.

Figure 8: Partner Switchboard

9

4. If you are working with one partner, his or her name will appear at the top of the *Partner Record and Chat box*.

5. If the assignment requires you to work in teams, you will either need to join an existing team, or invite others to join you. To join an existing team, check the Partnership/Team column and find the name of a person whose team you would like to join. Click his/her name and send him/her a private chat to request an invitation.

6. To form your own team, find an available partner from the Partnership/Team column, click his/her name and the *Invite to partner* link. To add more team members, click their names and the *Invite to team* link. Note that if you have four teammates, you cannot invite more – teams are restricted to five members.

Complete a voice-enabled activity

1. To send text messages to your partner or team, type in the text box and press Send or press the *Enter* key.

2. To talk to your partner or team before recording, press the *Talk to your partner* button. Make sure that you and your partner have microphones and a headset or speakers, and that the volume is turned on. Note: Your partner cannot speak to you or hear what you say until he or she presses *Talk to your partner* as well. Your conversation will not be recorded unless you click the *Record* button.

3. Coordinate with your partner or team on what you'd like to say. When you're ready to record the conversation, press the *Record* your conversation button. The computer will start to record your conversation ONLY after all partners or teammates have clicked the *Record* button. You will know it is recording because a message in red appears saying "recording..." until either one of the partners presses *Stop recording*.

Figure 9: Activity in recording mode

4. Press *Stop* when you want to stop recording. You can still talk with your partner or team when the recording stops.

5. To listen to your recording, press *Play*. You can pause the recording at any time by pressing *Pause*. If you are not satisfied with your recording, you may record again.

10

Each recording is saved and you can choose which recording (from a drop-down list) you want to submit.

6. When you are satisfied with your recording, press **Submit answers** to send your recording to your instructor. Note: All partners and teammates must press **Submit** in order for the recording to be counted in all of your grades.

7. If you can't find a partner or team, you can record answers on your own; just press **Record** to record your voice, then stop the recording and submit it when you're done. Check with your instructor to see if an individual recording is acceptable, since these activities are designed to be done with a partner.

Share It!

The new Share It! feature allows you to upload a file, image or video to the Share It! tab where your classmates can comment and rate your file. You can make comments on your classmates files as well, including audio comments.

Your instructor may assign Share It! activities. These will be prompts asking you to upload a file to complete the assignment. When you submit the activity, it will go to the gradebook for your instructor to assign a grade. It will also publish directly the the Share It! tab.

Figure 10: Share It! comment

Self-Tests and Personalized Learning

You may take an online self-test before or after working through a text chapter to get an initial assessment of what you know and what you still need to master. Your results are graded automatically and displayed according to learning outcomes. A Personalized Study Plan, based on the automatically graded test, directs you to additional study aids available in *iLrn: Heinle Learning Center*, including Student Activities Manual activities and pages in the ebook, that focus your efforts and study time on the areas where you need the most help.

▶ Step 1 ...Pre-Test (or What Do I Know?) provides an evaluation of what you already know.

▶ Step 2 ... Personalized Study Plan (or What Do I Need to Learn?) provides a focus for your work. Chapter sections and additional study materials are chosen to cover concepts that you had problems with in the pretest.

▶ Step 3 ... Post-Test (or What Have I Learned?) provides an evaluation of what you have learned after working through the personalized study plan.

Figure 11: Personalized Study Plan

Using Personal Tutor

What is Personal Tutor?

▸ Personal Tutor provides tutors exclusively from among experienced and qualified instructors. Tutors have achieved high grades in their degrees (many have a Master's degree and higher) and have real classroom teaching experience. All of Personal Tutor's tutors are located in Tampa, FL, and are monitored on-site by a director, who also holds a Ph.D.

How does Personal Tutor work?

▸ Personal Tutor provides whiteboard technology for synchronous tutoring (Q&A sessions) that also includes video and audio capabilities (for those students who want these extra features).

How many hours of tutoring do students get on Personal Tutor?

▸ Personal Tutor provides students with 5 hours of tutoring time.

▸ Students have 3-semesters to use the 5 hours of tutoring

▸ Students have the option of purchasing additional tutoring directly from Personal Tutor if their hours/paper submissions are used up before the end of a semester. The cost is significantly less at $29.99 for an entire month of tutoring versus paying $35 per hour from other services.

When will tutoring be available?

▸ Tutors are available for online tutoring seven days a week, and offline questions and papers can be submitted at any time, 24 hours a day. Online tutoring is available for languages at the times below. Responses to offline questions can take 24 to 48 hours to be returned, however, they are usually returned within one day.

	Spanish	French	Italian	German
MONDAY	9AM-1PM 9PM-12AM			
TUESDAY	9AM-1PM	4-8PM		8PM-Midnight
WEDNESDAY	9AM-1PM 9PM-12AM		6PM-10PM	
THURSDAY	9AM-1PM	4-8PM	8PM-12PM	
FRIDAY	9AM-1PM 5PM-9PM	4-8PM		
SATURDAY	12PM-4PM	4-8PM		
SUNDAY			3PM-7PM	7PM-11PM

Technical Support

▶ Visit *http://hlc.quia.com/support.html*

▶ View FAQs at *http://hlc.quia.com/help/books/faq.html* for immediate answers to common problems.

▶ Send an e-mail to *bookhelp@quia.com*

▶ Call Toll-free 1-877-282-4400

System Requirements

Microsoft® Windows 98, NT, 2000, ME, XP, VISTA, 7
Browsers: Internet Explorer 7.x or higher, or Firefox version 3.x or higher

Macintosh OS X
Browsers: Firefox version 3.x or higher, or Safari 3.x or higher.

Additional Requirements

▶ A high-speed connection with throughput of 256 Kbps or more is recommended to use audio and video components.

▶ Screen resolution: 1024 x 768 or higher

▶ CPU: 233MHz

▶ RAM: 128MB

▶ Flash Player 10 or higher

▶ You will need speakers or a headset to listen to audio and video components, and a microphone is necessary for recording activities.